他说的是真心话。他感到自己是一个小伙子了,而且是让老师改变了对他的印象的小伙子,这一点,他是幸福的

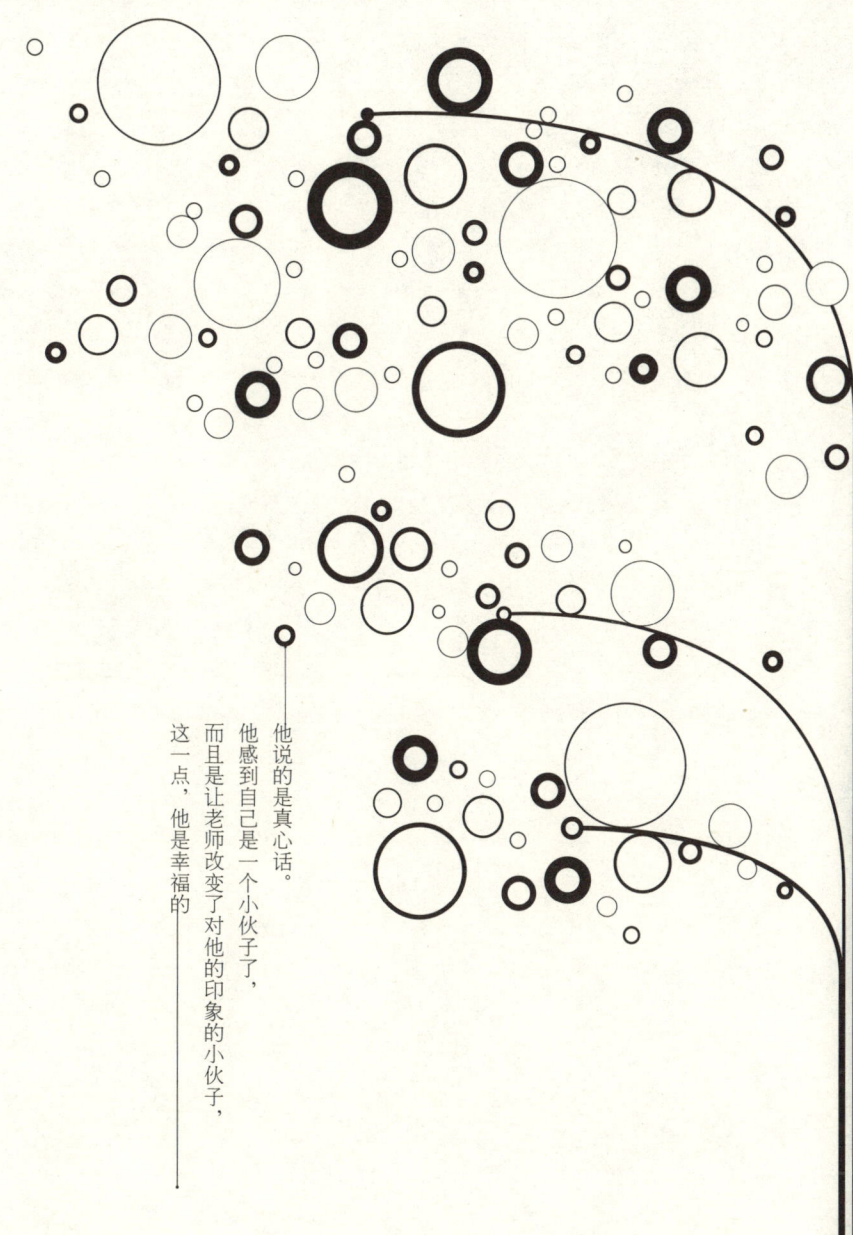

序言

法比奥·通巴利是谁呢?

我不再是个小女孩了。获悉王干卿老师翻译了通巴利的一部书,我一时难以置信。于是,我力图寻觅那遥远的童年岁月。然而,当追溯到半个多世纪前的时候,我情不自禁地露出了欣慰的笑容。

我还未来得及回首往事时,激荡于胸怀的本能愉悦便让我欣喜若狂了。我记起通巴利的两部书:《动物记》和《托尼诺成长记》。后一部书中关于托尼诺和猫,托尼诺学习嫁接,托尼诺是发明家,托尼诺在餐桌上等故事令人记忆犹新。我童年读过的这些短小精悍的故事,篇篇古风犹存,如同一片肥沃的净土,最终彻底征服了我,教给我许多事情,让我获益匪浅。

现在回想起来,我从书中得到的收获是,这个世界虽然发生了天翻地覆的变化,但许多东西的本质并没有变化,依然如故。

书中主人公托尼诺在餐桌上挑肥拣瘦的情形至今历历在目。这让我回想起童言无忌的我曾向外婆提出的问题。我相信,中国小朋友也会问同样的问题:"外婆,猪皮是啥玩意儿?"

对于外婆的回答,中国孩子也许会做出和我一样的反应:"真恶心!我可不想吃猪皮!"

大概中国的外婆也会像我的外婆那样笑眯眯地说出同样的话:"傻孩子,在我们的那个时代,猪皮可是个奢侈品,只有遇到盛大的节日,才有机会吃到它!"

同样，中国孩子也不会相信猪皮是个好东西，他们情愿吃那些甜食之类的加工食品。说心里话，全世界的孩子对甜食都情有独钟。要知道，甜食并非美味佳肴，比猪皮更不利于身体健康。

王干卿老师请我为该书的出版写一篇短小的序言，我感触良多，其中一点是文学作品(当然包括儿童文学)具有无限的魅力。历经岁月的沉淀，一部文学作品馈赠给不同国家的人们的感受总是迥然不同的。但对于所有的孩子来说，对于一部文学作品的感受却是相同的，因为孩子终归是孩子嘛！

感谢王干卿老师。他要我写几句话，让我有机会重新回到童年时代，聆听外婆那柔和甜美的声音。

还要感谢王干卿老师。由于他勤奋的工作，中国的孩子们才能够了解昔日意大利人生活的点点滴滴。希望今天的孩子们，包括意大利和中国的孩子们，都能理解并喜爱阅读往日发生在我们国家的故事。

祝愿该书的出版获得巨大的成功。托尼诺跋山涉水来到这里，王干卿老师坚持不懈地拉着托尼诺的手，用自己的语言，娓娓动听而又激情满怀地向中国孩子讲述托尼诺的故事。《托尼诺成长记》一书即将在像中国这样幅员辽阔的国家出版，摆放在许多城市书店的书架上，供小朋友们阅读。我请求王干卿老师转达我对中国孩子们的热情问候，祝愿他们阅读愉快。

意大利驻华大使馆文化参赞斯特法妮娅·斯塔福蒂教授
2016年3月2日 于北京

Ambasciata d'Italia-Ufficio Culturale
意大利大使馆文化处

Pechino, 2 marzo 2016

Chi si ricorda di Fabio Tombari? Anche io, che non sono proprio una ragazzina, quando ho saputo che il prof. Wang aveva tradotto un libro di Tombari ho fatto per un attimo fatica a orientarmi, cercando di andare a pescare un ricordo nelle lontane memorie dell'infanzia. Eppure, mentre nuotavo controcorrente per risalire a mezzo secolo fa, sul viso mi era già comparso un sorriso.

Prima che arrivasse il ricordo, è arrivato dal cuore un moto di allegria istintiva, che mi ha predisposta al buonumore.

Poi mi sono ricordata del "Libro degli animali" e del "Libro di Tonino" : Tonino col gatto, Tonino e l'uva-pesca, Tonino inventore, Tonino a tavola, e altre storie ancora. Sono brevi racconti che, già quando li leggevo da bambina, avevano il sapore di un mondo antico. Si trattava, però, di un mondo semplice e pulito, che aveva la capacità di conquistarmi e che poteva ancora insegnarmi molte cose.

E, ripensandoci ora, la lezione che ne traggo è che il mondo sembra in rapido e tumultuoso cambiamento ma, in fondo in fondo, per molte cose rimane sempre uguale. Io credo che un bimbo cinese di oggi potrebbe fare la stessa domanda che feci io, piccolina, rivolta alla mia nonna materna, mentre guardavo l'indice dei racconti:

"Nonna, cosa sono le cotiche?"

E, forse, reagirà come avevo reagito io alla risposta della nonna:

"Che schifo! Io non le mangerei mai!"

Probabilmente anche la nonna cinese sorriderà, come aveva sorriso la mia:

"Bambina mia, ai miei tempi, le cotiche erano un lusso e quando arrivavano in tavola era festa grande"

Anche il bambino cinese ascolterà incredulo, magari mangiandosi uno di quei dolci industriali che – a dire la verità – ai bimbi di tutto il mondo piacciono tanto, ma che sono assai meno gustosi e più dannosi delle cotiche.

Ecco, quando il professor Wang mi ha chiesto di scrivere una piccola prefazione, ho pensato a queste cose, e ho pensato alla inesauribile magia della letteratura, che resiste attraverso i tempi e attraverso i continenti, regalando a persone diverse emozioni sempre nuove, ma, al tempo stesso,

Ambasciata d'Italia-Ufficio Culturale
意大利大使馆文化处

sempre uguali. Uguali, perché tutti i bambini, in qualunque parte del mondo, sono sempre bambini.

Ringrazio il professor Wang che, chiedendomi di scrivere queste brevi parole, mi ha fatto tornare agli anni della mia infanzia e ha fatto risuonare nelle mie orecchie la voce sottile e dolce della mia nonna.

Lo ringrazio per il suo lavoro, che porta ai bambini cinesi un piccolo pezzetto di Italia, magari una Italia di ieri, ma dove avvengono storie che anche i bimbi di oggi possono capire ed amare, in Italia come in Cina.

E auguro a Tonino un grande successo: ha fatto un lungo viaggio per arrivare fino a qui. Il professor Wang, giorno dopo giorno, l'ha tenuto per mano, gli ha prestato la sua lingua e le sue emozioni, perché potesse parlare ai bimbi cinesi. Tonino è arrivato in Cina, sugli scaffali delle librerie di molte città di questo immenso paese: gli chiedo di aiutarmi a portare un saluto affettuoso a tutti i bambini cinesi.

Buona lettura!

Prof. Stefania Stafutti
Consigliere Culturale

大自然是最好的老师
——关于法比奥·通巴利

法比奥·通巴利

法比奥·通巴利在一家书店购书

　　法比奥·通巴利是意大利著名的田园主义作家。他的作品深受传统田园文学的影响，展现了意大利美丽的自然风光，和淳朴的民风。1899年12月1日，法比奥·通巴利出生在意大利佩萨罗-乌尔比诺省中风光旖旎的小镇法诺。1914年，第一次世界大战爆发，未满参军年龄的法比奥·通巴利毅然决然地加入到战争中。1918年师范学校毕业，获得小学老师资格证书后，法比奥·通巴利开始了在小学任教，并一直工作到1934年。1927年，法比奥·通巴利以法诺当地的民俗风情为主题，撰写并出版了他的第一本书《福卢萨利亚的编年史》(Cronache di Frusaglia)。此书在1929年再版，并让法比奥获得了文学界重要奖项(Premio di Dieci)。随后，法比奥出版了自传体小说《生活》(La Vita, 1930)。该书让他成为特伦塔文学奖(Premio dei Trenta)的获得者。不久，法比奥又出版了《死亡与爱恋》(La morte e l'amore, 1932)、《为爱好而写的童话》(Le fiabe per amanti, 1932)以及《流浪者之梦》(I

法比奥·通巴利

法比奥·通巴利在林中骑马

sogni di un vagabond, 1933)。

在进行文学创作的同时,法比奥也对教育学发展出浓厚的兴趣。于是,1935年法比奥结束小学的教学工作,开始在法诺艺术学院中学部教授艺术史。同年,法比奥出版了《动物记》(*Il libro degli animali*)一书。1939年,法比奥出版了《贪吃的人》(*I Ghiottoni*)。在这本书中,法比奥不仅歌颂了意大利的美食文化,更表达了自己想要回归田园生活,重新找回人性中最朴素的智慧的决心。1944年,法比奥正式结束教学生涯,成为一名专职作家。

1954年,法比奥出版了编年体抒情诗集——《岁月》(*I mesi*, 1954)。1955年,法比奥出版《托尼诺成长记》(*Il libro di Tonino*)。此书一经出版,便让他获得了以《木偶奇遇记》的作者命名的意大利儿童文学奖——科洛迪奖,并在1965年获得国际职业妇女福利互助会国际大奖。随后,法比奥又创作出版了《相遇》(*L'incontro*, 1960),《跳鹅游戏》(*Il gioco dell'oca*, 1966),《尼亚加拉旅馆》(*Pensione Niagara*, 1969),《新版贪吃鬼》(*I nuovissimi ghiottoni*, 1970)(该书自出版后不断再版、更新)。

《托尼诺成长记》原版封面

结束教师生涯后,法比奥回到佩萨罗-乌尔比诺省的水乡小镇奥萨尔索,度过了宁静的隐居生活。1989年6月8日,法比奥·通巴利在家人和朋友的陪伴下安然离世。

法比奥·通巴利与女儿玛利亚在意大利法诺家中

法比奥·通巴利与女儿玛利亚在意大利水乡小镇奥萨尔索

译者的话

在一座乳白色山林别墅的书房里,一位老翁用笔尖蘸着墨水伏案埋头奋笔疾书,一位老妪聚精会神噼里啪啦地敲打着打字机的键盘……老翁是耄耋之年的意大利著名作家法比奥·通巴利,老妪为其妻子安杰拉·布赛托。他俩正在为一部书的即将出版忙得不可开交。

通巴利的父亲是理发师,母亲是家庭主妇。他1899年生于意大利风景如画的滨海小镇法诺,1989年在风光旖旎的水乡小镇里奥萨尔索安然去世,享年90岁。他年轻时曾参加过第一次世界大战和意大利国内的独立战争。师范学校毕业后,他在小学任职多年,讲授语文课,后来专门从事文学创作。

通巴利一生勤勉笔耕,矻矻终日,是位多产的作家,共发表各种文艺作品30余部。他是以两部儿童文学专著《动物记》(1935年)和《托尼诺成长记》(1955年)而蜚声文坛的。

《托尼诺成长记》发表后的第二年,即1956年,就同时获得了两个奖项:意大利儿童文学的最高奖——以《木偶奇遇记》的作者科洛迪的名字命名的"科洛迪奖"和"国际职业妇女福利互助会国际大奖",并多次再版。据专家考证,《托尼诺成长记》是作者在长期担任小学教师时为孩子们撰写的语文教材,后来这些教材有的被选入中小学教科书。借此机会,需要说明的是,该书的原版题目可直译为《托尼诺的书》,而我根据书中的内容改成了《托尼诺成长记》。意大利的小学生到底读些什么内容的语文课本?在学校和家里是怎样度过的?课余时间玩什么游戏?节假日都干吗?有什么样的兴趣爱好？又有哪些烦心事儿？……这一切或许都是中国小读者感兴趣的。那么，你们不妨读一读这本书。

《托尼诺成长记》共分三部分，每篇故事既独立成章又互相连贯，阅读对象为小学高年级学生和初中生。有的故事以父母的名义，有的以作者的名义，有的以小主人公的名义，有的从经典名著中采撷精彩片段，讲述孩子们最感兴趣的问题。其涵盖的知识包罗万象：宗教节日，民俗风貌，圣歌民谣，历史人物，凡人琐事，可爱的动物，有趣的植物，美丽的地球，神秘的宇宙，等等。可以说此书是孩子成长过程中值得一读的小小百科全书。

《托尼诺成长记》一书是了解文明古国意大利乃至西方世界文化的一个窗口。想要了解西方文化，就必须了解作为文化基础并源远流长的宗教文化，也就是我们常说的传统文化，而要做到这一点，你得首先了解代表宗教文化符号的宗教节日。据不完全统计，包括圣诞节、复活节、狂欢节等在内的意大利全国性的节日就有十九个之多，名目繁多的地方性节日活动更是不计其数，甚至每天的日历上都有一个圣人的名字，每个城市都有自己的保护神，而且都带有浓厚的民族民间色彩。作者对这些代表传统文化的宗教节日的源头、传奇故事和神话人物进行深入的探索，并运用文学的手法，加以绘声绘色的描述，孩子们读起来并不单调乏味、艰涩难懂，听起来别有一番风趣。

三

该书的主人公小学生托尼诺天真活泼,心地善良,但幼稚可笑,任性、执拗、口无遮拦,伤害了自己的小伙伴,甚至得罪了老师和校长,大家都管他叫"与人为善的蠢驴"。作者通过一件件平凡、细微的小事,记述以托尼诺为主的几个孩子的成长是一个痛并快乐着的过程。

有一次,托尼诺的脸和手臂上带着伤痕,闷闷不乐地回到了家,爸爸问他是怎么回事,原来他把猫当成了一个纯粹的玩物,对它生揪硬拽,把它惹急了,结果被抓伤了。爸爸教他正确的玩法:温柔地抚摩它,让它感到舒服惬意,我们常说的"顺毛驴"就是这个道理。还有一次,托尼诺为了跟小伙伴玩扣子游戏,把裤腰上的扣子扯了下来,结果不得不用手提着裤子回家,闹出了许多笑话。

一天深更半夜,托尼诺迷失了回家的路,于是心生畏惧。他摸索而行,穿过幽暗沉寂阴森的街道,突如其来的警报声,给他指明了回家的方向……还有一天,四处迷茫,整个城市都笼罩在灰色的雾气里而不见天日。他穿云钻雾,时而踯躅徘徊,时而步履蹒跚,心里怦怦直跳,恐慌不安……

作者之所以营造阴暗寂寥、黑黝黝的长夜和雾团虚无缥缈的恐怖氛围,目的在于给托尼诺一个历炼自己的机会,同样也给他迎难而上的勇气,这是暗示孩子们的成长之路并非都是铺满鲜花、一帆风顺的,而是坎坷曲折、荆棘载途的。

作者运用讲故事这种喜闻乐见的形式,不仅让孩子们收获了实际的知识,更收获了为人处世的道理。不管任何时候遇到恶劣的天气,都要随时拉响警报,目的是让在大海打鱼的渔民或航行的其他船只都必须急速返港停泊,确保生命的安全和财产不受损失。持续的警报声扰得睡得正香的人们不得安宁,不胜烦恼,更让第二天上学的孩子们苦不堪言，怨声载道，甚至出言不逊。作者讲这个故事的目的是为了让孩子们懂得凡事都是几家欢乐几家愁的道理，学会换位思考问题。在大人们的循循善诱下，孩子们的气恼霎那间全消了。书中通过柴米油盐、家长里短式的聊天，娓娓讲述富人的贪婪与蛮横、狡黠与愚蠢；穷人的拮据、生活的举步维艰和复杂多变的心理活动，展示了他们的自尊自爱和不向命运屈服的高贵品质。同时，书中还包含人生的一些信条、至理名言，文明礼貌，应该养成的良好习惯，诸如我们常说的"前人栽树，后人乘凉"、"欲速则不达"、"吃有吃相"、"坐有坐相，站有站相"等都像润物细无声的春雨，不知不觉地灌输到孩子们的头脑中，被他们所接受，铭记在心，一辈子受用不尽。作者运用夸张的艺术手法，让"与人为善的蠢驴"托尼诺历经种种地狱般的磨难和无数次炼狱般的洗礼，摸爬滚打，苦尽甘来，最后升入"天堂"，成了上天的孩子，星星的孩子，为别人着想的孩子，连老师也不得不对他刮目相看，时不时地称赞他几句。

四

作品中，作者用大量篇幅讲述花草树木、瓜果蔬菜、虫鸣蛙叫、汪洋大海、锦绣大地的故事，对自然万物的赞美之词溢于言表，对弱小生命的热爱跃然纸上。

那些弱小的精灵，别看它们微不足道，但它们跟我们人类一样，有着自己的喜怒哀乐和兴趣爱好。你听，夜莺在作者的妙笔下是如何生花的：它时而长吁短叹，时而激情四溢，时而卑躬屈膝，时而趾高气扬，时而哭泣，时而欢笑……这是作者告诉我们要学会尊重、敬畏和善待微小的生命，保护好滋养着我们的大自然，与其共生共荣，和睦相处，让我们的世界充满爱，让我们的家园变得更美好，让我们的生活充满阳光。

那么,我们不禁要问,作者为什么会拥有这种神来之笔呢?这跟他儿时的兴趣爱好有关。童年的通巴利对神秘莫测的大自然,鸟呀、虫呀、花呀、草呀,有着浓厚的兴趣和好奇心。成为作家后,他重拾儿时的爱好,再次激起了他对这神秘的世界要探个究竟的强烈欲望。于是,他深入到人迹罕至的深山密林中,细心观察各种动物的神奇奥妙,记下了大量的观察笔记,长此以往,了解到弱小精灵们的生活习性,读懂了它们的语言,运用拟人化的手法,入木三分地刻画了它们的不同性情,一个个小精灵的形象,活灵活现地展现在我们的面前。

遇到狂风暴雨大作时,人们一般会找个遮风避雨的地方,可这个时候作者偏偏披上雨衣习惯性地要到外面走一走,看一看,他想干吗?他要观察并记下天地万物非同寻常的千变万化:大海滔天的波浪,鸟儿的哀鸣,大风的呼啸,树木的翻滚跳动,行人艰难迈步的模样……暴风雨过后,又是一种别样的美:空气清新得吸一口能醉人,天空深邃、明净、清澈,小鸟唱着婉转的歌,海面烟波浩渺,海水碧蓝……长期跟大自然的密切接触,或许是作者长寿的秘诀之一。即使他晚年退隐山林别墅过着闲云野鹤的日子,仍难移其本性。他童心未泯,远观飞禽走兽,近观各种昆虫,常常会为一只小鸟的鸣啭而欣喜若狂,也会为一只蝴蝶折断了翅膀而伤心落泪。他始终跟大自然结伴而行,同命运共呼吸,而且矢志不移,至死不渝。

五

借此机会,我必须向厚爱我的读者,说几句掏心窝儿的话,一吐为快。在十多部拙译中,耗时最多的除了《爱的教育》(用了十二年)

和《智的教育》(用了五年)之外，就是《托尼诺成长记》(用了四年的时间)了。归根结底，就是一个"难"字。也许有人会问，《托尼诺成长记》是一本小学生读物，翻译起来也会难吗？还会问，你做了几十年的翻译，说难谁信呢？我真是哑巴吃黄连，有苦说不出！要知道，作品的个别章节中作者过多地使用了方言和俚语。为了便于读者的阅读，我不得不耗神费力地去查阅大量的中外文资料以做出必要的注解，但仍有个别生僻的单词和短语让我一头雾水、不解其意，搅得我心烦意乱，寝食难安。在这种情况下，我不得不请求客居北京的三位意大利友人：中国国际广播电台专家唐云女士、在意大利驻华大使馆任职的福隆先生和北京大学在读博士生戈雅小姐帮我答疑解惑。他们为我攻克了一道道难关，可极个别难点虽经反复推敲斟酌，他们也说不清道不明，没有给出满意的解答。据他们分析，作者可能使用的是俚语。跟我们这里一样，一个地方的俚语使用的范围是极窄的，别的地方的人是百思不得其解的。另外一种可能是作者遣词造句的背后有着深刻的含意，局外人无法捕捉到作者灵魂深处想要表达的意思。作者的一位朋友在一篇述评中道出了事情的原委，让我们茅塞顿开：作者往往用一个平常得不能再平常的词汇抑或一个生僻的单词来表达别人或自己灵魂深处的那个世界。比如说，在常人看来，墨水就是墨水，就这么简单，可在作者使用这个单词时，墨水就变成了一个转意词，即墨水代表光明和亮点。讲到墨水时，除了作者外，谁也不会把墨水跟光明和亮点联系在一起。天啊，我们终于恍然大悟：原来，墨水寓意着光明的前途，因为正如作者所指出的那样，他的一部部书稿正是用蘸满墨水的笔尖一字一句源源不断地书写出来的，从而演绎了他波澜壮阔、光辉灿烂的一生。但时至今日，仍有几个单词和短语困扰着我，一直让我辗转反侧，焦躁不安。有鉴于此，我只能按照自己的惯常方式来处理无关大局的小疑点了，留下暂时的遗憾。我是个衣食住行非常简单而在译事上极为较真儿的老人。对于每部原作的译介，我的终极目标是尽量少留遗憾，甚至不留遗憾。为此，我还是企盼着未来能向作者的后人请教，求得释疑解难，只有到那时，我才会心安理得，彻底释然。

一般来说，任何一部作品，包括优秀的作品，出点儿瑕疵，出点儿纰漏，在所难免，但瑕不掩瑜。就此而言，《托尼诺成长记》仍不失为一部优秀的儿童读物，它同时获得两个奖项就是明证。

《托尼诺成长记》是通巴利作品的第一个中译本。对于这位才华横溢的意大利作家不远万里，飘洋过海，首次光临中国，我不由自主地道一声："您好，通巴利先生！"也衷心期望通巴利其他作品的中译本早日在我国问世。

最后，除了向上面提到的三位意大利友人表示由衷的感激之外，还要特别感谢我在罗马大学进修时的导师——意大利参议院教育委员会副主任朱丽雅娜·里米蒂教授，是她向我无偿提供了《托尼诺成长记》的意大利文原版书，并推荐给我国的小读者。

王干卿
2015年3月28日

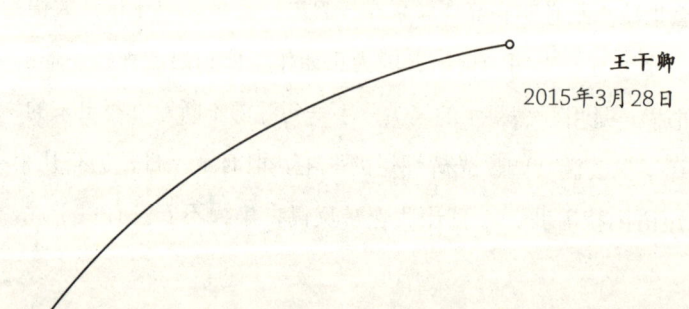

译者与意大利驻华大使馆文化参赞
斯特法妮娅·斯塔福蒂教授合影

译者与其罗马大学导师兼意大利参议院教育委员会
副主任的朱丽雅娜·里米蒂教授合影。
是她向中国小读者推荐了这部书。

目录 上篇

1 与大海嬉戏 ----> 003
2 大海的礼物 ----> 006
3 小猎人 ----> 008
4 挨打的猎人 ----> 010

5 去姑妈家做客 ----> 014
6 嫁接的艺术 ----> 019
7 天外来客 ----> 021
8 逢场作戏的珍珠母鸡 ----> 023

9 放羊的秘诀 ----> 026
10 盛大的博览会 ----> 028
11 摘葡萄 ----> 031
12 酿酒学校 ----> 033
13 天道酬勤 ----> 036
14 满载而归 ----> 038

15 开学第一天 ----> 041
16 新班级 ----> 045
17 新同学 新课桌 ----> 048
18 树木的歌声 ----> 051
19 托尼诺和猫咪 ----> 055

20 彩虹的传说 ----> 058
21 色彩的故事 ----> 060
22 初出茅庐的画家 ----> 063
23 群青之海 ----> 067
24 哥伦布发现新大陆 ----> 072
25 海风的威力 ----> 076

26 幽灵船 ----> 086
27 汪洋大海的金银财宝 ----> 088
28 老海员的再次遇险 ----> 090
29 意大利的野生动物 ----> 093
30 哥萨克式的淋浴 ----> 095

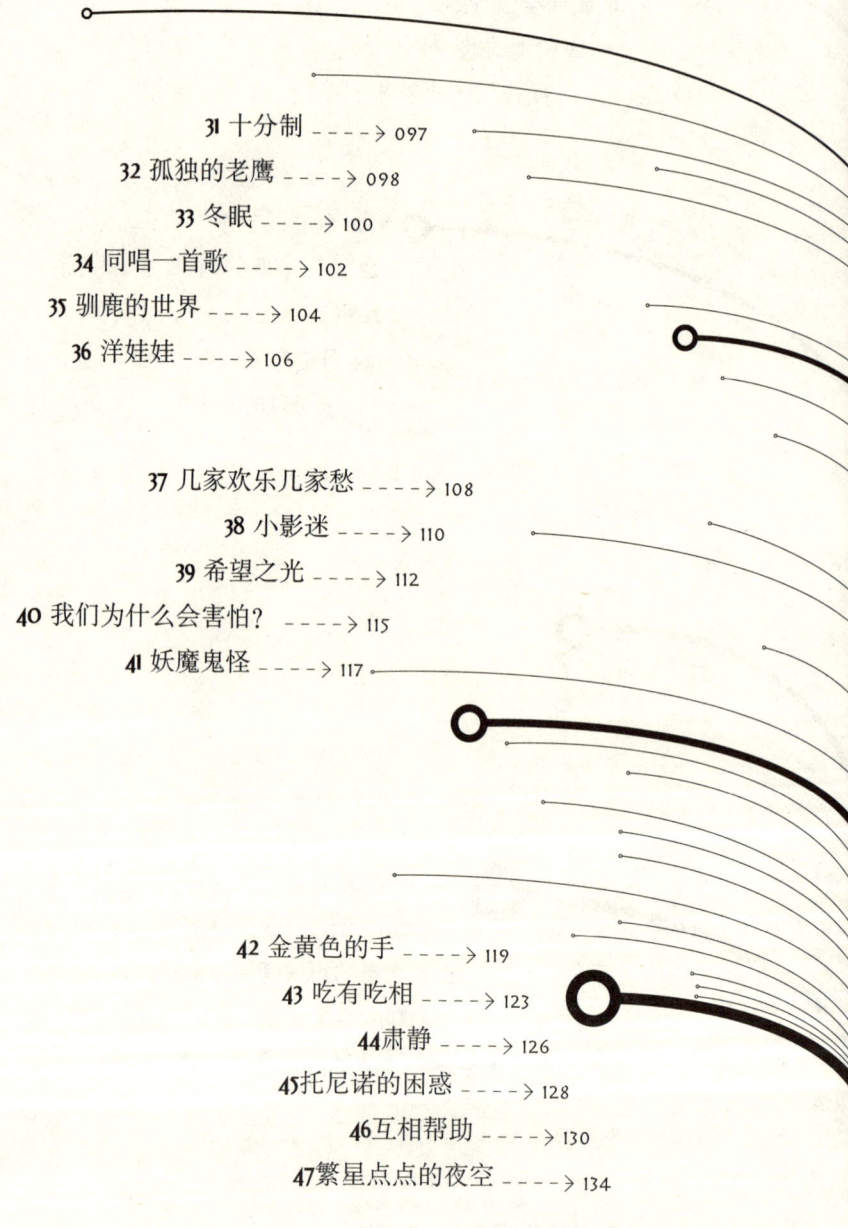

31 十分制 ----> 097
32 孤独的老鹰 ----> 098
33 冬眠 ----> 100
34 同唱一首歌 ----> 102
35 驯鹿的世界 ----> 104
36 洋娃娃 ----> 106

37 几家欢乐几家愁 ----> 108
38 小影迷 ----> 110
39 希望之光 ----> 112
40 我们为什么会害怕？----> 115
41 妖魔鬼怪 ----> 117

42 金黄色的手 ----> 119
43 吃有吃相 ----> 123
44 肃静 ----> 126
45 托尼诺的困惑 ----> 128
46 互相帮助 ----> 130
47 繁星点点的夜空 ----> 134

48 奇怪的病 ----> 136
49 家庭木偶剧院 ----> 138
50 真理的种子 ----> 140
51 扣子丢了？ ----> 142
52 创作 ----> 145
53 马槽 ----> 147

54 圣诞节礼物 ----> 150
55 包小饺子 ----> 152
56 太阳的十二个"家" ----> 154
57 圣诞节 ----> 156

中篇

1 逃跑的小麻雀 ----> 159
2 神秘造访者 ----> 162
3 共和国之王 ----> 164
4 托尼诺的好奇心 ----> 167

5 主显节 ----> 169
6 音乐会 ----> 172
7 满堂彩 ----> 177
8 托尼诺的"生意经" ----> 180
9 魔笛 ----> 183
10 狂欢节的最后一天 ----> 185

11 迷迭香和鼠尾草 ----> 189
12 变"坏"的帕利诺 ----> 193
13 成长的烦恼 ----> 195
14 苦涩的泪水 ----> 199

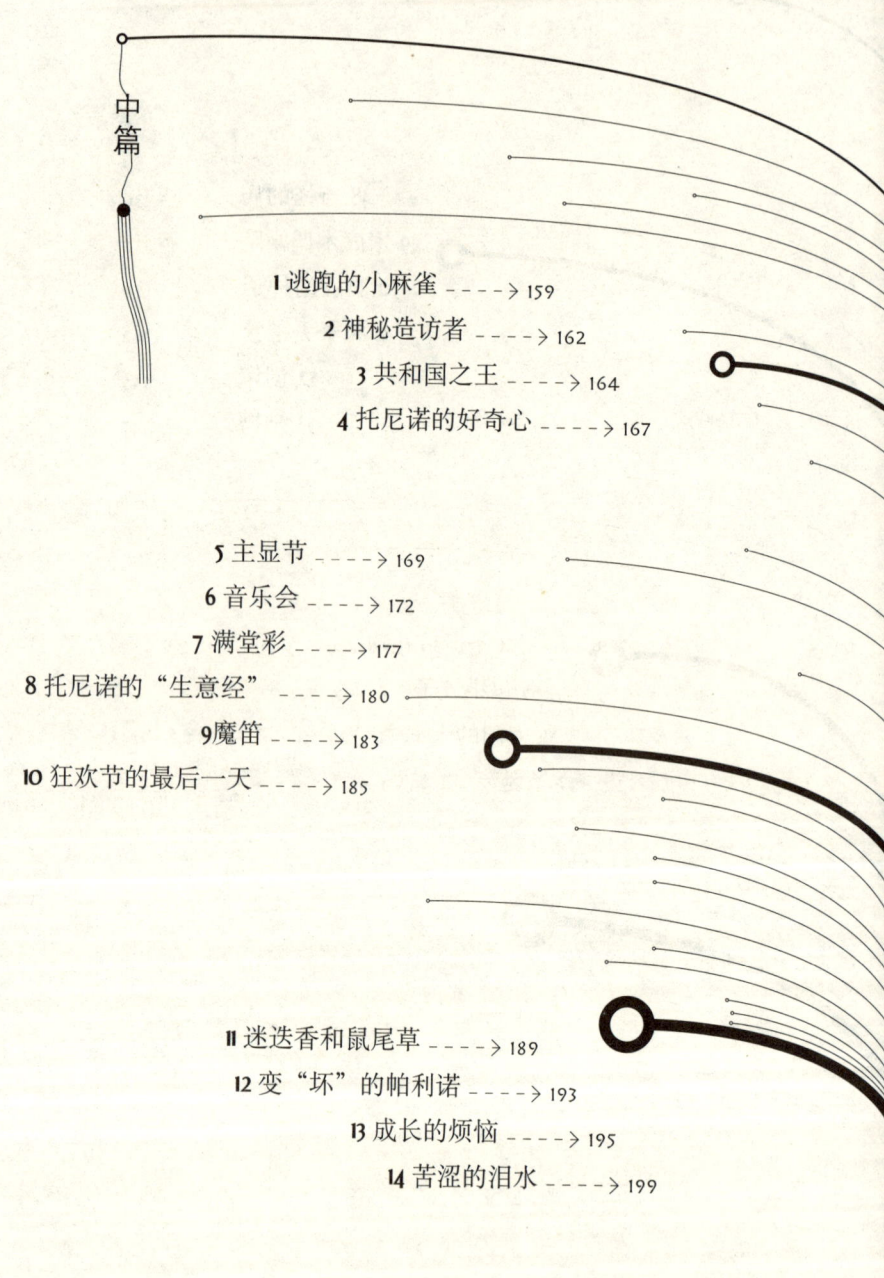

15 撞大运 ----> 201
16 春天的气息 ----> 204
17 餐桌上的"太阳" ----> 208
18 海鸥光临 ----> 211
19 植树的美德 ----> 213

20 破壳而出 ----> 215
21 又要放假了 ----> 217
22 复活节的早晨 ----> 221
23 复活节 ----> 225

下篇

1 菜园里的大合唱 ----> 229
2 暴饮暴食的后果 ----> 233
3 想上学的托尼诺 ----> 236
4 种子的旅行 ----> 239
5 自然法则 ----> 242
6 爱操心的鸡妈妈 ----> 244
7 暴躁的野牛和大草原雄鹰 ----> 246
8 印第安人 ----> 250
9 帕利诺初露锋芒 ----> 254
10 满怀激情的托尼诺 ----> 256
11 制作风筝 ----> 258
12 放风筝的小孩 ----> 261
13 关于花儿的秘密 ----> 264
14 谎言总会露马脚的 ----> 266
15 关于时间 ----> 271
16 飞行皇后 ----> 273

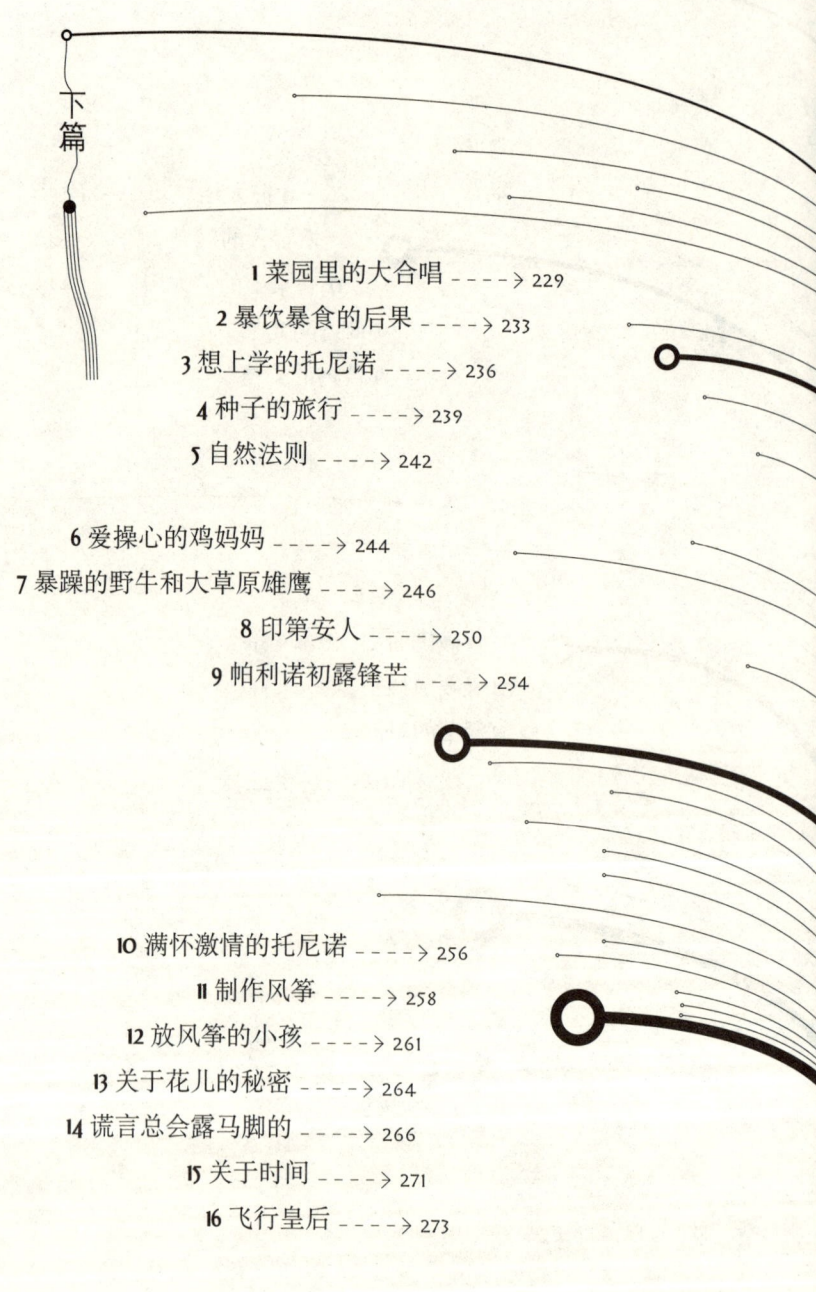

17 被嘲笑的"世界冠军" ----> 276
18 童话世界里的小精灵 ----> 279
19 夜莺 ----> 282
20 侠肝义胆的骑士 ----> 285
21 何为强者？----> 288
22 一次奇幻历险记 ----> 290
23 和陨石相遇 ----> 293
24 趣味无穷的古代王国 ----> 297
25 圆桌骑士 ----> 300
26 可怜的金龟子 ----> 302
27 魔法王子 ----> 304
28 编织生活之梦 ----> 307
29 从木工到海员 ----> 309
30 运动员 ----> 312
31 欲速则不达 ----> 314
32 电影明星 ----> 317
33 天堂之门 ----> 320
34 盛夏之夜 ----> 324
35 本学年结束 ----> 326
36 真正的男子汉 ----> 328

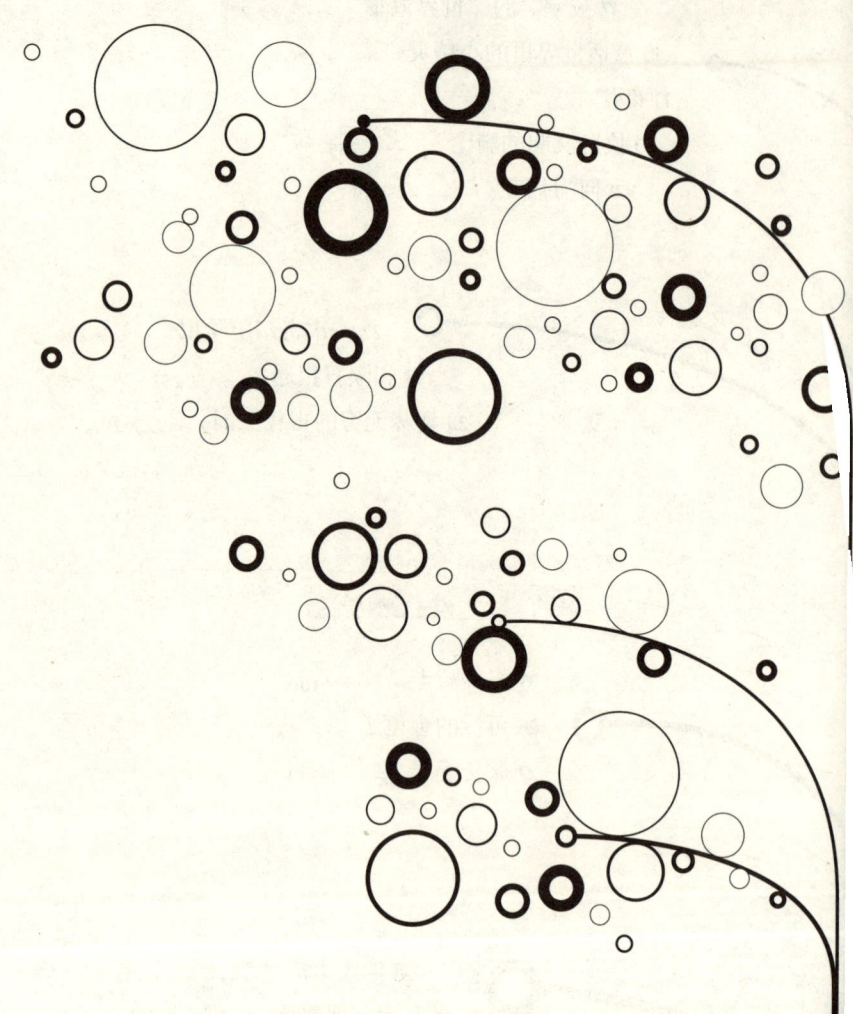

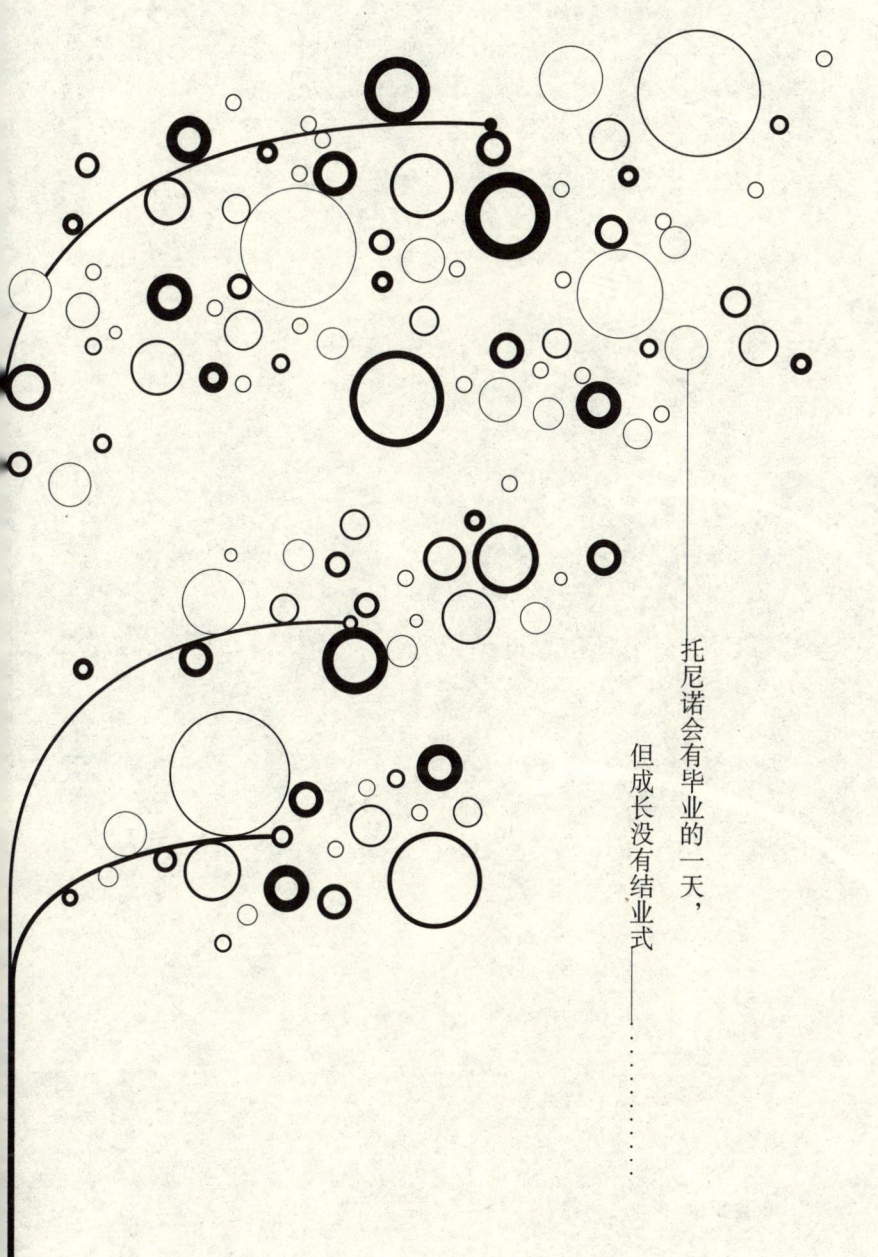

托尼诺会有毕业的一天,
但成长没有结业式

……

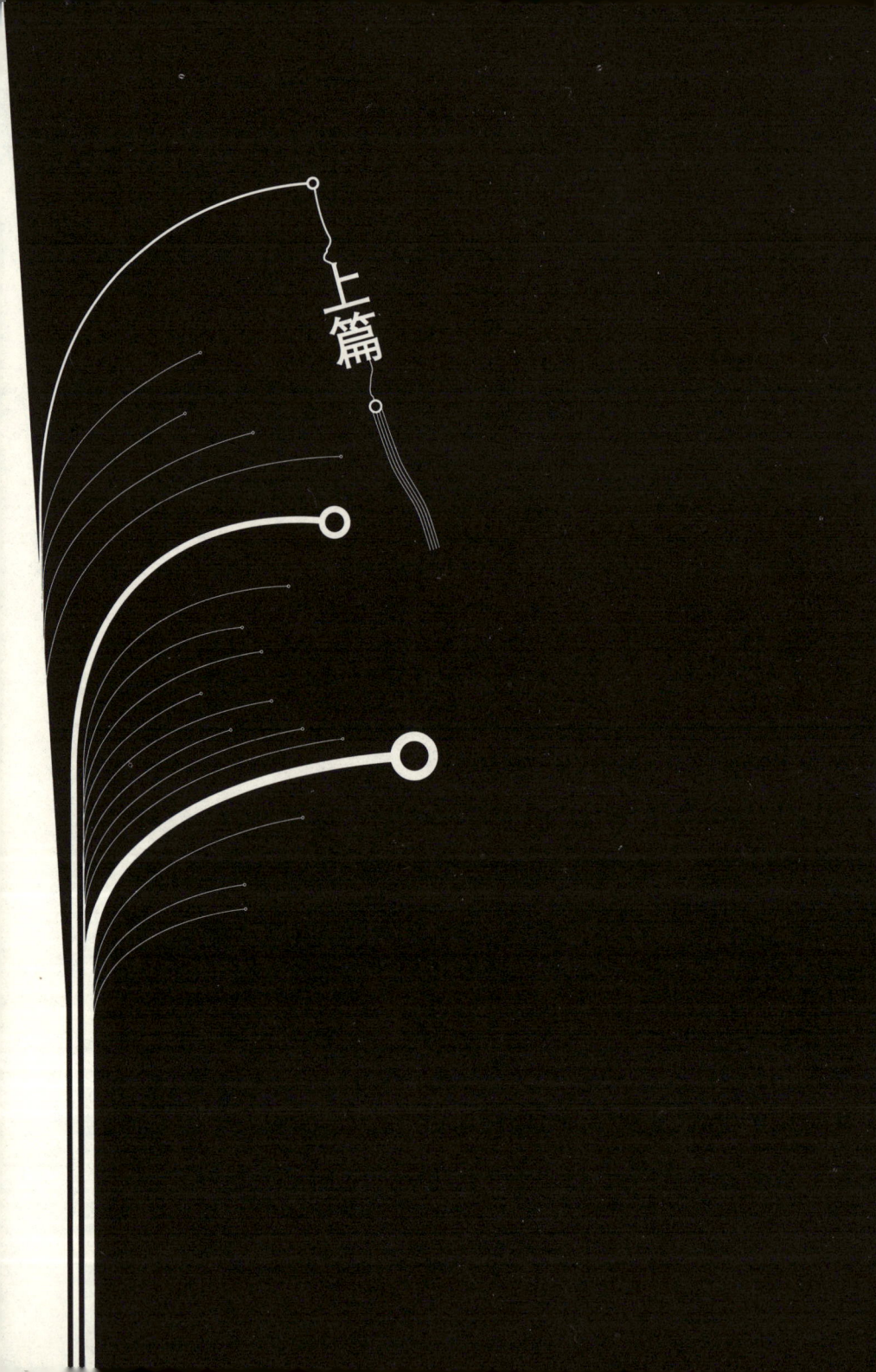

夏季已经结束,海边已经看不到人了。可家住海滨附近的兄弟俩托尼诺和帕利诺却继续到海滨玩耍。

浪花飞溅的这些日子里,托尼诺每天都去海滩捡拾宝贝。每来一次风暴,波涛就汹涌澎湃,托尼诺的"财富"就急剧增加。这是大海的宝贝哟!是大海特地献给他们的宝贝哟!大海把宝贝冲到他的脚下,好像宠物犬把猎物主动献给主人一样。大海是无私奉献者,又是贪得无厌者,它从天空和陆地攫取阳光、生命和盐分。当风平浪静后,大海又感到后悔了,于是在另一次大风大浪来临时,把深藏的宝贝以零敲碎打的形式回赠给了我们。

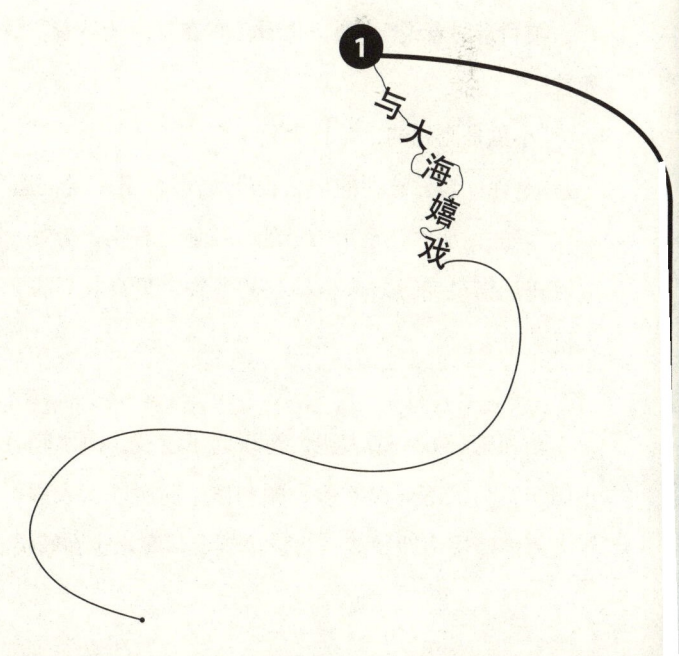

1 与大海嬉戏

早晨，托尼诺走在沙滩上，把捡到的那些活蹦乱跳的小鱼放进小桶里，而帕利诺则调皮地把几条银灰色小鱼从桶里捞出来。

托尼诺大声嚷叫："我说过，别碰它们！"

可帕利诺怎么能忍得住呢？瞧，闪着银灰的小鱼正在他手里来回摆着尾巴。

帕利诺说："还活着！你看，还在动弹呢！"

"我知道还活着，可要是不马上放进小桶里，它就会死掉的。"

"我不信，你看，不是还在动吗？"

说着，帕利诺给托尼诺看放在手掌里的小鱼。

"放进桶里，马上，赶快！"

"不放。"

"赶快，傻瓜！"

帕利诺终于决定把小鱼放进水里了。可怜的小鱼呼吸了两三次，便鱼肚朝上，漂在水面上了。

帕利诺哭着说："喂，你看，它在外面还活着，放到水里，反而死啦！"

"小鱼是淹死的，是你害死了它！"

"是你！是你害死的！当我进地狱时，我一定向魔鬼告你一状！"

"好的，那你把小鱼带给他，让他烤着吃，美餐一顿！"

托尼诺说完，拿起他捡到的各种宝贝扬长而去，将帕利诺一个人留了下来。

帕利诺只好一个人跟大海玩起了游戏。海水轻轻地拍打着他的小脚丫。为了不弄湿衣服，帕利诺干脆脱去了衣服，光着身子，好跟大海痛痛快快地嬉戏一番。他笑了，海水也在嬉笑。海水向前涌，他就向后退,海水向后退,他就向前冲。翻腾着泡沫的浪花接连不断地扑向他,他被征服了,被吸引住了。他在浪花中跳来跳去,又深深地踩下去。

已经到了中午时分。太阳当空,垂直地照耀着平滑如镜的海面。在四溅的浪花中,帕利诺若隐若现。这时候,他发现自己被什么东西盯住了……原来在他的脚下,一只个头很小,但非常老练的螃蟹正眯着小眼睛,虎视眈眈地望着他,宽大的嘴巴吐着泡沫。帕利诺发现了这位不速之客,后者也发现自己被不怀好意者盯上了,于是它支起螯肢,横爬而行,鼓起小小的眼睛,注视着帕利诺,冷不防钻入了水中。

帕利诺被螃蟹深深地吸引住了。为了尽快抓住螃蟹,他走上前去,海水没过了他的小腿和膝盖。海水继续上涨,没过了他的腹部,最后漫过了他的胸部。但他并没有见到螃蟹。其实螃蟹已钻入沙子底下,它搅浑了海水,消失在旋涡中,一个巨浪又把它卷入礁石中。

刹那间,帕利诺感到双脚腾空而起,一个巨浪把他掀到了岸边。他浑身湿淋淋的,如同一只落汤鸡一样上了岸。他流着泪水跑回了家。妈妈一把抱起他,搂在怀里,一个劲儿地亲吻,却不知道亲吻的是海水,还是泪水。

帕利诺大喊:"大海!大海!"

妈妈边关房门边对大海说:"大海坏透了!它让我的宝贝哭成了泪人儿!"接着又对帕利诺说:"你也让妈妈流泪!托尼诺把你一个人留在了海边,这个淘气鬼到哪里去了?"

这一天，大海在咆哮，翻腾着的冲天巨浪痛苦地呻吟着，直到深夜，汹涌的海涛才完全平息下来。接着又下起了倾盆大雨，狂暴的大海再次来袭，向岸上猛扑过来，夜风冷飕飕的，孩子们上床睡觉时都盖上了厚厚的毛毯。

帕利诺问："妈妈，雨下得这么大，大海会淋湿吗？"

妈妈回答说："让它淋湿好了，正像它也弄湿了你一样！"帕利诺睡觉去了。

第二天早晨，渔船满载而归，这是秋季以来捕鱼量最多的一次：鳗鱼、鳕鱼；深海鱼有鳐鱼、星鲨、礁石鲉鱼、羊鱼；带着污泥的鱼，

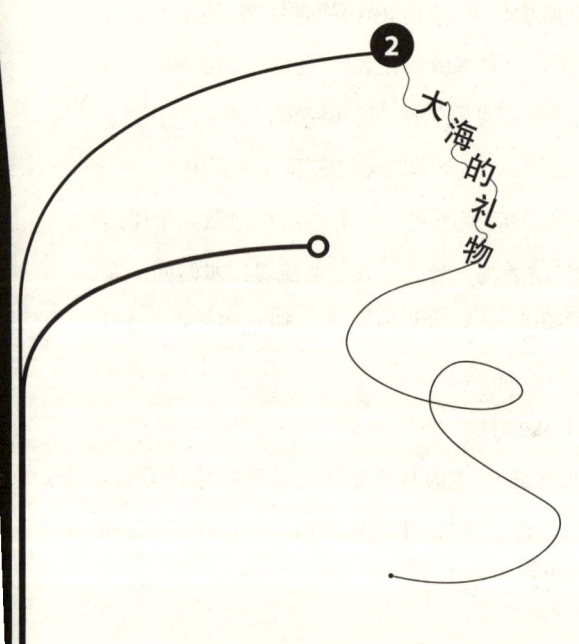

2 大海的礼物

如鱿鱼、墨鱼、鲭鱼；还有第一批深蓝色的鱼，如大大小小的沙丁鱼……一船船、一网网的鱼都在广场的集市上出售。大家争先恐后地去购买。妈妈为午餐和晚餐买了一小篮鲱鱼和鳕鱼。

爸爸问："怎么有臭味？"

妈妈回答说："臭味？怎么会有臭味？你看，它们的外表是新鲜的，眼睛还转动着，你难道觉得是死鱼吗？"

"不是死的，是活的，是活蹦乱跳的，可是有臭味，而且臭味越来越浓。"

妈妈说："确实如此，不知怎么回事，要不扔掉算了，但这么好的鱼，扔掉又太可惜了。"突然，一个念头从妈妈的脑海里闪过："宝贝！"

"什么宝贝？"

"海盗的财宝！"

爸爸妈妈跑进卧室，没费什么工夫，就从托尼诺的衬衣抽屉里翻出海带、海星、海绵、内衣、贝壳、小手绢，臭气就是来自这些破烂货，它们本来应该放在阳台上的呀！

爸爸说："把这些东西都扔到外面算了，你看怎么样？"

妈妈说："不行，那样，托尼诺会怪我们的。而且，你看，这是珊瑚、海马、海菜、海星、刺海胆、牡蛎……这些都是托尼诺从海边捡回来的，也许还有珍珠吧？"

"还有两个大型的远洋贝壳。"爸爸把其中一个贴近耳旁说："我们现在千万别动它们，等会儿拿到楼下处理掉算了！"

托尼诺和帕利诺拿着满手的彩色珍珠贝回到家，并把它们放进装饼干的小铁盒子里，来到菜园，看到没人，连同海盗小箱子，一同埋到无花果树下。

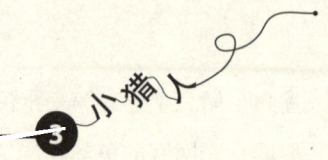

3 小猎人

这天下午,兄弟俩看到一辆厢式货车停在货栈旁边。车厢外面挂着野兔和野鸡,车上是几个背着猎枪、满身泥浆、脏兮兮的年轻人。

帕利诺问:"他们是强盗吗?"

托尼诺回答:"你没看见他们是猎人吗?"

年轻人中,有一个露出凶恶的目光,头发蓬乱不堪,吓得小哥俩赶忙往家里跑。

"我们看到了猎人。"帕利诺对妈妈说。

托尼诺接着说:"他们也可能是强盗。那个凶巴巴地看着我们的人就是他们的头目。"

当晚,谁也没有再提起这件事,几天之后,才旧话重提。

帕利诺问爸爸:"爸爸,你能给我们买支猎枪吗?我们向你保证,猎枪只是用来打猎,绝不用来打仗。"

"狩猎也是一场战争,杀戮总是一种卑鄙的行为。不过要是不怀恶意的话,你可以去打猎。"

"打狮子呢?"

"也是残忍的。不过,猎杀狮子时,我要说,你们务必学会自卫。"

爸爸说完,乐呵呵地笑个不停。

他接着说:"帕利诺,我允许你去猎狮子,真的,你想去吗?"
"我真的想去。"

帕利诺生日那天正好是个风和日丽的好天气。早晨,爸爸分别给小哥俩每人配备了一把双管马口铁镀镍小猎枪。枪管又短又轻,枪托是纯木的,擦得锃亮。总之,只差狮子了。

托尼诺说:"我要是遇到一只狮子,我就制服它。"

"好啦!祝你好运!再见!"爸爸说着,转身走开了。

"让我们自己去干吧!"托尼诺穿好衣服后说,同时答应中午就会回来。

"你们要当心呀!"还在给帕利诺洗脸的妈妈在盥洗室大声说道。

帕利诺抱怨道:"天天说!天天洗!你不是昨天给我洗过了吗?"

"今天是你的生日,你应当比往常更帅气!这跟你将来长大了,需要每天刮胡子一样。"

"我要留着胡子。"

"亲爱的,那样的话,你就会像一条卷毛狗……喂,今天你们到乡下去,一定要多喝水,并排昂首挺胸,径直向前走。"

"为什么?"

"因为狗总是猛扑走在后面的人。"

"可我们有猎枪呀!"

"斯提奥波[1]。"帕利诺说。

"好吧!要是你们猎到狮子,请把尾巴给我带回来。"妈妈边说边亲吻小哥俩。他俩抱起猎枪,美滋滋地朝乡下走去。

---

[1] 意大利语中枪的不正确发音。—译者注(本书所有注释均为译者注,以下不另行说明。)

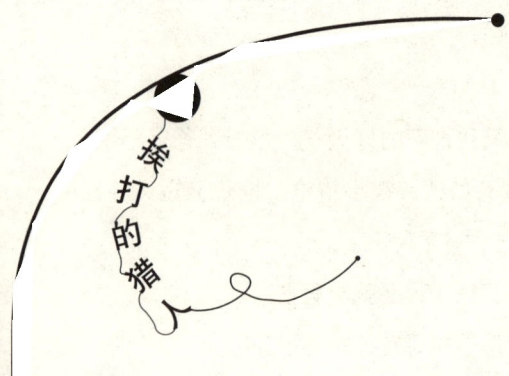

"祝你们走运！"妈妈大声嘱咐了一句。

听了妈妈的话，托尼诺笑了，帕利诺生气地说："狼为什么吃咱俩？[1]"

"这是对猎人的一种祝愿。有我在呢，你怕什么？你见到狼，别管它就是了！让它冲着我来好啦！我会说，你好，狼小姐！我向狼问好，是让它靠近我，让它能看到猎枪。"

"狮子在哪儿？"帕利诺问。

---

[1] "祝你走运"的意大利语原意为：接近狼嘴巴。而帕利诺将这句话理解为原意了。

"在林子里,也就是在两棵松树上。你听到狮子吼叫,就端起枪,闭起一只眼,瞄准它。你看到什么了?"

"我什么也没看到。"

"不可能!不可能!不是闭起双眼。如果两只眼睛都闭起来,你会睡着的!你必须闭起一只眼睛,用另外一只眼睛盯着狮子。"

"用睁开的那只瞄准吗?"

"对啦!瞄准后,千万别再动了!"

"狮子也闭一只眼睛吗?"

"不闭!你闭一只眼睛,瞄准狮子的眼!"

"狮子仅有一只眼吗?"

"你真是什么都不懂!随你的便,你怎么瞄都可以!我来收拾它吧!"托尼诺一边往前走,一边不耐烦地嘟囔着。

"野牛呢?哪里有野牛?"走在后面的帕利诺抱怨道。

"啊,你怕啦?"托尼诺责备着,并向帕利诺投去蔑视的目光。

"不怕。我朝它脸上踢一脚,然后再把它扔到米兰去!"

托尼诺轻轻一脚,就把弟弟踢倒在地。

"摔疼了吗?"托尼诺说着,赶忙把弟弟从地上扶起来。

"我要是遇到一头狮子,我就把它一脚踢到那不勒斯去。走着瞧吧,我会的!"帕利诺跟在托尼诺后面悄声地说。

"什么?"

"好吧!要是我遇见一头狮子,我就等着它张开血盆大口……"

"那样,狮子会吃掉你的。"

"不可能吃掉我,因为动词的时态没有跟动作搭配好。[2]我把手

---

[2] 意大利语的动词用法很复杂,这是两个小孩子在打嘴仗,玩文字游戏。

放进狮子的肚子里,先把它的肠子给掏出来,然后再把它的五脏给挖个一干二净。我再从它空空的肚子里抓住它的尾巴,像翻转袜子那样把狮子翻过来,剩下的就好办了……"帕利诺气喘吁吁地讲着,托尼诺笑眯眯地听着,最后兄弟俩一起攀上了山顶。

从山顶望去,整个城市一览无余,海上航行的船只和远处的群山历历在目。

"山下有我们的家,你看见了吗?尽头窗台上的天竺葵开着艳丽的花朵,你看得到吗?"

"太远了,我看不大清楚。"

帕利诺说:"我们回去吧。"

"回去干什么?我们连一只猎豹还没捕杀呢!我们要穿过一片沙漠,到达一片丛林地带。在那里就可以看见我们家窗台上的那只野兽。"

"那是只猫。"帕利诺说。

"对,是只样子像老虎的猫。不过,这只猫像是一个老缠着妈妈的孩子,是一个非同寻常的品种,只有在童话中才能看到。这说明我们家被妖魔化了。"正穿过"沙漠"的托尼诺说道。

突然,帕利诺一声惊叫:"你看见那只正在飞的鸟了吗?我要把它打下来!"

"不行,别打它。"

"谁打它了?喏,你看那头野牛。"

"那不是一只绵羊吗?它正在靠近我们,我说,你别跑呀!"

帕利诺看到漫山遍野鲜花怒放,高兴得如同东奔西跑的玩具小火车。这时,有二十来只火鸡,纷纷从鸡舍里跑出来。帕利诺受到来自火鸡的四面八方的围攻,吓得大声呼喊。火鸡中,有的鼻息如雷,有的喘着粗气,有的嗷嗷号叫。

托尼诺见到眼前的情景,觉得有被啄的危险,就跟帕利诺拔腿逃跑了。在后面追赶的火鸡还一个劲儿地咯咯直叫。

"别怕,我们快跑就是了。"托尼诺大声说。

"你知道吗?那些火鸡大约有一百多只呢。"跑回家的帕利诺还心有余悸,端坐在妈妈的膝盖上,妈妈安慰他,让他平静下来。

"一只火鸡扑向帕利诺,我狠狠地踢了它一脚,它痛得直叫唤。要是我不拿枪吓唬它们一下,帕利诺很可能就被啄伤了。"托尼诺说。

妈妈叹息一声,说:"哎呦,我可怜的帕利诺,你别怄气了,明天我就去买一只肥大的火鸡,拿来煲汤喝。这样,我们就能看到火鸡在锅里备受煎熬的样子!怎么样,我的小猎人?这叫平底锅里打猎,对吗?"

"太好了!"托尼诺高兴得大喊一声。"鸡汤比狮子汤好喝多了!妈妈,火鸡最好吃的部位是什么?"

妈妈回答说:"俗话说得好:火鸡的大腿最好吃,鸡的翅根最好吃。"

托尼诺说:"我很喜欢这则俗语,美味的俗语!火鸡的翅根,鸡的大腿……不对,怎么说来着……"

帕利诺连声说:"我说!我说!火鸡的大腿……"

"帕利诺,你真棒!鸡呢?"妈妈鼓励说。

"奔跑!"

"不对,鸡是步行!"托尼诺纠正说。

"火鸡和鸡不是步行,人才是步行,它们是奔跑!"帕利诺做出了圆满的总结。[3]

---

3 以上几句话的意大利语单词均为一词多译,也是在玩文字游戏。

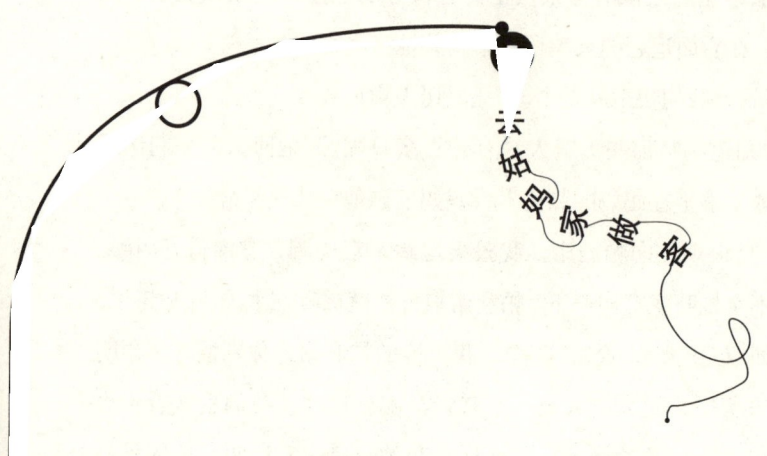

两天后,姑妈来到托尼诺家,把两个小侄儿接到乡下。

托尼诺问姑妈:"姑妈,听说大山后面有座 500 米高的山峰,这是真的吗?"

"天晓得!要走到山顶看一看才会知道,可我从来不想冒那个险。即便那里有我特别喜欢的迷迭香,我也不敢鲁莽行事,贸然去那里采摘。每一天从早晨起,我就像个吉卜赛人那样跑来跑去,忙得团团转。我的生活节奏太快了!危险太多了!永无止息哟!"

"姑妈,你说的是真的吗?如果是真的永无止息,我们就太羡慕啦!我听大人说越是永无止息,人们就越能磨练自己,就能变得越坚强、越有力气、越快乐幸福,这是大好事呀!帕利诺,你说对吗?"事实上,公交车只用了个把小时就跑完了全程,他们是第一拨到达终点站的乘客。

"着地的感觉真好!"姑妈深有感触地说,同时拿下大大小小的包裹,带着孩子们一同下车。

姑父早已在车站等着他们,并把所有的物品放到小毛驴车上。托尼诺坐在姑妈的腿上,帕利诺又坐在托尼诺的腿上,包裹放在帕利诺的脚前。

"简直是人摞人呀!"姑父以调侃的语气跟姑妈说。

"我活着回来就心满意足了!坐在毛驴车上,我就好像在自己的家一样!"

托尼诺扳着指头算数:"十一个篮子和筐子,再加上一把伞和一头小驴子,共十三样儿!"

他们终于到达了姑妈家,亲朋好友久别重逢,孩子们欢欣跳跃。

老狗罗尔多首先认出了他们。接着猫咪伯尔泽布也认出了他们,可它刚用绿色的眼睛瞥了客人一眼,就冷不防钻进洞里。

老狗罗尔多身患多种疾病,它的眼里噙着泪水,拼命摆着尾巴一拐一瘸着走上前去欢迎他们。

"姑父,罗尔多为什么趔趄着走路,是老了吗?"

"不是的,它跟你同龄,我的打猎恶习让它变成了现在这个样子,这都是我大量猎杀丘鹬惹的祸。医生说,红肉吃多了,就会伤身坏体,而老狗罗尔多照吃不误。十多年来,它都跟我在沼泽地里捕杀丘鹬。吃丘鹬越多,它的关节炎就越严重,我们俩就像一对孪生兄弟似的,谁也离不开谁,罗尔多,是这样吗?"

可怜的罗尔多尽力摇尾巴,可谁都不知道,它忍受着多大的痛苦,付出了多大的精力呀!

孩子们接二连三地说:"它连一颗牙都没有了!"

"它吃什么？"

"吃无花果，只能配面包黄油糊糊和橄榄油一起吃。"姑父说。

"应该这样吃。"托尼诺说。他记得在学校上课时，老师讲起英国的地理及其上议院，于是问："英国的罗尔多[1]吃什么？"

姑父窘得答不上来。

"你家的猫为什么叫伯尔泽布？"

"它浑身是黑油油的毛皮，是人见人爱的漂亮家伙。它的真名本来叫"泽布"，因为长得漂亮，我就在"泽布"的前边给它加上"伯尔"两个字[2]。于是伯尔泽布这个名字就叫开了。大家叫它这个名字，它也很高兴，尤其给它几条鱼吃，它就更欢天喜地了。"

姑妈正在后院给鹅、鸭、火鸡、阉公鸡、小母鸡、小公鸡和珍珠鸡喂食。

孩子们问："姑妈，怎么不见大公鸡奥帕拉皮里[3]了？"

"别说它啦！它把我的肺都气炸了，说起来还真有意思呢！"

"为什么？它死了吗？"托尼诺问。

"它被宰啦！"

"什么？你说说看。"

姑妈打开了话匣子，滔滔不绝地说下去：

"事情是这样的：你们知道，这里每年都要为农神圣·米歇尔举行盛大的节日。哟嗬，孩子们，那是个热闹非凡的节日啊！可以说，摘了水果、收了小麦、播了种子，这五谷丰登的好年景，就要结束了。

---

1 罗尔多一词可直译为英国上议院议员，也可译为勋爵。跟老狗罗尔多同名。

2 伯尔跟意大利语"漂亮"谐音。

3 是意大利里窝那地区一个稀有优良鸡种。

圣·米歇尔就是秋天开始的农神。秋收后，意味着冬季的开始。这个时候，必须阻止妖魔鬼怪从地里钻出来，否则，它们会吃掉我们的。所以，这一天，要按照惯例举行盛大的庆祝会。借此机会，难道我们不应该邀请大公鸡奥帕拉皮里参加吗？我请你们评评理。跑上前去说服它参加，可磨破了嘴皮子它还是飞似地跑走了。那么你们猜会有什么样的结果？有人追上它，把它逮了个正着，它不想束手就擒，还说了些请原谅的客气话。它顽强，我们比它更顽强。最后我们不得不用力抓起它的脖子，把它放到桌子的砧板上……不过，它获得了所有的荣誉，跟茴香、洋葱和迷迭香一起，成了一道配有土豆泥的酥软美味的佳肴。"

孩子们听着，乐开了花儿。

"我真不想讲述它那些泪流满面的亲朋好友。火鸡和珍珠鸡全都嘤嘤啜泣，鹅和鸭子如坐针毡地东奔西跑。它的成群'妻妾'呢？'第一夫人'在烤肉用的铁叉转动器周围大滴大滴地流着泪水，好比一只被阉割的公鸡。正如你们知道的，它的'爱情'毁于一旦，饱受痛苦的折磨。"

孩子们个个捧腹大笑起来。

"打那以后，你们可能谁也不会相信……"姑妈继续说，"当年的雨没完没了地下着，你们还记得吗？"

"记得。"孩子们大声回答，实际上，他们什么也不记得。

"好的，我打开天窗说亮话吧。老天爷总是下雨，是要归因于大公鸡被宰的事情。从再没有大公鸡打鸣的那天起，太阳就不露面了。就像一个泪如泉涌的人。直到有一天，一只懒惰的大公鸡代替了被宰的大公鸡。可它每天总是很晚才打鸣，你们是不是觉着太阳好像升起得更晚了？瞧，这就是那位'花花公子'，你看它趾高气昂，羽毛丰满，喔喔鸣叫，神气十足的样子。"

"它叫什么名字？"

"天晓得！我们就管它叫大公鸡奥帕拉皮里二世吧！从那时起，孩子们就打起了麝香葡萄的主意，而大公鸡二世也期待着孩子们从折断的藤架上摘下一些葡萄，在举办加冕典礼时献给它，庆祝它登上宝座。"

接着，大家欢天喜地为鸡舍之王举行了命名日活动，尽管天气总是阴沉沉的，孩子们在乡下玩得还是很痛快。

"我们正在天秤座里！"姑父想到自己的星座，做出预测说："天秤座并不平衡，天下也不太平。斗转星移，天有不测风云。"

事实上，正是这样：时而阴雨连绵，时而大雨滂沱，时而雷电交加，时而冰雹倾泻而下，时而风起云涌。来自四面八方的乌云翻腾滚动，汇成一股强大的力量，犹如脱缰的烈马横冲直撞。

"真是坏天气啊！"姑妈感慨万端。

姑父纠正说："坏天气？没有坏天气一说。有雨露才能滋润禾苗壮。否则，就是天大的灾难。望着大片因干旱少雨而半枯焦的南瓜纽儿和打蔫儿的莴苣，你不心疼吗？"

"而鸟儿呢？它们成群结队地来往穿梭。它们的迁徙之路可以说已经到了'鸟满为患'的地步。"姑父向孩子们解释说："飞过的有沙锥、丘鹬和斑鸠。它们在一弯新月之际飞向了大海。"

"它们飞去哪儿了？"托尼诺问。

"视情况而定。比如紫翅椋鸟和灰斑鸻已经到达这里，云雀和燕子已开始飞走，斑尾林鸽和老鹰都路过这里，从欧洲的一端飞向另一端。一般说来，所有的鸟都是从北方来，沿着迁徙路线，躲开严寒的冬天和恶劣的天气，来到温暖的地带。"

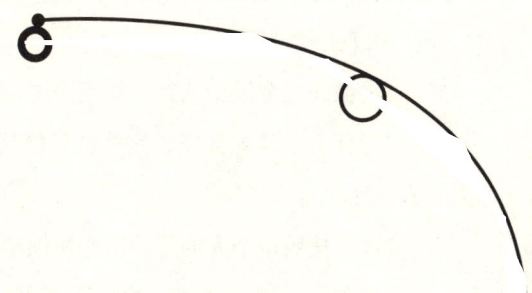

6 嫁接的树木

孩子们来到果园,姑父正在那里修剪桃树和樱桃树。他用一把锋利的小刀切开树皮嫁接,以便长出另一个优质的果树品种来。

姑父解释说:"这叫芽眼[1]休眠嫁接。在整个冬季里,它们都处于休眠状态。"

"为什么要嫁接呢?"

"嘿嘿!问得好!这个世界被野生的植物支配着。这种野生果倒牙涩舌不能吃,需要培

---

[1] 砧木上或块茎上凹进去可以生芽的部分。

育出新的果木，结出优质的果子来。"姑父说着，擦了擦眼镜，又低下头，埋头修剪着嫩枝。

"你像一位金银工匠！"托尼诺说。

"为什么不是呢？喏，这些就是珍品。等到了夏天，你就可以吃上我的珠宝首饰了！"

"可以按照每个人的愿望随心所欲地进行嫁接吗？"

"当然了，嫁接并不需要什么高深的学问，只要手勤就行。"姑父说完，用椰子的叶片包扎树皮的切口。

"姑父，我们把苹果树嫁接在葡萄树上，你看怎样？到时，我们就能吃上像苹果那样大的葡萄粒了。"

姑父哈哈大笑说："这倒是个好主意！照你这么说，把一头猪嫁接在无花果树上，我们就可以吃上带火腿的无花果啦！"

姑父然后解释说："要知道，嫁接是为了优化自然，绝不是让自然更加退化。你必须综合双方所有相似的优势，比如果核对果核、种子对种子的优势。大自然必须利用各自的天然优势，相互取长补短，以获得更为优良的品种。人们应该选择最好的品种，比如坚持不懈地从味甜、芳香和果肉的角度进行筛选，有条不紊地嫁接到野生的砧木上，培育出抗病虫害、越来越优良的果木来。同样，还必须在人类自身的基础上改良人，用其他星球上素质最好的人而不是素质最差的人去'嫁接'地球上素质最好的人。"

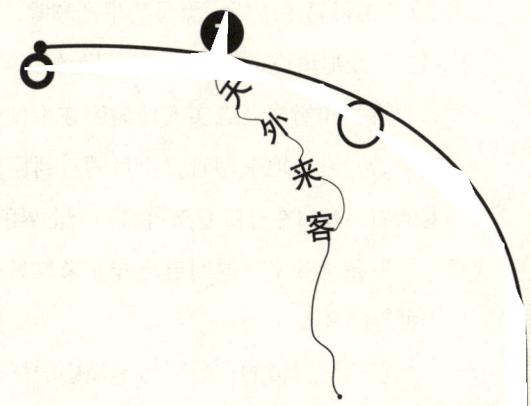

意外来客

夜里,大人瞒着两个孩子,做了一件令全家人都不得安宁的事情。姑妈早早就起了床,打开炉灶,生火做饭,雇工运柴打水。姑父也不担心患上感冒,连外套都没来得及穿,便忙不迭地跑东跑西。

早晨起床后,托尼诺和帕利诺来到厨房,问姑妈:"姑妈,你在干吗?是揉面吗?"

"不,我在准备午餐呢!夜里来了'客人',必须喂好它们母子俩。瞧,我早已准备好了水和面粉。"

"真有意思,他们在哪儿?"

"在牛圈里。"

两个孩子无言以对,相互凝视着。接着他俩各拿起一杯牛奶,悄悄地溜走了。

"白母奶牛产奶,黑母奶牛产咖啡,瑞士的巧克力色母奶牛产可可!"托尼诺说得眉开眼笑,兄弟俩都哈哈大笑起来。

耕牛和奶牛老老实实地俯卧在牛棚里,静静地反刍着,细细地咀嚼着,慢慢地下咽着。小哥俩进到棚里,牛转过半月形的脑袋望着他们,好似在打量着来自另一个世界的客人。

在孩子看来,他们自己并非来自另一个世界,牛才是来自另一个世界的客人。

它们慢腾腾的,一副漫不经心的样子,看上去疲劳不堪。然而它们是沉着冷静的,是威严庄重的。嚼后咽下的食物又返回到嘴里细嚼,它们的动作依然慢悠悠的,神态依然庄重,不断地反刍着。

反刍着,下咽着,反刍着,下咽着……

"它总是在吃东西!"帕利诺对一心一意为牛栅铺草的雇工说道。

帕利诺看到小牛犊,惊喜地说:

"你看……"

"就是它!"托尼诺大叫一声。

"它和它妈妈是昨天夜间被运到这里的。"雇工解释说:"为了迎接它们的到来,我们早早起了床,一夜都没有合眼。"

瘦弱的小牛跟跟跄跄地靠近主动站起来的牛妈妈,牛妈妈温柔地舔着自己的孩子。这个时候,脑袋大大的小牛犊开始试着吮吸饱满的奶头,牛妈妈哞哞地叫个不停。

"母牛难受吗?"帕利诺问。

"当然啦!"托尼诺又转向姑父,问道:"姑父,要是小牛犊用头顶你的肚子,你会难受吗?"

姑父摊着稻草,饱含深情地说:"是难受还是好受呢?我看,好受大于难受。"

姑妈叫托尼诺:"托尼诺,给你妈妈写封信好吗?"

"好,我马上就写!"托尼诺在院子里跑来跑去,应声回答。几只兔子也跟在他后面窜来窜去。

"真是个好孩子!还有你那个跑起来像闪电的弟弟!"姑妈又向蹲伏在橱柜旁边、显得懒洋洋的帕利诺大喊一声。姑妈准备好了调料和配料,用油把洋葱煸好。

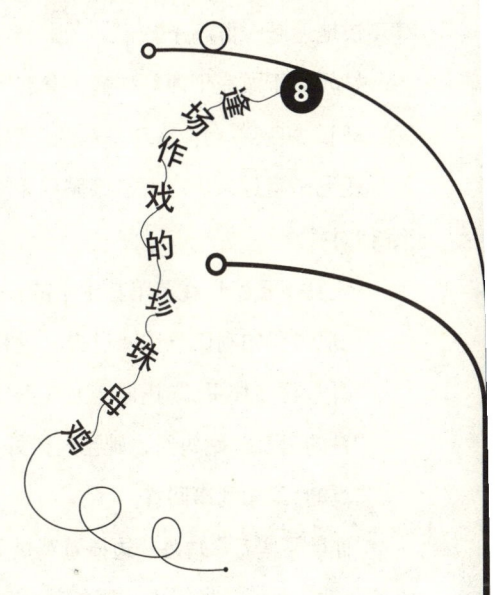

8 作坊崔的珍珠母

姑妈穿起新洗的围裙,来到阳台上呼喊:"托尼诺,快写封信告诉你妈妈,让她务必来我家一起去参加博览会。"

"好的,我马上写。"

托尼诺一边追逐着小公鸡,一边再次向姑妈做出了保证。

姑妈准备好了面粉,又过了箩,筛了一遍。她将几个火鸡蛋跟面粉一起糅合后,又特地梳妆打扮了一番,脸蛋儿红润润的,模样俊俏多了,又一次对托尼诺说:

"托尼诺,请告诉你妈妈,让你姨妈阿内塔和你表姐科拉拉也一同前来。"

"好的,我马上照办!"托尼诺大声回答,却依旧东奔西跑,继续飞快地追赶一群鸽子。

姑妈终于做完了西红柿酱,拿起手中的面皮儿,冷不丁地大喊:"孩子们,快来看哟!珍珠母鸡会讲珍珠公鸡讲的那种话啦!"

托尼诺跑过来,睁大了眼睛问:"姑妈,它讲话了?它都说些什么呀?!"

"说它下蛋了!在芦苇丛中下的,你们快去找吧!"

托尼诺和帕利诺急忙冲过去,没有多长时间就找到了蛋窝。

"有一百多枚蛋。"托尼诺上气不接下气地跑过来对姑妈说。

"真的吗?"姑妈问,她已经擀好了面。

"真的。"帕利诺回答。

"你数了吗?"姑妈一边摊着鸡蛋薄饼一边问。她摊的饼圆圆的,颜色金黄,人们只要看上一眼,就会流口水的。

姑妈拿着一个篮子跑过去,得意洋洋,总共捡回二十五枚蛋。

姑妈挥动着菜刀解释说:"珍珠母鸡肉嫩味美。瞧,这个平底锅就是特地为它准备的,烹调成像黄油那样酥软可口的美味。可以烤着吃、炖着吃，也可以用调制的红酒辣汁浇着吃，烙成肉馅千层饼吃也别有风味。因为害羞，珍珠母鸡会找个地方藏起来下蛋。"

"下蛋有什么见不得人的呢？"

姑妈把和好的面切成薄片后接着说："纸里包不住火，终有露马脚的时候。它严守秘密是为了小心翼翼地保护自己。下蛋后它才大肆宣扬说：'我下蛋了！我下蛋了！'瞧，它多有才能呀，给了人们一个惊喜！"姑妈将切好的宽面条举起来，抖一抖、晾一晾，继续说："蛋壳里的蛋黄和蛋白早已命中注定、泾渭分明，事情就这么简单。当你们刚刚听到珍珠母鸡模仿珍珠公鸡叫的时候，毫无疑问，母鸡在哪儿叫就在哪儿下了蛋，因为它先下蛋后说话，不像别的动物当着大家的面，说起来滔滔不绝，要做什么事儿做什么事儿，可最终一事无成，什么事儿也没做！"

托尼诺问："为什么？谁只说不做？"

"谁光说不做？有些珍珠鸡就光说不做！我就知道一只珍珠鸡有点儿像你，话说了一大堆，许诺一个接一个，可就是做不成一件事！"姑妈说着解下了围裙。

这一天，托尼诺总算明白了一个道理：他老是只说不做，老为自己大唱赞歌。想到这里，他耷拉着脑袋，悻悻而去。这个时候，他似乎才恍然大悟："啊，珍珠母鸡也在教我一些东西哟！"

放羊的秘诀

这天托尼诺费力地赶着山羊,艰难地爬到一座山丘顶上放牧。

姑妈说:"山羊是上帝赐给我们的幸运之神。一只山羊一年的产奶量相当于它体重的二十倍,小山羊更是复活节的祭品。它是幸运的象征,又是惹人厌烦的东西。山羊会顶撞门窗,挣断绳子,还会把你的鞋当成糨糊来啃咬,确实惹人讨厌,可它也有让我们开心快乐的时候。"

托尼诺一阵风似地跟在羊群后面飞跑。

透过远处的橄榄树林,他好像隐隐约约地看见了大海,难道不是吗?对,那是他的大海呀!

于是托尼诺边跑边喊:"我发现了大海,你们快来看呀!我真的发现了大海!"

"为什么人们把大海掩藏了起来?"正在打谷场玩耍的帕利诺问。

"不是人们掩藏,而是山峰掩藏了它!"

姑父解释说:"那不是山峰,不长橄榄树的才叫山峰。长着葡萄树和橄榄树的叫丘陵。"姑父又问托尼诺:"羊呢?"

这个时候,托尼诺才忽然想起了羊。可羊不见了,他赶忙向姑父道了声"对不起"。

再找回羊并非易事。羊重新获得自由后,如同脱缰的野马,狂热奔放,你越追它,它跑得越快,直跑到断崖绝壁的边沿。它站在悬崖上,你怎么叫它,它都岿然不动,似乎用它那长长的脸心不在焉地注视着了解它底细的人。

姑父对托尼诺说:"喂,你快到家里去,拿一把盐来。你们要尽快回到学校去,学会不让山羊乱跑的本事。帕利诺,你上幼儿园了吗?"

"早上了,而且我是个乖孩子,每顿能喝两碗汤!"

"那么,为什么你不帮我吃些葡萄呢?你们来这里不是特意来吃葡萄的吗?喏,多么好的葡萄呀!狗狗罗尔多也会帮我一个忙,摘下低处的几串葡萄是它唯一能做的事情。"

正在这时,托尼诺双手捧着两把精盐,上气不接下气地跑回来了。

"这是智慧盐![1]"

姑父从托尼诺手中接过盐说:"你们瞧,只要做这个动作就行了。"

实际上,两个孩子刚刚转过身来,便看见变得驯顺的小山羊跟着过来。它刚才还是桀骜不驯的小家伙呢!它静静地舔着姑父的手,嘴巴下那长长的白胡子仿佛隐藏着东方人的古老智慧。即便偶然绊倒在地,它也会躬起身子,把那智慧的盐渣贪婪地舔舐个精光。

"羊有一个像锉刀似的舌头。"托尼诺一边说着一边向它伸出还可闻到膻味儿的手掌。

山羊沿着一排排槐树和杨树,一只又一只地走进羊圈。此时此刻,它们还在津津有味地舔舐着嘴巴。可谁也不知道它们在咀嚼着什么!

---

[1] 根据天主教徒的教规,小孩做洗礼时,要在嘴上放点儿盐,以启迪智慧。

次日早晨，公鸡刚刚打鸣，孩子们就来到盥洗室梳洗打扮起来，迎接妈妈的到来。他们要成为博览会的第一拨客人。姑父早已套上小毛驴车在门外恭候。姑父说："这是一头不够聪明的小毛驴，它不喜欢别人给它梳理皮毛，打扮得干干净净的，真是个大傻瓜！"

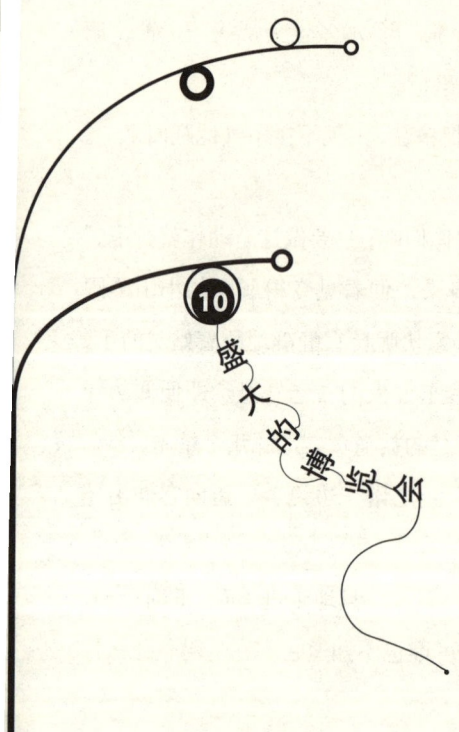

10 盛大的博览会

帕利诺说:"瞧,它全身脏兮兮的,凌乱不堪,真是的!"说完,他又接着问:"姑父,如果小毛驴去上学的话,它能在学校变成马吗?"

"怎么不可以呢?每个不爱学习的孩子都会变成一头笨驴,同样的,一头爱学习的笨驴肯定可以变成一匹聪明的马!"

接着,大家一个个地坐到驴车上,只等姑父扬鞭出发了。

事实上,小毛驴还没有被驯服,它只管一动不动地待着。

"驾!驾!驾!"姑父扬起鞭子抽打它,并大声吆喝,"驾!……"驴车这才终于启动,缓缓地驶离而去。

说真格的,这确实是一个国际博览会。博览会上应有尽有:瑞士奶牛、生猪和猪肉、茄子、玩具小车、犁耙和鞋子……甚至还有一位带着蛇的黑人。他专卖治疗鸡眼的特效药。

帕利诺问:"姑父,黑人的黑色能洗掉吗?"

"老是黑的,根本洗不掉,不管怎么折腾,也浅不了多少。"这种药对治疗关节炎有一定的疗效,也是打磨家具的优质材料。再往前走,有个穿着白大褂儿的谢顶老年医生坐在一大堆书上。他看上去疲劳不堪,说什么要免费送给患者治疗秃头的特效药,使用这种药,秃头能长出像刷子一样的满头黑发来。

"姑父,他为什么光说不给呢?"

"他是一位利他主义者,老为别人着想!"

"走,我们到游乐场去逛一逛。"托尼诺说着,看见一个画着石膏烟斗的靶子。

靶子后面,有一个旋转木马式的秋千。荡秋千本是一项人人喜爱的娱乐活动。但有的人上去荡一会儿,就呕吐不止,不得不马上下来。看到这种情景,人们再也不敢荡秋千了。

"不知怎么搞的,玩秋千的人全都穿着绿色衣服,眼睛小小的。"

"肯定是外来种族的人。"

给博览会带来一点儿光亮的仅仅是一面令人头晕目眩、巨大的旋转反射镜。一位裸着胸脯、刺着纹身的大汉声称：谁坐在砧板上能用一只手点亮戴在他头上的灯泡，他就给优胜者以数百万元的重奖。要知道，这是一支断了保险丝的废灯泡！

"姑父，我真想去试试运气，看能不能点亮那灯泡！"托尼诺说。

"女士们！先生们！"一个推销商在大棚子里大肆吹嘘说："这是今晚唯一，也是最后一次抽奖活动。奖品是让获奖者免费看一场没有马匹参与、前所未有的盛大而精彩的马术表演！"

妈妈的车即将到达，全家欢天喜地地到车站迎接。

回到家时，姑妈正在厨房做楢梓果酱。她把果酱泡进醋里，以备冬天吃。

姑妈说："开学后，帕利诺和托尼诺都要去上学，果酱就是为他俩做的。我知道帕利诺也要从幼儿园进入学校了。"

妈妈说："是的，帕利诺已上过幼儿园，他是最好的孩子之一。"

"嘿，是吗？老师教你什么啦？"姑妈问。

"教我吃西红柿酱拌面时，必须用勺子吃。"帕利诺答道。

"用餐叉吃是很危险的。"

"是的，是很危险，吃了餐叉，是会要人命的！"

"如同接触灯泡保险丝那样危险。"托尼诺开玩笑说："餐叉是绝对不能吃的！你懂吗？"

"我说什么好呢？"姑妈答道。

摘葡萄

为了摘葡萄，这天早晨天刚亮，大家就起床了。却应了一条谚语：起了个大早，赶了个晚集。昨天整夜都在下雨，地面湿漉漉的。但是上午过后，天气终于放晴。

姑父说："要是风调雨顺，今年肯定是个丰收年，会有大桶大桶的葡萄酒可供我们尽情享受。"

"什么桶不桶的？是那种特大的桶吗？"托尼诺问。

"就是世界上最大的酒桶。这种酒桶因产自德国的海德堡宫而得名。传说这种酒桶非常之大，大到一次可以有六十对舞伴在它的桶盖上翩翩起舞。酒桶是那样美观漂亮，它上面还镶嵌着王室的国徽，筑有扶梯和阳台，宫廷的小矮人深深爱上了酒桶。小矮人叫佩克奥，他每天都去吻一次酒桶，咚咚地敲一敲酒桶，连酒桶都能感受到他那火热的心，真挚的爱。他今天吻，明天吻，短短的三十年中，桶里的酒居然被他吻干了。当他再度敲酒桶时，他听到空荡荡的酒桶说：'你不再爱我了！'听了这话，小矮人自寻短见了。爱情就是酒桶里装的二十万公升的美酒哟！"

就这样，孩子们拿着篮子，男人和女人拿着镰刀和剪刀，有的嘴边上挂着佩克奥的名字，有的说着葡萄的轶闻趣事，有的一口面包、一口葡萄，吃得津津有味。这一队人马终于浩浩荡荡地出发了，向葡萄园蜂拥而去。

姑父说："你们要尽可能地多吃些葡萄。葡萄能清除人体中的垃圾，对人的身体大有裨益。你们最好每年来乡下过过葡萄瘾，不是过水瘾，而是过葡萄酒瘾。不过，过量饮酒会伤身害体，适量饮酒才会强身健体。"

"姑妈，那是什么，是蛇吗？"帕利诺问。

姑父替姑妈回答："帕利诺，那不是蛇，是蚯蚓，它是耕耘所有田地的真正农夫。动物、植物和人类的生命是它给的，是它'吃'的那些少量的土地给的。它需要把地表翻过来，让土壤见见光、通通气。它每天'吃'相当于它体重的土壤，通过它的身体，让土壤变得湿润和肥沃起来。"

"松软的土壤看起来就像是巧克力！我也想变成一只蚯蚓！"托尼诺高兴地大声说。

妈妈说："你们看，所有的事情都圆满完成，每个人都尽了自己的本分，受益的是大家。"

这一天，大家摘了一篮篮、一筐筐的葡萄，晚上才回到家。他们及时地把葡萄放进地窖里，把最优质的一串串葡萄挂到顶棚上。姑妈说："玫瑰色的葡萄和金黄色的葡萄要酿成圣酒。"

托尼诺冷不丁冒出一句话："好的，是圣·乔维塞酒[1]。"

---

1 意大利最知名的葡萄酒，也是最古老的红葡萄品种之一。该酒名取自拉丁语"丘比特之血"。

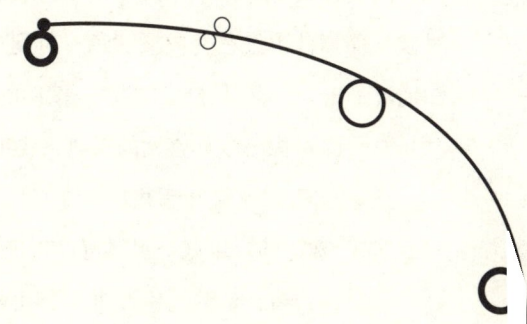

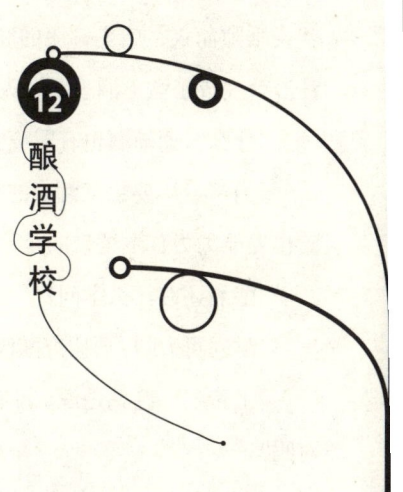

12 酿酒学校

葡萄摘完后,要马上放进地窖里榨汁。按照习俗,榨汁还要举行仪式。把现代和古老的方式结合起来压榨葡萄汁:就是手脚并用。姑父和雇工用机械压汁机和手工榨汁机轮换操作,托尼诺和帕利诺光着脚丫子,半裸着身体,如同两个农牧之神童在桶里,像跳舞似地踩来踩去、蹦来蹦去,目的是减低酒桶里龙血树脂[1]的浓度。

---

1 龙血树是一种热带常绿乔木。其树皮一旦被割破,便会流出殷红的树脂,如鲜血一样,因而得名。

两天连续的劳作中，既有欢乐喜悦的时刻，又有酸臭味难闻的时候。葡萄汁由红色变成橘黄色，再到火红色，芳香的泡沫液体汩汩地流了出来，再经过反复发酵，清冽的酒香就会四溢开来。

姑父说："酿酒犹如盛大的庆典，要用巨大的水泵来大造声势[2]。"

托尼诺问："水泵在哪儿？"

"喏，在这儿。用这个水泵可以先把汁液从大桶里抽出来，灌装到大缸里。接着，清除污泥和油垢，再把浓汁倒进酒桶里煮沸、提纯和澄清，到了圣诞节就能享用了。但是，你还必须精心地进行调制，另加一些葡萄，慢慢来回翻动，蒸发掉水分，不留空隙。否则，那些空隙、那些阴影会影响发酵，让浓汁变成不爱动的'懒虫'，病菌就会乘隙而入，感染健康的胚芽。'懒虫'带来的后果是，好端端的汁液就变成了酸不溜丢、令人厌恶的东西了！"

"什么？葡萄酒也有瑕疵？"托尼诺问。

"当然啦！要想把酒中的异味清除谈何容易！有时，把酒送去化验也无能为力，更糟糕的是汁液已经变酸了。"

"酿酒还有什么学问？"托尼诺问。

"学问可大啦，要研究酿酒学，学会用什么方法除去酒中的异味。"

"上帝啊！这就是说，没有学问就不能进步，什么事儿都做不好，对吗？"

与此同时，一声炸雷惊得大家都默不作声了，托尼诺和帕利诺吓得拔腿就跑，甚至搅得鹅、鸭和鸽子都惊恐不安。

电光闪闪，雷声隆隆，不大一会儿，就下起了倾盆大雨。

冒着瓢泼大雨，小母鸡、阉公鸡、火鸡、小公鸡都落荒而逃，

---

2 这里的水泵是个双关语。水泵除本意外，还有壮观、盛况之意。

大公鸡全都被浇得湿淋淋的。

"哎哟,一道道闪电就像蜿蜒爬行的蛇划破天空!"托尼诺咕哝说。

猛然间,又响起一阵隆隆霹雳声,大家都吓得跳了起来,可一丝风都没有!

"雷电过后的雨水会带来黑孢菇³吗?天晓得!"姑父自言自语地说,继续听着远处狂风暴雨的怒吼和咆哮,如同大炮的阵阵轰隆声和辎重车的沉闷声。

"你们快过来!跑过来看看呀!……"姑妈大声喊叫。

大家跑过去,瞧瞧,这是什么呀?母鸡酩酊大醉了。它们紧闭着紫色的眼睛,鸡冠下垂,大口大口地喘着粗气,已经奄奄一息了。为了躲风避雨,它们来到酒窖里,在葡萄榨后的残渣中,啄食酒糟,结果发酵时释放出的酸臭味,熏得它们头晕眼花,打嗝呜咽。另外,它们肯定还吞食了过多的汁液。它们每走一步,都像醉汉一样地东摇西晃,纷纷跌到地上。跟在它们后面的奥帕拉皮里二世同样烂醉如泥,其王冠萎缩下垂,像没有后续部队支援的奥兰多骑士,在龙琪斯瓦列被打得落花流水那样⁴,它也落得个可悲的下场。

---

3 学名黑孢快块菌,是生长在地下的一种食用菌。

4 发生在西班牙龙琪斯瓦列地区的悲喜剧故事,奥兰多为其主人公。

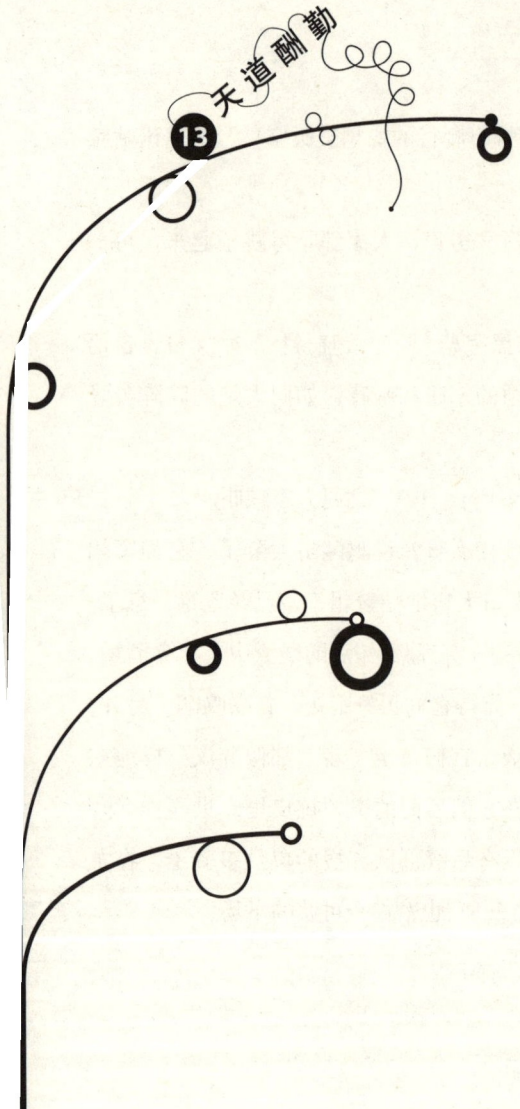

13 天道酬勤

最后几天的乡下生活，大家过得都很快活。田野里呈现出一片繁忙、丰收的景象。大家兴高采烈地采摘核桃、石榴和枇杷果。姑妈忙着为过冬做准备。除了山楂果和大红枣，她还把无花果放在炉灶上烘干。花楸果酸辣刺鼻，粗糙不堪。果子的表皮还布满一层霜，味道还很苦涩，要用叶子把它一束束地捆起来挂到屋子里，让它们尽快地成熟起来。所有的植物，包括野生植物，其果实都需要在阳光下晾晒，比如像鸡蛋大小的蓝色果子、颗粒状的果子、珊瑚状的果子、球状的果子，还有毛茸茸的青色栗子和裹着一层薄皮的核桃。

在厚厚的双层墙拱顶下，姑父洒着防潮的生石灰。在格子网架上，他正清扫灰尘和蜘蛛网，把那些已经成熟、个头大、外形美观的梨摆放到上面。

"瞧，你们看，这是带有伤疤的梨！"他边说边小心抚摩着梨，保护着表皮的蜡釉，使梨免得因为放得时间过长而受病虫的侵害。在一堆堆小山似的果子中，有王子梨、金黄色的酥梨、斑点雪花梨、毛茸茸的榅桲果、剑梨，还有看起来青涩、实际上已熟透了的"撒谎梨"，以及叫不出名字的其他品种。

姑父指着各色水果说："你们把一半带回家，一半留给我们自己享用，要知道，这一切都是上帝赐给我们的礼物！"

"太好啦！我们不用买了！"托尼诺说。

姑父接过话茬说："买什么？还可以卖嘛！列奥纳多·达芬奇说：'天道酬勤'，是辛苦的汗水让购物变得更加珍贵，更有乐趣！"

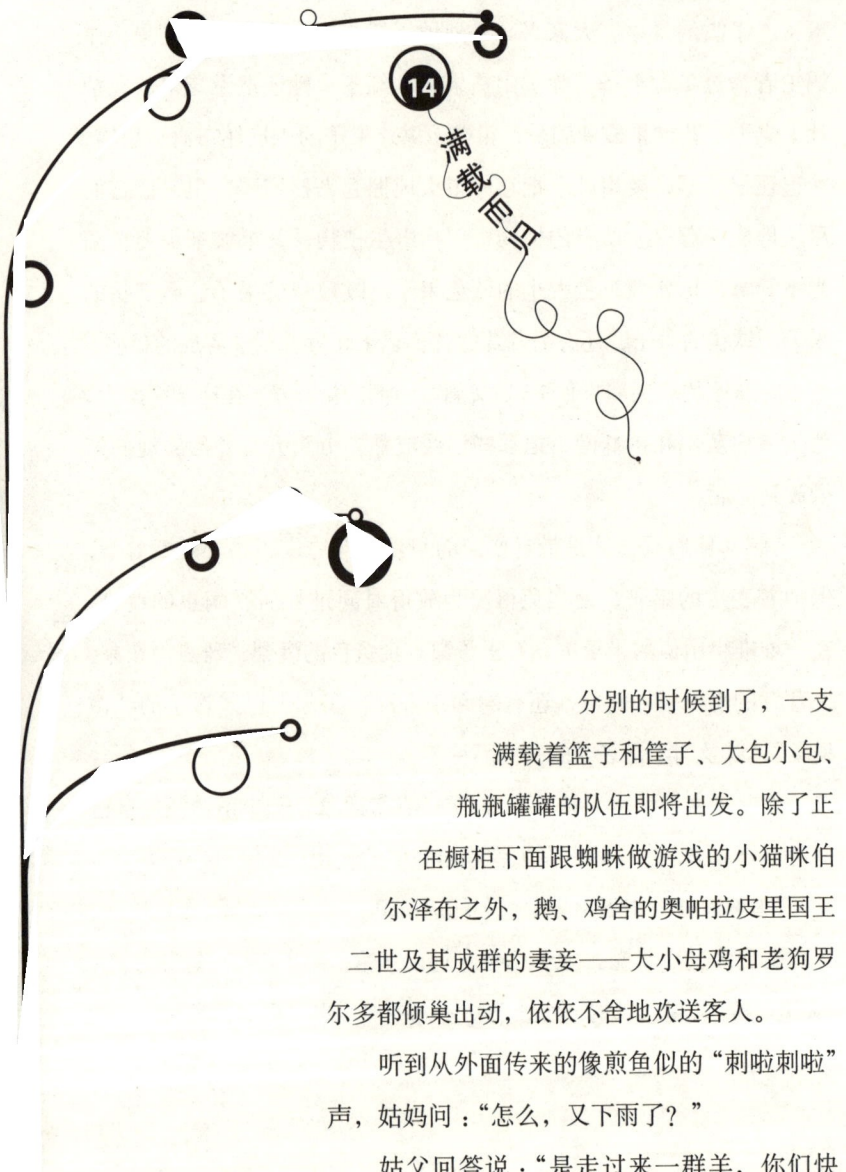

14 满载启程

分别的时候到了,一支满载着篮子和筐子、大包小包、瓶瓶罐罐的队伍即将出发。除了正在橱柜下面跟蜘蛛做游戏的小猫咪伯尔泽布之外,鹅、鸡舍的奥帕拉皮里国王二世及其成群的妻妾——大小母鸡和老狗罗尔多都倾巢出动,依依不舍地欢送客人。

听到从外面传来的像煎鱼似的"刺啦刺啦"声,姑妈问:"怎么,又下雨了?"

姑父回答说:"是走过来一群羊,你们快来看呀!"

孩子们跑到篱笆旁伸头往前看,望不到边的路上挤满了羊羔。

"它们是为了熬过冬天,躲开狼的侵袭,才下山的。"姑父解释说。

姑妈接着说:"它们沿着海滨走,去啃吃含盐的草。看,羊羔也过来了!"

"你家有羊羔吗?"托尼诺高兴地问,同时很快爬上了货车。

帕利诺没有上车,而是在离车不远的地方徘徊。

"你们还没有向姑妈道声再见呢!"妈妈说。

"姑妈,再见!你马上来看我们呀!"托尼诺说,同时姑妈激动地跟妈妈热情拥抱,并说:"喏,这个带给科拉拉!"说完,把一个小包塞给妈妈。

与此同时,姑父把所有的篮子都用绳子系在一起,装上了车子,随手拉起了驴缰绳。

小毛驴不为所动,一直耷拉着脑袋。姑父用尽了各种办法,比如,对小毛驴说一大堆激励的话、赞美的话、威胁的话,先用鞭子上的缨穗挑逗它,然后用小棍捅它,最后用鞭杆的把手戳它。姑父使出了浑身解数,但小毛驴只是摇摇头,抬抬蹄子,依然无动于衷。

"真是木头脑袋啊!它似乎正等着灵感的到来呢!"姑父忍无可忍地说。

过了一会儿,见没有任何吆喝和抽打了,小毛驴果然来了灵感,终于上路了!

"再见!再见!后会有期!回头见!一切如意!谢谢!"在一片欢声笑语中,小毛驴快步跑起来,车声辚辚。

整个旅途中,托尼诺东张西望,他看到鲜红的柿子仍挂满枝头,问起姑父来。姑父说:"到了十月中旬,柿子才完全成熟,你不摘它,它也会自动掉下来。柿子成熟得较晚,亚洲是它的原产地。"

姑父把他们送到公交车站，那里正好停着一辆即将开走的公共汽车。

姑父用力擤着鼻涕，带着哭腔说："谢谢你们啦！谢谢诸位来我家做客，代我亲吻一下科拉拉。"

托尼诺上了公交车后问："妈妈，姑父要哭呐！你看见了吗？他是个很脆弱的人吧？"

"亲爱的，他不是那种感情脆弱的人。你看见了吗？他没有哭出声音来，这说明他是个坚强的人。"这个时候，帕利诺怀里紧紧抱着一瓶子榅桲果酱，呼哧呼哧地喘着粗气上了公交车。

凋谢的葡萄园一片微红，橘黄的槐树叶片悄然飘落，铺撒成一块好像被扯破的宽大地毯。孩子们满不在乎地踏上去，踩得唰唰作响。只有妈妈在美美地欣赏着褪去绚光多彩的薄暮色调，在弥漫于河边的层层轻雾中，重温着儿时的乡下梦幻。

"来回都是走在同一条大路上！"托尼诺大发感慨，似乎发现了新大陆。

他们平平安安地回到家，忙不迭地放下篮子和包袱后，又在厨房整理青枝绿叶的葡萄和一串串花楸果，把它们挂到墙上。

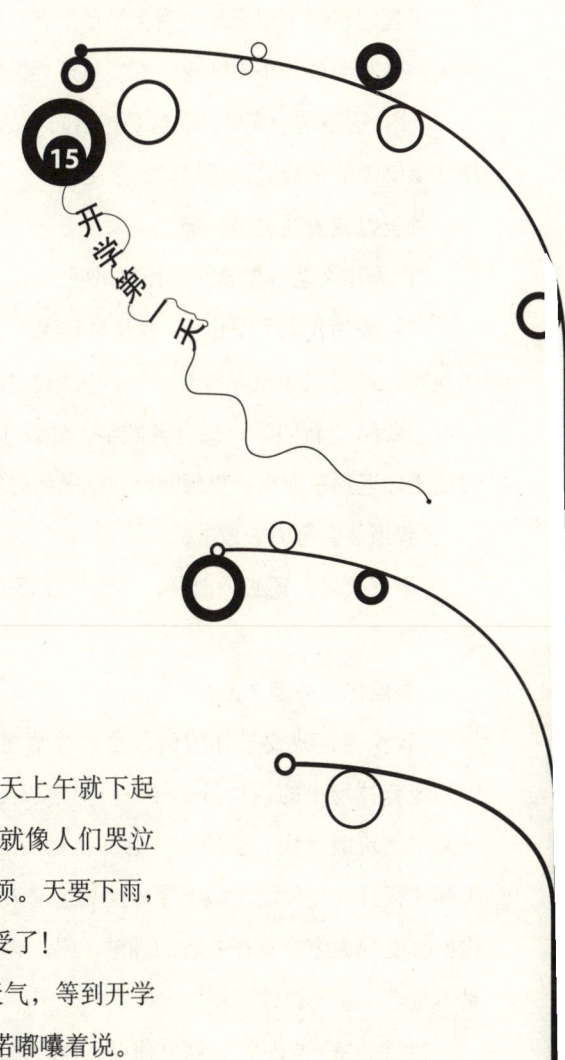

15 开学那一天

从姑妈家回来第二天上午就下起了雨，淅淅沥沥的雨水就像人们哭泣时流下的泪水，惹人心烦。天要下雨，只能听天由命，逆来顺受了！

"去乡下度假是好天气，等到开学时却是坏天气！"托尼诺嘟囔着说。

爸爸说："这都是你说的。当然啰，天气好是美事，但是，还有比打着伞一溜儿小跑，又有上天赐给的雨水淋漓着你的面颊更为惬意的事吗？"

可托尼诺很不愿意地做着上学的准备。他要准备好作业本、钢笔、铅笔、体育明星的小人画像，衣袋里还要装上个陀螺。

"喏，这是送给老师的，这是送给同学的！"妈妈在旁边唠叨着，把几串鲜美的葡萄放在托尼诺的手上。

爸爸打量着托尼诺，笑了起来。

"你为什么老是想笑？"托尼诺问。

"嘿，因为我太了解你了。我从早到晚干了一天活儿，已经够累了。回到家，难道我不该乐一乐、笑一笑吗？你有那么多美好的东西要学习，要结交新同学，又有老同学，你发了那么多新课本，爱玩的游戏要推迟到星期天，想想啊，你该做何打算？"

"我当然会努力去做啦。"

"不仅要做，还必须做好，可当你真正去做时，你的不满和抱怨就来了！"

"要是你，会怎么办？"

"我？嘿，我要是你的话，会心甘情愿地去做，高高兴兴地去做，像竞技场上的运动员那样⋯⋯要想成为冠军，难道不应该这样吗？一个班级就像一个团队，老师就是裁判。今年，大家都要进入决赛才行。要是你能像狍子那样猛然跳起来为你的团队赢回一个球，你就会受到大家众星捧月般的拥戴。喂，你看，现在你已经迟到了，是不是忘记带上弹球了？"

"我想'轻装上阵'，做完作业，再玩弹球。"

"好啦！我们一起走。我爱跟活泼开朗的孩子结为忘年交，走，我陪你走一会儿。然后我干我的活儿，你上你的学，向妈妈道声再见吧！"

妈妈在厨房里大声说："托尼诺，再见了！好好学习！你没忘带什么东西吧？"

"没有，请您放心。妈妈，我给你一个飞吻，回头见！"

上学的路简直就变成了隆重欢迎英雄凯旋归来的场面。刚上路时只有父子两人。走了一段路，回头一看，一大群孩子一窝蜂似地向他们奔来：有卖蔬菜水果的童工，还有在海滨和港口结识的小伙伴们。

食品店老板向他们打招呼："托尼诺，再见！你好，埃尔内斯特！孩子们看看天空吧！天气阴沉灰暗，对你们来说，这不是个好兆头！"

文具店前面挤着好多学生，他们有的买作业本，有的买笔，有的买复印纸，有的买"小兵"玩具。托尼诺买了一块橡皮。文具店老板说："是要改错，对吗？"

为了拿别人取乐，走在小男孩身后的一个胖乎乎的大男孩摘下小男孩的贝雷帽，抛向空中。

"你好，吉杰托！"托尼诺向伙伴打招呼。

大家来到人山人海的广场，有的是孤零零一个人，有的由爸爸或妈妈陪同，有的跑前跑后，有的踢毽子。

所有的孩子都穿着崭新的衣服，有的显出盛气凌人的样子。最先来到的是寄宿学校的集体队伍。大家都潮水般地涌向广场，如同江河汇入大海。科拉拉手执一束小花，跟比她更小的伙伴一起走来。

"上学好比去参加一个盛大的节日。"托尼诺说。

他的话音刚落，尼诺和内诺弟兄俩赶到了。内诺噘着嘴，板着面孔，而尼诺则喜气洋洋。

尼诺说："假期玩得好痛快哟！"

内诺冷不丁冒出一句："有什么痛快的？！"

"你说什么？享受美好的假期，我们还有什么理由抱怨？"

正在这时,一名警察大声呵斥两个掷石子玩耍的孩子,并记下了他俩的名字。

托尼诺说:"我不明白,为什么警察偏偏这个时候巡逻到这里!"

"我们这些孩子就像新鲜的蜂蜜,总是被绿头苍蝇盯着不放,难道你不知道吗?"另一个同学说。

托尼诺东张西望,似乎在寻找他认识的那两个小倒霉鬼。

"看,校长已经来到校门前!"有人说。

这时候,大家都装着守纪律的样子,一边向校长打招呼,一边从他面前走过。爸爸来到教室,跟班主任见了面。

爸爸问班主任:"那两个形影不离、愁眉苦脸的孩子叫什么名字?"

"桑德罗和帕斯瓜里诺,他俩是留级生。"

工友冷笑着插话说:"对啦!对啦!就是这两个活宝!他俩连留两级,一共四年。我敢打包票,如果他们不再上四年级,而升入五年级的话,我就辞去工友职务!"

托尼诺的爸爸转身对班主任说:"今天我来到这里,如同参加一个喜庆的节日。"

"我也有跟你同样的感受。新学年的任务非常繁重,可我喜欢跟这些淘气鬼们打交道。"

与此同时,托尼诺向威胁着午饭前要揍他的那个同学扮了个鬼脸。工友毫不留情地拉起绳子使劲儿摇铃,铃声大作,叮当叮当地响了半天。

"工友的命令比老师的话还灵!"托尼诺说。

"当然啦!他的胡子总是向上翘起的,比谁都牛!"另一个同学回答说。

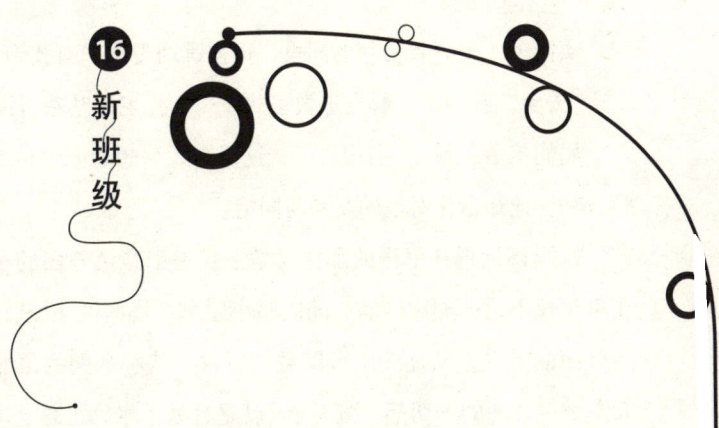

16 新班级

和其他同学一样,托尼诺怀着美好的愿望度过了开学的第一天。

这一天里新鲜事儿层出不穷,班级和教室的变化可以用"天翻地覆"来形容。

"全都颠三倒四了!模样全变了!"托尼诺惊叹一声,"以前的天花板现在变成了地板。"

"这话怎么讲?"妈妈好奇地问。

"妈妈,您想啊!去年我们的教室在六层,今年在七层,墙壁也颠来倒去的!"

"够了!够了!别再说了!你说得我都晕头转向了!你的同学呢?"

托尼诺喘了口粗气,妈妈似乎明白了一切,她不想再谈这个话题了。

实际上,他寻找去年的同桌,可东瞧西看也没有找到。

"去年,我们是一起走进教室的……"托尼诺咕哝着说。

妈妈抱着他说:"别难过了,这是命运。想想吧,他忍受多大的痛苦哟!他知道你对他的友爱与同情。"

妈妈还记得托尼诺的那位同学:那是个脸色苍白的小伙子,住在离学校不远的棚户区的一间阴暗小屋里。妈妈说:"从那里可以看到外面的世界。从瓦缝中可以看到乡村,从小烟囱的顶部可以看见大海……外面的一切都一览无余,就是远处的景物也总是历历在目。"

"命运是什么意思?"托尼诺问妈妈。

"当你进入一间小黑屋时,开门的刹那间,你就把光明也带了进来。光明和黑暗循环往复,无穷无尽。他妈妈早已去见了上帝,也许是他妈妈情愿把他带走的,所以他刚刚'起飞'就夭折了。死亡令人悲痛,却是正常的现象,这就是命运。"

托尼诺低头称是。他曾路过并记得那间隐藏在大院后面、令人心寒的阴暗小棚屋,一个同学告诉他:"从屋顶往外眺望,可以看见整个天空!"

这就是现实。在那间昏暗的小屋里,说不定发生了让他郁闷绝望的事情,天晓得呢!

桑德罗和帕斯瓜里诺,就是那两个留级生让托尼诺一阵心酸。只见他俩像两头蠢驴一样,垂头丧气地进入校门,跟往常一样,回到原来的班级。

托尼诺说:"妈妈。您想一想,他们是两个老留级生。多难为情啊!要是这个学年他们再留级,就会永无出头之日,被人们笑话,人们茶余饭后都会谈论他们的!"

"你心疼他俩说明你心地善良，品德高尚，你的遗憾是友善的。然而，这对他们没有任何帮助。你要相信，上帝是不会把任何人遗弃于街头闹市的。别念念不忘桑德罗和帕斯瓜里诺好不好？再没有新同学了吗？"

"有，是个外地人，他的名字叫萨兰得拉，真是滑稽可笑！"

"为什么？"

"谁知道呢！让我说，我也说不出一个所以然来。不过，他的名字引得大家哄堂大笑！"

实际上，事情是这样的：同学们进入新教室后，大家都好奇地东张西望一番，最后把目光盯在墙上告示栏里的花名册上。托尼诺看中了靠近窗户的最后一个课桌，说时迟，那时快，他马上扑上去抢占了那里的座位。这个时候，班主任向大家介绍了这位新生。他是个将金黄色头发梳理得很整齐的小伙子。与众不同的是，他的座位仅仅写着"埃米里奥"这个名字[1]。

"他姓什么？"有人问。

"他姓萨兰德拉。"老师回答。[2]

"佩潘德拉。"吉杰托冷不丁地说。[3]

听到这刺耳的名字，全班同学哄堂大笑。接着老师让托尼诺换换座位，指定他是这位新同学的同桌，并一起坐在靠近教室门口第一排第三个课桌的位置上。

1　按照常规，在意大利学校和机关等单位的花名册上，一律姓氏在前，名字在后，跟中国人姓名排列顺序完全一样。可在正式出版的杂志上，一律名字在前，姓氏在后。

2　萨兰是盐的谐音。

3　佩潘是意大利语胡椒的谐音。

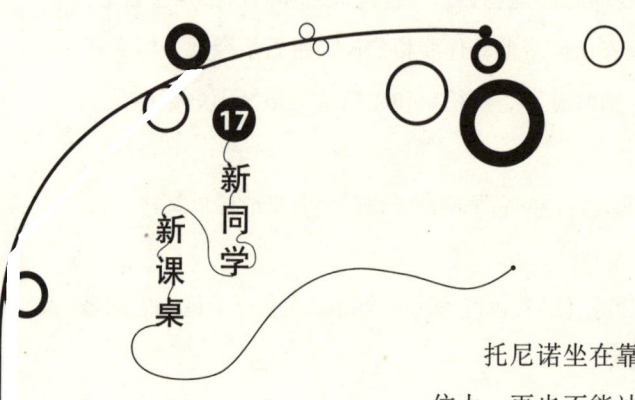

17 新同学 新课桌

托尼诺坐在靠近教室门口的座位上,再也不能站起来看外面的风光了。然而,他可以看见对面人家楼房的顶层和漂浮在屋顶上空的云彩。托尼诺喃喃自语着:"随着时间的流逝,希望总是存在的!"这不,当教室门打开时,更多的美景马上尽收眼底。这个时候,能瞥见挂在走廊的衣帽架。另外,悬挂在天花板上面的一幅招贴画引起了他的注意。

刚开始,他并不了解其意,可浏览后不久,他才恍然大悟,原来那是教导孩子们当心苍蝇掉进汤里。

"这是一幅关于讲卫生的招贴画。"新同学向他解释说。

第二幅插图中,一位兴高采烈的"卫生女士"托着一个茶盘款款而来。一群苍蝇猛扑过来,围着盘子嗡嗡直叫。

这天中午,托尼诺学到了很多东西:例如,有裂纹的黑板[1]。再

---

1 意大利的黑板使用变质岩制作,使用久了,会出现裂缝。

例如，摩托车在街上行驶，老师要求大家保持绝对安静，不能瞎起哄，他也是这样要求自己的。如果做到了这一点，不仅能听到远处集市的嘈杂声，在暴风雨肆虐的日子里还能听到大海的轰鸣声。

每天老师登上讲台点名后，总是老生常谈，旧话重提。除此之外，天晓得还能学到什么东西！不过，托尼诺还是很喜欢他这位快人快语、令人开心的班主任的。一个假期过去了，托尼诺发现老师有点儿变老了，去年的新领带也已经磨损了，他心里难过极了。老师举止大方，谈吐得体，总是凝神聆听对方说话。

同学们窃窃私语："你听到了吗？可能是咖啡壶的声音！"

"什么咖啡壶不咖啡壶的？"

"嘘，别吱声。老师正盯着我们呢！"

咖啡店老板的老婆从窗外大声呼喊在店里的丈夫，好像有什么事情要告诉他。但根据维也纳代表大会的有关规定，人们是不许偷听别人说话的。所以，你不可能详细知道他俩之间到底说了些什么。

萨兰得拉两手交叉地伫立在那里看，托尼诺模仿着他的动作。萨兰曼德拉[2]这个单词瞬间浮上他的脑海。想到这里，他乐呵呵地笑起来。

"你笑什么？"老师问他。

托尼诺不知如何回答。

"因为他是个傻瓜。"列昂得罗说。

"你才是个傻瓜呢！"托尼诺反驳道。

吉杰托说："他[3]小时候摔倒过，这不脑子摔出了毛病！"这句话引得大家捧腹大笑。托尼诺也跟着别人呵呵地笑。

---

2 意大利文为蝾螈，跟萨兰得拉谐音。

3 指萨兰得拉。这里有老学生欺负新学生之意。

这个时候，老师改变了话题，开始讲解"新教材"。他从柜子里拿出一个装满石头的盒子来。他打开盒子，从中取出一块酷似硫磺矿的晶莹剔透的矿石，这矿石看起来又像一块方解石矿，形状如同铁质矛头的石膏块。

"这是什么？"有人问。

"你们猜猜看！"

透明的立方体，像一块天然水晶，天晓得！

大家七嘴八舌地议论起来。有的说是一块冰，有的说是一块金刚石，到底是什么呢？

"食用盐。"老师澄清说。

"食用盐？"托尼诺大为惊奇地说："我不信，那不是一块钻石吗？"

"是的，但却是女厨师戴的钻石！"西尔瓦诺嘲笑他说。

无论别人怎么说，托尼诺再也不搭腔了，只是满腹狐疑地洗耳恭听。冥思苦想中，他忽然想起家里一本老掉牙的书中，讲述过神圣宝石的故事，对善良美德有着出神入化的详细描写。

老师说："在中世纪，法国和意大利的阿尔卑斯山深处，曾建立过一个由采水晶人组成的兄弟般的互惠团体。他们冬天狩猎，夏天寻找石英矿，东方的巫师为他们预知美好的未来。"老师的一席话给同学们点燃了希望之火，照亮了他们的心田。他们当场就沉浸于深入地下的幻想中：有的深挖宝藏，有的挣脱千百年来束缚人们的那些妖魔化的精神枷锁……

正在这个节骨眼上，老师不得不急忙收起"宝贝"，因为校工不顾别人的感受，硬是对着教室的门口，使劲儿地叮当叮当地摇铃了。

"上帝啊！大家正在兴头上，却被冷不丁泼了一身凉水，真是扫兴啊！"托尼诺嚷着说。

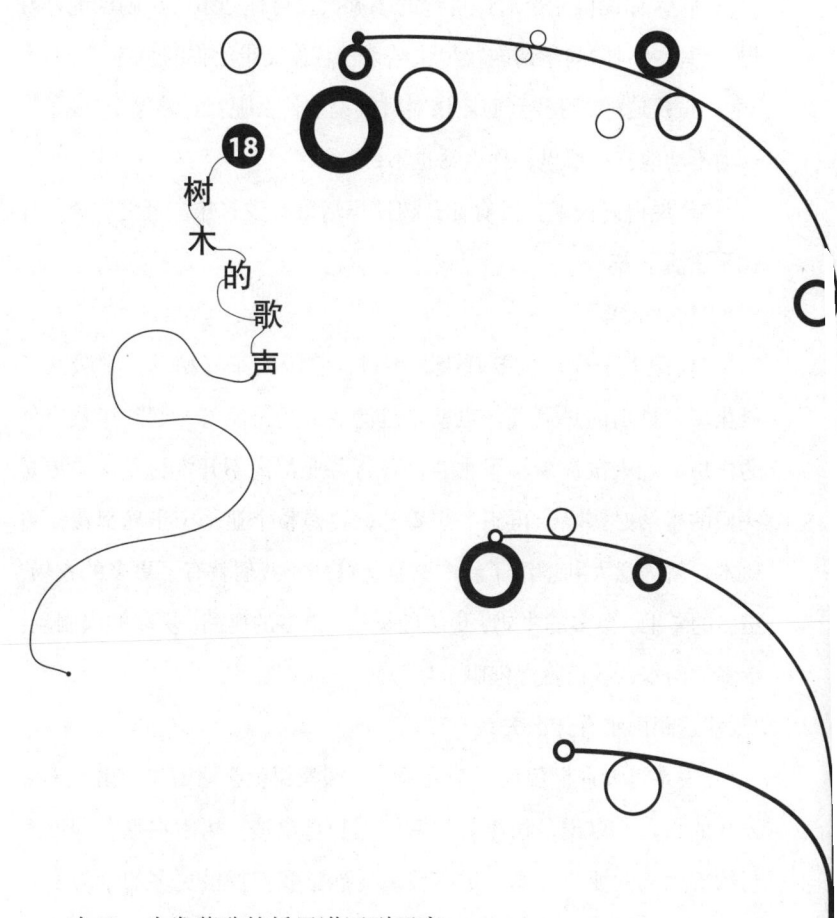

18 树木的歌声

次日,头发蓬乱的托尼诺回到了家。

"怎么回事?"爸爸问。

"老师莫名其妙地给我们布置了一篇主题为'树木'的作文。"

"你打算怎么办呢?"

"我也不知道!我该说些什么呢?树就是树,有什么好说的,不就是木头嘛!这就是事情的全部。"

"嘿，你说得完全对！可怜的小家伙，可你必须绞尽脑汁地好好想一想，及时向同学请教，尽快结束一篇作文带给你的烦恼。"

"正是这样。可我到底应该对'树'说些什么呢？它就像个'杆子'，一动不动地立在那里，什么话也不说！"

"你说得好极了！没有你，树照样活得有滋有味，可没有树，你就无法活下去。"

"为什么？"

"树跟人一样，也要呼吸。不过，它跟人正好相反，它吸入二氧化碳，排出的是氧气，也就是过滤后的新鲜空气，起到净化空气的作用。烧火做饭少不了木柴，各行各业都离不开木材，水果更是我们的生活必需品。再想一想森林，要是整个亚平宁半岛都覆盖着树木，就为意大利增添了新的财富。这样，我们就有了更多的牧场、更多的羊毛、更多的牛奶、更多的饲料、更多的奶酪、更多的肉制品、更多的雨水，我们就更健康了！"

"这跟雨水有什么关系？"

"关系可大啦！仅仅一个夏季，一棵橡树就会储藏和渗出一千多公升的水。所以说，树木好比蓄水池和蓄电池。树木在很大程度上制约着大气的变化和雨水的多少。树能给我们提供更多的水力发电资源，减少山体滑坡，为灌溉提供充足的水源，保证我们获得更多的畜牧产品、更多的小麦、更多的稻谷。在很多地区，你还可以获得双季的产量。而且，纤维素、造纸原料、药材和野生动物还没有计算在内。"

"这跟树有什么关系？"

"野生动物需要在树上栖息、筑巢和做窝。与此同时，还会由此衍生出更多的美景、更多的旅游资源和旅馆产业、更多的疗养胜地、更多的工艺品，带给我们更多的快乐和更多的善举及美德。"

"啊，还有吗？"

"当然啦！美能愉悦人们的心灵，正像丑恶会玷污我们的心灵那样！"

"这么说，我可以写一部关于树的书了？"

"没有这个必要，你只要了解树是怎么做的就足够了！"

"看起来，树并没有做出什么呀！"

"噢，怎么能这么说！树的生长跟时间紧密相连，跟四季更迭息息相关。它随着季节的变化而生长，变得枝繁叶茂，长成参天大树。从剖开的树身中心的年轮上看，它饱经沧桑的画面，度过的悠远岁月和季节更替的情况便一目了然。你不仅可以知道树龄，还能知道它曾遭遇干旱或年成欠佳的情况。它要战天斗地：跟恶劣的环境斗，跟动物斗，跟寄生虫斗，跟大风斗，跟闪电斗。它还要自我保护、自我疗伤、自我治愈。你看到一棵树时，首先往往想到它有多少公斤重。你别这样看一棵树，重要的是看它的威猛、它的挺拔、它的轻盈、它的清新、它的优雅。"

"那我该怎么办呢？"

"你的行为应该像树木，你的理念应该像小鸟。小鸟只能栖息在静悄悄的树上。在那里，孩子不会向它掷石子，不会朝它大喊大叫。你不能因为自己的愚昧无知而大发脾气，要跟万事万物和睦共生，要像下面的那些松树那样，向空气散发出松脂的阵阵芳香，并吟诵赞美大海的颂歌。"

"唱歌？"

"对呀！寂静的松树也在唱歌，而且唱得各有千秋！"

当天晚上，托尼诺就饶有兴趣地倾听树木的歌唱。有的低声吟咏，有的微微作响,有的像振翼在拍打翅膀,有的仿佛怒发冲冠,有的好像祈神赐福,听,那是沙沙声,还是飕飕声?啊,原来是杨树的飒飒声。听,那窃窃私语声,原来是柳树在吟唱;听,这是狂风在怒号;听,那是橡树在呼啸;听,这是沟壑旁风中摇曳的芦苇在窸窣作响,好像一条小溪的淙淙流水声。

托尼诺和爸爸一起快步爬上山坡,举目观望葱翠茂盛、密密麻麻的松针,凝神聆听阵阵松涛。果然如此啊!松树在吟咏大海,其根好像扎在大海里,在那里一展歌喉。

爸爸解释说:"事实上,它们是红树林,是大海的朋友,当风吹过来时,红树林跟风一起唱起和谐的歌。"

托尼诺笑着说:"真像修士在念经!"

"确实是这样。修士是夜间的保护神,为我们合唱祝福的歌。而红树林则昼夜为大海吟咏赞歌。"

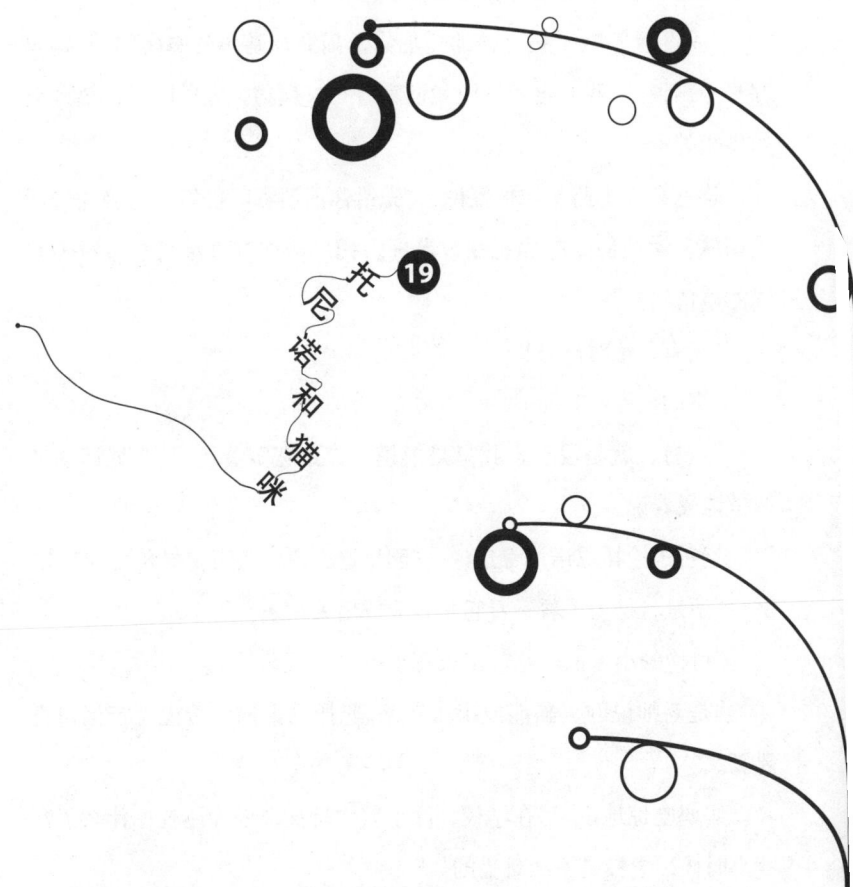

19 托尼诺和猫咪

　　这一天，电光闪闪，雷声隆隆，接着就下起滂沱大雨，如同翻江倒海一般。

　　脸被抓伤的托尼诺走进卧室。

　　妈妈一看，焦急地问："上帝啊，你被雷电击中了吗？"

　　托尼诺哭诉着说："不是，是被猫抓伤的，我没有招它惹它，它就扑到了我身上。"

爸爸问："你是不是叫它小偷了？"

"别开玩笑啦！我可怜的托尼诺，猫会抓瞎你的眼睛的。"妈妈叹息一声说："我要报警，说我们家有一只疯猫，太危险了，最好交给警察处理。"

爸爸拿来小药瓶和棉签说："先给你消消毒吧！然后报警并告诉消防队，说我们家的猫已变成老虎。托尼诺你敢肯定没有做对不起猫的事情吗？"

"没有，绝对没有！"

"真的没有吗？"

"没有，就是没有，我只是摸摸它，跟它闹着玩。"托尼诺抽抽搭搭地哭着说。

爸爸边给托尼诺消毒边说："啊！这么说，其实你很爱猫的？"

"不是，是为了看一看它是否会放出火花来？"

"可怜的小家伙，它放出火花了吗？"

"是老师说的，猫能放出火花来。"托尼诺抽泣着说，苦恼得直跺脚。

妈妈吃惊地说："在学校，除了教你玩猫，老师还教你什么了？我小时候，学校是不准玩猫的！"

爸爸说："那是另一个时代。现在时代不同了，猫也不同了。今天，我们可以把所有的东西都通上电流。比如说，你使用的电熨斗……"

"好得很，电猫！"

"还有磁化猫，能吸住老鼠！"

这个时候，猫进来了，是小心翼翼踮起脚尖进来的。它跳上椅子，蜷缩在上面。它本想静悄悄地睡个好觉，看到托尼诺冷不防转过身来，它"嚯"地从椅子上跳下来，一个箭步，钻到了橱柜下面。

"咄咄怪事，它居然逃跑了！"

"它觉得自己是有罪的！"妈妈说。

"谁知道它是不是深感愧疚呢？"爸爸说。接着爸爸一边给托尼诺贴膏药，一边问："你是怎么抚摩猫的？就像我给你贴膏药，是从头部向下贴到尾部，还是从下往上贴？"

"两种方法都可以。"

"哎哟！逆向摸猫是非常危险的。要知道，只能顺势摸而不能逆着摸。我们常说'顺毛驴'就是这个意思。你是不是揪了它的耳朵？"

"是的，这是它活该！"

"尾巴呢？"

"我刚刚碰了它一下……"

"它猛一回头，就抓伤了你，是吗？"

"没有，它没有回头。"

"哎哟！那它干吗去了？也许你扯了它的胡须？"

"我想证实一下它的胡子是不是有振动。要是它真的带电的话，从尾巴到胡子之间肯定会释放出电花来。"

爸爸、妈妈默不作声，相视而笑。爸爸长吁短叹地说："可怜的托尼诺呀！你跟猫玩，不应该是揪、扯、拽，而应该轻柔地抚摩它。想一想啊！你先揪住它的耳朵，然后扯它的胡子，最后拉它的尾巴，它很不高兴，也不舒服。这说明你不了解猫的爱好和习性，结果对你造成了伤害。猫想让你为它做些什么呢？你根本不懂。你是如何对待它的呢？你向猫吼叫：无赖，你快给我滚出去！从今以后，你只能吃些残渣剩饭！"

爸爸说完，又转身问妻子："你现在去哪儿？还去报警吗？"

妻子回答说："不用了，雨停了，我现在去给托尼诺买条煎鱼。"

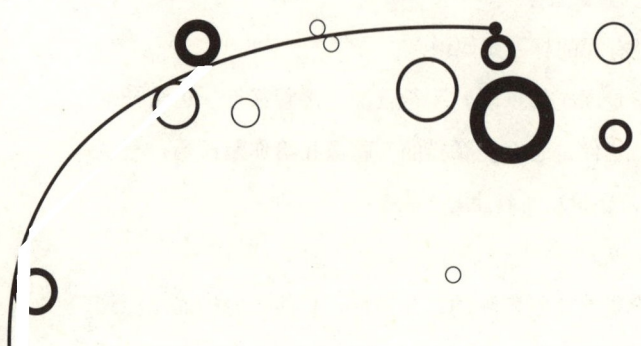

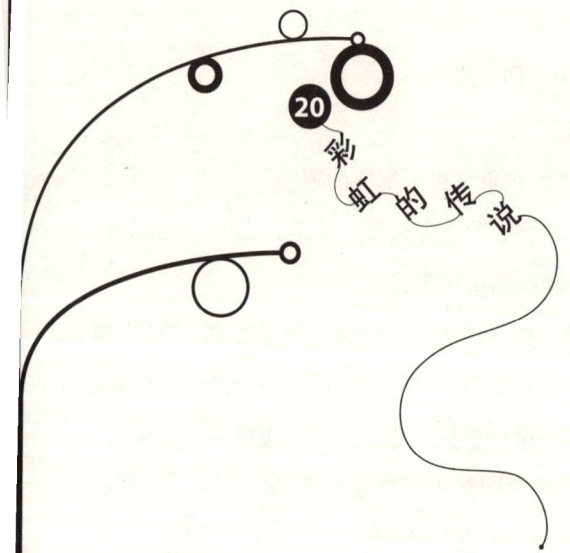

20 彩虹的传说

霎时间,天空升起了一道彩虹。

"天上要举行盛大的庆祝会了。"站在门口的妈妈说得神乎其神。

听了妈妈的话,孩子们不约而同地都跑出来看热闹。

科拉拉说:"你们看,那蓝色的下面,有一种从未见过的新颜色。"

千真万确。彩虹的中心部分，也就是淡紫色和鲜红色之间，有一缕时隐时现，稀疏的微弱光线。

大家第一次看到这种奇观，都表露出惊讶的神情。

"咦！瞧，那只鸽子也有这种颜色！"帕利诺指着阳台上的鸽子大声说。

"了不起的帕利诺！"科拉拉抱起帕利诺，亲切地说："天上像弓一样的东西到底是什么玩意儿？"

妈妈解释说："那时候，洪水泛滥，堤坝决口，天闸打开，大地一片汪洋，诺亚和他的动物团队是某个月的十七日登上方舟的[1]。"

大家听得入了迷，爸爸说："你说的太好了！你好像是位富有灵感的诗人！"

"我的灵感来自《圣经》。大雨终于停了下来。诺亚打开方舟的窗户，放出一只乌鸦。它飞了一会儿，停下来啄食尸体，却再也没有飞回来。诺亚又放出一只鸽子，到了傍晚，鸽子叼着新鲜的橄榄枝飞了回来。这是上帝和人类达成和解的象征。在驴叫、狮吼、马鸣和大象号叫的大合唱中，诺亚打开了船舱，让人们和动物重新回到大地上来，嘱咐他们繁衍生息。而一个弓形的东西，也就是彩虹把大地和天空连接起来。打这以后，由于鸽子是第一批从'联盟桥'下飞过的动物，它们就把彩虹的痕迹留在了自己的脖子上。"

"《圣经》里并没有讲述这些优美的故事，是谁告诉你的？"爸爸问。

"我是自学出来的。还是个小女孩时，我就喜欢童话故事，可没有任何人讲给我听，我是凭着自己的想象，慢慢琢磨出来的！"

---

1 诺亚方舟，基督教《圣经》中，诺亚为避洪水建造的方形船。

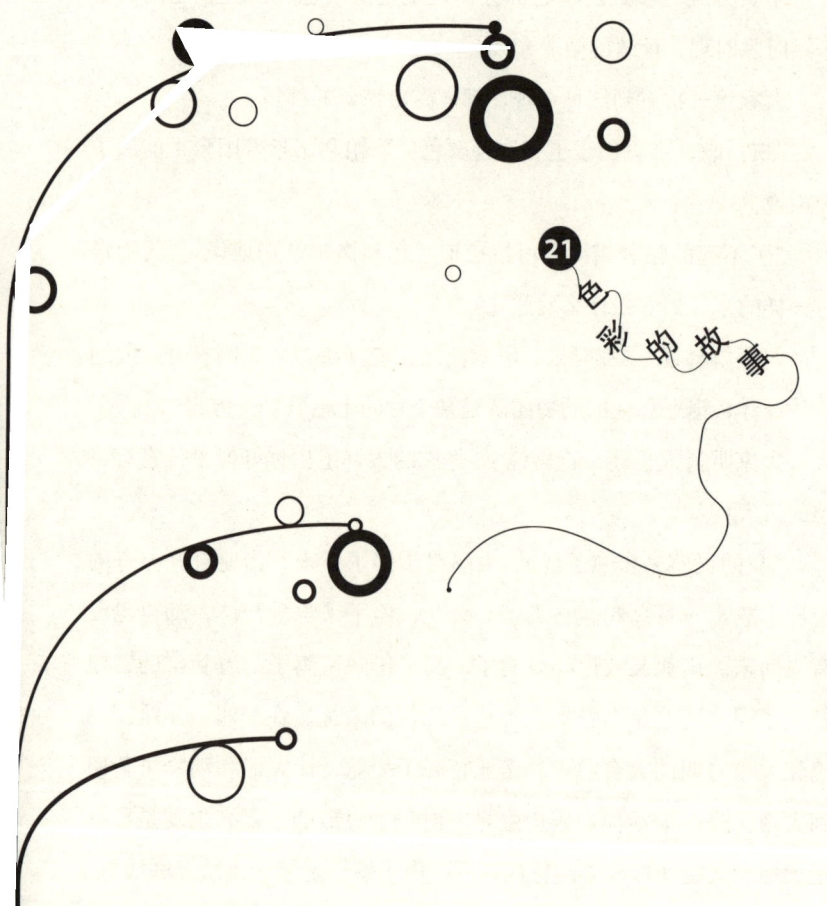

21 色彩的故事

托尼诺老是缠着妈妈问:"妈妈,你给我们讲一讲关于颜色的故事,好吗?"

"让爸爸给你们讲吧,我现在要到集市去。"

于是爸爸开始讲:"很久以前,有一次,天上……"

"不,现在……"

"好吧,我说现在吧。光明与黑暗是水火不相容的。当上帝把它们分开后,它们就相互仇恨,各走各的路,离得越来越远。"

"它们到哪儿去了?"

"到它们各自的王国里去了。一个坠入地狱,另一个升入天堂。这样,就诞生了黑夜和白天,它们游离于万物的边缘。白天是始于黎明的东边,黑夜始于黄昏的西边。白天带着拂晓迎来曙光,傍晚带着黄昏迎来黑夜。前者如同一个百花争艳、万紫千红的大花园,小鸟在那里啁啾呢喃,后者是少量不怀好意的蝙蝠、金雕和猫头鹰的乐园。随着亮光的逼近,黑暗和阴影渐行渐远,最后全部远遁而去,互不相容达到了登峰造极的地步。"

"正是现在这个时候。"

"完全正确。可它们各自做出了决定。有一天,一个人观察它们的行为方式时,发现一丝亮光掠到黑暗跟前,黑暗并没有逃之夭夭,而是变成了蓝色,且主动发光闪亮,给对方以应有的尊重;相反,烟雾每次掠到光亮跟前时,亮光好似蒙着红色面纱的少女,掩饰着羞答答的神情,表面上仇恨,实际上却倾心爱慕。于是这个人心里美滋滋地想'虽然它们相互仇恨,但我们可以让它们的儿女喜结良缘!'于是,他拿起透镜和棱镜,记下了它们脉脉含情的动人一幕。回到家里,他把这些情景依次投射到屏幕上,集结出版了一部书。"

"咦,太有意思了,这个人叫什么名字?"

"他叫歌德,是德国最伟大的诗人。"

爸爸说着,拿起一部书,让孩子们看,他们看到什么了?看到歌德本人手执一盏灯伫立在漆黑一团的夜里。灯光下,没有任何人,只有他孤零零一个人凝视着一个在天际若隐若现的光环。

金黄色的万丈光芒,也就是拂晓前的曙光映射得天空豁然开朗,迎来了黎明。接着蓝色从深夜翩然而至，用它那深沉的外套把曙光紧紧裹了起来。晨霞变得晶光闪亮，一轮红日冉冉升起，犹如骑着烈马款步而来，炫人眼目，动人心魄。

"一缕缕光束照进窗棂，屋内投射出斑驳陆离的影子，蓝色退却一旁，金黄色退却另一旁，黑暗也随之躲进'衣橱'里。蓝色和金黄色已从相识到相知，陪同它们的是金童玉女。蓝色和金黄色'终结连理'，生了一个'男孩'，名字叫绿色；紫色和红色结合，生了一个'女孩'，名字叫绛紫色；每种颜色的本色都不尽相同，如黄色和橘黄色分别属于温热型和烈火型。毫无疑问，猩红色简直就属于刚烈型了。而靛蓝色和浅紫色属于简朴厚重型。所有颜色都爱跟绿色相约交会，犹如鱼水之情。在一片郁郁葱葱、百花盛开的春季更是如此。所有颜色都融为一体，又都保持各自的本色，如同一道七彩之虹！于是，意见相左的双方在电闪雷鸣的风雨中激烈争吵。可暴风雨过后，金光灿灿、十分耀眼的彩虹辉映着湛蓝的天空。事实证明，这种联合是大势所趋，在所难免，因为对立的双方都举足轻重，息息相关，密不可分。太阳——这位伟大的先生才是绚丽光彩的造物主。只有它存在，黑暗才能变为白昼，才能给大家带来光明，就像给大家带来喜庆佳节那样，令人愉悦。"

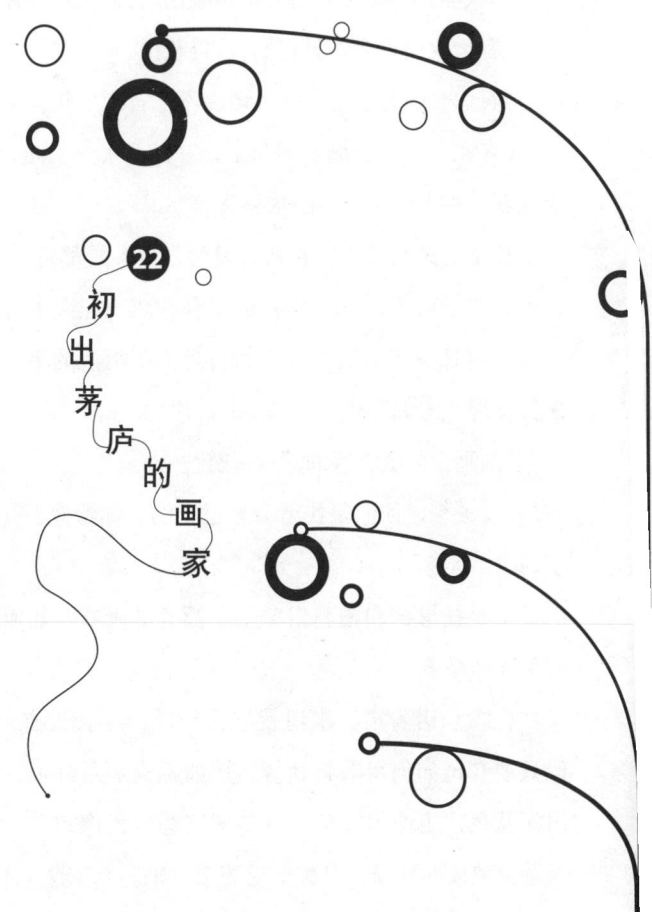

22 初出茅庐的画家

这天,爸爸带回家一块煞是好看的棱形水晶石。水晶好似一间小屋子,墙壁、屋顶、屋檐和瓦垄都染上了彩虹色,酷似天上掉下的彩虹。夜色中,闪烁着紫红色的光芒。

"啊,是鸽子的色彩!"科拉拉百思不得其解。

秋季里,相同的色彩都相继褪去,而后来又神秘般回到了本色。

"有趣的是,即使我们看不到颜色,它们也照样存在。"科拉拉说。

"春天我们就会看见它们。"爸爸说。

"它们去哪儿了？"托尼诺冷不丁冒出一句。

"在花草上，在蝴蝶的身上，在鱼身上……喏，这就是……"爸爸说着，拿出一个宽大的水彩盒。

孩子们高兴得欢欣雀跃，因为每支彩管都将画出各自的杰作来。好的，说干就干！画火焰、郁金香和玫瑰花离不开红色，画金银首饰盒、向日葵和星星离不开赭石色。阴沉沉的下雨天，须用深蓝色来打开混沌的天穹。

"画画会弄脏衣服的。"妈妈说。

"没关系，他们很快就会自己洗的，你给他们缝两个棉围裙就行了。"

于是托尼诺和帕利诺穿上了漂亮的画衣。然而，穿上画衣，画画也并非易事。

在帕利诺看来，事情就这么简单。尽管没有可供参考的图案，但只要知道如何用颜料就行。比如画火焰用红色，气流用黄色，水用深蓝色，土地用棕色。只要把这些颜色掺和在一起，就能调配出像菜豆熬成的稀汤，堪称一绝的栗色来，有了这个本领，就足够了。

托尼诺不以为然地问："妈妈，我们可以在墙上画了吗？"

"怎么，你疯了不成？"

"拉斐尔[1]不也曾在墙上画吗？他可是个很棒的画家，想画什么就画什么！随心所欲！"

"你想画什么？"

---

[1] 文艺复兴时期的著名画家。

"天晓得！我怎么知道想画什么呢？"

"那我建议，首先你要画个小孩子，然后给他起个名字。你还想说些什么呢？"

"当然有话说！要知道，我不愿当个小孩儿，而要当个大人。眼睛和鼻子贴着画纸，好不舒服呀！我需要一支长长的画笔。"

这几天，他们绘出了各自的第一批画作。

他们在混浊的水杯中，洗刷画笔，正像用画笔打开昏暗的天空。他们画出的天空是古怪的，谁也未曾看见过。星星大得出奇，是鲜红色的。东方的天空是金黄色的，西方的天空是紫罗兰色的，中午的天空是火焰熊熊，午夜的天空是靛蓝色的，最后是钴蓝色的，也就是大海的颜色。

"我放的水太少了，大海的颜色太深了。"托尼诺说，于是他用了所有的水彩，学会了近似洪水泼墨的手法。但事与愿违，他越是"倾盆大雨"，污渍就越大，"洪水"四溢，溃决成灾。

"那是什么玩意儿？"帕利诺问。

"你没看见吗？那是海妖！是从海底浮出来的妖怪！"托尼诺回答，手中还拿着大得出奇的画笔，而红色和金黄色的水彩从画笔的笔尖溢了出来。

这是曙光，是世界上第一缕绝无仅有的曙光！那可是托尼诺用尽了所有颜料而倾力打造的天空曙光啊！然而湿淋淋的凝块曙光顷刻间就成了乱七八糟、稀奇古怪的画面！气恼的托尼诺用污泥浊水的两支画笔左涂一下太阳，右涂一下月亮。

托尼诺玩天玩地，终于玩出了一个"地球"的画作来。

帕利诺悄无声息地走近椅子，准备大干一场，但他发现画笔太绿了，索性把它扔进废纸堆里。爱他的妈妈发现后，马上帮他捡了回来。光绿色就有好几种：翡翠绿、豌豆绿，等等。不大一会儿，一片绿油油的草地上就点缀着第一批雏菊和金黄色的毛茛。两棵大树左右各一棵，还有挂满枝头的鲜红果子和树下一个即将破土而出的蘑菇。

南瓜呢？只要加上一点儿黄色就行了。茄子呢？一点儿深紫色就栩栩如生。一个红点足以画成一个小辣椒，另一个红点就能绘成一个西红柿、一个草莓……全都是时鲜水果和蔬菜。

托尼诺进入屋内，拿起画笔蘸满乌贼墨汁，开始创作袅袅升腾的烟雾。

"画成了！"托尼诺心满意足。

"那是一条蛇，还是别的什么玩意儿？"妈妈问。

"是炊烟，是家里烧火做饭冒出的烟气。"

"可我没见到家呀！"

"马上就画，首先绘出烧烤冒出的浓烟，然后再画房子。"

"你说得有道理。你爸爸马上就回来了，现在我得赶紧去做饭。"妈妈说完，递给托尼诺一支黄土颜料的画笔。

"倒像一只蜗牛。"托尼诺自言自语，开始润色自己的画作。

他画好跃出水面的鱼，空中翱翔的老鹰和一头翻滚的雄狮，便将画笔扔进水里洗净。不过他越忙叨，画儿画得就越走样。瞧，公牛和翅膀被弄成了不伦不类的东西。

"那是啥玩意儿？"帕利诺问。

"天晓得！好似一棵树。"

他把画纸颠倒过来看，一个大男人跃然纸上。

"啊，我知道他是谁！"托尼诺心里犯着嘀咕："是爸爸！我特意为他画出了这个家。"

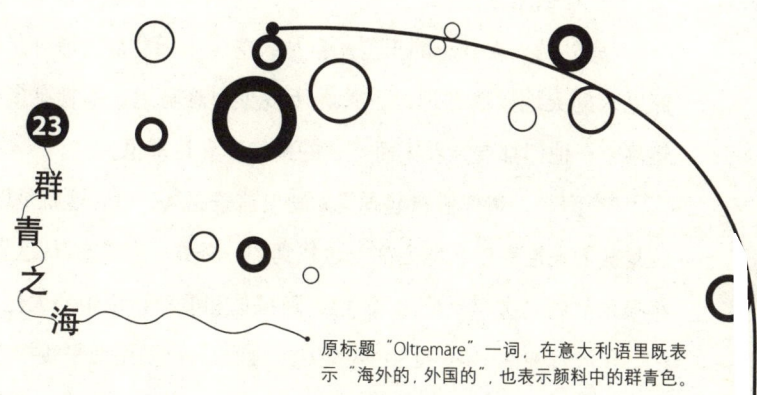

23 群青之海

原标题"Oltremare"一词,在意大利语里既表示"海外的,外国的",也表示颜料中的群青色。

爸爸提醒说:"现在我们调配一下颜色,用三原色,即红色、黄色和蓝色做底色,调成各种颜色。"

于是,他拿起一小管水彩,挤在一个小盘子上。

"这是什么东西?"

爸爸解释说:"蓝宝石!其实是一种珍贵的像蓝宝石一样的颜料。"

"这个呢?"

"海外!这里不是它的本意,而是天青石研磨而成的一种蓝色颜料,名为佛青或群青。"

"那海外呢?海外呢?这是什么意思?"托尼诺很喜欢这个单词,所以兴奋地重复了一次。

"在什么地方?"

"海外是人人梦想的王国。自从人类失去天堂后,海外是他们梦寐以求的天地接壤之地。不管经历多少艰难险阻,不管有多少次希望落空,他们都要凭着锲而不舍的精神,到达那里。"

"在海外。请你们拿起画笔,画出这条路线。瞧,这就是地平线。这是我们无论在什么地方都无法找到的一条线。比如说,从这里的'青年喷泉'到'金苹果公园',再到阿拉伯和波斯传说中的大怪鸟'大鹏'和埃及神话中的'长生鸟'传说的地方,以及跟地平线接壤之地,都不可能找到它。"

"这么说,地平线根本不存在,是真的?"

"对啦!如果地平线不是真的存在的话,就没有必要打破砂锅问到底啦……你画出的红点是什么意思呢?"

"我不知道。"

"我现在就告诉你,那是红海。那个彩点和那个蓝点以外之地,便是印度。天跟地交界之处的那条最远的线就是地平线,也就是我们常说的海外之地。可以想象得到,那里有黄金和斑岩筑成的中国王宫,有绫罗绸缎制成的衣服,有一万头鱼鹰。"

"它们在哪儿?"

"都在海外,还有香子兰、桂皮、肉豆蔻、胡椒、甘蔗、生姜和丁香等。"

"妈妈用洋葱一起做成的那些调料来自哪儿?"

"问得好,它们有的来自斯里兰卡,桂皮来自爪哇,还有胡椒树……"

"爸爸,盐树产自哪里?"帕利诺问。

"盐不是产自树,而是产自土地。"

于是爸爸开始讲述盐的历史,讲述由于年代久远而淹没在历史长河中的盐山盐城。随着时光的流逝,地壳的变动,板块的相互挤压,昔日葱茏的山脉变成荒山秃岭。殊不知,奥地利的萨尔茨堡郊外的群山峻岭看起来寸草不生,其实那是钙化的盐岩和盐山,萨尔茨堡正是"盐城"的意思。但是世界上最著名的盐矿坐落在波兰的克拉科夫城附近。那里的盐矿属沉积地层,数千名工人在那里夜以继日地采矿制盐。

"在地下吗?"

"千真万确。望不到尽头的拱廊织成密如蛛网般的迷宫,把一个个宽敞的盐洞连成一片,那里有仓库、办公室,甚至还有小教堂。"

"全是盐的世界?"

"没错,圆柱子、布道台、祭坛、雕像和烛台……全都是盐做的。"

"你怕了吗?"妈妈问。

"有点儿怕。"

"再往下,就是第二沉积层,那里面有一个水深十二米的硕大湖泊,湖水荡漾,可以泛舟其上。尽管没有一丝阳光照进去,可气温适中,空气有时凉爽宜人,有时温暖如春,始终愉悦着你的心情。"

"海里的盐到哪里去了?"托尼诺迷惑不解地问。

"被河流带走了。"

"可河水是淡的呀?"

"是淡的,因为含量极少的盐已溶化在水中。随着千百年时光的流逝,盐渐渐沉积在泥土底下,并且已经分解,不会蒸发了。"

"海水是咸的,好像是一种泻药。"

"是的,每升海水的含盐量为二十五克。随着海水的干涸,盐分就逐渐沉积到低于海平面的盆地,最终形成盐场,比如西西里、伊斯的利亚、科马吉奥盐场和法国的盐场就是这样形成的。"

"世界上哪个海的含盐量最高？"

"是靠近巴勒斯坦伯利恒的死海，这里的海水每升含盐量高达二百克。"

"为什么叫死海？从前它是活着的吗？"托尼诺问。

"可以这么说。每个大海都蕴藏着生命，繁衍着大量的生物，但死海不是这样。作为一个湖泊，它无法跟其他大海沟通，进行流出和流回的良性循环。它是自闭的，好像一个吝啬鬼。它积累了耶稣基督洗礼的圣河——约旦河带给它的盐。死海的水分由于天气炎热而迅速地蒸发掉，盐一直积累下去，越积越多，扼杀了生命。任何物种都无法在这样高浓度的盐水中存活，周围的环境也是如此，这是多么可怕啊！阿拉伯人敬而远之。他们说：'凡是想活命的人，从不在盐海上冒险。'"

"海外之地！"托尼诺一本正经地说。

"全都在海外之地。"爸爸解释说："琥珀、黄金、香料、玫瑰油……全都在地平线之外，还有金鸡纳霜树、大黄、茶叶、咖啡和可可……"

"茶是一种饮料吗？"

"可以这么说，茶是从生长在中国类似山茶树的叶片中提取的。这种树生长在山中朝阳的斜坡上。据说，第一个发现茶的功效的人是一位隐士，他在茶树下向神灵千祷告、万恳求，日夜守护，终于发现了茶叶的功效。"

"咖啡呢？"

"它有点儿像苹果树。它的花儿像茉莉花儿，种子像菜豆，都是成双成对的。据说，是一个伊斯兰教徒发现它的。这位虔诚的伊斯兰教徒到处寻找一种草，服用后能够让他早些起来祈祷。他找呀找呀，一直没有找到。直到有一天，他遇见一个牧羊人才找到了这种草。

山羊不管白天还是黑夜总是跳个不停,牧羊人想尽了各种办法也无法让它们安静下来。这位虔诚的伊斯兰教徒问:'山羊都吃什么啦?'牧羊人回答:'吃了一种浆果。'于是伊斯兰教徒发现了咖啡的功效。荷兰的航海家是首先将咖啡引进欧洲的人,而威尼斯则是第一个将咖啡用作饮料的城市。"

"我很喜欢可可,它产在天涯海角的什么地方?"

"比东方还要远的地方,要越过印度和中国,去往更遥远的地方;要越过日本,去往更遥远、更远不可及的地方……"

"你怎么没完没了呀!不是还有太平洋吗?"

"是吗?还有更远更远的地方,那就是另外一个印度[1]。"

托尼诺听得目瞪口呆,正想说话时,被科拉拉打断了:

"姑父,我听说维京人[2]是第一批到达美洲的,是真的吗?"

"可以这么说,古希腊哲学家柏拉图(公元前427-公元前347)在著作中提到过马尾藻海[3]。更耐人寻味的是西班牙历史学家彭波尼奥·梅拉讲述过这样一个故事:来自某个无人知晓的种族的奴隶在海岸被抓住后,被交给了在高卢[4]的一位古罗马帝国的省督。"

"这就是说,是维京人引领人类开拓了世界!"托尼诺感叹道。

"并不能这样说,事实真相是克里斯托弗罗·哥伦布利用地球为球形的原理,成为了第一个无所畏惧、'头朝地下'航行的航海家,开创了大航海时代。"

---

1 这里指西印度群岛。即为南美洲大陆间岛屿的总称。

2 古代欧洲的民族。

3 北太平洋的一部分,以有大量马尾藻漂浮水面而得名。

4 古代欧洲西部的一个地区,曾为古罗马帝国的一部分。

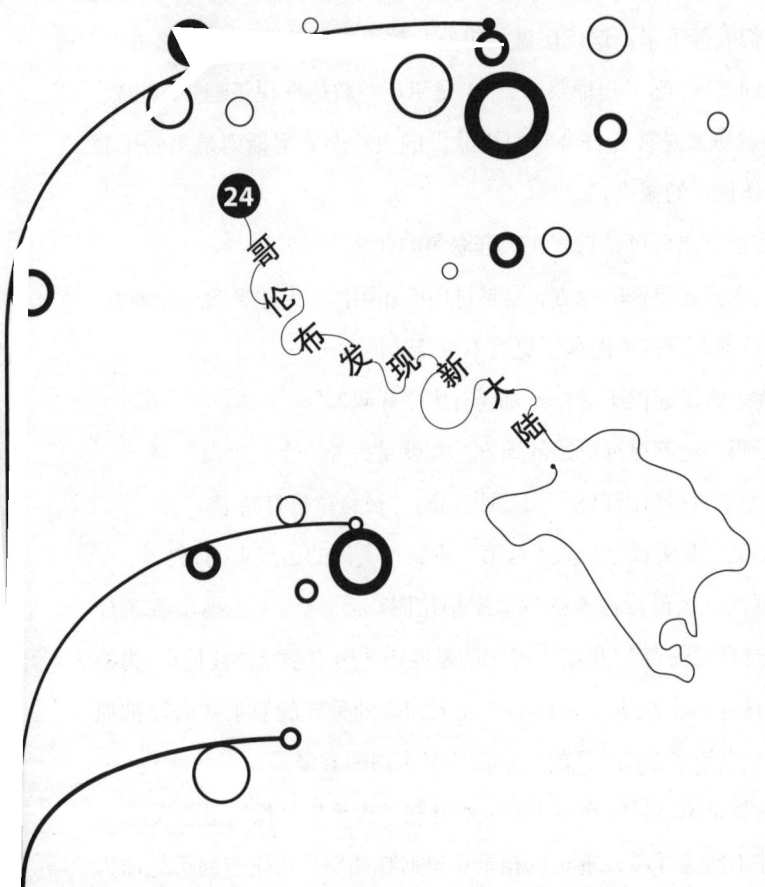

24 哥伦布发现新大陆

就这样，孩子们当天晚上"认识了"哥伦布。

"爸爸，正如你说的那样，哥伦布并未到达东方，而是到了西方。"

"这个我知道。像所有其他航海家一样，都是为了到达东方才开始起航的。俗话说'声东击西''歪打正着'。因为佛罗伦萨的地理学家托斯卡内利计算上的一个错误，却让他侥幸得到了一个满意的结果。他让哥伦布相信，地球的周长不是四万千米，而是三万千米。哥伦布首先恳求葡萄牙国王，然后又恳求西班牙国王调拨船只，给予支援，可是遭到当时所有敌对势力的反对。最后他又向伊丽莎白女王求援，终于如愿以偿，女王给他三只三帆船，才得以启程。"

帕利诺问："为什么女王给他三块糖果[1]？"

帕利诺的问题逗得大家哄堂大笑。

"三只帆船'圣·玛丽娅号'、'尼娜号'和'宾达号'在风平浪静的大洋中航行了两个多月。海员们以威胁的口吻说，他们再不想继续前进了。"

"为什么？"

"因为害怕。"

"怕暴风雨？"

"不，不是那样。他们怕风平浪静！你们看……"爸爸打开一本书说。

孩子们立刻感到如身临其境一般，航行在鳞光闪闪、涟漪阵阵的海面上，真是美极了！大海浩瀚无边，海风轻拂，清新的空气让人为之精神一爽，芬芳的气息沁人心脾。书中说：在安达卢西亚[2]四月里的一个早晨，阳光是多么明媚呀！一路走来，真是一帆风顺，一日千里啊！可海员们却忧心忡忡："风总是逼迫我们前进，我们怎

---

1 意大利语中糖果和三帆船谐音。

2 西班牙一地名。

样才能返回呢？"

"啊！真有意思！他们顺风顺水的，怎么还抱怨呢？"

"当然啦！他们相信，在顺风行驶的日子里，就不可能再有顺风让他们返回了，离祖国也会越来越远了。为了安抚人心，哥伦布不惜在船速上编造谎言来哄骗海员。他每天晚上记下最少的航程。尽管这样，还是引起了海员们的惊慌，因为苦不堪言的长途跋涉搅得他们越来越心烦意乱，魂不守舍。他们驶入浅海区域，那里水草丛生，仿佛已靠近海岸。他们担心船被搁浅，于是用很长很长的探测器进行测量，可依然测不到海底。"

爸爸继续讲道："终于刮起了有利于返回的顺风——西南风。有时，身为船队首领、号称'海军将领'的哥伦布也被搅得心神不定，局促不安，即使叉尾形的军舰鸟[3]和丛林鸟在船上鸣啭歌唱，也不会给他带来丝毫的慰藉。"

"对第一个发现陆地的人，哥伦布会对他有什么奖励呢？你们猜猜看？"

"一百万！"

"不对，仅仅是一件天鹅绒短上衣。一天晚上，哥伦布听到'陆地、陆地'的喊叫声，他扑通一声，双膝下跪。谢天谢地！海员高唱献给上帝的'颂歌'。大家隐隐约约地看到了自己的希望，船一直航行到了早晨才停下来。与此同时，人们发现，那缥缈的雾霭、密布的乌云、第一缕阳光和海市蜃楼般的陆地，却在转眼间消失得无影无踪。船上的苦工感到自己的命运被人捉弄，开始骚动，准备造反了。面对群情激奋的船员，哥伦布不屈不挠地沉着应对。他对自

3　一种飞得很快的热带大鸟，常尾随军舰飞行，故得此名。

己的信仰忠贞不渝，作为海军将领，他有不容质疑的权威。他的名字 Cristoforo 的前两个音节命中注定跟 Cristo（耶稣基督）相重叠，并肩负神圣的使命。于是，他把军官和海员召集起来，要求他们不怕牺牲，排除万难，渡过难关，最后以领导的身份下达命令：'各就各位，各行其责！少说废话，一言为定！'说完，他回到船长办公室。

"哥伦布祈祷两个多小时，答应把自己的生命、荣誉和所有财富一股脑儿全部献给上帝，作为赎回耶稣圣墓的祭品。

瞧，一只鹭鸶、一只鹈鹕和一只鸭子在水上游来游去，嬉戏打闹。一四九二年十月十一日晚上，哥伦布一手捧着一束还开着花儿的荆条，一手拄着竹子拐杖，一个人登上甲板。他揉了揉眼睛，仿佛看到了一盏油灯在宽广的水面上摇曳不定地闪烁着光束。他不相信自己的眼睛，于是唤来了两位军官。

"'你的视觉出了毛病，所以才产生了幻景。'两位军官毫不犹豫地说。哥伦布反驳说：'实话说，陆地近在眼前。'"

午夜不久，从"宾达号"船上传来了礼炮声。

一个名叫罗得里科的海员大喊大叫："陆地！陆地！"他是第一个看到陆地的人。

"那件天鹅绒的短上衣应该奖给他。"托尼诺说。

"不，两位军官认为，哥伦布才是真正看见陆地的第一个海军将领，所以只有哥伦布才有资格获得此项殊荣——一件天鹅绒短上衣。这是上帝赐给他的唯一的、真正的礼物，作为对他发现新大陆的嘉奖。"

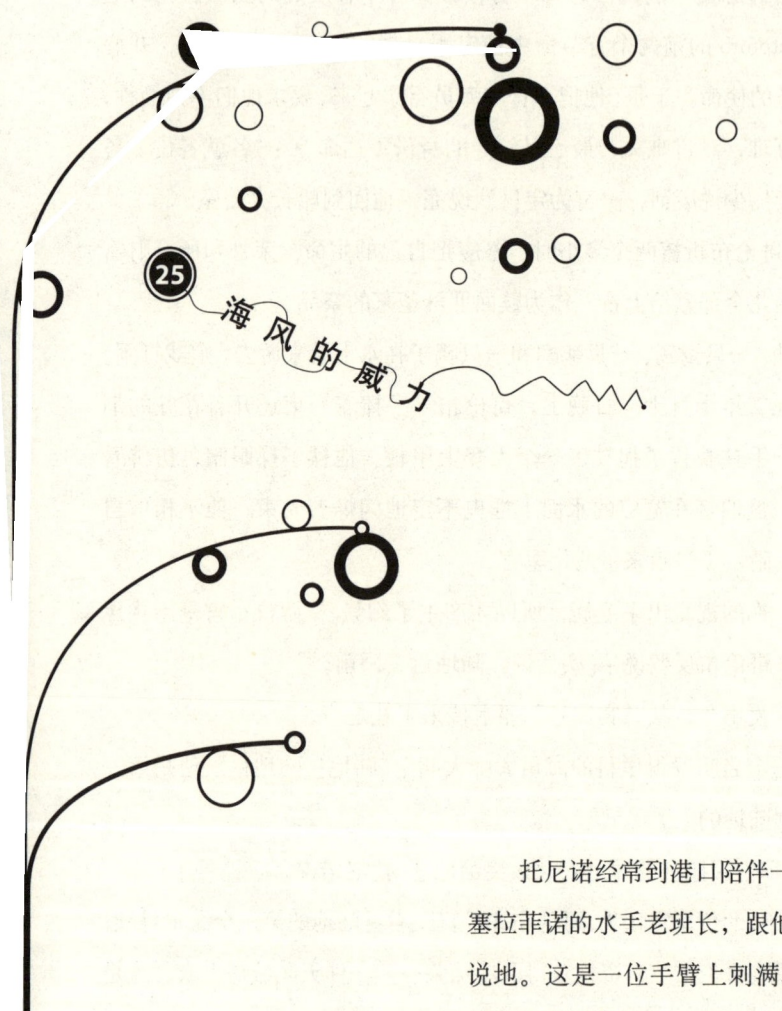

25 海风的威力

托尼诺经常到港口陪伴一位叫塞拉菲诺的水手老班长，跟他谈天说地。这是一位手臂上刺满花纹，经验丰富的老海员。他退休后，早已不扬帆出海了，可他总是帮助工人点燃坐落在码头、船坞和防波大堤上的那些信号灯和塔灯，所以人们依然管他叫"老水手"。

星期天，得到妈妈的允许，托尼诺跟科拉拉一起又到老海员那里去玩耍。跟往常一样，老海员总是在那里反复鼓捣着烟斗，可并不点着吸烟。科拉拉纳闷地问："怎么？您不是经常帮人们点信号灯吗？怎么现在连个烟斗都点不着？"托尼诺根本不听科拉拉在说些什么，只是目不转睛地望着随风猛涨的海水和若隐若现的巨礁。

"大海开始暴躁发怒了！等一会儿就该怒涛冲天了！"科拉拉说。

"是什么力量把这块礁石冲到这里来的？"托尼诺问。

"是它！"老海员指着海浪说："几天前，随着一股东风的猛吹，一排滔天巨浪把它冲到了这里！"

"只是一个海浪！多大的力量啊！"科拉拉感慨地说："要是大海把所有的力量集中起来，会惊天动地的！可是，如果没有月球帮助礁石沿着海滨'散步'，那么礁石本身根本没有能力从这里移到那里。"

"正是如此。"老海员赞同道，同时用小钉子捅了捅烟斗。

看到那块黑黑的，如同犀牛一样蹲伏在那里的礁石，托尼诺问："几级风才能把它冲到这里？"

"十二级风。"老海员回答。

"咦？为什么不是十三级海风？"

"因为十二级是最大的风力，不可能再大了，就是这样计算的。"

"大西洋也是这样？"

"也是这样。"

"印度洋和太平洋呢？"

"也是这样。"

"看来，大海总是移动的。"

"不总是那样。"

"怎么？难道大海有时是静止的吗？什么时候是静止的？"

"当风力是零的时候,大海就是静止的。"

对于老海员的回答,托尼诺和科拉拉面面相觑,显出不满足的样子。同时,翻滚的浪潮不断地冲向海岸。

"大海的静止之处不在这里,而在深海。零级有一个静止点,或者说,即使是动的,也总有一个静止点,不用探测器就可以测出大海的深度。"

"用雷达吗?"

"不用雷达,只要把耳朵放在划桨上听就行。选择某个烟雾弥漫的晚上,把耳朵放在划桨上仔细听。随着划桨抖动,便能感应出自海底的所有噪音:如果下面有沙子,就能听到划桨划出的沙沙声。"

"太有意思了!大海也会'滑雪'了!"

"要是有岩层的话,甚至可以听到海藻的哗哗声。这种声音向上辐射,四处扩散,通过这种声音就可以计算出海水的深度。"

科拉拉被深深打动了,在她看来,老海员的一席话如同"天方夜谭"那样神秘莫测。于是她进一步问:

"塞拉菲诺先生,请您告诉我,现在是几级风?"

"两级半,不到三级。"

"三级风是个什么样子的?"托尼诺迫不及待地问。

"这个我知道,是鹅走路摇摆的动作。塞拉菲诺先生,对吧?"科拉拉回答。

"四级风是什么样子的?"

"四级风如同纺车纺纱时的振动,棉絮飞扬。起先海面风平浪静,微荡着涟漪,接着浪花飞溅,然后是'鹅'拼命摇摆,也就是小树枝摇动,沿岸渔船满帆时,倾向一边。"

"这么说……"

"烟斗不再冒烟了？"

"没关系，现在就是四级风，您就用力抽好啦！"科拉拉用"您"称呼老海员。

托尼诺沉浸在大海的想象中：烟波浩渺的海面被暴风雨搅得浪花滚滚，鲸鱼被巨浪掀到了水面。

"接着呢？接着呢？"托尼诺大声问。

"接着而来的是五级风。"

"好大的风力呀！"

"这个时候，人们被风吹得摇摇晃晃的！"科拉拉说："托尼诺，你是胆大勇敢的孩子，盼望着暴风雨的来临。"

"暴风雨？暴风雨来临之前有个过渡期，须经历五个级别的风。"

"五级时，大海这部纺线车开足马力，全速转动。涟漪过后，你可以看到水面起波，细浪跳跃；六级时，大风搅起满海碎金。这个时候，你最好加倍收缩主帆，顶桅杆，支索帆和后帆。"

"七级呢？八级呢？"

"七级时，再没有平滑如镜的海面。面对波涛汹涌的大海，船须缩帆，降低桅楼。前桅挂中帆，主桅和后桅则斜挂大三角帆。"

"八级呢？"

"八级时，大海的波浪上涌起一座座小山，船上所有挺立的东西都要降低，收缩后樯纵帆和前桅。只要主帆就足够了。如果甲板上的桅桁倾斜了，即使波浪轻击一下，也将招致灭顶之灾。"

"九级呢？"托尼诺迫不及待地问，他盼着暴风雨来得更快些。

"是九级吗？"

"是九级！"托尼诺大声说。

突然，一排惊涛骇浪从礁石一跃而起，发出巨大的轰鸣声，向码头猛扑过来。在大海的欢声笑语中，无数细碎的浪花将他们三人溅得湿淋淋的。

他们要跑到老海员的妻子那里去，给信号灯点火。科拉拉淋得轻一些，向老海员的妻子借了一件短上衣穿上，暖和暖和冰凉的身体。为了晾晒湿透的毛衣，托尼诺全身裹着一个大披肩。可怜的老海员十分狼狈，浑身上下浇成了落汤鸡，像一把湿透的雨伞，烟斗直往外冒水。比这更糟糕的是装烟草的袋子，被水浸泡得像一块海绵。

科拉拉幽默地安慰他说：“现在烟斗更耐用了，活像一个水烟袋！吸着也更有滋味了！”

"呸，好像吸着一条又臭又腥的鱼！"老海员吐了一口唾沫说。

他们三人来到燃烧的火焰旁，老海员的妻子正在那里不断地捅旺火苗……

"九级呢？"托尼诺嘟囔着说。

"九级嘛……"老海员慢条斯理地说着，用手拿起一块燃烧的木炭点燃被浸透的烟斗。为了强调九级，他又重复了一句："是九级吗？"

"是的，是九级！"托尼诺激动得喘着粗气。

"要当心被火烧伤了！"老海员拿起一块燃烧的木头，把烟斗里的烟渣磕打到上面说："让火把它烧掉吧！孩子们，九级风就要来了，你们将不得不疯狂地跳呀蹦呀！要知道，九级就意味着暴风雨呀！"

科拉拉松了一口气，自言自语地说："我真幸运！海水在猛涨，暴风雨快来了，而我们早已回到了避风港！"她感叹一声，接着说："终于等来了暴风雨！可暴风雨过后呢？风暴过后，还有什么东西从天而降呢？"

"暴风雨过后嘛……我还是不讲了……"

"你小声讲嘛……"

"孩子们，暴风雨过后，就是飓风，更糟糕的是旋风。这个时候，你要背部对着风，身体向前倾，这是在危急关头应对旋风的最好办法。你要紧靠左舷，千万别转身回头看。这样，风速会相对减小。否则，旋风会像风卷残叶一样，把你生生卷走的。"

"上帝啊！"老海员一声叹息。

"真叫人毛骨悚然！"

"没什么可怕的！只要会看手表就行。"

"好的，我有表。"

"我也有表。但会看表有什么作用呢？"托尼诺问。

"当然有用啦。因为在北半球，每当狂风咆哮和海洋旋风骤起时，表总是逆时针方向走，比如从十点到九点，从九点到八点……"

"我觉得我已经全懂了，但我该怎么形容呢？"科拉拉说。科拉拉的话，逗得老海员捧腹大笑。也许是吸烟时被烟渣呛着了，也许是烟雾迷了他眼睛一下，老海员开始胸闷气短，脸色通红，眼睛里噙满了泪水，不断地抽泣打嗝。于是，两个孩子摇晃、拍打他，直到他渐渐地恢复了正常，能开口说话。他说："有时，海浪能冲开船舱，只一个惊涛骇浪，就足以冲毁一切，甚至能撞毁船的前桥楼。有时，海浪高达十六米，二十六米……三十六米……"

"您别骗人了，是三十二米！"科拉拉纠正说。

可怜的老海员叹了口气说："啊，可以说有三十二米高，也可以说三十六米高，这么说，话就长了。海浪也有凹凸不平的时候。船的载重量多少也造成船的吃水度的差异。当货舱满载时，船首就凸现出来。如果船的龙骨是长长的，一个海浪就能从中心把龙骨掀起来，将其折成两段，如果两排海浪从船尾和船首一起把龙骨掀起来，龙骨就会从中间断裂开来。"

"这么说，海浪就是三十六米高了。"

"然后呢？然后呢？说下去呀！"托尼诺穷追不舍："风力到了十级、十一级和十二级又是个什么样子？"

托尼诺好像脑袋撞上了天花板，欲言又止，只是长吁一声，便不再吱声了。老海员的妻子放下手里做饭的活儿，踮起脚尖凑近说："今天塞拉菲诺跟大家共进午餐。"

"怎么啦？怎么啦？快说呀！"两个孩子齐声问道。

老海员细细地打量着两个孩子。他不管手中的烟斗是燃烧的，还是熄灭的，也不管是不是会烧毁裤子，就把烟斗一股脑儿地塞进衣袋里。

船外天空乌云翻滚，海浪奔腾咆哮，好似吼叫的火红牛群冲出牛舍一样。所有的船只都系着绳索，停在港湾，桅牵索被大风吹得呼啦啦地响。

"这种情况下，最好关上舷窗。"老海员建议说。

"接着呢？……"

"没什么船出海吗？"妻子问。

"今天是星期天，没人出海。"

"谢天谢地！孩子们放心吧，我这里有伞，你们可以用！"

"谢谢。"科拉拉说。

"快说呀！"托尼诺一个劲儿地追问。

"十级风、十一级风和十二级风来了，将会是什么样子的？"科拉拉也追问道。

大家都屏息凝神地静静倾听。听到两个平底锅里咕嘟咕嘟地响，大锅里炖着肉，小锅里咕嘟着西红柿酱汁，一股清香从厨房扑鼻而来，馋得大家直流口水，恨不得马上饱餐一顿。

"快说呀！……"托尼诺迫不及待地问。

老海员低下头，好像要把大海的十级风、十一级风和十二级风全都聚集起来一起说似的，然后舒了长长一口气，闻一闻，连声叫好说："嘻嘻！西红柿酱拌面！西红柿酱拌面！"

"是呀！为什么还不吃？"妻子问。

老海员振振有词地说："哎哟，西红柿酱拌面是我的当家主食，也是我的拿手好菜，要知道，我有着无与伦比的厨艺。从星期天到现在，我一直都没吃这道美食，所以今天会食欲大增。

"船在大海或在大洋上正常航行时，卷走了桅桁和船上的覆盖物，刮破了后帆，斜桅倾斜，船头下沉，人们无处躲藏，天空灰暗，大家压抑得透不过气来。暴风肆虐着船头和船尾。注意'顺下风、避上风、顺下风、避上风。'大喊大叫声响成一片。"

老海员转头看着锅里，嘀咕道："天哪！今天吃西红柿酱拌面，明天又是西红柿酱拌面，天天如此……再好的美食谁都会倒胃口的，我说出来你们可能不信，可我信。在从波士顿[1]到纽芬兰岛[2]的十二天航程中，天天吃西红柿酱拌面。"抱怨完面条，老海员的思绪又回到了船上。"当心'前后颠簸，左右摇晃，前后颠簸，左右摇晃'的口号声不绝于耳，水连天，天连水，搅得天昏地暗。我们得救的希望全都寄托在肉汤上！只要有一点儿肉汤，大西洋也会变得风平浪静了！而这是痴心妄想！面条和通心粉[3]！面条和通心粉……天天如此！"

---

1 美国著名城市。

2 在加拿大东部。

3 意大利的主食为面食，通心粉就是其中的一种。

"为什么?"科拉拉迷惑不解地问,她感到突然来了食欲。

"道理不言而喻。大风大浪时,上了桌子的肉汤会从碗里或者盆里'逃出来'的,人们无法享受。"

"十级大风刮来,餐桌上的饭菜和餐具都要用栏杆围起来,跟牛舍也得用栏杆围起来的道理是一样的。十一级风来时,光用栏杆是远远不够的,还得把台布整个给浇透了,免得餐具滑落掉地!"

"十二级呢?"托尼诺问。

"十二级?"老海员拿出烟斗,吹吹气,看起来要装上点儿烟草,准备抽烟了。

"是的,十二级,您是不是等抽完烟后再说呢?"

"那是我一生中遇到的最幸运的一件事。我们的船长是鲁西诺[4]人。如今,我还记得他是如何战胜风暴的。他预感到一场旋风将不期而遇,便主动地迎上前去,沉着、冷静地应对。他往往等风暴到来半小时之前才钻入船内躲避。当船行驶到离圣迭戈[5]附近的海面上,也就是东经一百二十五度、北纬二十七度的最大经纬圈时,我们还稳坐在太师椅上聊大天晒太阳。忽然一股旋风像盛西红柿酱的大锅铺天盖地般席卷而来。在这危急关头,船长却命令我们迎头而上。这是一场货真价实的,令人烦得要死、恨得要命的台风。它来自西藏高原,越过日本最大的海沟,沿着夏威夷山脊,跟其他台风一起,到达北美,按逆时针方向,也就是从正午到十一点,从十一点到十点突飞猛进。正当我们将要被卷进西红柿酱大锅时,台风突然来了个'急刹车'。我们平安无事,毫发无损,犹如一尊尊雕像,纹丝不

---

[4] 前南斯拉夫一城市,现属于克罗地亚共和国。

[5] 美国一著名港口城市。

动地伫立在那里。"

"别兜圈子了,有话直截了当地说好吗?"

"就是光讲翻江倒海的时候……"

"好的!"

"其实太平洋并不太平,懂吗?风暴来临之前,我躲进了船舱。那时我年纪轻轻的,烟酒不沾,是个精神焕发、朝气蓬勃的小伙子。我从扶梯滚落下来,身体失去了重心,撞到了门板上。我好像捞到了救命稻草,不料门板像烂醉如泥的酒鬼,顷刻倒了下去。而我的骨头仿佛散了架似的旋即瘫软下来。孩子们,这就是十二级台风哟!这个时候,只能自己想办法,各自救命呀!我连滚带爬地进入船舱。正当我从船舱伸头向外探望时,橱柜里的杯子哗啦一声,向我倾泻而来。这次最大的海风砸掉了我的两颗门牙,瞧,你们快看!"

"啊!这是给你的烟斗留下的位置呀!"科拉拉风趣地说。

"正是这样。我常常叼着烟斗,都是无奈之举。从那时起,为了掩盖两颗门牙的窟窿,我便开始抽烟了,养成了坏习惯。"

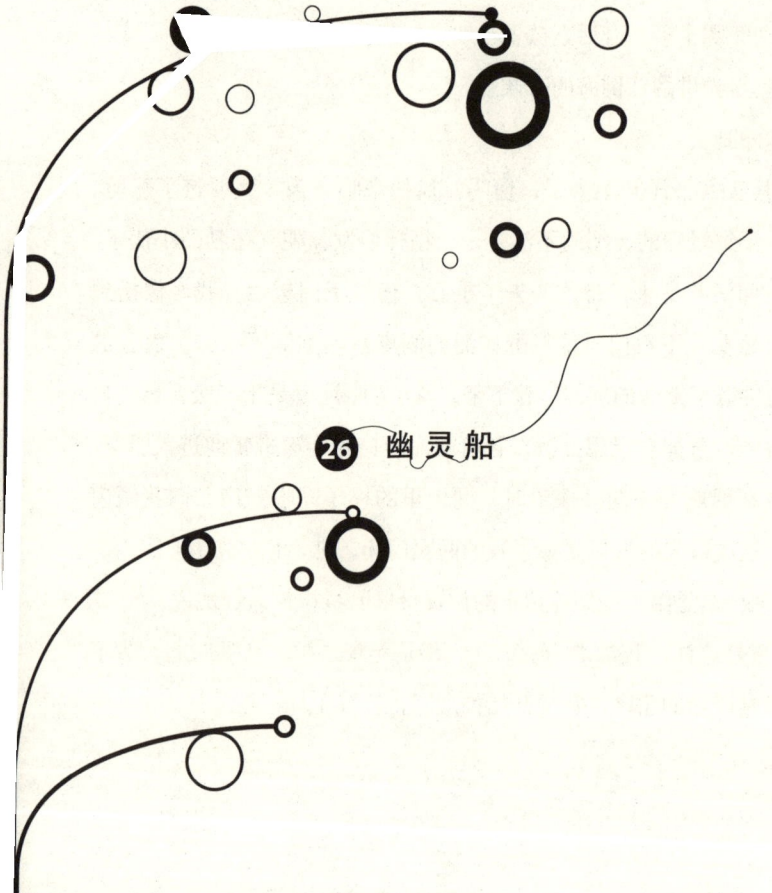

26 幽灵船

海风呼啸,给初秋的美好夜晚蒙上了阴影。天空乌云密布,大海灰暗,混浊不清的海水里,时而嗖嗖跃出几条银光闪闪的大鱼。怒吼的狂风像一个在屋子周围徘徊、游荡、呻吟的幽灵。

爸爸的一本书里说:惊涛骇浪,暴风骤雨,大雪纷飞,"娜特巴莉亚号"客船失事,"海妖号"船沉没……

"那是什么？"

"是一条幽灵船！"

飓风怒号，大雨瓢泼，云雾蒙蒙，天昏地暗，景物若隐若现。

春季的某一天，在格陵兰岛[1]附近的海面上，一艘捕鲸船发现一支在浮冰中艰难航行的船队。该船队所有的帆都鼓得足足的，但是错误的导航，使得船在逆风行驶。捕鲸船的船长不禁纳闷：怪事！船队的头头怎么不会操作呢？看起来，指挥者不过是位蹩脚的海员罢了。

船队好像偏离了航向，搁浅在这里。捕鲸船的船长命令放下一个舢板，他划了几下，便划到搁浅船的旁边。船长叫了几声，没人答应，他爬上盖得严严实实的甲板，不见任何人。他又喊了几声，照样没人应声。他从舷窗口向里面张望，看到指挥室里坐着一个人，好像正在写什么。

出于好奇心，他唤来两个海员，强行打开被厚厚冰层封锁的大门，进入指挥室，来到书写者的背后。

这个人像一尊雕像，一动不动坐在那里，让船长和两个海员不寒而栗。他们摸了他几下，他依然纹丝不动。他干瘦如柴，冻成了僵尸。看上去，他是个年轻人，约莫二十五岁左右。他手执钢笔，眼前放着航海图。

下面是船长和海员看到他写的话：

十一月。七十天以来，我们一直困在冰层中，燃料已于昨日耗尽，船长已驾鹤西去。

尽管春寒料峭，冷风嗖嗖，大家还是脱帽向这位"冰人"致敬！

---

1 位于北美东北部，是世界第一大岛，属于丹麦。

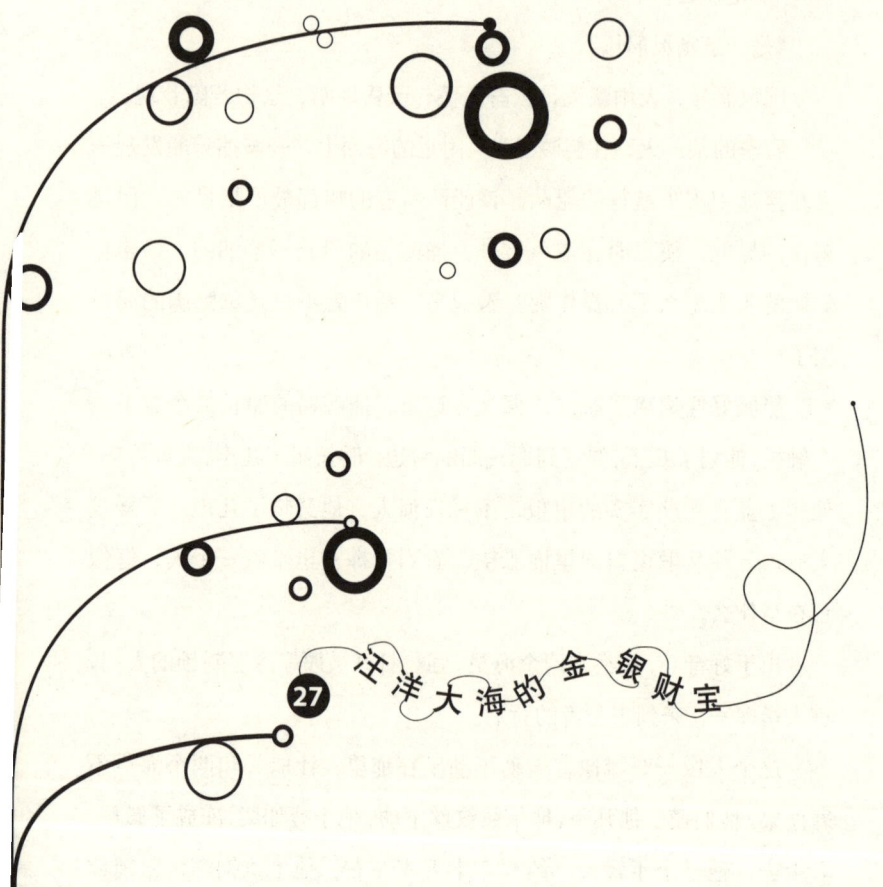

27 汪洋大海的金银财宝

"我们终于起锚开船了,大海还是最强大的吸铁石,是财富的最大的源泉,是分割和连接大陆的最大桥梁。有些海岸看起来像是寸草不生的盐碱之地,但海里却蕴藏着丰富的生命与宝藏——海带、珊瑚、鱼虾、鲸、海豚,两千四百万吨银、七百万吨金,还不包括因为战争掠夺、暴风雨沉船而丢弃在这里的珍珠、琥珀、珊瑚和其他所有财宝。"

见习水手托尼诺首先爬上后帆的桅楼，然后又登到第三层桅和三层上帆的主帆及后桅上帆的最高处。

"我应该做些什么呢？"托尼诺问老海员。

"你要留神航线，特别当心走私船和海盗船以及来往于加勒比海地区的向风群岛[1]和背风群岛[2]的海盗。"

"领航员干吗？他们从不睡觉吗？"托尼诺问。

"可以这么说，不过可以跟警卫每四个小时换一次岗。"

"可是古代没有手表怎么办？"

"可以用计时沙漏。每天上午，见习水手必须转动沙漏，然后背诵圣母经，再吟咏'早晨好'。晚上点燃信号灯，伸出手臂指向北极星，标出大风怒号的符号，然后说声'祝福领航员'。要是天气太热，大家就睡在被罩上。每天的午夜时分，警卫哼起'宁静'的催眠曲，好让大家睡个踏实觉。"

这天夜里，在防波堤后面的托尼诺听到有人把一袋又一袋钱币，比如金币、银币和铜币，还有奖章、宝石、珍珠、项链、王冠、金银首饰统统卸到海岸上。托尼诺心里想："也许是一个海盗干的，也许是走私船上的人干的。"

跟大海相比，海盗只不过是小巫见大巫了。大海这个"汪洋大盗"把各种玲珑奇巧的贝壳和晶莹闪亮的宝石从海底深处卷到防波堤的卵石上。整整一夜，海浪就这样翻腾着、轰鸣着，不断地扑向岸边，痛苦地呻吟着，搅得托尼诺辗转反侧，难以入眠。

他只能唉声叹气："天啊！够了！够了！"

---

1 向风群岛：在拉丁美洲小安的列斯群岛中部，处于东北信风最暴露的部分，故此得名。

2 背风群岛：在小安的列斯群岛的北部，处于东北信风带内，但比其南部的向风群岛更为隐蔽，故得其名。

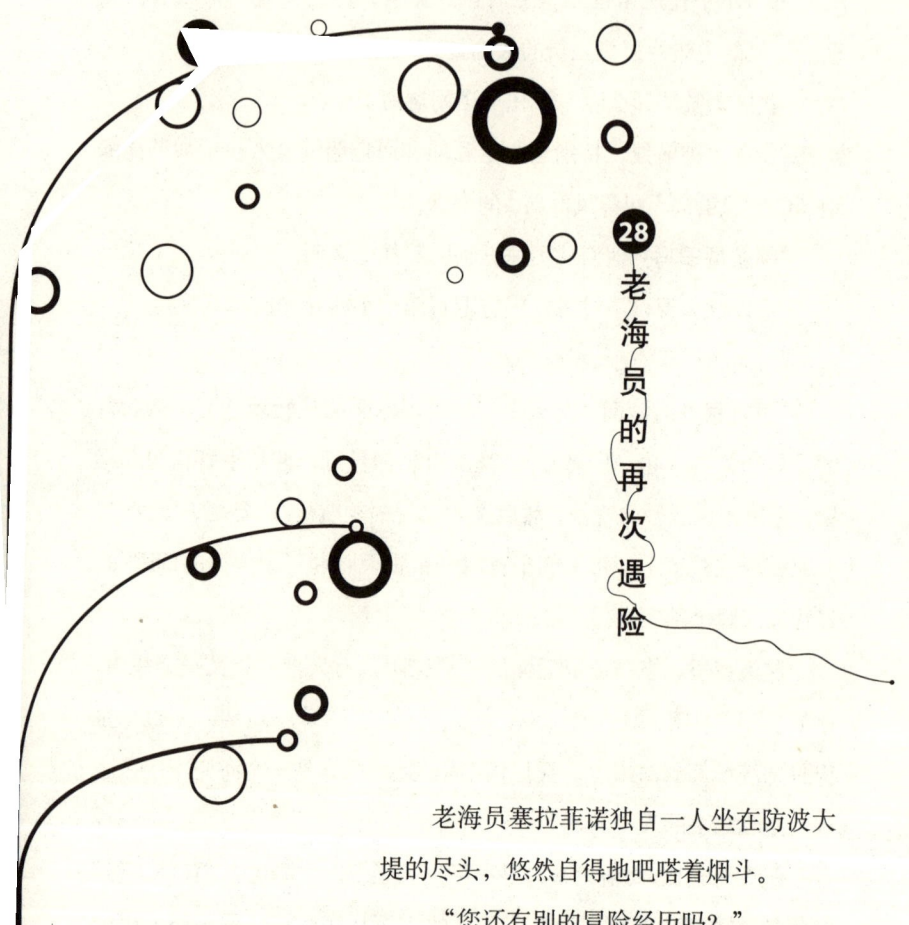

28 老海员的再次遇险

老海员塞拉菲诺独自一人坐在防波大堤的尽头，悠然自得地吧嗒着烟斗。

"您还有别的冒险经历吗？"

"有，这跟'特列西娜'有关。给人带来幸运的大海啊！给人带来苦难的大海啊！"老海员扼腕唏嘘，说："我所在的'K·12号'船是一艘油轮，在荷属东印度群岛和马达加斯加岛之间穿梭来往。船上用多种文字写着禁止抽烟的字样。"

"那你们是如何做到这一点的？"

老海员哈哈一笑说："用肉汤自我安慰呗！禁止抽烟并不意味着禁止装模作样吧嗒着烟斗，假抽烟，这个动作总会有点儿东西要吸出来的！我们启程前往马达加斯加的海滨城市塔马塔瓦。在三天的航程中，我们常常心惊肉跳，生怕'奥尔伽号'台风或'格拉杰拉'号旋风突然从天而降。怕归怕，随着佩戴耳机的无线电报务员向我们大喝一声'特列西娜'，我们还是跟这些狂风不期而遇了。我在甲板上腾地跳了起来，你们猜猜看，我看到什么了？看到了两枚'钱币'！[1]"

"两枚钱币？"把尼诺惊奇地跳起来问。

"是的，太阳面前的两枚钱币。你有能力把它们放到阳光下，就可以知道大风什么时候刮到我们这里了！你有这个能力吗？瞧，现在天空晴朗。"老海员熄灭烟斗继续说，"远处的那个可恶的黑点越来越大，好似一个大火盆，一辆运尸车，一座开着万千窗户的大厦。看，电光闪闪；听，雷声隆隆，狂风怒吼；天色黑沉沉地暗了下来。"老海员兴致勃勃地说着，同时从嘴里抽出了烟斗。

"格拉杰拉和特列西娜究竟是什么人呢？"

老海员重新燃起烟斗，进一步解释。

"他们是特列萨的两个女儿，我们逃脱了一个灾难，又掉进了另一个陷阱。我们总是沿着回归线踯躅徘徊，防不胜防。按照海洋的专有词汇，旋风被冠以女人的名字。各股旋风的'紧密配合'是降临灾难的快速手段。旋风每次转向都冠以一个不同的名字。'特列萨'的转向是抛物曲线，转向南方的叫'特列西娜'，转向西方的叫'格

---

[1] 这里的钱币实指日晕：日光通过云层中的冰晶时，经过折射而形成的光现象，在太阳周围形成彩色光环，内红外紫，常被看做天气变化的预兆。因为是给孩子讲故事，把日晕比作钱币。

拉杰拉'，转向西南方叫'奥尔伽'。所有旋涡、气团和大气现象交织在一起，汇成一股风卷残叶般的强大气流肆意横行。我们处在最危险的中心地带，不由自主、歇斯底里地'手舞足蹈'起来，从九点一直跳到十一点，整整'跳'了三个钟头。天空越来越暗，漆黑一团的大海如同一口滚开水的大锅，波浪滔天。"

"你们是如何逃生呢？"

"弄脏印度洋！"老海员吧嗒着烟斗嘟囔说。

"什么印度不印度的？"

"孩子，注意听我说，我指的是印度洋，跟太平洋一样，印度洋也是一个海洋。把原油全部倒进海里，石头沉入海底，油垢浮到水面。"老海员饱含深情地说，"一千条鲜活的生命，一千行泪水比石油更宝贵！我们在油垢中用生命跟死神搏斗。接着一场大雨倾注下来，水天相连，恶劣的天气化作我们涟涟的泪水。大海既是生命之源，也是临近死亡之地。一个人在濒临死亡之际，还可以继续搏击风浪，求得生存的希望。我们每个人都受自然法则的羁绊，正像旋风也属于狂风暴雨这一自然法则的范畴一样。"

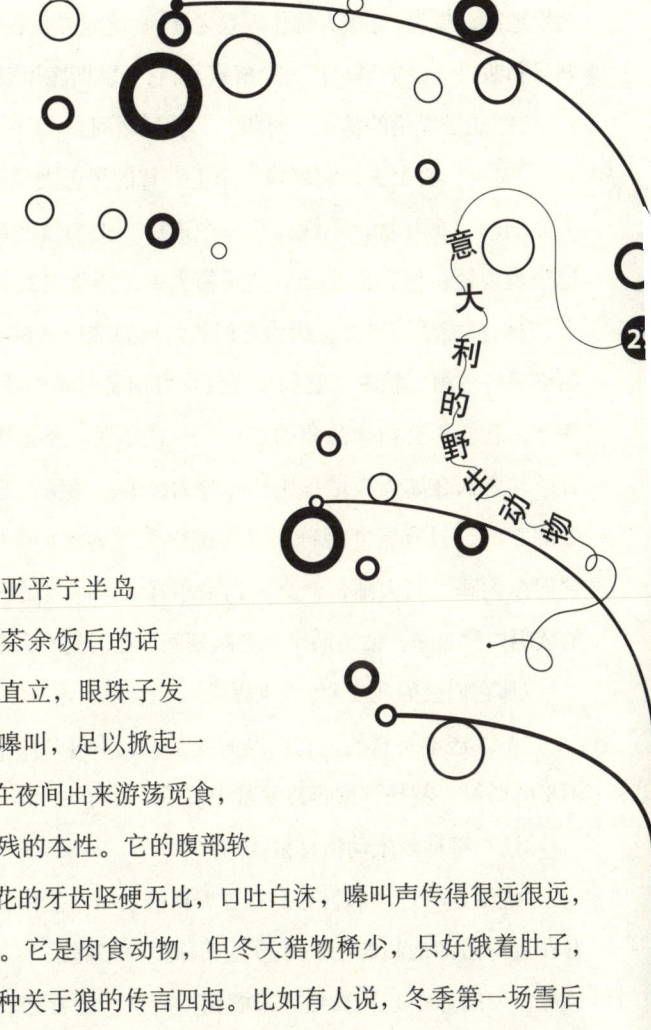

意大利的野苹果

这几天,亚平宁半岛的狼成了人们茶余饭后的话题,说它毛发直立,眼珠子发红。它的大声嗥叫,足以掀起一股清风。它只在夜间出来游荡觅食,以掩盖自己凶残的本性。它的腹部软绵绵的,白花花的牙齿坚硬无比,口吐白沫,嗥叫声传得很远很远,让人不寒而栗。它是肉食动物,但冬天猎物稀少,只好饿着肚子,勉强度日。各种关于狼的传言四起。比如有人说,冬季第一场雪后亲眼看到了狼的足迹;有人干脆说亲耳听到了它的嗥叫,看到了它拍打人家的门窗;有人谈狼色变,住在山区的孩子傍晚放学回家途中,必须时时四处张望,当心狼的跟踪。携带猎枪的小伙子,则巴不得能遇上几只狼,跟它们好好较量一番……

传说中,野熊只存在于阿布鲁佐行政大区和阿尔卑斯山脉的阿达梅罗地区。据说,它被人称作饕餮之徒,贪吃地寻找各种食物:各类蛋、坚果和浆果等。如果觅得一个蜂蜜巢,它会歇斯底里般地"手舞足蹈"。

"熊还是滑稽的演员,对吗?"托尼诺问。

"对呀,看上去,它好像一个毛茸茸的黑色大袋子,走起来还摇头晃脑的,真好玩,不愧为丛林中最后一批杂技演员。尽管它的尾巴很短很短,但它们是绝好的平衡大师。不管是在树上,还是在地上,它们都能活动自如。因为它们的两只脚掌一只在前,另一只在后,始终保持平衡。秋季,它们早已储存好准备过冬的栗子和其他果实。冬季,它们不会像你想象的那样,一直冬眠,要么躲进洞里熬过苦日子,要么在冰天雪地里照样呼呼大睡的。其实,它们多数时间里是醒着的。只有天寒地冻,确实冻得无法容忍时,它们才去睡觉。它们今天睡、明天睡,一直睡到来年春天,冰雪融化了,才在小鸟的歌唱中醒过来,钻出洞来。冬眠期间,它们是不会吃任何东西的。"

"那它们会因此变瘦?对吗?"

"不,这不是真的,它们反而变肥了。不过,熊跟獾一样,也有不幸的时候,就是脚掌容易发紧干裂。"

"还有哪种野生动物是粗壮的?"

"疣猪。从古代起,它们就过着离群索居的生活,长着獠牙,只有在近海沼泽地和撒丁岛才可见其踪影。它们鬃毛直立,獠牙穿过口鼻,夜间才小心翼翼地出来游荡、觅食。别看它们天生有着难闻的体味,但本质却是种爱干净的动物。它们喜欢在泥塘中打滚摩擦,驱赶身上的牛蛙和蚊子。"

"啊!真是讲卫生、爱干净的模范!"

"跟疣猪一样,野熊也是这方面的楷模!"

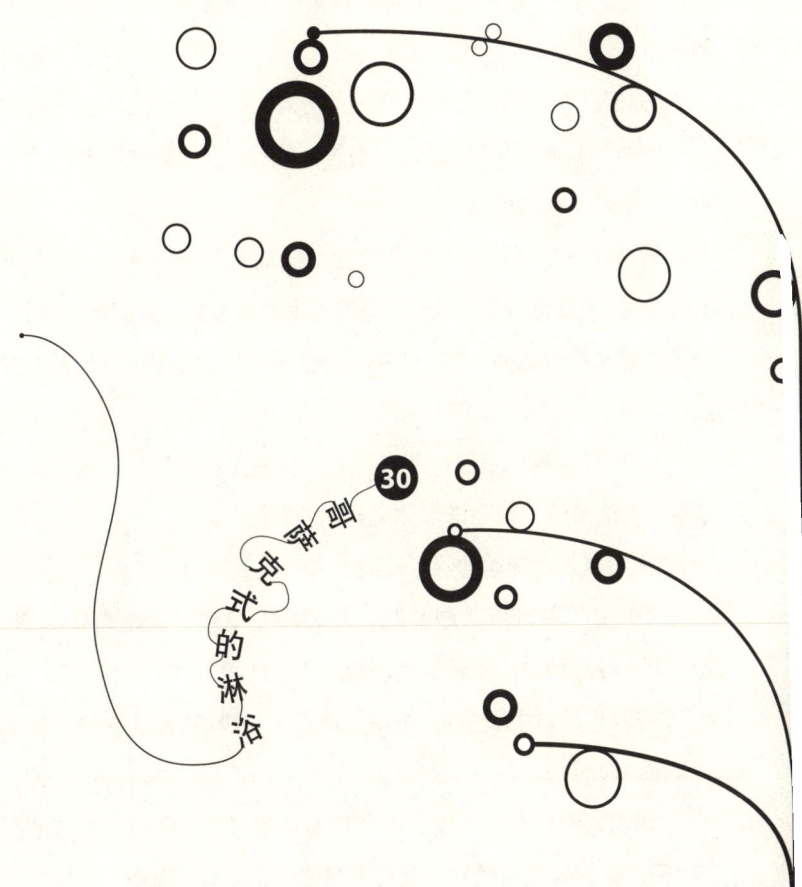

哥萨克式的淋浴

爸爸刚走，妈妈就说："现在你们应该洗脸了。"
"每天都得洗脸吗？你昨天不是给我洗过了吗？"
"好吧，帕利诺，那今天，你自己来洗脸，可以吗？"
托尼诺说："好的，我们要按哥萨克式洗[1]。"

---

1 俄罗斯的一个少数民族。

听到他们的笑声、打闹声和哗啦哗啦的流水声，倒也是件开心的事情。

"你们洗完了吗？"妈妈问。

他们笑着回答："还没有，妈妈！等我们洗完后再收拾干净，好吗？这不是一举两得吗？"

妈妈好生怀疑，根本不相信他们的胡言乱语。果然，卫生间里水流成河，衣服泡在水里，孩子们的脸上水痕斑斑。看到眼前的情景，妈妈风趣又严肃地问："你们为什么都哭了？怎么都泪汪汪的？脸皮真是太厚了！"

"谁哭了？我们是像哥萨克将军一样在洗澡呢！要知道哥萨克人是不用手洗澡的，帕利诺，你说是吗？"

"你们是怎样洗澡的呢，让我看看行吗？"

两个孩子兴奋得欢蹦乱跳，开始相互喷水，就是嘴里噙满水，腮帮子鼓得圆圆的，相互喷洒，给对方"洗澡"。

"好哇！从口中喷出来，把对方冲得干干净净的，实在是太棒了！是谁教你们的？"

"妈妈，你什么都不懂。哥萨克人是在露天洗澡的。尤其是在朋友中间，你含着温水喷我，我含着温水喷你，好惬意呀！"

"啊！深情厚意呀！真是你中有我，我中有你哟！即使得了支气管炎也不后悔！这种习惯真要改一改才行。瞧，你们把卫生间都淹了！"

"啊嚏，真是的！"

"要注意身体呀……"

"啊嚏！"

"啊！你们两个千万别患上感冒哟！"

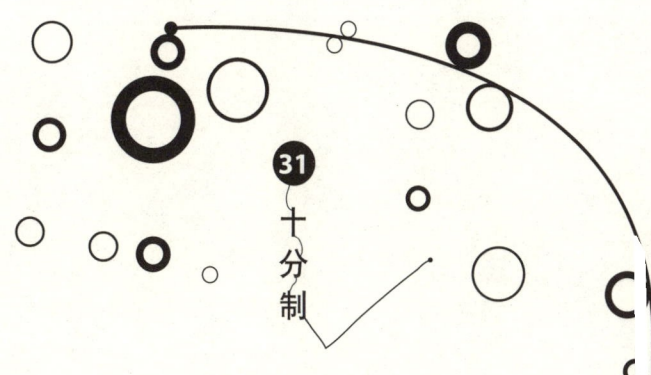

31 十分制

第二天,托尼诺去了学校,回来时却满脸不高兴,只说了一句:

"我得了十分。"

"真的吗?你怎么用那种脸色跟我说话?"

"那我应该用什么脸色告诉你?"

"托尼诺,我知道你这罕见的好分数是特大新闻,应该告诉亲朋好友一下,你是哪门功课得了这样的高分?"

"语法课和算术课。"

"要知道,仅一天就得二十分,是不该过分谦逊了!。"

"不是二十分,而是十分。"

"当然啦,没错!这是很正常的……不过,你算术到底得多少分?"

"五分,是哪个笨蛋给我打五分的。对,语法五分,算数五分。你笑什么呢?我会做算术,五分加五分就是十分嘛!"

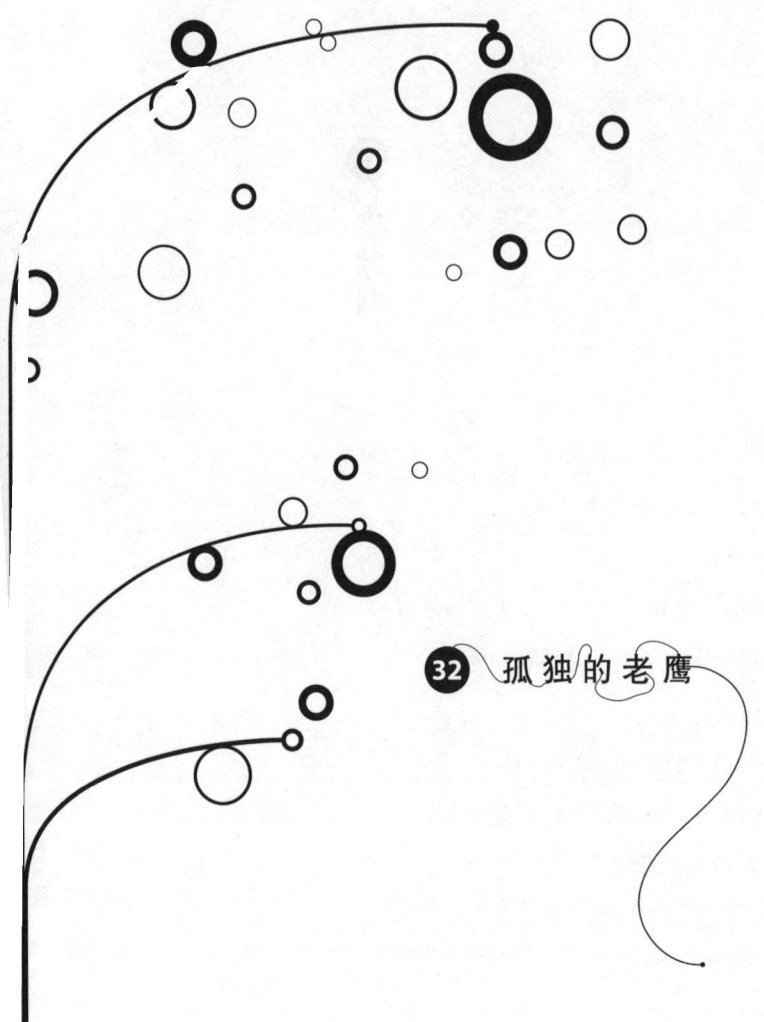

32 孤独的老鹰

"你们快来看，快来看！"

一只从没见过的大鸟正慢慢飞越大海，孩子们惊奇得大喊大叫起来。

"老鹰，老鹰！"埃吉斯托连跑带喊。

"老鹰。"别人也重复地喊着。

老鹰慢腾腾、孤零零地从西向东高高飞去。

孩子们聚集在一起，眼睛直勾勾地仰望着变得越来越小、像苍蝇和果蝇一样的老鹰，直至它从视线中消失。

托尼诺看得眼花缭乱，也没有看见老鹰的影子，可还坚持说："我看得一清二楚！"说完，他心里顿时起了点儿慌乱的感觉，于是唐突地问："为什么不捕杀所有的老鹰呢？"

"为什么要把它们斩尽杀绝呢？要知道，随着时间的推移，生产的发展，人类的过度活动，自然环境日益恶化，很多物种已经大量消失。老鹰是大自然留给我们的最后的稀有物种之一。"妈妈回应。

"可它们是很坏的动物呀！"托尼诺说。

妈妈说："它们不是坏动物。它们是食肉的，跟老虎和花豹一样，靠捕猎和伏击其他动物为生，可它们并不坏。尤其是在意大利，我们的自然环境无法养育大型动物。所以，我们在意大利看不到像在赤道气候条件下造就的犀牛、河马、大象或像美洲广袤丛林中的野牛。"

"罗马农村的水牛如今已驯化成家畜，像奶牛那样正常产奶。我们这里所有的动物都是温顺的。沿海沼泽地的黑牛，其体形高大，犄角很长；罗马涅和马尔凯的白牛，亚平宁的黑猪和撒丁岛的驴、臀部布满十字花纹、产毛很多的盘羊等，都属于有名的家畜。"

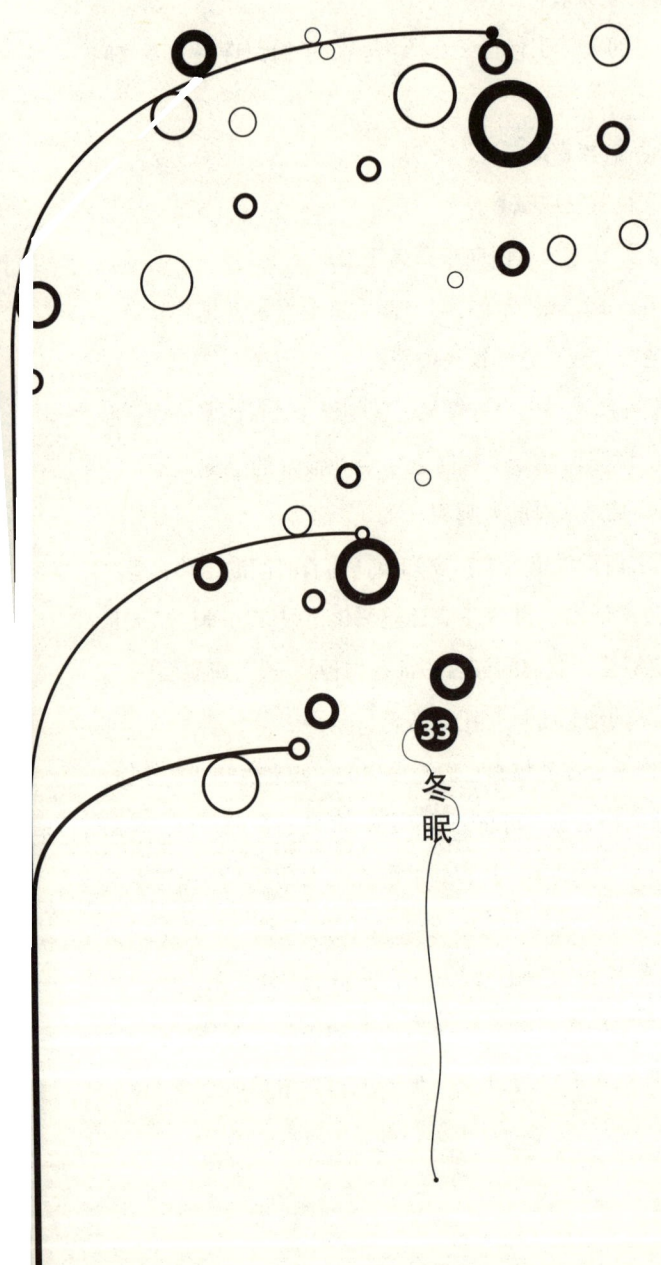

"当心别踩着蜗牛。"爸爸进门后说。

"蜗牛要爬到哪儿去？"

"爬到湿润土壤上的树叶下过冬。"

"它们睡觉吗？"科拉拉问。

"对它们来说，冬眠和死亡是同一回事。冬眠后，它们就失去了记忆，忘掉了自己的生活经历。随着春季的到来和第一场春雨的滋润，活着的蜗牛苏醒，爬出来'散步'，而另一些……"

"另一些？"托尼诺问。

"继续睡。"

科拉拉一心一意地想着自己栽种的心爱锦葵。她要在冬季来临前，在根部培上厚厚一层湿土。果然，从当天晚上，牛毛细雨开始淅淅沥沥地下个不停，就像一个啼哭不止的人，别人怎么安慰他也无法抚平他内心的忧伤一样。雨既像细丝一样轻柔，又像抽泣一样哀怨！村落和田野迷茫一片。只有大海像一个湖泊那样宁静。骤起的风好像在呻吟、在咆哮，什么东西都在游动着，流动着，最后消失得无影无踪。

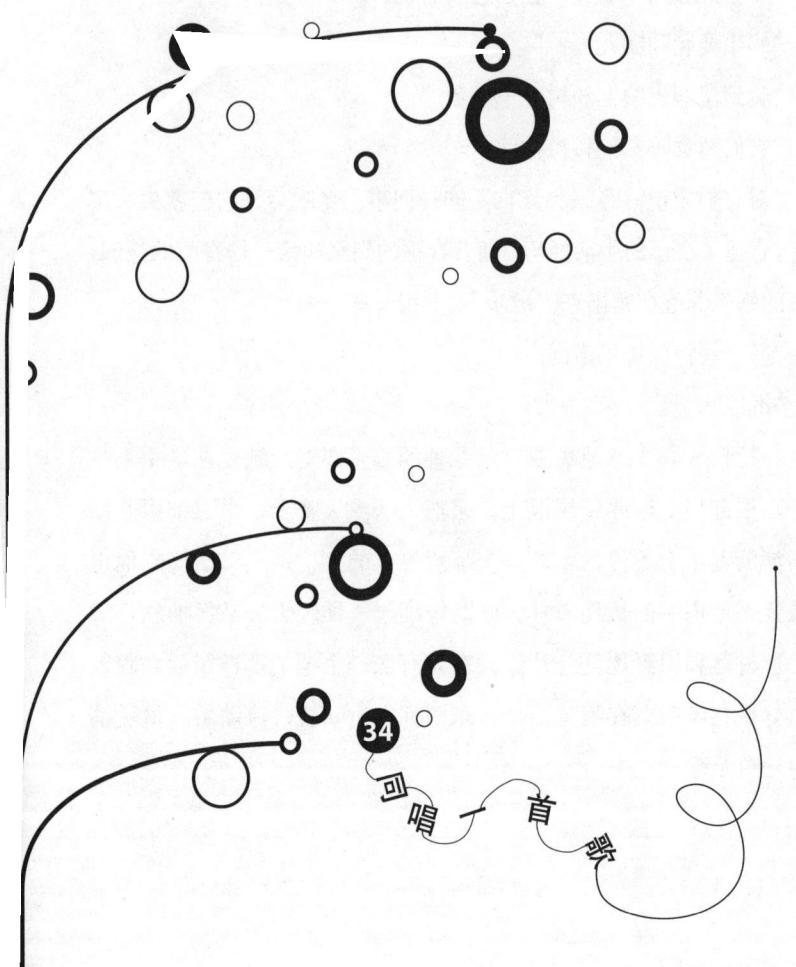

当天晚上，跟往常一样，爸爸睡觉前要走出家门看一看天气，并叫孩子们一起看。

"你们听一听这种叫声。听到了吗？斑鸠飞过来了。它们从北方飞来，用'啁啾''啁啾'的叫声来维系它们之间的往来和亲密关系。"

"还可以听到其他鸣叫声。"托尼诺说。

"那是乌鸫陪着斑鸠在歌唱。明天，整个亚平宁半岛都将是它们的世界，它们是候鸟，跟风有自己的路线图一样，乌鸫也会随着气候的变化而有自己的迁徙路线。它们从芬兰和斯堪的纳维亚半岛飞来，以躲过北方寒冷的漫漫长夜。不知道为什么，它们像寒鸦一样聒噪，总是发疯似地焦躁不安。"

"它们的歌声为什么听来有些杂乱无章？"科拉拉问。

"当小鸟都在同一个乐队歌唱，这就颇像一首送葬进行曲，乐曲既缓慢，又庄严肃穆。好比在赤日炎炎似火烧的夏季送葬队伍中，总会有个别心血来潮的人，肆意加快送葬的步伐，致使葬礼草草收场。长途跋涉中，动物们有点儿磕磕碰碰是在所难免的。俗话说：阳光总在风雨后。烟消云散后，它们消除了对立，达成了步调统一的共识，开始了和睦相处的新天地，促使相距遥远的所有物种维系在一起。"

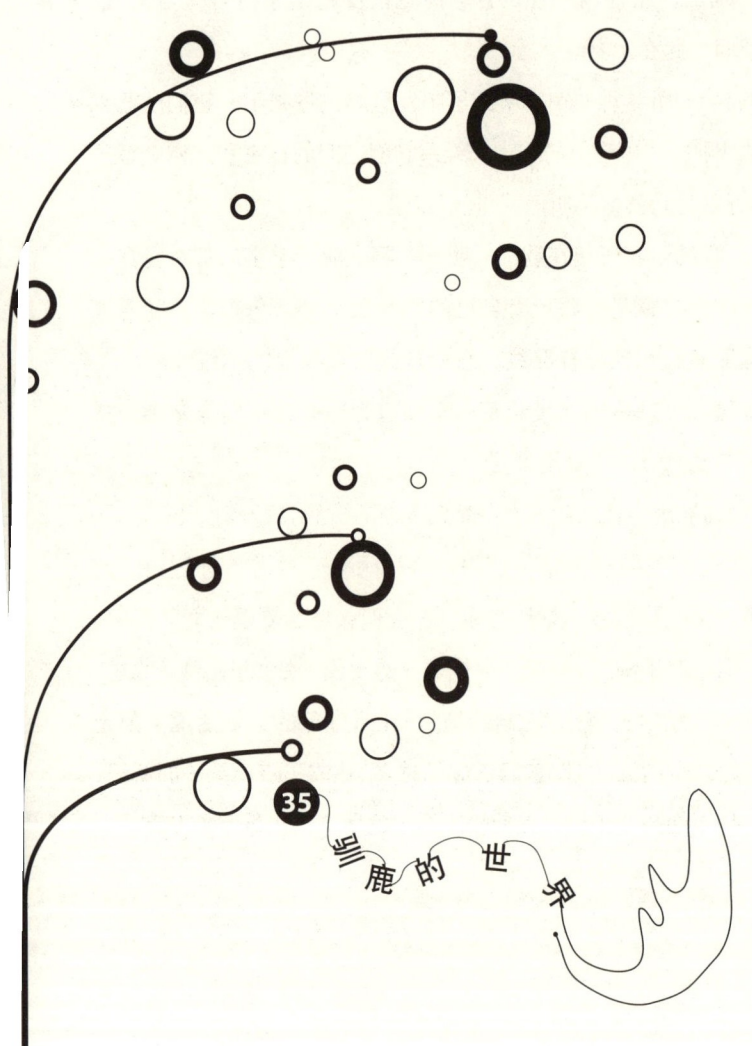

35 馴鹿的世界

驯鹿颇像马鹿，体型粗壮、脑袋巨大、性情温顺、行动缓慢。瞧，驯鹿会在茫茫无垠的北极苔原上不紧不慢地吃草。它胆小怕事，哪怕听到很小的声响都会拔腿就跑。但是，当它看到一个头缠白毛巾，手执青翠树枝的人向它走来时，它那欣喜若狂的样子简直难以形容。这个时候，它们一个一个地围绕过来，进入一个巨大的围栏中。这就是驯鹿从野生到圈养的镜头。

拉普兰人[1]从驯鹿那里获得奶、奶酪、肉、血和做衣服鞋袜等所需的毛皮。广袤的苔原地区缺雨少草，驯鹿不得不马不停蹄地迁徙。夏季，它们向地衣和苔藓含盐的河岸地区转移；秋季就开始赶往过冬的地方。特别有趣的是，成群结队的驯鹿往往紧紧跟着经验丰富的几只领头驯鹿走。这个时候，驯鹿群什么时候走，到哪儿去，牧人只好跟着走。更糟糕的是大批牛虻和蚊子接踵而来。牛虻和羊鼻蝇围着它们嗡嗡直叫，迫使它们必须越过沼泽地带。涉水过河更是一场灾难，有时还需要游过一个小海湾。

屋外风在怒号，科拉拉向大家说声"晚安"后便去睡觉了。她好像看到了可怜的拉普兰人上气不接下气地跑向茫茫一片的鹿群。拉普兰人身体非常虚弱，经常受到蚊虫的叮咬和恶劣气候的侵袭，没有家园、没有床铺，一年四季总是与猎狗为伴，追逐着鹿群，把它们驱赶到冬季的圈棚里。驯鹿主宰着他们的命运。他们只能把自己的幸福关在牢笼里，做着美梦，但愿他们梦想成真！

---

[1] 分布在挪威、瑞典、芬兰和俄罗斯北部。

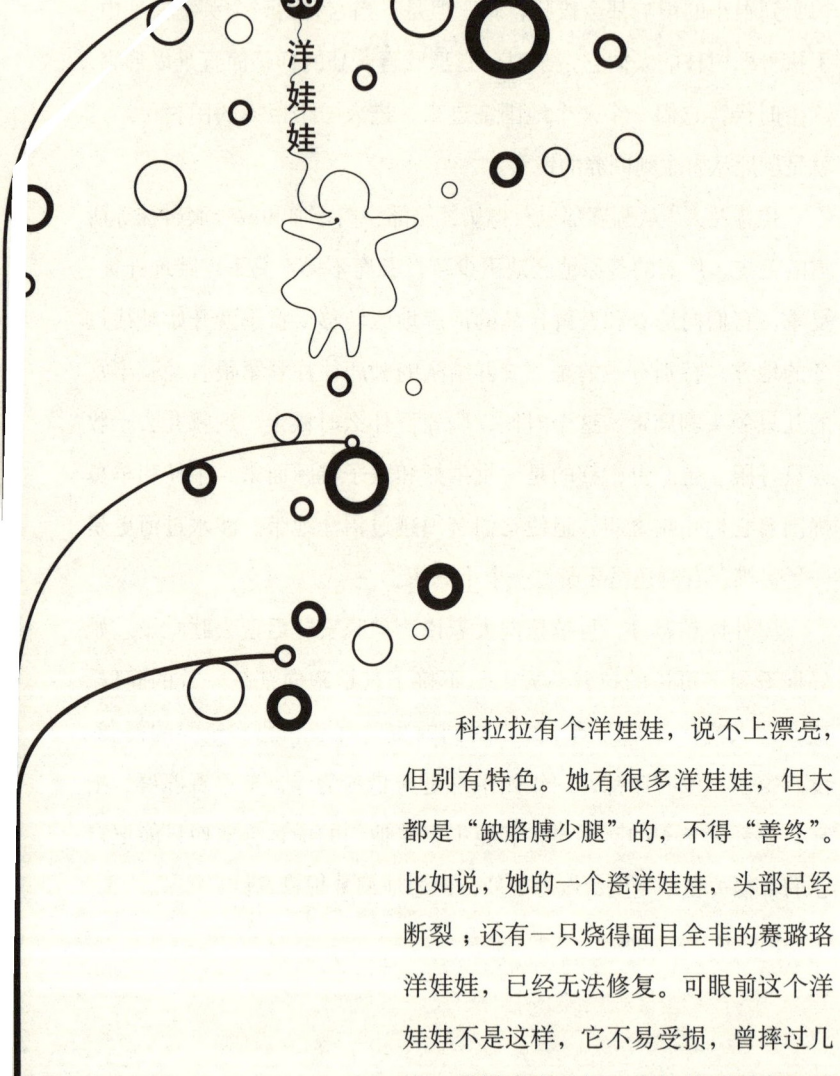

36 洋娃娃

科拉拉有个洋娃娃,说不上漂亮,但别有特色。她有很多洋娃娃,但大都是"缺胳膊少腿"的,不得"善终"。比如说,她的一个瓷洋娃娃,头部已经断裂;还有一只烧得面目全非的赛璐珞洋娃娃,已经无法修复。可眼前这个洋娃娃不是这样,它不易受损,曾摔过几次,照样毫发无损。科拉拉不玩它的时候,便把它锁在柜子里,保存得好好的。

这是科拉拉的第一个洋娃娃。当它孤零零待着时，麻絮的脑袋鼓得圆圆的，布料填起的身子由一根细绳紧紧捆绑着腰部。

科拉拉经常对洋娃娃说些知心话，同它分享自己的所有欢乐，让它分担自己的所有烦恼。

端详着眼前的洋娃娃，科拉拉并不认为它有多么漂亮，尽管她很爱这个洋娃娃。在她看来，洋娃娃很迷人，有着奇特动人的魅力。科拉拉对它的喜爱胜过对其他的洋娃娃，也胜过陈列在橱窗里的那些艳丽的洋娃娃。这个洋娃娃有哪些奇妙之处呢？

首先，洋娃娃的眼睛是斜着的，是科拉拉用墨水描绘出来的，整个嘴唇几乎全是黑糊糊的，好像是吃了桑葚似的。其次，它的脑袋上没有头发，没有耳朵，其各个部位既不对称也不协调，没有胯部、没有背部，整个身材显得臃肿、粗笨，衬裙破烂，看上去像个不修边幅的懒汉。再仔细打量一下胸脯，总觉着还缺少点儿什么。为了更具魅力，科拉拉把麻绳换成天蓝色的丝绸饰带来束紧洋娃娃的胸脯，却由于过于奢华而受到好朋友的责备。

"你看怎么样？"有一天，科拉拉问好朋友。

"哎呀！怪模怪样的！"好朋友笑着回答。

听了好朋友的话，科拉拉大失所望。不过她跟好朋友从来都是无话不说的闺密，即使好朋友骂她几句，她也从不放在心里。

好朋友走后，科拉拉独自一人去查字典。她高声读着字典里"怪模怪样"这个单词的几种含意：

"怪模怪样、卓尔不群、异乎寻常、超俗绝世。"科拉拉莞尔一笑，自言自语说："真的，我的洋娃娃是一个怪模怪样、卓尔不群、异乎寻常的漂亮娃娃。"

她还可以再加上一个单词：超俗绝世。

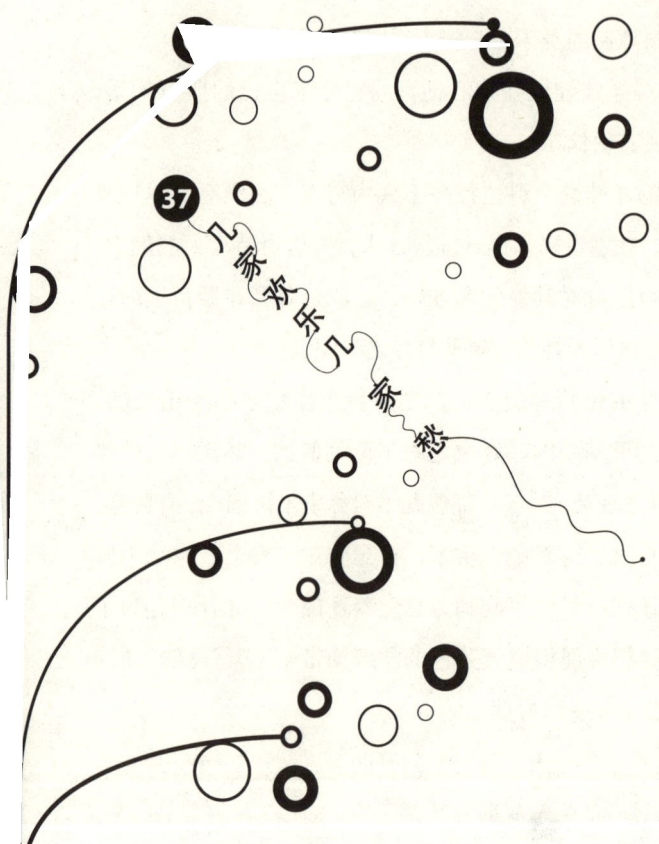

今天，蒙蒙的浓雾模糊一片，什么也看不见。

早晨妈妈打开窗户后说："哎哟，我们的菜园变得多大呀！大得无边无际！"

托尼诺"嚯"地从床上跳起来问："什么东西这样疯长呀？"

"对呀！瞧，原来的菜园好模糊，什么也看不见了！"

真的，托尼诺看了半天，也没见到鸡舍的影子，于是跑到下面的厨房里。

爸爸说："正如我早已说过的那样，需要一只大公鸡把我们叫醒。"

科拉拉从埃吉斯托家的奶牛舍里取回一壶刚挤的牛奶。

帕利诺探头迷惑不解地问：

"妈妈，什么叫霉菌？"

"啊！真是的！我们生活在弥漫的浓雾中，什么东西都发霉了。昨天夜里，警报响了整整一夜，你听，现在又响了。"

"什么警报！"托尼诺感叹说："不就是防波大堤上的信号吗？真应该让它停下来，别再哇啦哇啦地叫了！"

持续不断的刺耳警报声让科拉拉苦不堪言。可科拉拉懂得这个道理：几家欢乐几家愁。她说："这种叫声对渔民和海员是不可缺少的。"

托尼诺问："为什么渔民和海员喜欢这种噪声？"

"不是喜欢不喜欢的事情。当一切都隐没在浓浓的雾色里，他们就找不到停泊处，而警报声则给他们指明了避风港的位置和方向。这样，他们就可以无忧无虑地继续捕鱼了，也不用发愁能否顺利返港了。"

三个孩子穿着厚大衣，手拉着手上学去了。帕利诺走在科拉拉和托尼诺中间。灰色的雾气模糊了视线，他们几乎是摸索着走路的。帕利诺走起路来摇摇晃晃，提心吊胆。托尼诺却不是这样，看上去，他颇像一位开路先锋，硬是从雾霭中挤出一条道来。树木和房屋的轮廓渐渐显露出来，仿佛准备迎接孩子们的到来。

科科拉听说过一些菲尼人[1]和拉普兰人能够把白天变成黑夜的故事。这跟一个传说有着异曲同工之妙：据说，一个巫师把求的一个签扔到地上，结果黑暗笼罩了大地。

放学后，他们往家走。虽然是白天，他们却感到回家的路非同寻常。

---

1 波罗的海的古代民族。

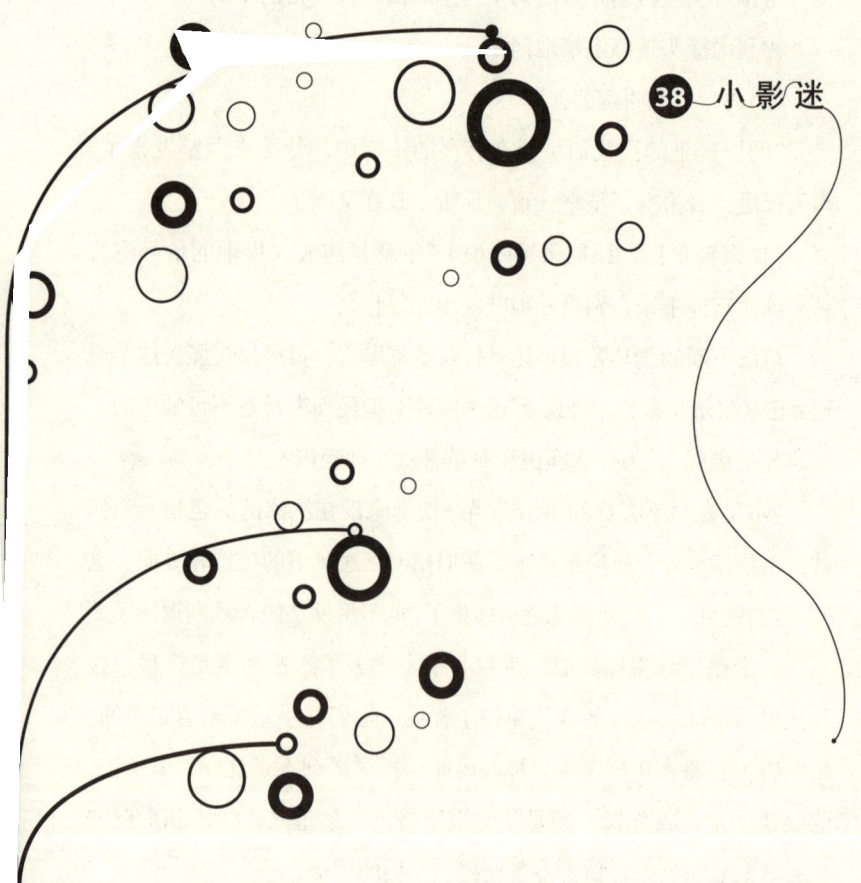

38 小影迷

港口的信号灯一直亮着,像一个独眼巨人监视着雾气笼罩的大地。

托尼诺说:"妈妈,电影院今天要上映一部印第安人的影片,我可以去看吗?"

"这个时候去?"

"没关系，影院里面比外面还舒服呢！"

妈妈起初不允许他去，可经不起托尼诺的软磨硬泡，最终还是让步了。

妈妈同意他去但有一个条件："你必须比你爸爸先回到家。"

托尼诺答应说："没问题。"

他一口气跑到了电影院，可电影已经快演完了。看完卡宾枪向最后一个印第安人打最后一枪的镜头，他就起身离开了。

既然演完了，为什么还要再看一遍呢？想到这里他决定马上回家。然而，他突然改变了主意，为什么不留下来看看第二场的前几个镜头呢？思来想去，他还是决定继续看。他看到八匹马驾驭的马车飞驰在辽阔的内华达州[1]，突然中了莫希干人[2]的埋伏并遭到毒箭头的射击，他是多么地欣喜若狂呀！接下来的镜头一个比一个惊险和精彩。另一拨人跃马扬鞭，风驰电掣般地奔袭而来。千钧一发之际，一个最年轻的牛仔不幸中箭，一头栽进湍急河流的旋涡中。

"太棒了！只有在影院才能看到这样无比惊险、勇猛的镜头！"

"你不是都看两遍了吗？还乱说什么呀！"一个临座的人生气地说。

"你胡说什么呀！"托尼诺反驳说。为了赶快回家，他不想跟这个人多费口舌，可他刚站起来准备离开时，突然停了下来，因为要看最后一个画面：一帮女孩子帮中箭的小伙子从胸部拔下那支箭头，然后跟在酋长后面，跟所有喝醉的牛仔一起去参加婚礼。出了影院，托尼诺淹没在腾腾雾气中。他喃喃自语道："外面比影院还要阴暗！"

护堤上的信号灯依然亮堂堂的。如果路好走，很快就可以到家。

1　美国西部的一个州。

2　古代居住在纽约州北部的印第安人。

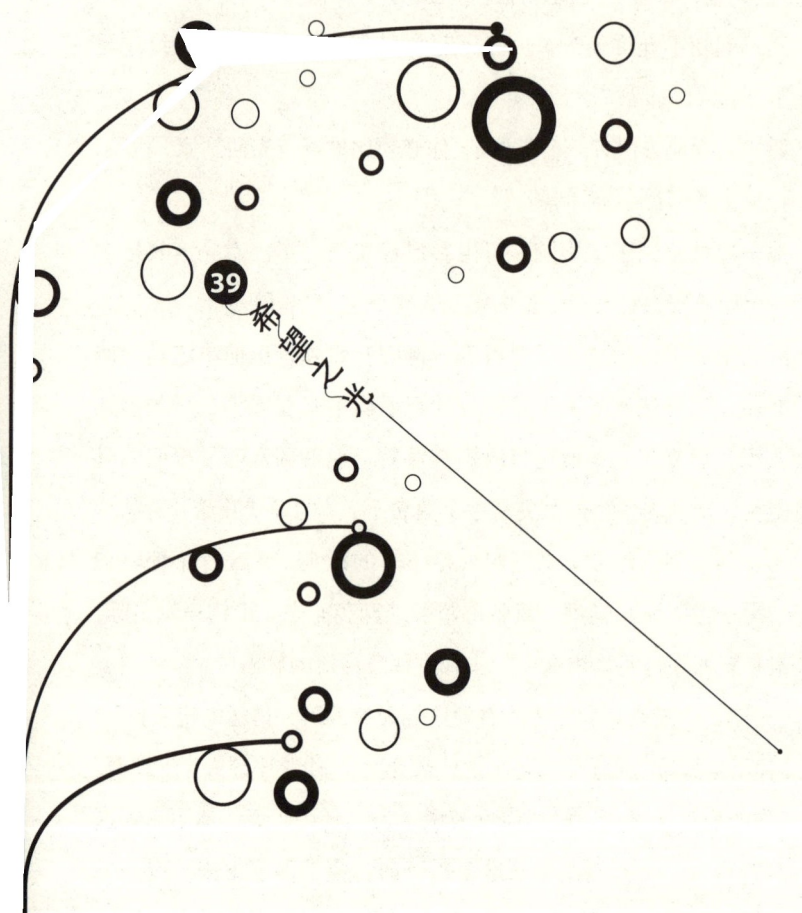

整个城市全都隐没在浓密的雾色里,大街小巷雾沉沉的模糊一片。托尼诺快步地穿梭在飘忽不定的雾团里。不久,他先是看见了一束惨白的光圈,后又看到了一盏又一盏的街灯。

他像无头苍蝇那样东撞西碰，留下身后街灯的光束，既有处在茫茫云海之感，又有被昏暗紧紧裹挟之险。他记得运河应该是和大街平行的，可是现在它在哪儿呢？纷乱的思绪搅乱了他前进的脚步。更糟糕的是，当他转身看见点点亮光时，却迷失了方向，犹豫不定中，他不知道该往哪儿走。

他用脚踩踏地面，力图踩出一条道来，却一无所获，他想大喊一声，可喊不出来。他屏声静息倾听过路行人的脚步声，可没任何人路过这里。

一个人，一个人，他总是孤单一个人。恐惧笼罩在他的心头，像被黑沉之夜粘得紧紧的，使他寸步难行。

他身心俱疲，屏住呼吸，冷得直打寒噤。他仿佛听到了一阵"扑腾扑腾"声，以为有人向他这边走来，走得越来越近、越来越快、越来越有力。不、不是……而是心脏的怦怦跳动声，一个少年的小小心脏的跳动声！

"妈妈……"托尼诺支支吾吾地说。话音刚落，他摔倒在地。一声刺耳的尖叫声划破天空，如同一个怪物的一声怒吼——只怪兽的嚎叫让他吓破了胆，那怒吼声真像浓雾中一条翻腾的巨龙在咆哮。

"警报！"托尼诺腾地站起来，自言自语地说："警报是从哪儿发出来的？"

爸爸曾对他说："在困难和危险时刻，害是怕没用的，反而会让你的处境更加糟糕。最好的办法是：深思熟虑，谨言慎行。"

托尼诺咕哝说："警报为什么响得这么晚？哦，我终于听到它了！"

听到警报他又上路了，对他来说，这简直就是盼望已久的甘霖雨露。

离家还有一段路，听到警报声，即使看不见信号灯，他也知道港口的位置了。他心里嘀咕着:"这么说,运河就在那里。过了运河向左拐,慢慢走向还在响着的警报就好办了!"

托尼诺像个瞎子似地穿云钻雾,摇摇晃晃地走着,一个巨人张开双臂拦住了他的去路。托尼诺笑呵呵地自言自语:"咦,是棵榆树,是埃吉斯托家的榆树!"

不久,一束摇曳发亮的柔和光圈闪现在他的面前。看上去,光圈就像一个大马槽¹,或许是伯利恒的岩洞。

托尼诺自言自语地说:"看起来倒像个马厩,也许不是!"实际上是一个炉灶。他沉浸在梦乡里:在夏季阳光明媚的一天里,炉灶烤着各种美味面食!

托尼诺重新鼓起了勇气,三步并作两步朝家里走去。

他的家像一只大船向他驶来,迎接他的回归。开门后,家人把他拥抱得连气都喘不过来了。

妈妈说:"你怎么回来这么晚?帕利诺早已上床睡觉了。"

爸爸还没回来。

"妈妈,给我一个手电筒,我去接一下爸爸。"托尼诺说完就走了。

"爸爸!爸爸!"他大声喊叫。

爸爸带着一股潮湿的寒气走进了屋子。爸爸抱着托尼诺关切地问:"你为什么大喊大叫的?吃晚饭了吗?"

"还没有。"

当天晚上,托尼诺累得连晚餐都没有吃就睡着了。

托尼诺现在很爱听,并且会一心一意地听警报那哇啦哇啦的鸣叫声,有时他还对着大海吼叫几声呢!

---

1 描绘马利亚和约瑟等人围着马槽观看初生基督耶稣的情景。

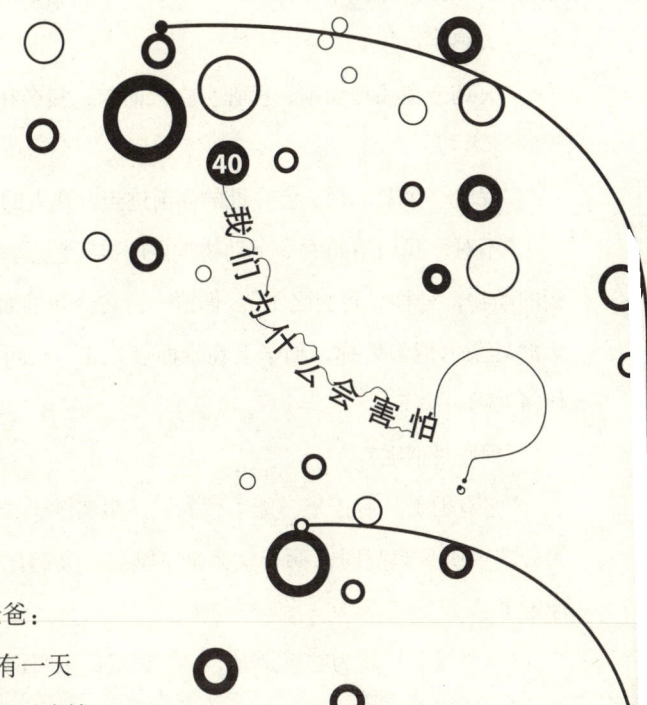

40 我们为什么会害怕

托尼诺问爸爸：

"爸爸，我记得有一天你说，人们什么都不该怕，为什么？"

"怕是一种懦弱和卑俗的表现，只有动物才会这样。狮子才会怕这怕那，人不是这样。"

"真的吗？"

"你听我说，要知道，公鸡以华丽的羽毛、高耸的鸡冠和尖锐的爪子引以自豪，炫耀自己的荣光。可是当一只鸭子向它撞去时，它却由于害怕鸭子那又长又宽的喙而逃跑。"

"胆小鬼！"

"同样，鸭子会在体形比自己大得多的鹅面前逃走，鹅也会在性情暴躁的火鸡面前逃跑。"

"火鸡呢?"

"火鸡会在狐狸面前,狐狸会在狼面前,狼会在狮子面前逃之夭夭的。"

"我敢打保票,狮子会在谁的面前逃走?在人的面前!"

"不对,我们不妨看一下动物世界的排行榜。狮子是猛兽中最凶猛的动物,号称'百兽之王'。你猜一猜它会在谁面前逃跑?我贴着你的耳朵悄悄告诉你,狮子会在谁面前逃走。你可别声张,别告诉任何人哟……"

"到底是谁呢?"

"它有羽毛、有王冠、能引颈高歌。事实胜于雄辩,当见到一只大公鸡或听见鸡鸣时,狮子就会垂下脑袋,夹起尾巴,悄无声息地溜走了。"

"多愚蠢呀!我为它感到耻辱!"托尼诺感叹说。

"你说得有道理,因为不管什么原因,害怕总是一件给人蒙羞的事儿。想想啊!要是大公鸡不怕鸭子,它早就登上了万兽之王的宝座啦!"

"爸爸,我在一部电影里看到动物不怕人的镜头:一个人骑上马,却被马掀下了鞍。"

"依你看,傲慢和自负才是害怕的根源。事实上,难以驾驭的马之所以桀骜不驯,只是因为恐惧才促使它把骑手掀下马鞍。它的软弱促使它炫耀自己的力量,正像一个暴躁的疯子,因为疾病发作而变得歇斯底里那样。"

"难道害怕也是一种病?我现在可好好的没有什么病。"所幸托尼诺得出这样的结论。

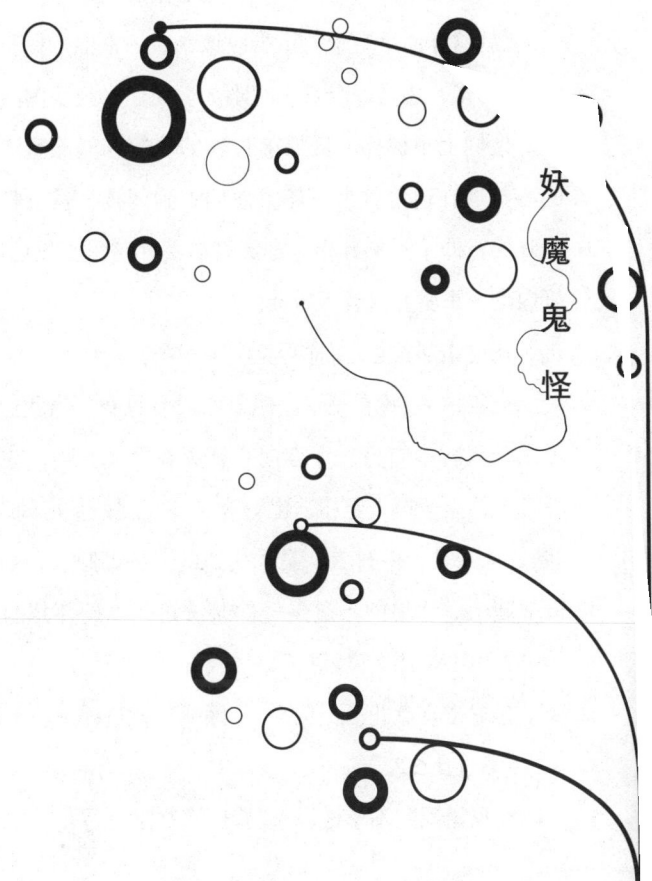

妖魔鬼怪

突然间，一声尖叫，托尼诺完全是另一副模样：脸色苍白、声音颤抖、全身抽搐，它是……？

"什么地方？你在哪儿？"

"在楼上。"托尼诺支支吾吾地说："我看到一个全身白色的鬼魅。我进去的时候，它举起双臂，试图将我赶走。"

"上帝啊！"妈妈说："难道这是一座魔法住宅？"

"从租金不高来看……"爸爸心生疑问,"走,我们去看一看。"

"就这样赤手空拳?至少应该拿着一根棍子!"妈妈指出。

"看来,还是一个杀人犯幽灵!我们必须从侧门进去。"

他们上了楼梯。楼梯前长长的楼道和储藏室漆黑一团,托尼诺的心扑通扑通地跳个不停。他们上到阁楼,爸爸打开门,里面黑咕隆咚的,伸手不见五指,幽灵就游荡在这里。托尼诺吓得不寒而栗,好像幽灵正张开双臂等着他。

托尼诺问爸爸:"你看见幽灵了吗?"

爸爸说:"我看见了。但是它没看见我。当我们到达这里时,幽灵张开双臂指向另一个方向。开关在哪儿?喏,在这里!"爸爸打开开关的盒子摁下电钮,电灯亮了,扫视一下房间,松了口气,说:"咦,原来是一件衬衣,是你妈妈的一件旧睡衣,袖子挂在倒立着的椅子腿上。你怕的不过是一件浆洗过的,硬邦邦的衬衣,那是妈妈的衬衣而不是什么鬼魅!"

托尼诺有点儿语无伦次:"好吧!就这样……不过……"

"不过什么?"

托尼诺闷闷不乐地说:"我倒喜欢幽灵。"

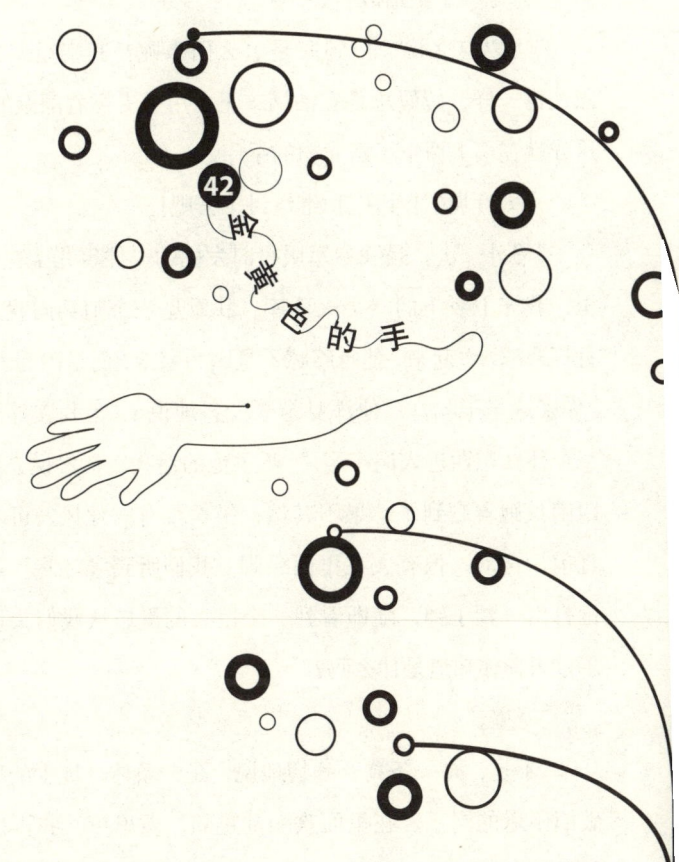

42 金黄色的手

这个被"幽灵"惊扰的夜晚，勾起了爸爸的回忆。他说："我记得小时候，一天晚上我一个人在家。当我进入黑暗的厨房，看到墙上有一只手，一只金黄色的手。我开了灯，手不见了，熄了灯，手又出现了。那是一只清晰可见的手，有五个手指头，一个手掌，一只金子般的手。"

"真像一个童话故事。"

"可以这么说,但到底是怎么回事呢?其实是妈妈的一只手!跟往常一样,妈妈总是在油烟罩下,用手支撑着潮湿的墙壁划火柴,这样就在墙上留下了磷光粉的手印。"

"太有趣了!讲吧!继续讲下去吧!"

"另外一次,是我参军服役时发生的一件事儿:在一个冬天的夜里,我守卫乡下的一个火药库。我看见一个哨兵向我走来,他全身直打寒战,看起来,他打哆嗦不是因为寒冷,而是因为恐惧。我问他:'你来这里干吗?'他浑身瑟瑟发抖地说:'当我在外面散步时,有一个什么东西进入岗亭了。'听了他的话我二话没说,拿起手枪,就跟哨兵跑着赶到了。果不其然,虽然没有一丝风,可木屋的岗亭一直前后摆动,像有人在里面跺脚。我们听到'咚咚'声,我拔出手枪打出一颗子弹,随即看到一个巨大的黑影从我们头顶嗖地一声蹿了过去,你知道是什么吗?"

"魔鬼。"

"不是,是一条狗,确切地说,是一条体形庞大的黑犬。它钻入破旧不堪的岗亭。在里面欢蹦乱跳的。魔鬼嘛,我再次看到它,也就是几年前的事情!"

妈妈说:"你讲的太恐怖了,别讲了好不好?要知道我和孩子们的胆子很小的。"

托尼诺说:"很小?这是你说的!我可以听任何故事。我对惊险影片习以为常,什么都不怕。"

"你只害怕白衬衣,对吗?"爸爸嘲笑道,继续说:"一天夜里,我们出海航行,天空中纷纷扬扬地下起了鹅毛大雪,当时是梅诺·福拉维奥掌舵,其他人到船舱里躲风避雪。雪越下越大,看不见海岸,也看不见灯塔,白茫茫一片,什么都看不清。福拉维奥突然疯子似地跑到我们面前,尖叫一声:"魔鬼!魔鬼!"大家都跑过去。你们猜,我们见到什么啦?魔鬼是什么玩意儿呢?在舵轮上,只见魔鬼头上矗立着两个羽角,一双炽热瞪大的眼睛放射出金黄色的光芒,直勾勾地凝视着我们,还呼哧呼哧地直喘粗气。"

"够了!够了!"妈妈说,"再听下去,我的血就要凝固了!到底是什么东西呢?"

"我马上告诉你们。要是你的血凝固了,我就不费口舌了,否则你会患心脏病的!"

"爸爸,别呀!妈妈不愿听,可我想听,给我讲吧!"

"我们抄起棍子、小刀和扫把,一齐向魔鬼打去,这是一个令人心惊胆战的夜晚。魔鬼飞来飞去,根本不想离开我们的船。它体型庞大,皮肤微红,发出吱吱声,直喘粗气,圆鼓鼓的眼睛目不转睛地死死盯着我们。"

"它飞走了吗?"

"没有。魔鬼冒着风雪,绕着船的四周来回飞行。飞行中,它呼扇着翅膀,却没有发出一点儿噪音。"

"跟幽灵一模一样。"

"可以这么说。它的翅膀好似天鹅绒般柔软。"

"别兜圈子了,有话直说好不好?那么……"

"与此同时,风越刮越大,海涛汹涌,舵轮东摇西摆,谁也驾驭不了它。船长不管船上的魔鬼,抓起舵柄,决定亲自掌舵。"

"放心吧!船长绝不会让我们沉入海底的,他身经百战,能应对一切,收拾一个魔鬼更是易如反掌。"

妈妈说:"你总是利用我们的好奇心吊胃口,实在是太折磨人了!

还不快说，结果到底怎么啦？大概你们都快吓个半死了吧？"

"当然不是了，你没看见我们活得如鱼得水吗？"

"魔鬼是谁呢？"

"一只金雕，一只号称'金雕之王'的庞大金雕。也许在飞行中，它遇到了暴风雨才从亚平宁山脉或达尔马提亚山脉被迫飞到这里的。它找不到合适的栖息地，才落到我们的船上。它只在早晨离开一阵，然后又飞回来。它被我们打得遍体鳞伤，在附近的海岸，永远地离开了我们。"

"多愚昧无知啊！居然怕一只金雕！你们男人呀！真是滑稽可笑！"妈妈说。

托尼诺问："那么，到底存在灵魂吗？"

爸爸回答说："存在的，不过靠肉眼是看不见的。"

"这一切都是你听来的吧？"

"有的是从民谣那里听来的，有的是听催眠曲学到的，像刚才讲到的毫无理由的害怕也是听来的。"

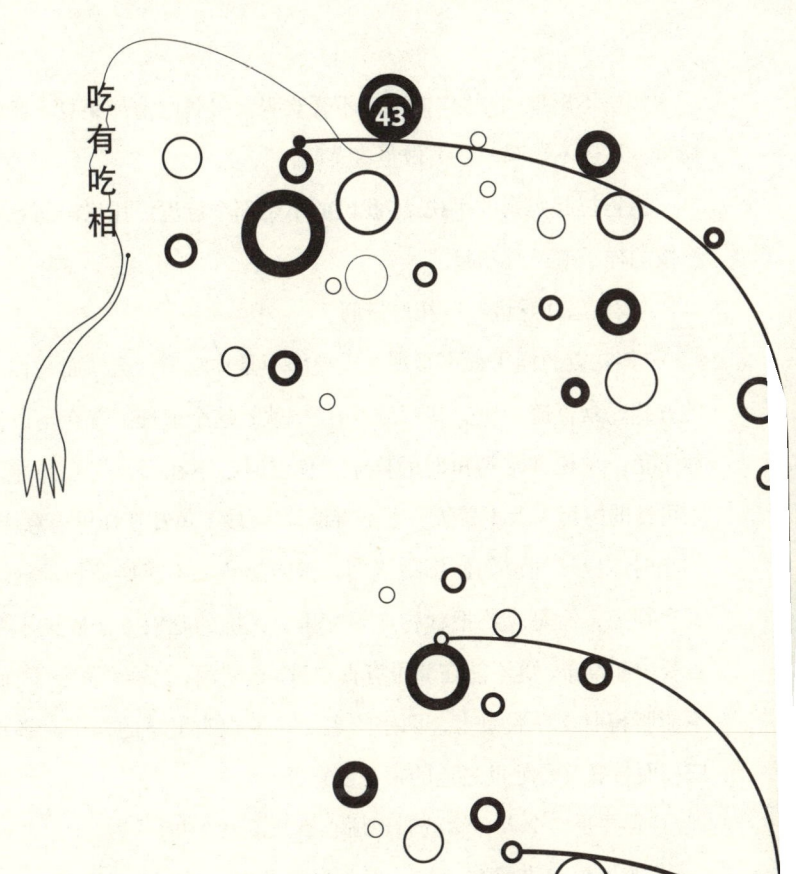

晚饭时,托尼诺闷闷不乐,嘟囔着说:"今后我要好好吃饭。"

爸爸说:"我也是这样想的,吃饭时要有吃相。"

妈妈不解地问:"你们难道不喜欢吗?午餐吃清炖菜豆,晚餐吃烤鱼,这还不够吗?还要做很多菜吗?"

爸爸拉起妈妈的手说:"我说的不是那个意思,托尼诺愿意就他吃饭的样子道声对不起。"

"我该怎样吃饭?"托尼诺问。

"你吃饭的样子很不雅观。重要的不是你吃了什么,而是你吃饭的方式。常言道:'吃,要有吃相!'就是这个道理。现在不说你吃沙丁鱼,单说你吃鲟鱼时的样子。你吃时心不在焉,忧心忡忡,那条可怜的鲟鱼'上不着天,下不着地',而沙丁鱼却在那里得意洋洋。你吃时,应该知道如何细嚼慢咽,慢慢品味。不能像动物那样,扑到食物上,而是应该把食物送到嘴里。正确的吃饭方法应该不要弄脏餐巾和桌布,更不能在嘴里有食物时,还喝酒,这样会弄脏了杯子。不能胳膊肘支在餐桌上,两手抱着头,像抱头鼠窜的样子。举止端庄和面带微笑是处世之道的第一要素。"

"那要是一个人在学校遇到烦心事儿该怎么办?"

"要把烦心事留在学校,不要把它当成就餐时的谈资四处张扬。把自己的忧愁和悲伤一股脑儿地向别人倾诉是缺少教养的表现,即便是诗人,也不应该这样做。想想啊!你可别再忧心忡忡、狼吞虎咽般地吞食沙丁鱼了,而要细细品尝!要知道,上帝总是对不重视他馈赠的人耿耿于怀。"

"起初造鱼时,上帝的意思是最好不让鱼长刺。"

"猫也这样想,可鱼刺却让猫变得更温顺了。"

"鱼刺也能让鱼变得更善良吗?"

"不能,但能让'民以食为天'的'食'字变得举足轻重,因为跟我们的生命攸关的是'吃',而不是鱼。鱼刺迫使我们必须慢慢地、一点儿一点儿地、小心翼翼地'吃'，也就是细嚼慢咽，用心去品尝美食。这跟'慢工出细活'是同一个道理。把沙丁鱼毫无感觉地几口吞下去是多么遗憾的一件事呀！要知道，银白色的沙丁鱼来自大海深处，是多么美味的一道菜！"

"来自大海？"

"你不知道吗？它来自大海，不知要经历多少暴风雨的洗礼和惊涛骇浪的冲击，才来到我们的餐桌上呀！我们享用它以前，它还要冒着多次被海豚吃掉的危险！你要好好地品尝它，每吃一口就会流出口水来！就像面包是上帝赐给的礼物、是大地对我们的馈赠一样。"

"难道我早上喝牛奶也要细细咀嚼吗？"

"那不是咀嚼而是分泌唾液，起到消化作用，一切食物（水除外）都要经过唾液这一道关，包括流质食物。你要牢记，不要吮吸。吮吸是很坏的一种习惯，跟狼没什么两样。野兽就是把头低垂到盘子上来进食的。"

"这个我知道，为什么除水之外，其他的食物都需要分泌唾液呢？"

"因为上帝监视着我们的一举一动，不许我们就餐时心神不定，唇焦口燥时贪得无厌。否则，你将会患上消化不良症，可要加倍小心啊！"

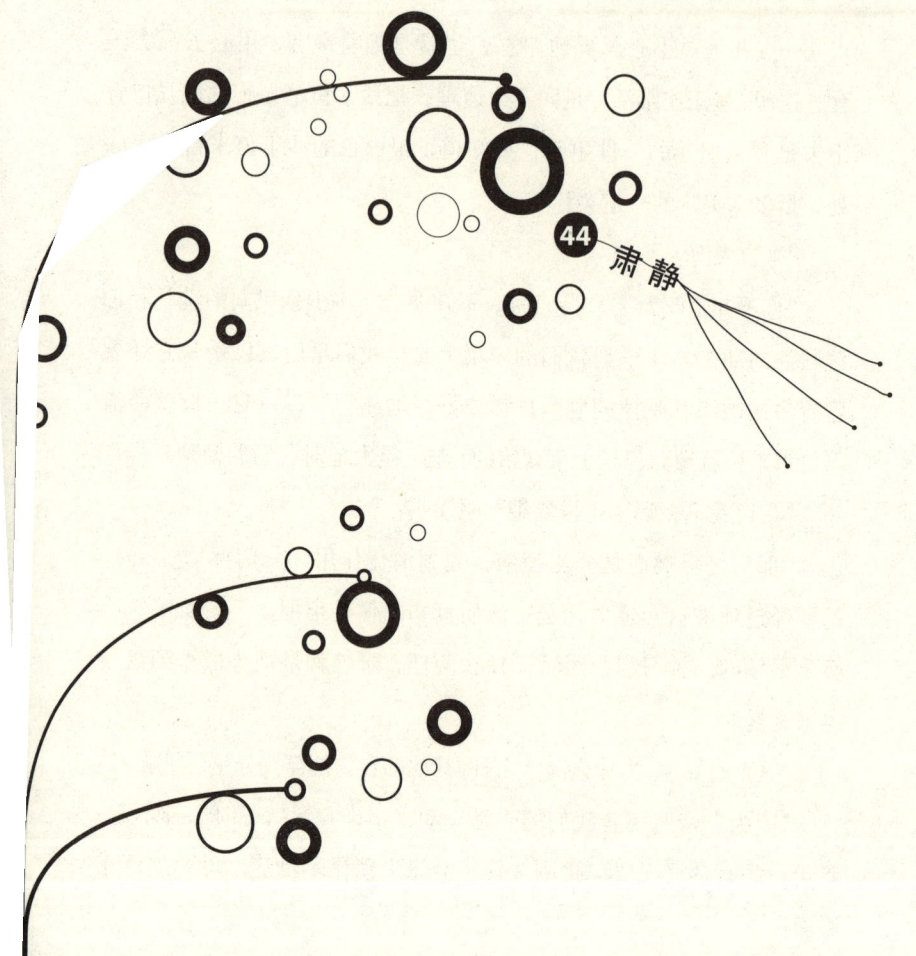

"上帝为什么这样苛刻呢?"

"我早已说过,因为我们是人,而不是野兽。野兽是无意识的动物,它们贪得无厌,贪婪到蝗虫吃掉自己的肢体都不知道吃的是什么东西!"

"上帝啊……"

妈妈说:"托尼诺,吃呀!整天把上帝挂在嘴边,毫无用处!"

"嘻嘻!好样儿的!你的话说到了我的心坎上。我们必须像东方人甚至和尚那样,吃饭时要肃静。现在我要去跑步健身了,再见。"爸爸说完就出去了。

当只有托尼诺和妈妈在餐桌上时,托尼诺冒昧地问妈妈:"妈妈,吃饭时为什么要肃静?"

谁也不会想到,当托尼诺还没说完"肃静"两个字时,一个面包屑就卡在气管里了,顿时使他感到呼吸困难,脸憋得像辣椒那样红。妈妈吓得脸色苍白,不断拍打他的后背,真是惊险的一幕……还好,折腾了半天,面包屑终于咽了下去,呼吸瞬间通畅了。

"谢天谢地!我可怜的托尼诺,你还想知道'肃静'是什么意思吗?"

"不想了!妈妈!我全懂了!"

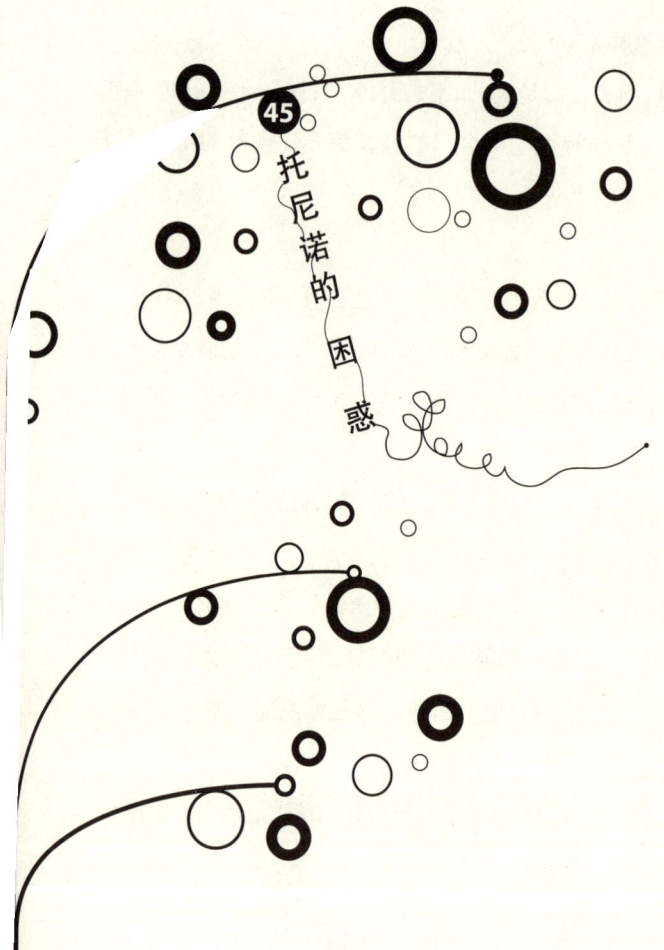

45 托尼诺的困惑

毛毛细雨下了整整一天,接着是寒潮来袭,狂风骤起,下起了瓢泼大雨。放学后,托尼诺回家途中看到的场景一直困扰着他。

他看到从囚车上走下来一伙犯人。他们穿着格子囚服,戴着手铐,给托尼诺留下了难以磨灭的印象。

"爸爸,那些犯人中有无辜的吗?"

"不幸得很，有。跟人类的其他活动领域一样，司法机构再怎么一丝不苟，也有判错的时候。这些时运不济的、不幸的灵魂受尽了煎熬。他们受到创伤的心灵对自己有着深远、不可估量的影响，成了传奇故事和文学作品的创作灵感。

我小时候也有与你现在同样的感受，但又不完全相同。当我跟其他孩子在监狱门前的岗亭附近玩耍时，我们亲眼看到了犯人，给我留下了终生的记忆。并不是那些无辜者深深地打动了我，而是那些真正的罪犯触及了我的灵魂，令我痛心不已。那些无辜嫌疑犯有着纯洁的灵魂，他们的良心没什么可责备之处。身陷囹圄后，他们被迫着毫无选择的僧侣式孤独的生活，苦不堪言。但是在罪犯中，有想要继续实施杀人的不思悔改者，有小偷和坑蒙拐骗者……听到他们的罪行，我感到毛骨悚然，我常常想：夜幕降临后，他们要在牢房中孤零零地熬过漫漫长夜。这个时候，他们会追悔过去而感悟出人生的真谛吗？他们会因为自己的罪行而内心深感愧疚和耻辱吗？一个杀人犯孤寂难耐，在单人的囚室中，他踯躅徘徊，整天遇见的那个人就是他自己，深更半夜惊醒时，发现还是他自己！罪恶的灵魂梦魇似地始终纠缠着他！最让我发怵的是那些对真与假、善与恶、美与丑麻木不仁的罪犯。比如说，他们毫不悔罪，依然肆无忌惮。可以说，这类罪犯是'野兽人'。我认为，他们是人类的落伍者，是冷血动物。所以，这说明：痛苦皆有明确的目的。上帝是万事万物的创造者。正如对动物所做的那样，上帝根据每个人'皮毛'的密与疏、稀与薄，来赐给我们冷暖炎凉的同时，还用'痛苦'来激活我们的感官，使之变得灵敏起来，让我们从自己遭受的苦难中，从其他人遭受的苦难中，从耶稣为救赎我们而遭受的苦难中，感悟出立身处世之道。"

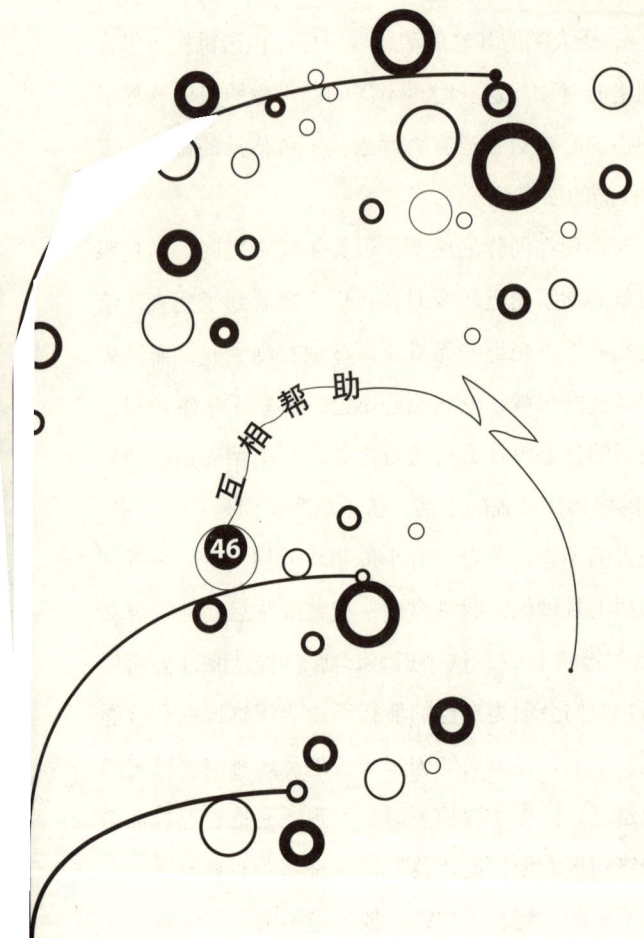

夜里发生了一件非同寻常的新鲜事儿：火车、行人和汽车……万物都变得遥不可及，成了无限幽静的银白色世界，马像猫一样迈出轻轻的步伐，甚至镇上的报时铜钟敲打出来的声音也是沙哑的。

托尼诺的爸爸起了床，穿上灯芯绒裤子和军人粗重的鞋子来到窗前。

窗外的世界犹如涂了一层光亮的白粉。帕利诺小嘴对着玻璃窗大惊小怪地说："咦，老天爷下起了面粉！"

雪的魅力多大呀！冰雪先生用银白色的丝线穿上亮晶晶的绣花针，绣出了一幅又一幅色彩绚丽的美景，像星星、像玫瑰、像皇冠……都是精美的几何图案。

托尼诺说："今天我不去上学了，想在床上多待会儿。"

"随你的便，我要拿起铁锹走了，再见！"说完，爸爸高高兴兴地离开了家。

天寒地冻，托尼诺在被窝里磨蹭了老半天，很晚很晚才懒洋洋地起了床。他来到窗前，看到妈妈拎着购买的大包小包的东西往回走，爸爸在楼下像孩子似地拿着雪球，向妈妈投去寻开心。跟爸爸在一起的还有罗西先生、医生和两位小姐。他们都在用铁锹铲除积雪，开出一条通道来。

妈妈并没有回家，而是从一家走到另一家，最后才拎着购物袋回到了家。托尼诺问她：

"妈妈，你干吗去了？你刚才拎着的篮子是谁家的？"

妈妈回答说："是邻居家的老人，也有那位行动不便、可怜巴巴的孤寡太太的。我起得很早，顺便给他们带回一些东西来，外面很冷，你别出去。"

"爸爸呢？"

"啊！爸爸干别的事情去了。他第一个出来清扫积雪，为每家每户门前开出一条道来。"

"他也为住在山脚下，曾经说过他坏话的一家人扫门前的雪吗？"

"我相信他会。他是个热心肠的人。他在大街上扫雪，当然也会为说过他坏话的人扫雪的。为别人开道是他的性格使然。他甚至加入了义务献血的行列。"

"是为病人献血吗？真是好样儿的！我拿着小铲子到楼下去可以吗？"

托尼诺来到楼下。凡事只要有人带个头，做个榜样，别人也就跟上来了。帕利诺也拿着小铲子来到院子里。转眼间，三五成群的孩子们拿着铲子或扫把，纷纷来到大街上清扫积雪。他们边干活儿，边打着雪球玩，传出阵阵笑声。

中午的时钟敲响时，传来了一条令人震惊的特大新闻。托尼诺从父亲和罗西先生那里听到出了大事：附近山脚下突发泥石流，造成了人员伤亡和房屋坍塌。

赶快行动起来！赶快行动起来！爸爸、罗西先生、几个小伙子连同住在山脚下别墅里的小姐一同上了汽车。

爸爸对托尼诺说："你赶快吃饭去吧！如果红十字会的员工来了，你就对他们说，我们早已赶往事发地点了。"

当天，托尼诺在外面扫了很长时间的雪。可吃饭时，虽说肚子很饿，心里却总是忧心忡忡、七上八下的，吃不下去，妈妈也跟他一样。

下午爸爸还未回家。到了晚上，爸爸终于回来了。和爸爸回来的还有医生和其他三个人，包括住在山脚下，曾经说过爸爸坏话的那个小伙子。大家溅得一身泥巴，被雨雪浇得透心凉。

爸爸对妻子说："你快打开壁炉，让大家暖暖身体。托尼诺，你快去拿一大瓶酒来。"

不久，托尼诺拿来了酒，可眼前的场面严肃得让人窒息，在场的人没有一丝笑容，没说一句寒暄恭维的话。妈妈早已打开了壁炉，她知道大家在想些什么。妈妈低声说："可怜的人啊！"说完，擦干了泪水。

医生说："今天晚上，我倒想喝杯酒！"可大家一言不发。

待在门口的两个小姐是住在山脚下的别墅里的。她们浑身沾满了泥巴，脸色惨白，妈妈看见了，向她们走去，大家全都抽抽搭搭地哭起来。

科拉拉以恳求的口吻说："他们还活着吗？难道一点儿办法都没有了吗？"

没有人回答她。爸爸靠着墙站着，看着熊熊燃烧的炉火。他指了指桌上的酒瓶，示意大家饮用，可没有任何人搭理他。每个人都凝神沉思，心事重重，承受着各自的痛苦。

托尼诺一声不响地打量着他们。他们七个人本来不太熟悉，可共同的忧伤，共同的惊吓，把他们紧密地联结在一起。在屋子里可以听到外面的大海在咆哮，一场海难似会接踵而来。

生活将恢复平静。夜幕降临，周围死一般地寂静，漆黑的夜晚吞没了脸色苍白、默不作声的每个人，万事万物都蒙上了一层神秘的面纱。而一场风波过后，一切都将回归正常，一些日常琐事又将被大家挂在嘴边。

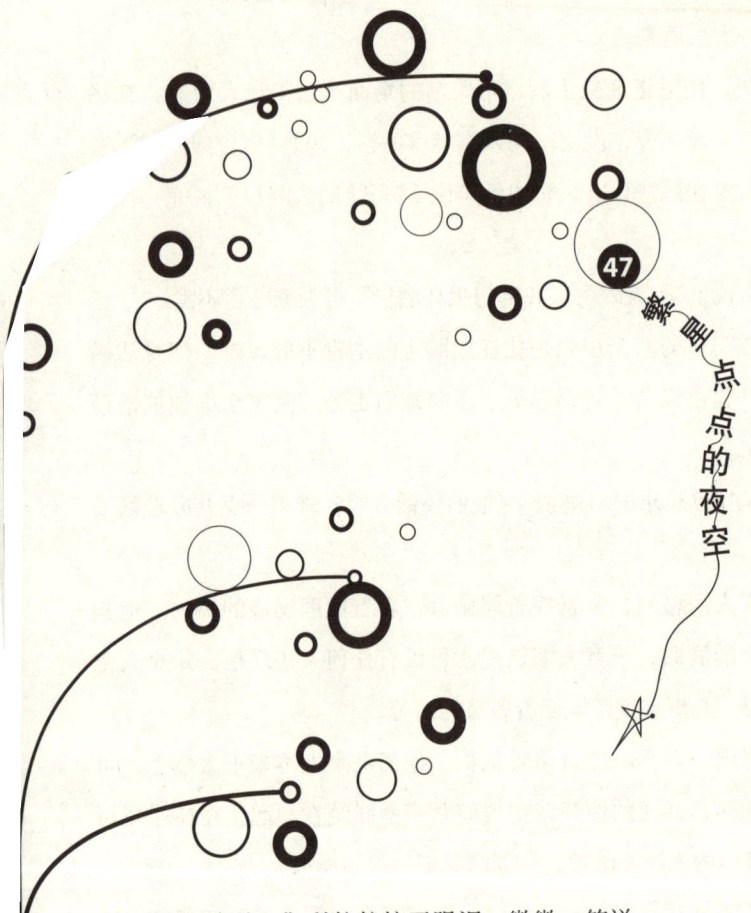

47 繁星点点的夜空

"夜景真美!"科拉拉擦干眼泪,微微一笑说。

孩子们跟爸爸一起来到户外。寒冷的北风刮了起来,天空比平时更加清朗透明。

"冬天的天空比夏天的天空更灿烂。"爸爸解释说。

托尼诺大惑不解地问:"冬天的天空啊!那么冬天时,夏天的天空到哪儿去了?在家里吗?"

"白天太阳当空,可太阳的出现又使天空昏暗下来!"

"你怎么越说我越糊涂呀!太阳是发光的,怎么又暗淡了?"

"要知道，日光越强，就越刺眼，就越影响我们看清隐藏在它背后的东西。天空随着地球的运转总是在变化、行进中。万物都是在运动中，行星、月亮、植物的生长，人们在田间劳作、鸟和鱼的迁徙都在永恒地运行中。"

"这就是说，一切都是和谐一致的？要是有一个不和谐呢？"

"那它就'生病'了！"爸爸回答。

科拉拉吓得直打寒噤，好像死神刚刚与她擦肩而过那样！于是，她指着天空问："姑父，是谁给天上的星星起的名字？"

"先知先觉者。他们看到了物质以外的东西。"

科拉拉更糊涂了。她想到了盲人诗人荷马[1]，又迫不及待地问：

"是在梦中看到的吗？"

"也可以在梦中看到。"

"咦，太好了！"托尼诺忍无可忍地说："我想梦见一把椅子行吗？"

"你的梦、我们的梦都是无意义的，含糊不清的，而先知先觉者的梦则是清晰的、具有先见之明的，因为他们的生命及严谨的科学态度跟大自然融为一体。他们把毕生的精力都无私地奉献给了探索大自然的奥妙中，并把物象或自己大脑中的影像，犹如客观现实反射到一面镜子里。人就是这面镜子，更确切地说，是一面或多或少面模糊不清的镜子，但反映出的真实性却是不容置疑的。你看到的那个美妙的字母'W'不正是仙后星座的一把椅子的再现吗？"

"那么做梦是怎么回事？"科拉拉问。

"梦是我们意识的影子，它是离开抑或再次回到我们身体时再现的形象。只有去见上帝的人才能迈过所有神秘色彩的门槛儿。"

---

[1] 生活在约公元前9—公元前8世纪，古希腊吟游诗人，著有史诗《伊利亚特》和《奥德赛》。

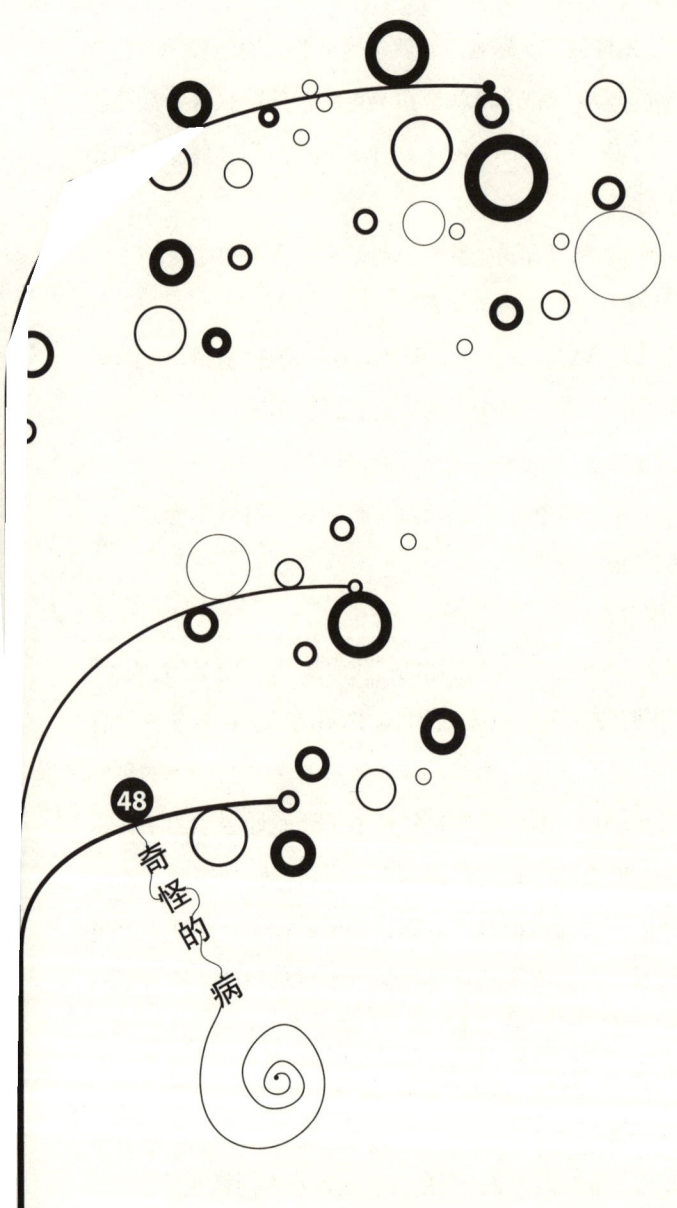

48 奇怪的病

托尼诺放学回到家看见饭桌上摆着满满两盘子热气腾腾的炖扁豆,自言自语地嘟哝着:"老是扁豆!老是扁豆!我肚子不舒服,不想吃了。"

"怎么了?不好受?"妈妈问。

"我得了一种叫'内罗'的病。"

"什么病?"

"是一种令人讨厌的病,一位叫内罗的医生给起的病名。只有吃面食、巧克力、奶油和糖果,才不得这种病!"

"讨人嫌的病,只要吃好吃的就能治愈,太简单了!"妈妈说。

"我也得了……得了这种讨厌的病!"帕利诺结结巴巴大声说。

妈妈说:"少说话,好好吃饭!你喝完面片儿汤,再吃病得不轻的托尼诺爱吃的那种食品。"

这个时候,爸爸回来了,看到托尼诺两肘支在桌子上,双手抱头。听了妻子的讲述,爸爸摸着托尼诺的额头说:"可怜的小家伙,病得实在不轻,这应该是病毒感染。最好卧床休息,几天不吃饭。"

这时,托尼诺开始变得焦躁不安,说什么那位内罗医生可能诊断有误,且扁豆味似乎变得好闻了。

"扁豆作料多,味道香,你没闻到吗?"妈妈说,"作料有香菜、鼠尾草,有开胃口的洋葱和胡椒,当然也少不了油的清香和盐的味道,再加上妈妈的爱……"

"你忘了一件事,怎么能让别人更想吃扁豆?"爸爸说着,瞥了托尼诺一眼。

"怎么做?"托尼诺问。

"拍厚脸皮人两下后脑勺!"

这样托尼诺终于明白了爸爸说话的意思。于是在帕利诺还没吃完自己的一份扁豆的时候,托尼诺也开始吃自己的那一份了。

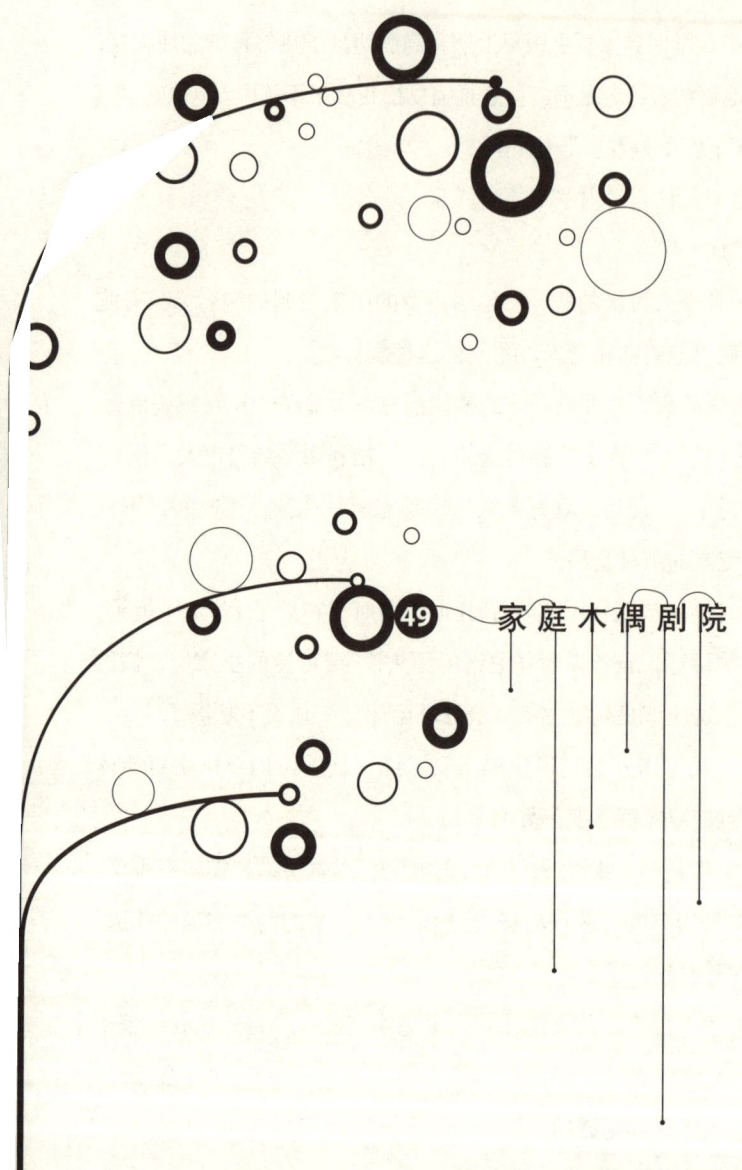

49 家庭木偶剧院

在冬天的娱乐活动中，最受欢迎的就是家庭剧场了。

舞台布景的设计，灯光游戏都是由托尼诺一手导演的。他捡来一个残缺不全的厚纸板盒子，把盖子改成木偶的嘴巴，两个舞台布景交替使用，更好地烘托戏剧气氛。

由于有追捕敌人、袭击敌船和打仗的场景，还得设计一个有大海和树林的舞台，只需把装饰着花盆的庭园放到布景上就行了。一间小屋和磨坊也是必不可少的，只需撤下庭园道具，留下觐见厅就行了。

洋娃娃改成提线木偶或布袋木偶，表演的内容五花八门：花衣小丑扮演的角色有假面仆人、厨师、神女伊索达、被劫持的和尚和城堡的鬼魅，陶制半身雕像扮演僧侣，国王的脸上粘几根兔子绒毛，就成了一头狮子。

"狮子还戴王冠吗？"姑妈问。

"不用。因为它现在不是森林之王了！"托尼诺解释说。

几乎每天晚上，爸爸都忙得不可开交。他不但要编排剧目，编写故事，完成作为木偶师傅的工作，还要亲自给孩子们表演一些示范动作。这天晚上，爸爸佩戴着产自卡尔代纳山谷[1]的著名软木塞，身上系着胡萝卜，头上挂着小洋葱，再让他在节目开始前介绍灰姑娘的故事已不可能了。在这种情况下，只好由妈妈以自己的方式讲述了。

---

[1] 位于威尼斯附近，以手工木雕而著称。

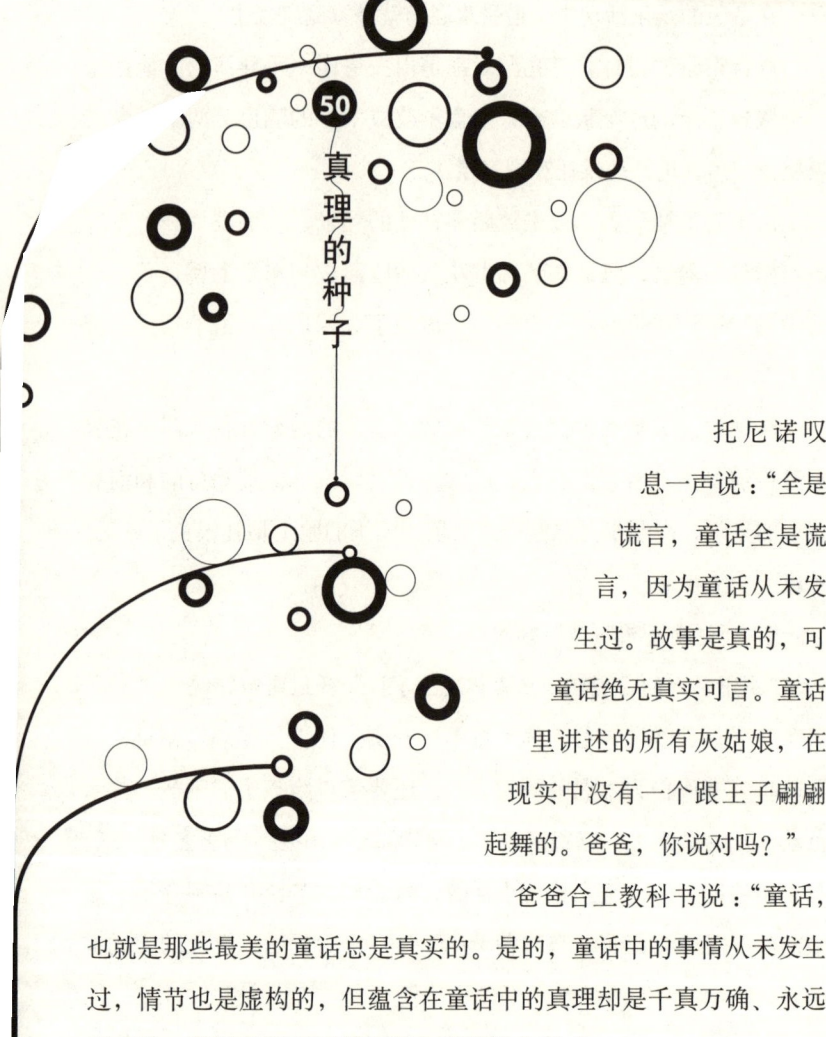

50 真理的种子

托尼诺叹息一声说:"全是谎言,童话全是谎言,因为童话从未发生过。故事是真的,可童话绝无真实可言。童话里讲述的所有灰姑娘,在现实中没有一个跟王子翩翩起舞的。爸爸,你说对吗?"

爸爸合上教科书说:"童话,也就是那些最美的童话总是真实的。是的,童话中的事情从未发生过,情节也是虚构的,但蕴含在童话中的真理却是千真万确、永远存在的。我们必须打开任何通向真理的大门。"

"真理是什么?"托尼诺问。

"你手上有什么东西?"

"南瓜种子。"

"这就是真理。"

"啊，真有意思！这个真理跟南瓜比，真是个'庞然大物'了！"

"文不对题，你这样比毫无意义。你给我一粒南瓜种子。你看，小得微不足道，一粒南瓜种子只不过含有几克淀粉和蛋白，可谁能说它不是无穷无尽的宝藏呢？你把它埋在土壤里，一个新的生命体便诞生了。这个'新生儿'具有无限的生命力。它宛如一盏远处若隐若现的小油灯。当你慢慢走近它时，就会见证它的苗壮成长。它长出梗、茎、叶子和卷须、长出用来吸收空气中湿气的茸毛、结出总是朝着天空、金黄色杯状、早熟带花的果子来。这些花朵深受蜜蜂和熊蜂的青睐。它们纷至沓来，贪婪地吸食着花蜜，传授着花粉，在花儿上度过夜晚。总而言之，这是一个跟大地和谐共生、与日月同辉、跟狂风暴雨和病虫害搏斗、苗壮成长、朝气蓬勃的生命体。除此之外，这个生命体在休眠时，利用自己储藏的汁液还会生出与根和梗相依为命的小精灵。世界末日到来之前，它们的子子孙孙是无穷无尽的啊！"

"上帝啊！"

"事实正是这样，你别长吁短叹的呀！"

"我还是不明白，种子跟真理有何相干？"

"关系可大啦！要是这种子是真的，它可以生出许多相同的种子……"

"完全相同的种子？"

"是啊，跟这粒种子完全相同的种子，而你的这粒种子却毫无作为，因为它是假种子。"

"这么说，生命才是真理，姑父，你说对吗？"科拉拉迷惑不解地问。

"对，因为真理就是生命。童话，每个美丽的童话都孕育着美德的胚芽。"

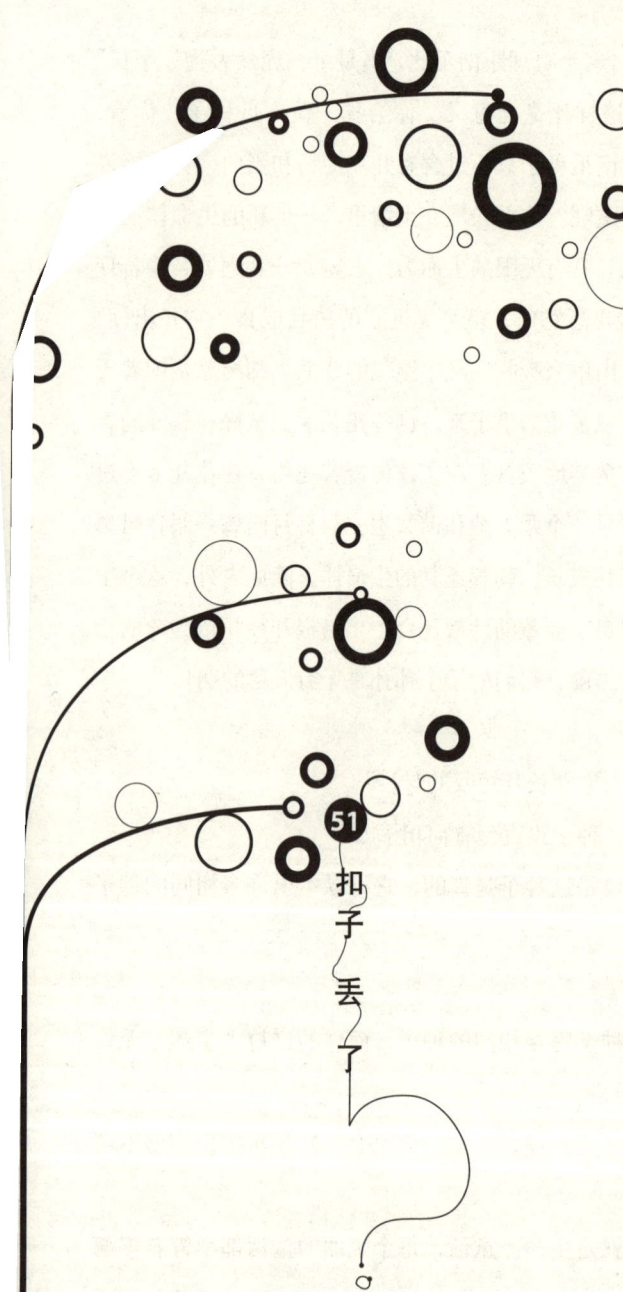

51 扣子丢了

为了不踩脏地板,爸爸穿上了拖鞋。过了一会儿,托尼诺就回来了。只见他一手捋着凌乱不堪的头发,一手提着裤子,显出闷闷不乐的样子。

"怎么了?你裤子上的扣子丢了?"

"是的,掉了两个,只剩一个了……你怎么还笑呵呵的,不相信吗?"

"我如果相信你,就等于相信了神仙。我认为你没说实话,好像隐瞒了什么,扣子怎么会自己掉下来呢?我很清楚,你每次做了坏事,总是用更坏的方式来补救。这不,为了用扣子玩游戏,你不得不撒了一个小小的谎。"

"玩完弹球和钢笔尖,我本来不想再玩了。是吉杰托强迫我玩的。他说:'你不跟我玩扣子,你就是个胆小鬼!'"

"多勇敢呀!你不仅要跟最要好的同学一起玩,还要学会跟你意见相左的人交往做朋友,这样你才会变得更加坚强、更加自信。"

"为什么?难道不该玩吗?"

"完全不是这个意思。玩游戏是孩子的天性,是你快乐的根源。春天放风筝,夏天打秋千,秋天弹玻璃球和滚铁环。女孩子一年四季都可以玩洋娃娃。荷兰的一位画家创作了一幅孩子玩耍的名画。画面上还有孩子们在玩捉迷藏和跳马游戏的场景。"

"太好啦!"

"这是一位伟大的画家。"托尼诺赞不绝口,"他叫什么名字?"

"布勒哲尔[1]。"

"我要牢牢记住他的名字。"

---

[1] 布勒哲尔(Pieter Prueghel the Elder,约1525—1569年):荷兰画家。

"你不能提着裤子走路。要是布勒哲尔提着裤子画画,他将一事无成!"

"爸爸,你真幽默!"

"当然啦!因为做事情前总是三思而后行,我没有什么可被责备的。我从不拿钱去赌博,因为我挣的是辛苦钱,我从不拿扣子去玩游戏,因为那是我用钱买来的。"

"那么,你能告诉我什么游戏可以玩,什么游戏不可以玩吗?"

"你听着:良心将会回答你的每一个问题。"

"这个,我搞不清楚,你就直说吧。"

"非常简单,你想一想,耶稣像你一样的年龄时,他玩什么。他只玩跟他的年龄相匹配的那种游戏。他玩风筝吗?"

"当然啦!还玩陀螺。"

"他掷石子玩吗?他玩钱币吗?他放鞭炮吗?"

"哦!都没有,爸爸!看看耶稣,想想自己,我真惭愧。"

"我相信你说的都是心里话。看起来你让耶稣生气了,以后千万别做让耶稣不高兴的事情,好吗?想想啊!耶稣一直活在我们每个人的心中,终究会有一天,那些所谓知识渊博者会发现,耶稣在我们心中并不是一句冠冕堂皇的话。"

"爸爸,什么时候?"

"当他们有一双明亮眼睛的时候。"

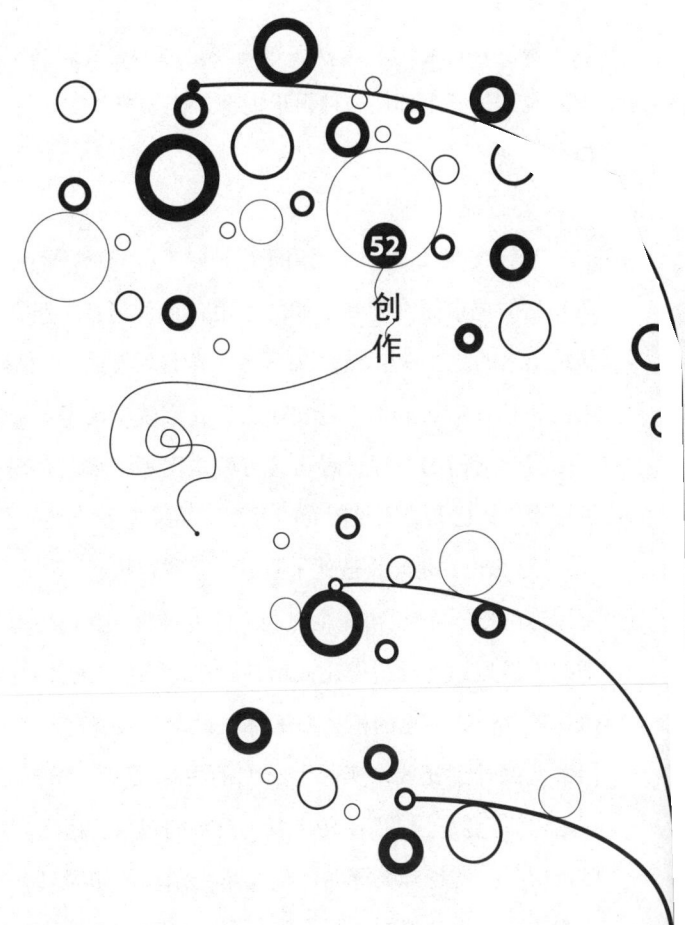

52 创作

"我该怎么进行创作？"科拉拉问。

"以你们玩的明星小卡片为例。首先应该构思，然后造型。但是物体的形态不是从外部塑造出来的，而是从内部'天生'出来的，人们凭着自己的天赋和激情让形态跃然纸上，栩栩如生。狡猾的蛇之所以匍匐爬行是因为它要尽一切可能不被发现,老鹰之所以展翅高飞是因为它贪恋高空。身体的每种形态及其每一个部件均植根于内部,比如犄角、牙齿、指甲、爪子、口鼻,等等。"

"尾巴呢?"

"尾巴也是如此。尾巴用于甩掉身上的异物,是保持平衡的需要,鱼和鸟的尾巴简直起到了舵的作用。每种感官、器官都是通过内部显现出来的。经常用,感官就灵敏,器官就发达,不用就会萎缩报废。出生在丛林中的野鸡一旦发现靠近农家院生活得更舒服时,就糟糕了;尽管它们拍打翅膀想飞,可就是飞不起来。有些鱼长期生活在地下水里,已养成不见阳光的习惯,结果失去了眼睛。"

"这么说,是光线造就了眼睛?"科拉拉问。

"好孩子,你说得完全对。人的精神是从身体内部迸发且显现出来的。强烈的光线刺得让人精神紧张,难以入眠。耐人寻味的是在植物界,一些罕见的植物白天休眠。动物界有些动物昼伏夜出。它们看似躲开了光线,实际上它们的生存又离不开光线。越是避光,就越忧郁,越有压抑感,仿佛背上沉重的包袱。相反,越是和睦相处,相亲相爱,就越鲜亮透明,相互增光添彩,如同只有阳光普照,百花才能竞相绽放那样。而人类,只有灵魂的深处能蕴藏光明,那就是良知。"

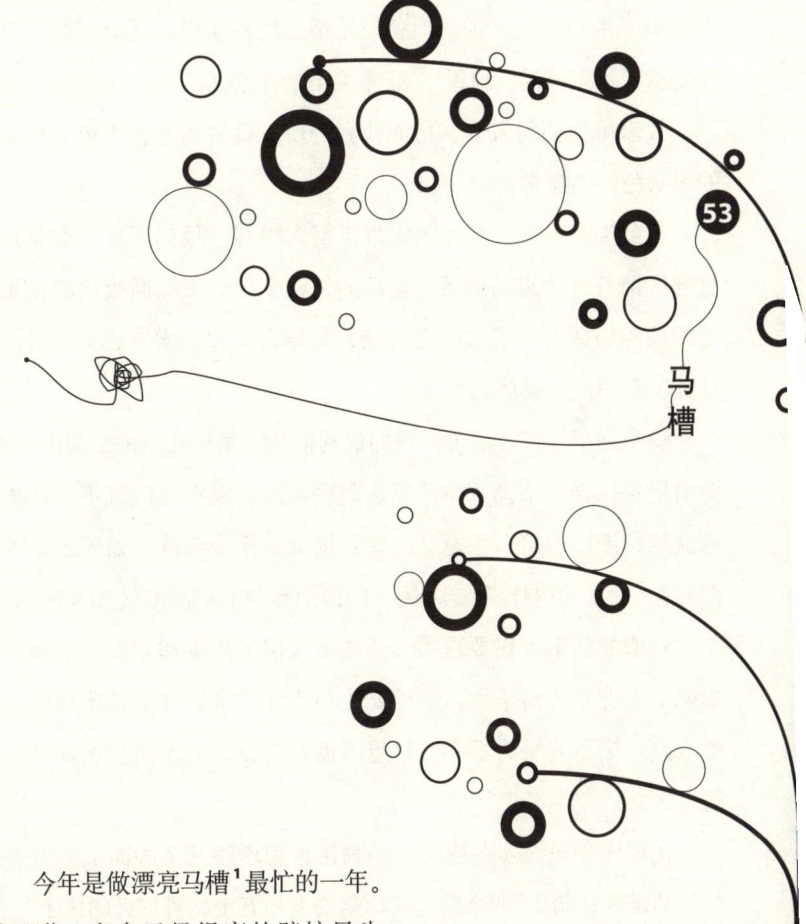

53 马槽

今年是做漂亮马槽[1]最忙的一年。托尼诺一家在已经报废的壁炉尽头制作马槽。科拉拉保存着制作马槽的工具和材料。从小时候起,她每年都会制作一个马槽模型。通常情况下,

---

1 尤指耶稣诞生之地,描绘玛丽亚和约瑟等人围着马槽中基督出生的情景,也指圣诞节时进行的象征耶稣诞生的表演,表示耶稣诞生的绘画和雕刻等。

人们用玉米面做成沙漠。但科拉拉情愿用沙子做，托尼诺则一再坚持用玉米粥当沙漠。他说："玉米粥更像沙漠。"

大家用白面粉做雪，用能找到的所有镜片当水，用包装巧克力的银灰色纸当瀑布。

苔藓呢？只能在当年的雪堆下努力寻找。他们还从未如此开心过呢！把苔藓放进马槽后，刹那间，整个场景就如同皎洁的月光洒下的细碎银辉，成了富有无穷魅力的舞台；大块木柴成了岩层，镜片成了湖泊，几根草成了树木。

一个绿草如茵，活灵活现的伯利恒候地出现在眼前：河流纵横，湖泊星罗棋布，沼泽水草茂密，鹅鸭成群，瀑布飞流直下，森林绿意盎然，漫山遍野蓊郁葱茏、松针铺地、松涛阵阵。葡萄之乡维尔西利亚[2]的葡萄树挂满果实，阿普阿内山脉[3]白雪皑皑，恍如人间仙境。

马槽的塑造不仅要真实，还要给人留下想象和创新的空间，比如说：人物要比房子大，羊羔要比马粗壮，难道这不是让马槽变得更漂亮、更富有魅力了吗？梦想不需要完美，艺术同梦想颇有异曲同工之妙。

托尼诺想再充实些内容，帕利诺也想增添几个画面：一位手执长矛的诺瓦拉骑士，两个骑马的印第安人和五个朝拜耶稣的博士[4]。还有闪烁着金黄色和银灰色柔和光芒的满天繁星。

两个圣母、两个圣·朱塞佩、两个耶稣显然是太多了。但是最后还是各就各位，一个都没有少。这样两个相同的三对塑像分别放

2　意大利一地名

3　意大利一山脉

4　根据《圣经》的记载，朝拜初生的耶稣的本来是三个来自东方的博士。孩子们去年在街上丢了一个博士塑像，这次又增加了三个塑像。

在洞穴的尽头、牛和驴的中间和附近的林子里。

"还有老虎呢！还有老虎呢！"帕利诺大喊大叫。

"当然啦！"妈妈说，"谁说老虎不能跟羔羊一起呢？谁说狮子不能跟小山羊在一起呢？连《圣经》都没这样说嘛！瞧，眼见为实！"

欢腾热烈的场面实在动人：女人、母鸡和牧羊人各司其责，有的捡鸡蛋，有的煮鸡蛋，有的找水喝，有的挤羊奶。

一位圣母玛丽亚的视线投向另一边，因为她的孩子耶稣藏在几乎看不清的僻静之处。其他人以温柔的目光注视着刚刚出生的耶稣，同样露出不可思议的神情。

"爸爸，这种神秘的现象是什么意思？"

"谁知道呢！"科拉拉一头雾水，说不清楚，于是爸爸回答说："这种谜一般的玄妙被蒙上一层面纱，为的是不让圣洁之物被玷污了。"

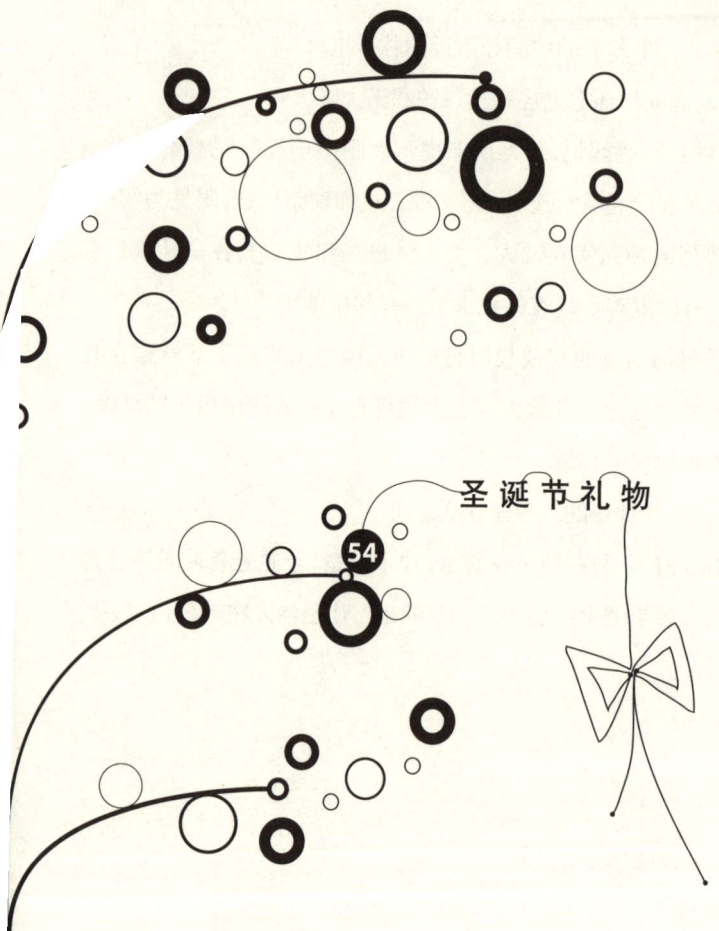

圣诞节礼物

托尼诺好像并不满足于已制作的马槽,说:"没有米兰式的大蛋糕[1]和克雷莫纳式的果仁饼[2]就不叫圣诞节。"

1　一种意大利著名食品。

2　另外一种意大利著名食品。

"两千年前的伯利恒[3]附近的那个夜晚，既没有果仁饼，又没有蛋糕，难道就不是真正的圣诞节吗？"爸爸说。

托尼诺羞得从两颊到耳梢都涨得通红。说实话，托尼诺是个馋猫，但他还是很敬爱在恶劣环境里出生的耶稣。与此同时，耶稣也很爱包括托尼诺在内的普天下所有的孩子。

托尼诺望着姨妈从费拉拉[4]送来的香料蜜糖面包和爸爸的一个朋友从维罗纳[5]寄来的烤饼，他不由自主地问："爸爸，朝拜初生耶稣的三博士知道耶稣的来龙去脉，是真的吗？"

"是的，不仅三博士知道，而且与巴比伦人有血缘关系的迦勒底人中的知识渊博者，伟大的埃及建筑师，古希腊哲学家柏拉图和古罗马诗人维吉尔以及传说中的远古先知先觉者，都了解耶稣的故事。"

"怎么可能呢？"

"这个我相信，可他们怎么知道的呢？"科拉拉也迷惑不解地问。

爸爸解释说："你们设想自己在环顾四周：在遥远的天际，因为你是在凹处，是不可能看见任何东西的。可若登高望远，就会看到下面那些毋庸置疑的东西。比如说，在大海中的某些东西。有些人，他总能站得比同时代的人高，他总能看到超越自己所处时代已经发生的事情，那些必然要发生的现象，这跟我们常说的'站得高，看得远'是同一个道理。"

3　耶稣出生地，在今天的巴勒斯坦境内。

4　意大利著名城市。

5　意大利历史名城，是罗密欧与朱丽叶故事的发生地。

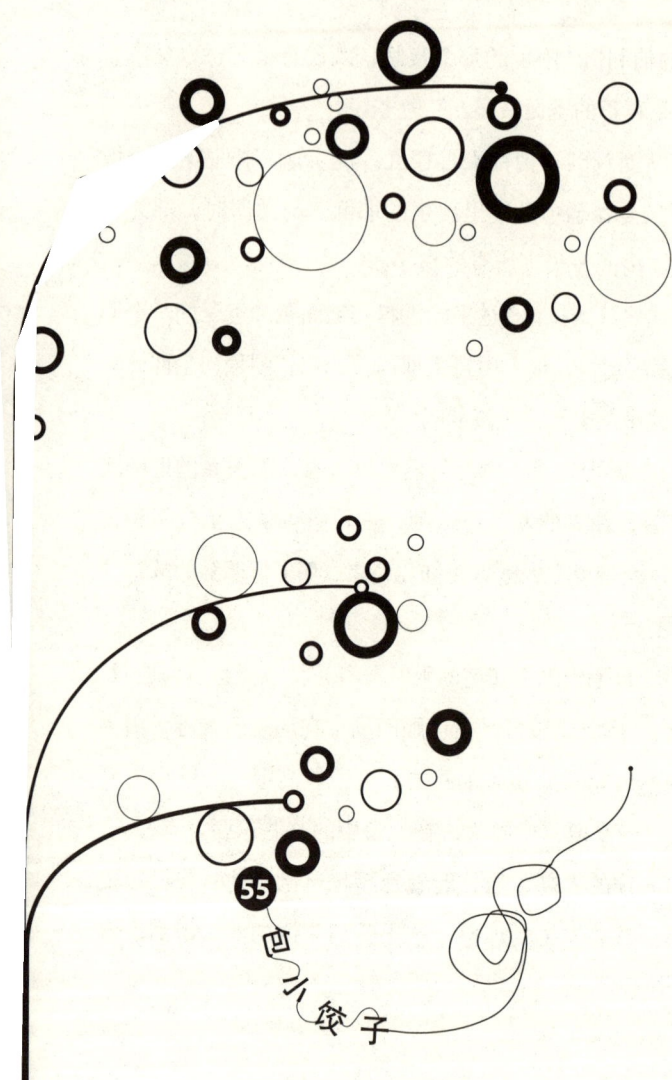

55 包小饺子

妈妈和好面，以命令的口吻说："你们快洗手去，我们一齐包罗马涅式的小饺子[1]，正像厨师之王阿尔图西[2]吩咐我们的那样。帕利诺，你帮我把包好的小饺子放到餐巾上去。"

这个时候，姑妈正好端着一个平底锅进屋，里面装着调好的肉馅，一股浓烈的香味立刻扑鼻而来。

"我想做几顶像美国西部牧童戴的那种大帽子[3]。"

"必须做成小帽子，比小饺子稍大一点儿的帽子！"科拉拉说着用倒扣着的玻璃杯把薄皮面片切成许多小饺子皮。

妈妈说："你们知道最后一道菜是什么吗？为了庆贺圣诞节，姑妈在菜市场买了一只火鸡，可怜、诚实的火鸡要跟母鸡一块炖着吃！"

"托尼诺干吗去了？"爸爸问。

"他？什么也没干，你找他干吗？但家里好像来了个小偷！"

"他偷了什么？"

"什么也没偷，此人撕掉了火鸡尾巴上的羽毛。他让那些围着鸡舍转悠的不怀好意者不得安宁，此人还是撕扯火鸡的专家。"

爸爸说："我不信，这是多么残忍哟！真是既残忍又愚蠢的行为。我相信，这是母鸡们干的。有些不会赶时髦的母鸡患上了嫉妒综合症，才有如此疯狂的举动。"

姑妈说："千真万确。我有几只母鸡，出于恶意总是相啄羽毛。"

"是的，应该是这样。"妈妈总结说。

---

1 也叫小馄饨，是源于罗马涅地区的一种著名食品，形状颇像人们的肚脐眼儿，可现包现吃，也可晒干后储存起来备用。

2 佩莱格里诺·阿尔图西，《厨房里的科学和吃好的艺术》的作者。这本书不仅包含各类菜谱和秘方，也塑造出了意大利人的典型形象。这部著作汇集了790个配方，从汤菜到酒，囊括了汤、开胃菜、主菜和甜点，至今仍然被大量出版和流传。

3 这里是在玩文字游戏，文中的小饺子也是一个多义词，把小饺子做大了，就像一顶帽子。

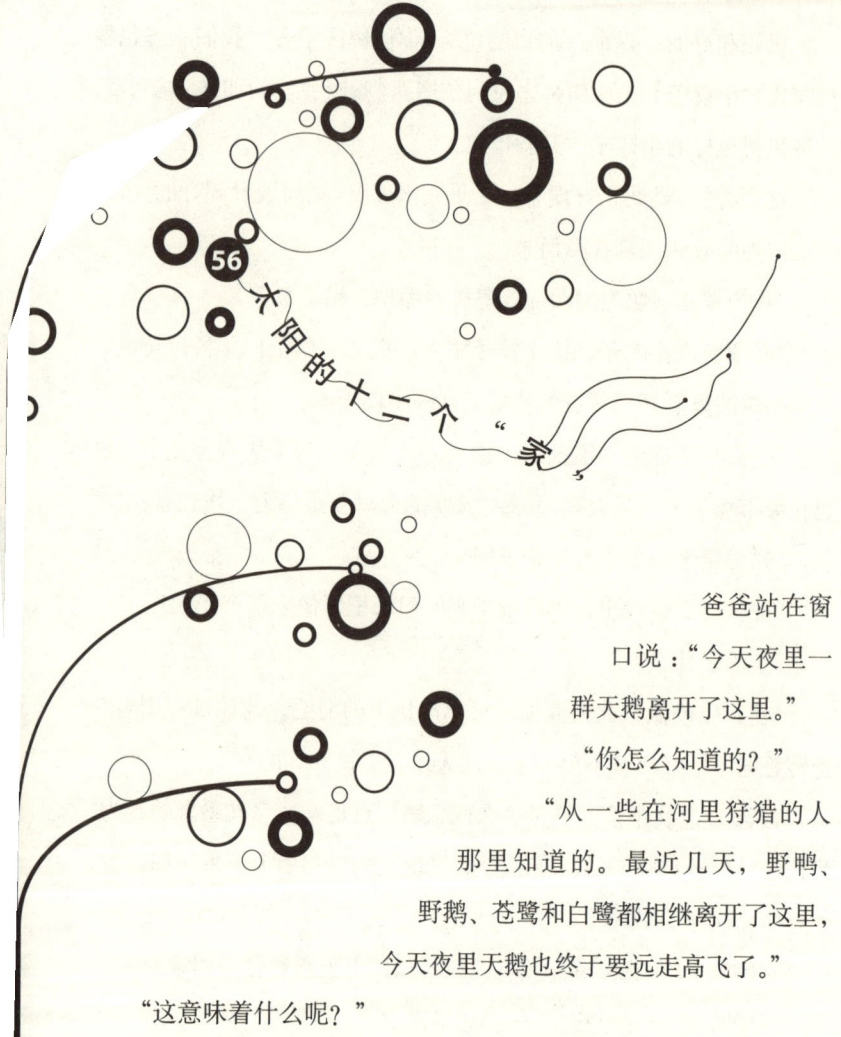

56 太阳的十二个"家"

爸爸站在窗口说:"今天夜里一群天鹅离开了这里。"

"你怎么知道的?"

"从一些在河里狩猎的人那里知道的。最近几天,野鸭、野鹅、苍鹭和白鹭都相继离开了这里,今天夜里天鹅也终于要远走高飞了。"

"这意味着什么呢?"

"预示着新的狂风暴雨和大雪的天气即将到来。"

"爸爸,冬天总是在圣诞节到来吗?"

"真正的冬天是在圣诞节前几天到来的。当太阳于 12 月 21 日进入摩羯座时,就是冬至了,这一天是白天最短的一天。从此以后,白天就总是一天一天变长了。当太阳于 6 月 21 日到最高的位置时,就是夏至了，太阳就逐步回落，如同掷一个小石子，当它达到最高点时又不得不落下来。"

"那昼夜的长短什么时候相等？"科拉拉问。

"在昼夜中的平分点。也就是三月，当太阳进入白羊座时，便开始了春天；在九月份，当太阳进入天秤座时，便开始了秋天。自此以后，昼夜的长短又回落到平衡，这就是为什么这个月份叫天秤座。"

"那么白羊座、双鱼座、摩羯座是什么意思？"

爸爸解释说："你们想一想，如同旋转木马的星座是一个巨大的天体，它们绕太阳转，绕一周是两万六千光年。"

托尼诺大吃一惊说："天哪！那它们是在哪儿终止呢？"

爸爸接着说："几乎终止在起点上。如果我们在地球上跑步，可以看到太阳在慢慢移动，实际上，是我们在围绕着太阳旋转。"

"这就好比我们坐在飞驰的火车上，看见一棵棵树木'嗖'地一晃而过是一个道理，对吗？"

"好小子，绝对正确！你们现在把一个巨大的圆圈分成十二个星座，把它们命名为'家'，将会看到太阳到一家一家去'串门'！"

托尼诺来到玻璃窗前向外看，玻璃窗模糊不清，什么也看不见。他说："我想要说的是，从一个厩到另一个厩去串门，因为这些星座居住的几乎全是动物！"[1]

其他人已经包完了小饺子。这个时候，托尼诺一个人来到外面，想看一看星星中的那些动物星座，可天空昏暗，什么也没有看见，就像雾里看花，灰蒙蒙一片。

1　西方的十二星座：白羊座、金牛座、双子座、巨蟹座、狮子座、处女座、天秤座、天蝎座、人马座、摩羯座、宝瓶座、双鱼座。

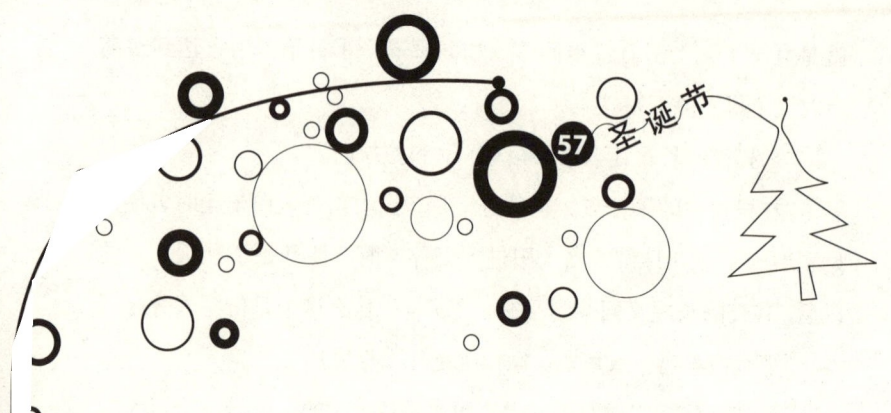

57 圣诞节

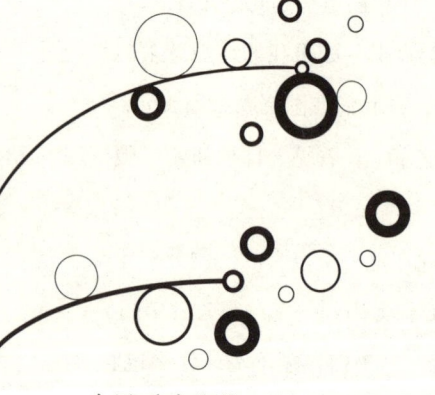

瞧，狮子（座）出洞，来到牧羊犬（犬星座）跟前，双子（座）登上了天穹的最高处，于是室女（座）出现了。

大公鸡鸣叫："喔喔喔！耶稣出生了！"

牛舍里的老牛问："他出生在哪里？"

绵羊回答："在伯利恒！"

大风呼啸着说："祝福玛丽亚！"

漫漫长夜即将过去，万道金光四射开来。黎明时分，金灿灿的朝霞款款从东方而来。牧羊人揉了揉因夺目的光亮而刺得发痛的惺忪睡眼。碧空如洗，着实迷人。

一只山雀连声问："有什么？有什么？"

所有其他山雀连声回答："有上帝！有上帝！"

于是整个天穹把位置给了上帝一个人。

"姑妈，圣诞节好！"科拉拉打开窗户向姑妈问好。早晨的阳光发出夺目的光辉,令人眩目。

"亲爱的孩子,圣诞节好!"妈妈回答。

人们是这样的匆忙,这样的兴奋。当整个城市还在沉睡的时候,山里的人家早已是灯火通明,忙里忙外的了——有的去打柴,有的去汲水,有的去生火。

托尼诺和帕利诺比往常起得早多了,公鸡喔喔地不断鸣叫,只有大海风平浪静。

"圣诞节好,帕利诺!"妈妈拿着咖啡壶进屋连连说,"圣诞节好!圣诞节好!"

"大家异口同声地问候彼此的话有什么意思!耶稣早已去世,多此一举嘛!"托尼诺嘟哝着说。

"是的,"妈妈说,"该出生的人出生了,这还不够。耶稣永远活在我们每个人的心中,'圣诞节好'是一句问候语,有祝贺祝福之意。"

"可我们还没有圣诞树。"穿好衣服的托尼诺说。

"每棵树都是圣诞树。"

"妈妈,能给我们讲一个耶稣的传奇故事吗?"看到妈妈切好跟牛奶一起吃的蛋糕,托尼诺高兴地问。

"有一次,耶稣路过一户穷人家的门前,知道这家的妈妈已撒手人寰,留下几个嗷嗷待哺的孩子,于是圣·彼得问耶稣:'老师,将来谁去养活这些可怜的宝宝?'"

耶稣并未回答。后来,他们又经过这家门口,听说孩子的爸爸也去世了。于是圣·彼得问耶稣,"老师,谁来养活那些可怜的宝宝?"耶稣指着一个小石块对圣徒说:"你捡起那个小石块,把它砸开。"圣·彼得砸开石块,发现里面有一条还活着的虫子,耶稣说:"谁想让那条虫子活去下,就想办法去关心并养活那些孩子。"

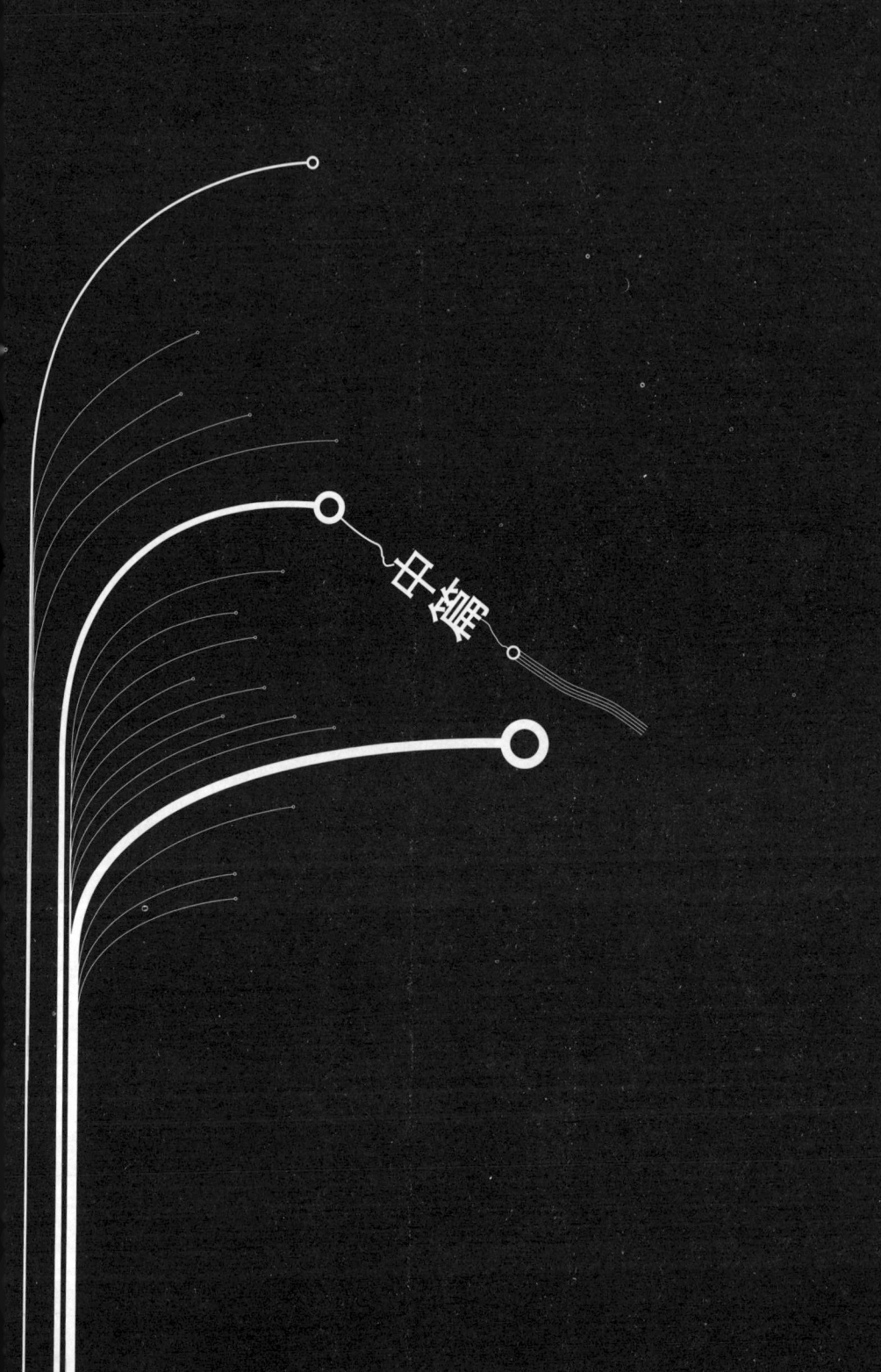

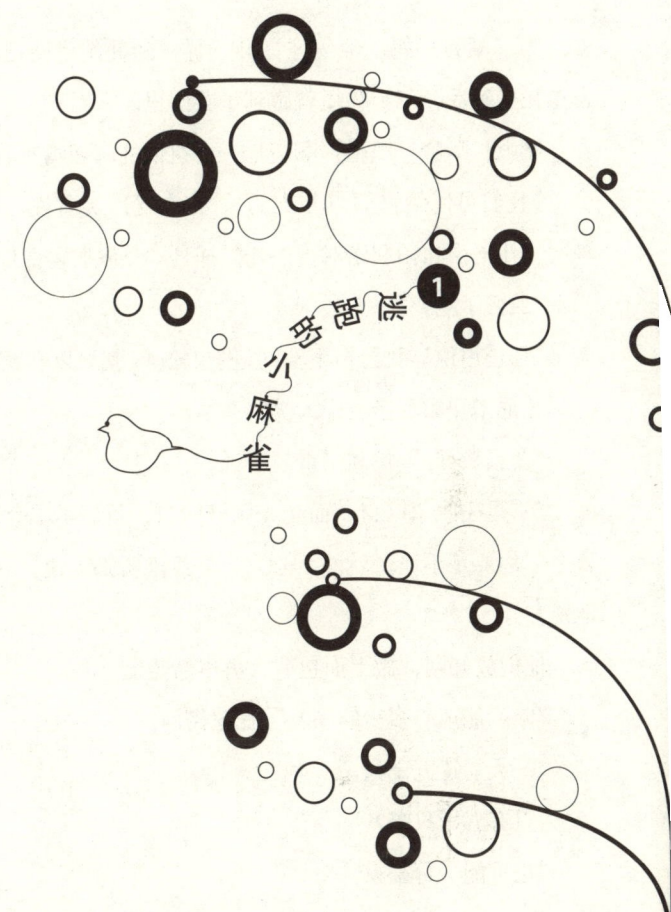

纷纷扬扬的大雪下了整整一夜。早晨一觉醒来，大家看到的是一个银白色的世界。为了尽快看到雪景，托尼诺和帕利诺连脸都不愿意洗了。

"我从没有听说过必须用雪洗脸，今天不如试一试！"托尼诺跑着说。

"我从没有告诉过你用雪洗脸，而是用水洗脸。"妈妈一再坚持说。

"雪不是水吗？雪是什么？难道是酒吗？"

为了糊弄妈妈,他们像鸟儿一样,随便洗了两把就完事了。等吉杰托来到后,三个孩子就跑到了菜园里。

唧啾!唧喳!唧啾!唧喳!一群饥饿的麻雀鸣叫着飞过来。

"我们可以给它们点儿吃的。"吉杰托冷笑着说,同时拿出了捕鸟网。托尼诺和帕利诺对吉杰托的捕鸟本领佩服得五体投地。

"放好了吗?"

"那还用说!我已布下罗网,网口松开,就可以套紧麻雀的头部。"托尼诺和帕利诺放声大笑。

"套紧头部。"帕利诺重复着说。

"不是先收紧网口,而是先张开网口,然后牢牢套住猎物。总而言之,你要是不懂,就静下心来,好好地听别人说。"托尼诺不耐烦地说。

他们放好网,撒上面包屑,再用雪盖上。

"咱们能逮着多少麻雀?"托尼诺问。

"一天能逮五十只。"

"只有五十只吗?"

"也可能一百来只。"

"好哇!我们一人负责抓鸟,一人负责拔毛,另外一人负责煮鸟,最后大家一块吃!"

事实上,他们正要躲进柴堆里看热闹的时候,麻雀呼啦一下展翅飞走了。

过了一会儿,飞走的麻雀又飞了回来。

吉杰托搓着手咕哝着说:

"今天可是个好日子!"

"这样下去,也许能捕到一千只麻雀!"托尼诺附和着说。他和弟弟帕利诺刚从柴堆里钻出来。

飞回来的麻雀蹦蹦跳跳地觅食,接着又飞走了。可有一只小麻雀看见了面包屑儿就摇摆着向那里靠近。

大家都瞪起圆鼓鼓的眼睛,目不转睛地盯着眼前的一幕,那是一只漂亮的小麻雀:灰色的腹部,棕褐色的羽毛。

"它会死吗?"帕利诺问,心提到了嗓子眼。

"必死无疑!"托尼诺喘着粗气说,同时眼睛直勾勾地凝视着正把头伸进网的小麻雀。托尼诺双眼紧闭,心头扑扑地跳个不停,然而网口松开了。

"没有脑袋的麻雀飞走了!"帕利诺大叫一声。

三个孩子急忙跑过去……真的,网松开了,但麻雀不见了,脑袋也不见了!托尼诺高兴地连声说:"它自己救了自己!自己救了自己!"

吉杰托收起网,狠狠地瞪了托尼诺和帕利诺一眼说:

"你们就是这样的猎人啊!"说完就不高兴地走开了。

托尼诺闷闷不乐地回到家,可他好像看见远去的小麻雀正向他微笑呢。

"你们到哪儿去了?"爸爸问。

"捉麻雀去了。"托尼诺回答。

"捉了很多吧?"

"很多,可只有一个落网的。"

"大概很肥美吧?"

"当然啦!浑身像黄油那样润滑!"

"在哪儿?我想看一看。"

"早飞走了!"

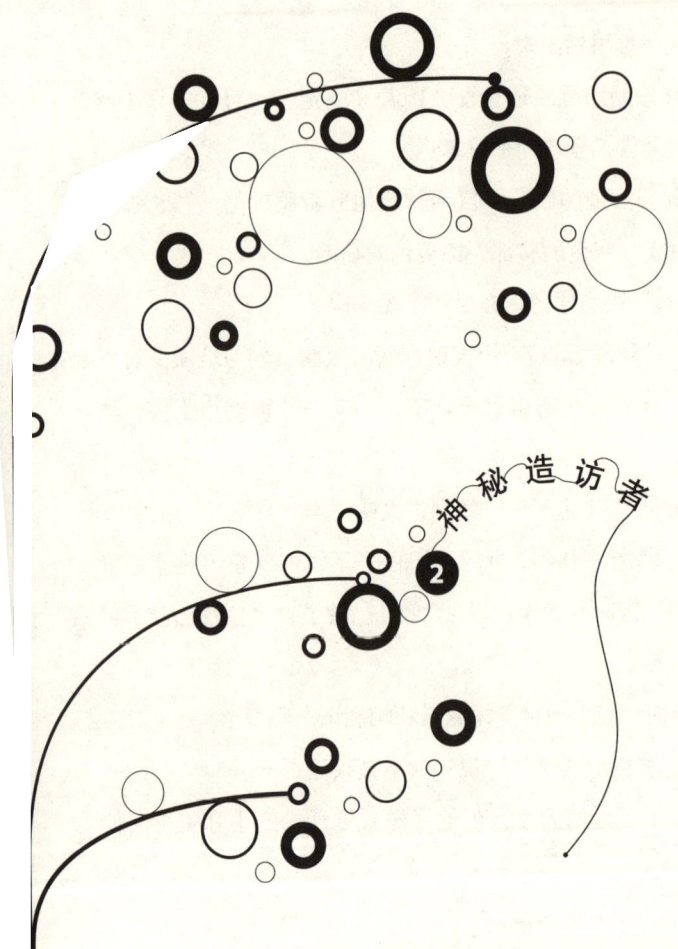

神秘造访者

2

屋外传来一股嘈杂的声浪,原来是一辆毛驴车停在了家门口。

妈妈说:"谁会在这个时候造访呢?"接着听到咚咚的敲门声。

一个裹着黑色大衣的男人站在门槛边。他默不作声,谁也看不清他的庐山真面目。他抖一抖衣服上的积雪,便在大家的惊愕中闪进屋。看上去,他高头大马,强壮有力。帕利诺猜对了:"一头毛驴!那是姑父家的驴子!"

没错儿,正是姑父。他是来向我们祝贺的。姑父说:"如果你们不嫌弃我的话,我是来和你们一起过主显节的。"[1]

"啊!好呀!好呀!"大家异口同声地说。

"可首先得给驴子安排一个'床位',免得它受寒感冒了。"

"走,我们一起到埃吉斯托的牲口圈里去,为这头小驴租一间屋子。"

"但我们先把手头的事情放一放,打开这个小盒子,你们猜猜看,里面藏着什么东西?"

---

[1] 主显节:每年的一月六日是纪念耶稣显灵的节日。

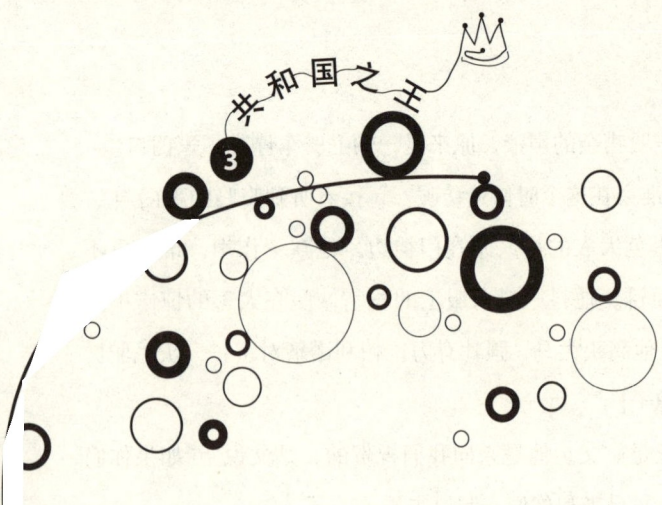

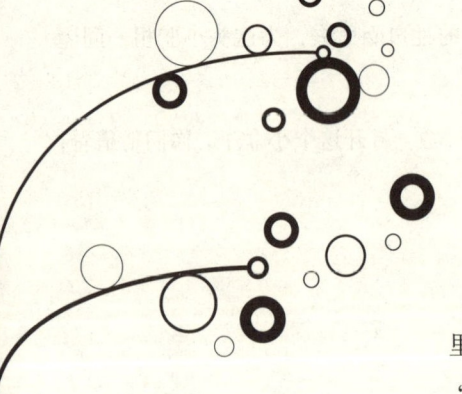

姑父带来的盒子引起了大家的兴趣。

"嘿嘿！太好啦！盒子里是一个袖珍共和国吗？"

"没错。"姑父坐下来说，"我曾经认识一位共和国之王。"

"什么？什么？你快讲讲怎么回事！"

"我曾住在蒙特菲尔特罗地区的峡谷里。我在那里经营一个小农场，可那里土壤瘠薄，不生长庄稼，更不用说种植葡萄树和酿酒了。于是，我决定建造一个仓库来储备东西。我认识一个叫西吉斯蒙德的人。他高高的个子，膀大腰圆，在卡斯帕尼亚和圣·列奥地区，人们都认识他，他是所有人的朋友。他对我说：'在蒙特马吉奥，生产一种干红纯葡萄酒，我们不妨到那里去看一看，再从长计议，我们中午到了一户农家，他们请我们留下来共进午餐。这一家人热情好客，女主人在餐厅的首席桌上，特地铺上了洁白的桌布。'

"出于对西吉斯蒙德的尊重，他们把他安排在首席。这个时候，来了一位放牧的乡巴佬儿，他想跟西吉斯蒙德坐在一起。西吉斯蒙德说：'怎么，你们把我当成了客人？……'乡巴佬儿硬让我坐在另外一桌上。要知道，坐在首席的必须是头头，在当地的很多传统家庭里，还残留着父权制社会的遗风。

"这个时候，在田野里干完活陆续回来的有男人、女人和孩子。他们来到一个大木桶旁边洗手、洗脸和漱口，然后围桌而坐。男主人拍着我的肩膀跟我打招呼。西吉斯蒙德小声对我说：'这对夫妇的一个儿子将来要做神甫。'

"大家的胃口大开，狼吞虎咽，欢声笑语响成一片，说长道短，不绝于耳。

"一个小伙子终于出现了。他向我们打招呼，洗了手，坐到头桌上。"

"他是谁？"有人问。

"你问我，我问谁呢？除了生意上的事儿，其他的我一概不感兴趣。"

"过了一会儿，小伙子起身告辞了。他刚走到外面，我好奇地问西吉斯蒙德：'你能告诉我刚才坐头桌的那个小伙子是谁吗？'他回答说：'国王。'"

"国王？"大家惊得目瞪口呆，托尼诺更是大吃一惊。

"说真格的，他是一个弹丸之地的国王，执政仅仅六个月，可也是'王'呀！"

"是在狂欢节化装舞会上选出来的吗？"

"不是，是郑重其事选出来的，在侍从的陪同下走入王宫。"

"好像一个童话!"科拉拉惊得张口结舌。

"这个共和国叫什么名字?"

"圣·马里诺共和国。"姑父解释说,"在这个国家,要选出两个执政官:一个是城市执政官,一个是乡村执政官,轮流执政半年,刚才的那个小伙子是乡村执政官。"

"为什么要让他他坐在头桌呢?"

"为了对他的权力地位和共和国的尊重。圣·马里诺是世界上最古老的共和国,坐落在提塔诺的山顶上,跟意大利著名海滨城市里米提为邻,是一个大恩大德、深居简出的人为这个共和国颁布了生活的第一部法典。"

"咦,怎么没有窗户?谁住在里面?"

"这是一支包括蜂王和侍女的大军。要是你们出于好奇不小心触动了它们,那就要倒霉了。这个时候,卫兵很快就会发出警报,你们就会被无数的毒刺蛰得体无完肤,落荒而逃!"

"谁选她当蜂王的?"

"谁也没有选她。"

"啊,太好啦!那就跟我一样,可以自称蜂王了?"

"不是这样,根据蜂箱的需要,只有蜂王才有权产下卵,孵化出雄蜂和工蜂。在最大的穴室出生后,蜂王靠王浆来喂养,所以她长得比其他蜜蜂都要肥大,成为新蜂群的妈妈。"

大自然分成许多王国。比如蚂蚁、蜜蜂和很多其他昆虫都生活在各自的共同体内,可每个种群仅有一个主心骨,也就是领军者。

"这些领军者依靠什么来驾驭族群?"

"智慧。"

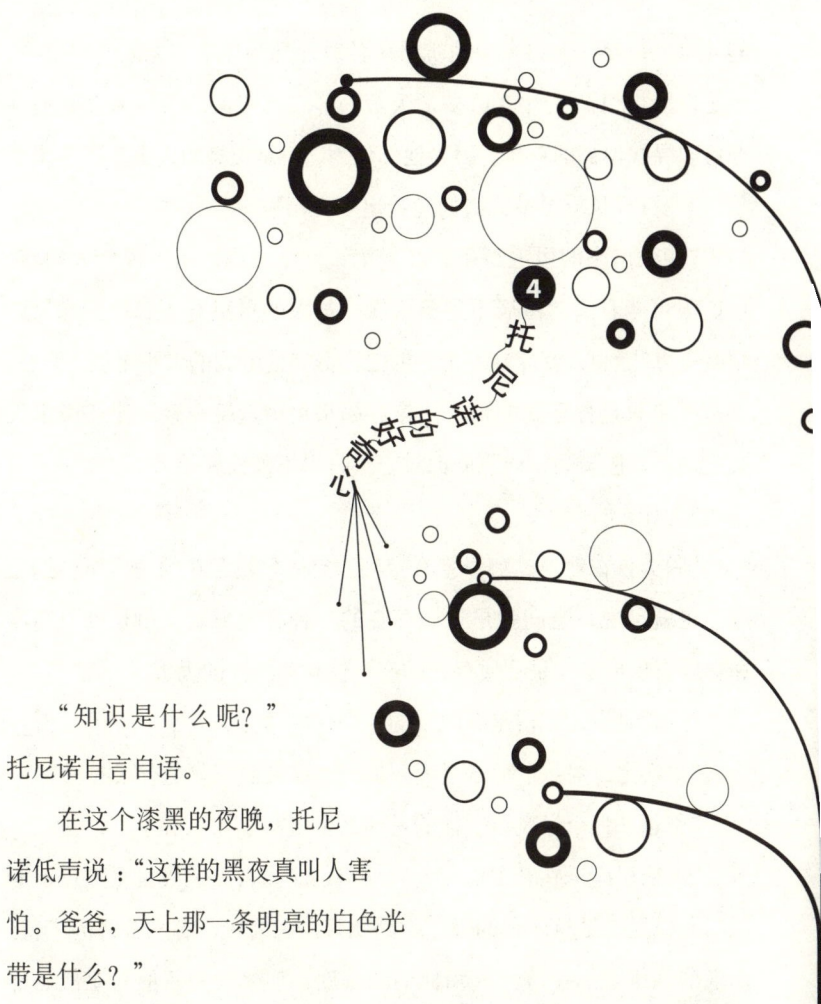

"知识是什么呢?"
托尼诺自言自语。

在这个漆黑的夜晚,托尼诺低声说:"这样的黑夜真叫人害怕。爸爸,天上那一条明亮的白色光带是什么?"

"那是银河。在所有神话传说的英雄中,海格立斯是主神宙斯之子,是位力大无穷的彪形大汉。他曾完成十二大业绩。他战胜并制服长着金角的马鹿、埃里芒托的野猪、内米亚的猛狮、格列达的公牛和七头蛇。海格立斯由底比斯的皇后阿尔梅娜所生,成了坚忍不拔、力大无穷的典范。不知道什么原因,海格立斯出生后,宙斯就将其交给新婚妻子女神朱诺哺乳。当女神睡觉时,宙斯就把婴儿放到她的乳房上。婴儿大口大口地吮吸奶汁时,几滴掉落在无限的宇宙中。于是,乳白色的乳汁就留在了天穹,形成了银河。希腊人总是爱在苍穹中寻找他们的英雄,因为他们认为,不是英雄的人上不了天堂。"

"几百万颗星星中,人们能数出多少?"

"能数出来的凤毛麟角。在一个天体半球内,由于视觉太敏感,用肉眼可能看到的星辰不到三千颗,最大的星星有十二颗。你只要稍微有点儿耐心,就能在一个小时之内数完能看到的大小星辰。但是,宇宙并不只是你看到的那个宇宙。如果用望远镜观察,比如说用天文望远镜,像骑马一样飞驰而过,你将得不到任何结果。"

"为什么?"

"因为你在哪里,哪里就有空间。空间只是存在的物质所占据之地。也就是说,空间就是物质存在的一种客观形式,由长度、高度和宽度表现出来,是物质存在的广泛性和伸张性的表现。"

"这就是说,宇宙是有限度的。"科拉拉说。

"事实上,对我们而言是无限的,对神灵而言就是有限的。"

"爸爸,那个像风筝一样的是什么星座?"

"大熊星座,在它上面有一颗明亮的小星,跟北极呈垂直形,所以叫北极星,是航海者的唯一指路明灯。在北极,有六个月的黑夜。斯堪的纳维亚的拉普兰人和他们的驯鹿,加拿大和西伯利亚最北部的爱斯基摩人都生活在这一边缘地区。"

托尼诺默不作声地听完爸爸的讲述后,他遥望北方,思绪飞越大海,浮想联翩。想到那里的人们如同生活在漫长冬季的监牢里,他便不寒而栗,于是问爸爸:"六个月一直是黑夜?"

"对,一直是黑夜。他们靠海豹油照明,有时北极光的瞬间闪亮会让他们既惊愕又惊喜。"

5 主显节

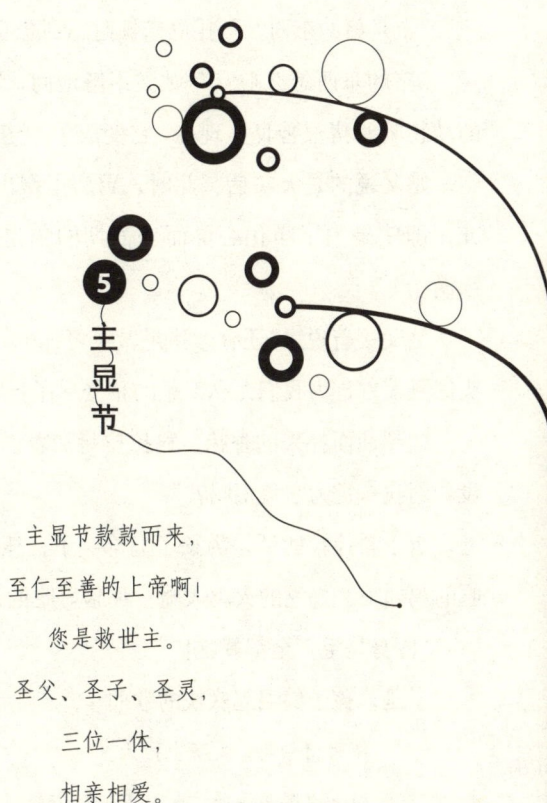

主显节款款而来,

至仁至善的上帝啊!

您是救世主。

圣父、圣子、圣灵,

三位一体,

相亲相爱。

全家跟姑父合唱赞歌。帕利诺用童音一展歌喉，可总是慢半拍。一曲唱完，一曲又起：

> 你们瞧，你们看，
> 圣子在马槽玩得欢，
> 圣父和圣母相陪伴，
> 啊呀呀，其乐融融尽开颜！

"多好啊！相依相伴！"科拉拉感叹说。

"那篮子里有什么东西？"

"姑父的礼品。"妈妈回答说，"香肠、猪肉食品和煮腊肠。"

"全是猪的东西？"托尼诺顿时感到恶心想吐。

"猪的东西怎么啦？"姑父不解地问，"你敢说猪不是利他主义的动物吗？猪很善良！现在，它变成了一道美味佳肴，馨香扑鼻！"

姑父说的是大实话。此时，厨房里飘出一股红烧肘子的肉香味儿，即使是为了净化心灵而守斋期的猫也会对此心醉神迷，垂涎欲滴。

姑父接着说："还有，猪是诚实可靠的。今天，它不幸得很，这头慷慨大方、为我们无私奉献的猪受尽了折磨和苦难。"

闻到迎面扑来的香味，科拉拉呜咽着说："姑父，你别说了！你没看到我一直为它流泪吗？"

听了科拉拉的话，男孩子们都笑了，托尼诺说："姑父常说：好吃的鸡翅根、好吃的火鸡大腿，那猪好吃的是什么呢？"

"浑身是宝，全都好吃！"

于是，孩子们唱起欢快的歌曲：

> 闻听猪号叫，灵魂上西天。
> 留下火腿与香肠！珍馐美味盘中餐！

妈妈说："今天夜晚，老妇人[1]将从我们的屋顶飞过去。她已经提前给我们送来了一篮子的礼物，明天就是埃皮法妮娅[2]。"

"伯法妮娅！"帕利诺重复说。大家哈哈大笑。

"笑什么？"爸爸插话说，"他把主显节说成方言难道错了吗？送给孩子们礼物的老妇人伯法娜就源于伯法妮娅，而伯法妮娅又演变成了现在的常用词埃皮法妮娅。"

"主显节是什么意思？"科拉拉问。

"就是纪念耶稣显灵的节日。"

接着大家唱起了圣歌，颂歌献给至高无上的上帝：

  赞歌献给天主啊！神父竞相来诵经，
  声声回荡在四方，和谐共处暖人间。

这天晚上，托尼诺梦见了朝拜初生耶稣的三博士。在景色单调、浩瀚无垠的沙漠里，留下了三人的足迹。他们步履蹒跚，在寥寥晨星的指引下，努力寻找着同路人。借着北极的熹微晨光，他们跟吹着风笛的牧羊人结伴而行。

"妈妈，"醒来的托尼诺兴奋地说，"我看见了朝拜初生耶稣的三博士！"

"真的吗？他们长得什么样儿？"

"我记不得了。别着急，等一等，我再闭一会儿眼睛……"

"随你的便，反正今天不用去上学！"

托尼诺一骨碌从床上爬起来说："我马上起床了，可睁着眼，再也看不见他们三人了！"

---

1 主显节夜晚，传说一位老妇人要用袜子装满礼物送给孩子们。

2 主显节一词的拼音。

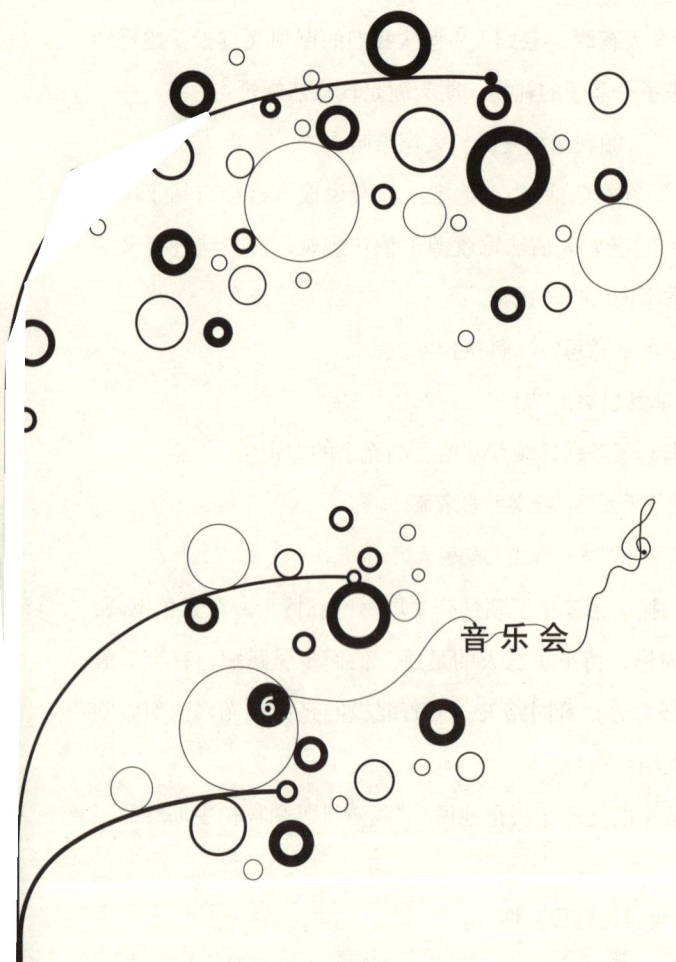

音乐会

6

晚上,爸爸带着科拉拉和托尼诺去听音乐会。他们都穿着节日的盛装:科拉拉穿着蔚蓝色天鹅绒外衣,托尼诺打扮得像一名水手,爸爸一身深色衣服。一路上车水马龙,人群熙攘。将近下午五点钟,他们跟打扮时髦的男女一起,潮水般地涌进音乐厅。

"音乐会马上就要开始了。"爸爸说。科拉拉登上铺着地毯的台阶,托尼诺却从地毯旁边走过去。

"走地毯呀!"爸爸说。

"走上去不就弄脏地毯了吗?"托尼诺反问。

"铺地毯就是为了消除噪声和不弄脏台阶。"

"真奇怪,不弄脏一样东西,难道就必须弄脏另一样东西吗?"

他们来到宽敞的大厅,里面黑压压地坐满了观众,周围矗立着大理石雕像和圆柱子。

"真是太棒啦!"孩子们一边自言自语,一边跟着拿入场券的爸爸沿着一排排座位往前走。领着他们往前走的爸爸,时而凝视着产自穆拉诺[1]、放射出夺目光辉的精致吊灯,时而注视着饰有太阳神阿波罗像和女神缪斯像的帷幕。

大厅里已座无虚席,一片欢腾。

突然,雷鸣般的掌声在大厅回荡,原来这是欢迎站在舞台上的四个人:一位女士、一位男士、一位小伙子、一位老人。

他们向观众频频招手致意,躬身下拜。接着他们各就各位,开始调试乐器:两把小提琴、一把大提琴、一把古式提琴。

"啊,他们就是这样演奏的呀!"托尼诺低声抱怨说。

"这不是演奏,是调试乐器。"爸爸解释说,"现在要肃静,别出声!"

事实上,他的话刚刚落音,所有的观众立刻默默无言,全场鸦雀无声。

这是托尼诺有史以来第一次看到无声的世界是什么样子。在他

---

1 威尼斯附近的一座城镇,以制造精美灯具而闻名。

看来，此时此刻是多么的美好，多么的庄重！如同一只隐形大鸟飞进大厅，然后霎那间合上翅膀一样。

听，琴声清晰、甜美，渐入佳境。古式提琴与两把小提琴演奏得如淙淙流水，像丝丝入扣的金线银线交织在一起，跟大提琴的深沉和弦音相得益彰。围绕主旋律，四把提琴前后呼应，时而舒缓，时而忧伤，时而欢快，时而悦耳，颇像蒙蒙细雨下翩翩起舞的一首乡村圆舞曲，忽而穿梭往来，忽而快速滑行，忽而四散奔跑。

要说身临其境的托尼诺有多大的收获，还真难说出个子丑寅卯来。不过，最使他喜闻乐见的是他们在演奏中的默契配合。听，他们演奏得舒缓有致，落差点恰到好处，在对立中达到音调的完美与和谐。包厢里的一位女士显得痛心疾首。她有时翘起鼻子，好像是闻着香味听音乐似的，有时眼睛紧闭，好像不是来听音乐的，而是专门来睡觉的。实际上，是婉转悦耳的乐曲让她心醉神迷，昏昏欲睡了。托尼诺扪心自问："她是想睡，还是不想睡？"他屏声静息，凝视聆听。喏，先是大提琴……接着是小提琴……现在让我们来看一看它们是怎样玩一呼一应的鬼把戏的吧：大提琴"说"一件事，小提琴鹦鹉学舌。于是，两者按照节奏一前一后，一高一低，直至巅峰，然后，急转直下，回归原点。托尼诺心里犯着嘀咕："他们怎么乱弹苍蝇？[2]"有时正好相反，小提琴"说"一件事，大提琴鹦鹉学舌般地模仿。托尼诺心里想："真是怪事，爸爸说模仿别人是不好的，可在这里，除了禁止说话外，其他都是允许的。"热烈的掌声让托尼诺欢欣雀跃，突如其来的一阵阵暴风雨般的掌声和喝彩声更让他喜出望外，忘乎所以。当然，科拉拉、爸爸，以及坐在他旁边的一位

2　主人公把五线谱上的音符误认为是苍蝇，这里实指乱弹琴。

男士也鼓了掌。

"托尼诺,你喜欢吗?"科拉拉问。

"喜欢谁?"

"还用问吗?莫扎特呀!"[3]。

"他在哪儿?"

"什么话?刚才他们演奏的音乐片段是莫扎特的作品。他当时才十二岁,想想啊,他比你大不了几岁!"

"他们怎么把他切成了碎块?"[4]。

"怎么?不对!不对!驴唇不对马嘴!"

托尼诺又坐了下来,暗自思量着:我非要看完所有的表演不可。

现场恢复平静后,托尼诺又开始看节目。

四个人当中,他最感兴趣的是演奏大提琴的那位老人,只见他悄无声息地时而拿起眼镜,时而又戴上,从不停止。他利用其他三人演奏的时刻,掏出小手帕小心翼翼地擦拭大提琴。托尼诺看在眼里,不禁感叹:"老人好像给提琴洗了澡,又把它擦干净了!"到了关键时刻,老人拿起拉弓在提琴的肚子上不时地来回摩擦。其他演奏者紧锣密鼓,动作敏捷,很快结束了华美乐章。而我们的这位稳坐钓鱼台的老先生却在那里漫不经心地一次又一次地来回拉弓弄弦。托尼诺心里琢磨着:"我也会玩这种游戏!不就是这样玩吗?趁着别的乐师忙里偷闲的空当儿,他拿起铁锉[5],在边鼓上叮当叮当地敲来敲去,然后取出眼镜和手帕,装成什么也没有做的样子,而其他乐师

3　莫扎特(1756—1791):奥地利作曲家,五岁开始作曲,主要作品有歌剧《费加罗的婚礼》《魔笛》等。

4　意大利语的片段是一个多义词,也有粉身碎骨、打碎、砸碎之意。这里是在玩文字游戏。

5　实际上是小金属棒。

刹那间的小憩后,他又开始摇头晃脑、焦急不安地演奏乐谱的所有曲子了。"

"真棒!真棒!"欢呼声和雷鸣般的掌声此起彼伏。

"好样儿的!好样儿的!"一波未平,一波又起,喝彩声和暴风雨般的掌声再次响彻整个大厅。托尼诺坐立不安,左顾右盼,不知道该看哪边的观众才好。更令人难以置信的是,四个乐师中,只有老提琴手站起来向观众频频鞠躬答谢,好像整个音乐会是他一个人演奏的。

"啊!真有意思!"托尼诺感叹说。

"但为什么我感觉你并不喜欢?"科拉拉问。

"不喜欢什么?"

"是不是不喜欢大提琴手的音色?"[6]。

"他掏出了什么?"托尼诺问,同时想起了魔术师是如何从衣袋里取出兔子和鸽子的。依他看,大提琴演奏者的动作叫"掏出"或"取出"更准确些,跟大提琴的音色毫无干系。

"他是独奏演员,难道你没看到吗?大家都向他鼓掌。"

托尼诺不禁哈哈大笑说:"这算什么独奏家呀!仅仅嘭嘭地拨几下大提琴就是独奏家?照你这么说,当个独奏家太容易了!"

全体观众起立,向四个乐师鼓起经久不息的掌声,然后心满意足地离开了座位。

---

[6] 意大利语中音色也是一个多义词,还有掏出、取出之意。

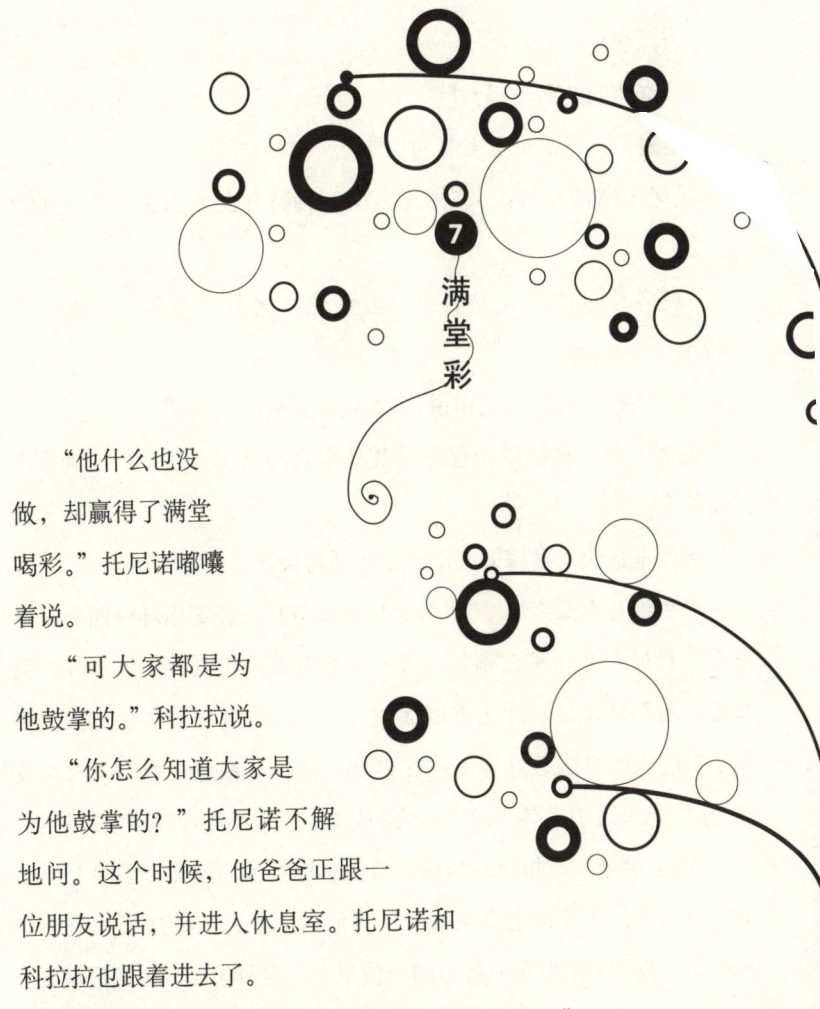

7 满堂彩

"他什么也没做,却赢得了满堂喝彩。"托尼诺嘟囔着说。

"可大家都是为他鼓掌的。"科拉拉说。

"你怎么知道大家是为他鼓掌的?"托尼诺不解地问。这个时候,他爸爸正跟一位朋友说话,并进入休息室。托尼诺和科拉拉也跟着进去了。

托尼诺问:"怎么我们还不出去?还等什么?"

"出去?刚才演奏的是上半场,还有下半场呢!现在是幕间休息,你可以大声说话了。"

"下半场谁演奏?"

"还是他们四个人。"

"用同一种乐器吗?"

"当然啰!"

"演奏相同的曲子吗?"

"不是,这一次是贝多芬的!"[1]。

托尼诺微微一笑说:"你怎么用一种特殊的方式说一个人的名字?"

"贝多芬是德国人的名字,应该这样来分音节发音:Be-et-hoven。"

"这个我知道。"托尼诺说,"谁让他是外国人呢。"

说完,他、科拉拉和爸爸及其他观众回到了音乐厅,坐到原来的座位上。

大厅里很快又坐满了人,四个乐师再次调弦试音。

只听到有人低声说:"贝多芬!贝多芬!"托尼诺环顾四周,准备看一看贝多芬到底在哪儿。可他左看右看,也没看到贝多芬!真奇怪,周围反而是一片庄重肃穆的气氛。他看到一群举止文雅、雍容华贵的人,贝多芬好像就藏在这些观众中。寂静无声中,忽地吱吱一声,原来是小提琴奏起了欢快的乐曲,大提琴和古提琴前后呼应。

"跟上半场完全相同的乐曲,真没意思!他们演奏起了跟上半场相同的乐曲,居然谁也没发现!"托尼诺想着,不禁打了一个长长的哈欠,瞥了一眼坐在他旁边的一位观众,对科拉拉轻声细语地说:"看,睡着了!"

科拉拉用责备的目光瞪了托尼诺一眼。坐在旁边的这位观众刚睁开了眼,接着又闭上了。托尼诺喃喃自语:"真像匹诺曹的那只瞎眼猫!他想干吗?要是我像他那样闭上眼睛,会看到什么呢?"他

---

[1] 贝多芬(1770—1827):德国著名作曲家。

硬是抑制住自己,才没有打出另一个哈欠来。于是,他又仰躺在座位上,不禁想入非非:"也许只有闭上眼睛,才能更好地听懂一些东西,难道不是吗?我不妨试试看!是啊,果然如此,闭起眼睛听音乐,我好像飞起来了!难怪那位女士刚才闭起眼睛从包厢里探头向下面的行人洒水了! [2] 听到的唏嘘不已颇像妈妈煎鱼一样的刺啦刺啦声,也许还有被主人抚摩腹部的猫咪酣然入睡的打呼噜声。"阵阵掌声和欢呼声如同狂风暴雨和排山倒海般的巨浪一样猛袭过来。

"天哪!"被惊醒的托尼诺也跟着拼命鼓掌。他看见包厢里的那位女士依然热泪盈眶,不断地将它擦干。跟她坐在一起的一位女士也泪流满面。坐在托尼诺旁边的那位观众好像也被深深打动了。托尼诺向坐在左边的科拉拉瞥了一眼。啊,她也坐在那里落泪呢!

"贝多芬简直就是洋葱!"托尼诺不禁感叹一声。他不由自主地举目观望,好像看到大提琴的乐曲余音缭绕,一直飘到吊灯中间,恍如一样东西瞬间从地上一跃而起,远走高飞了。音乐会已接近尾声,托尼诺寻开心的时候来到了:他开始数大厅里的全部吊灯,不厌其烦、一个一个地数,结果一共数出一百零九盏。

暴风雨般的掌声热烈欢呼,一起"飞向"四个乐师。

"好哇!他们不费吹灰之力便一前一后到达了终点!"

"这里没有第一!"科拉拉解释说。

"这个我知道,可他们的演奏是一流的水平。你以为我什么都不懂吗?行了,算你全懂了,我什么也不懂,别再说了!"托尼诺和科拉拉边说边跟着爸爸及其朋友来到大街上。

---

2 原意为留下激动的泪水。

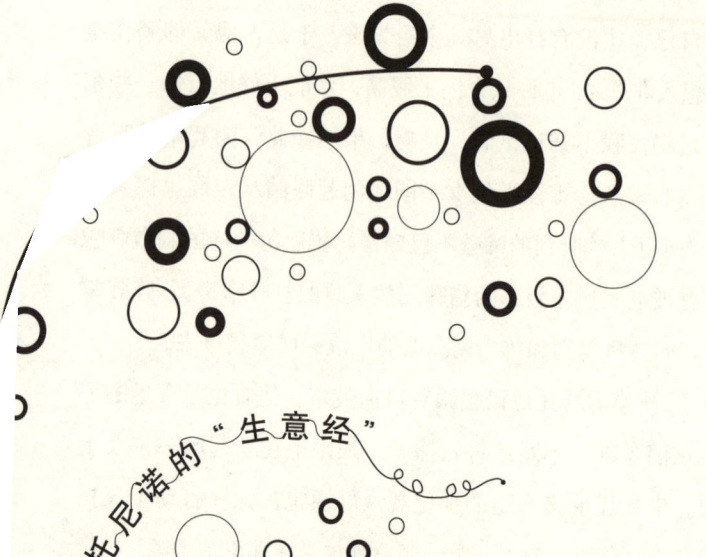

8 托尼诺的"生意经"

音乐会上有一件事给托尼诺,尤其是科拉拉留下了难以磨灭的印象,那就是协调一致。四个乐师的和谐达到了天衣无缝的地步。他们在艺术上精益求精,配合得如同亲兄弟。

"为了演出,他们如同一个大家庭,不辞劳苦,全力以赴,这是多么美妙的和声啊!"

"他们倒像旅客。"托尼诺接着说。

"是啊!他们不仅到过很多城市,还到国外去演出,给千家万户带去无比的快乐。"

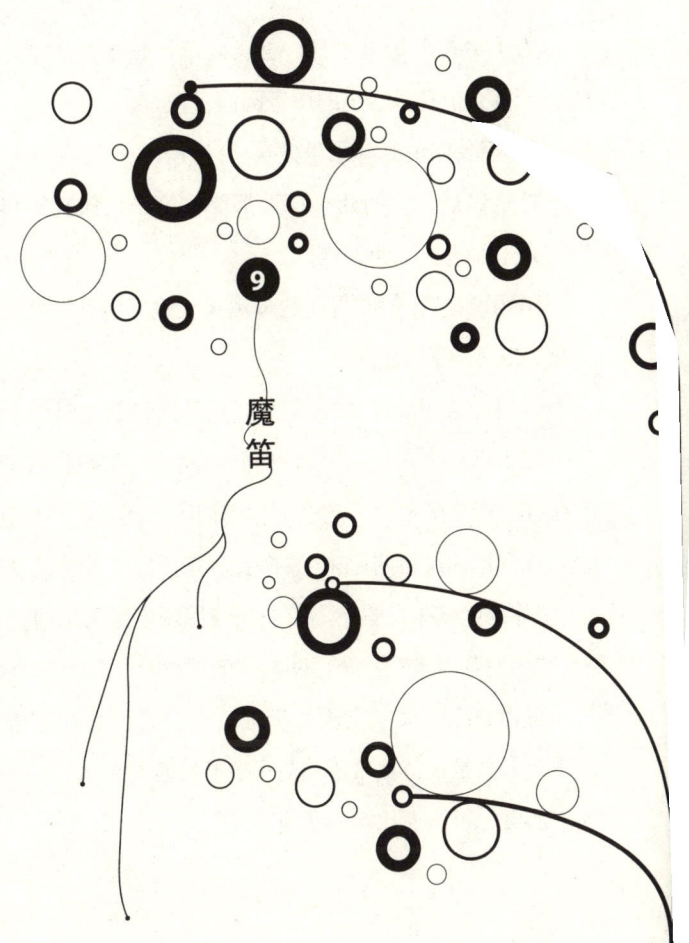

9 魔笛

为了给托尼诺过生日,爸爸向每个孩子赠送了一支短笛。小小的笛子有五个孔,吹出的声音圆润、悦耳。

"你们要吹就到林子里去吹。"爸爸说。

打这以后,他们几乎每天都要吹笛子,像灰雀和黄雀为迎接春天的到来而天天鸣叫一样。

姑妈说:"你们吹得我的母鸡天天抱窝孵蛋,吹得公鸡整天昏睡不醒,这个你们知道吗?"

妈妈好言相劝说:"你们最好到外面,到庭园里去吹。"

埃吉斯托大声说:"喂,你们来我这里吹吧!这一段日子,你们吹得我的奶牛喝水越来越多了。它们喝水越多,产奶就越多!"

托尼诺惊奇得叫起来:"你看,我们成了神奇的吹笛人了!"

"你能吹破牛皮吗?"吉杰托连讽刺带挖苦地问。

"你们吹得天花乱坠,吓跑了老鼠没有?"有一个孩子问。

总而言之,大家七嘴八舌地议论开来,可托尼诺不为所动,不予理会,只是说:"我希望成为像莫扎特那样的人。他写了《魔笛》[1],我来演奏,可演奏比写曲子更难!"

---

1 莫扎特歌剧的代表作。

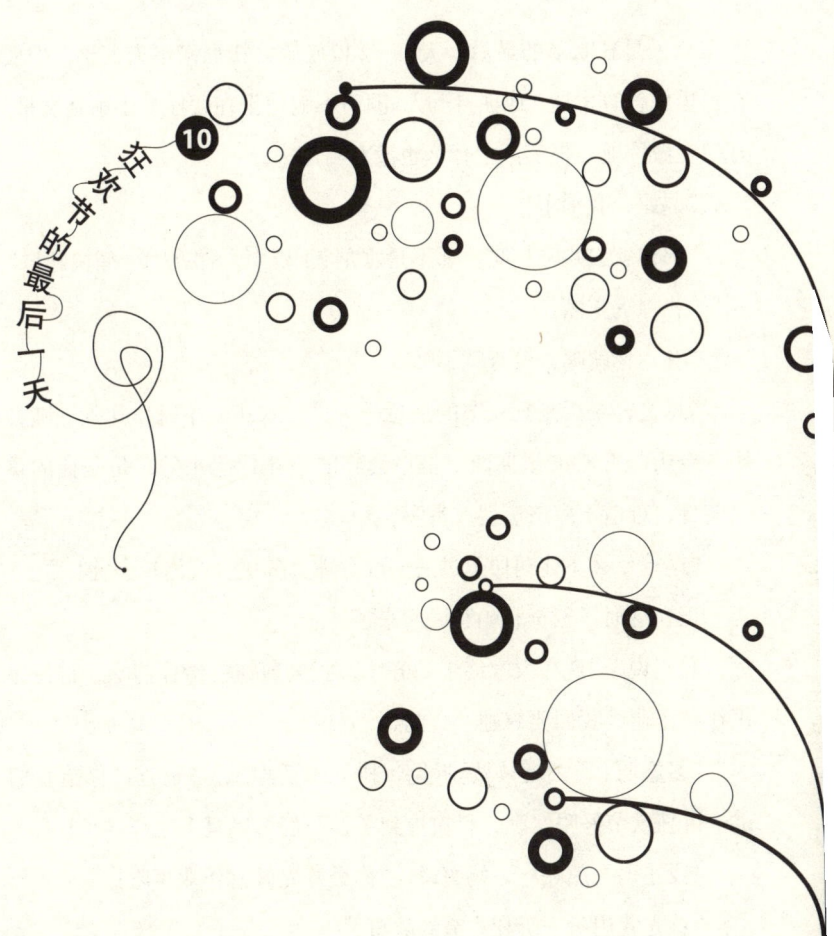

10 狂欢节的最后一天

"妈妈,我饿了!"

"你饿了,就吃呀!"妈妈在厨房回答说,"要吃就到面包柜里去拿,那里有你喜欢吃的面包。"

"我想吃蛋糕。"

今天是狂欢节的最后一天¹。学校放假,托尼诺不去上学,但要在家里解答算术题。他独自一人,闷声不响地坐在餐厅桌子前直发呆,好像在做作业,但实际上什么也没有写出来。

"妈妈,我渴了!"

"那你就去喝吧!喏,那不是水龙头吗?²。你就喝个痛快吧!"

"我想喝露酒。"

"有,你就喝,没有就不喝呗!"

"总之,今天是狂欢节的最后一天,要欢庆一下呀!你瞧一瞧日历,今天是开心的星期四,是用套红的字体标出来的,是圣徒的重要节日,难道不应该庆贺一番吗?"

"这算什么圣徒啊!不过是一群贪嘴、醉鬼、夜游神圣徒!"

正在这时,爸爸和帕利诺回来了。

妈妈说:"现在大家终于到齐了,我去煎炸糕给你们吃。科拉拉正在做作业,我们要等她一会儿。"

"多蠢呀!"唯恐妈妈听见,托尼诺低声说,"爸爸,你给我们讲一讲狂欢节好吗?瞧,科拉拉到了,我们可以马上吃炸糕了!"

"我还得去煎呢!"妈妈说,"你最好先做完作业再吃!"

"首先我想听一听狂欢节的故事。"

爸爸哈哈一笑,沉思片刻,便打开了话匣子:"说些什么好呢?狂欢节的本意是忌食肉,后来演变成封斋期间禁止举行庆祝活动,禁止娱乐。这个传统节日源远流长,源于古罗马的农神节和古希腊

---

1 狂欢节是基督教四旬斋前饮宴的狂欢节日。四十天的封斋期间,禁止娱乐和肉食。在斋期开始前三天里,人们可以举行宴会、舞会、游行。而星期四是狂欢节的最后一天,人们纵情欢乐、大吃大喝达到了高潮,因此这最后一天,即星期四,可直译成"膘肥体胖的星期四"。

2 意大利自来水可以直接饮用。

的酒神节,更早可追溯到远古埃及的'阿皮公牛节'。总之,也是一个恶魔节。力达舞[3]、化装舞会、假面具是狂欢节的几大特色。从主显节到四旬斋节开始的前几天里,到处是欢乐的气氛。最有名的是威尼斯狂欢节。在这里,狂欢节竟持续六个月之久。其最后一天更是达到了高潮,场面蔚为壮观。当地执政官与民同乐,烟花一直燃放到深夜。"

"啊,真有意思!但他们是不是太蠢了?"托尼诺洗耳恭听,茫然地问。

"意大利的伊福列阿、都灵,瑞士的巴塞尔,法国的巴黎,德国的科隆和土耳其的维扎也庆祝狂欢节,但日渐衰落,今非昔比。而法国的尼斯,意大利的维列焦奥和法诺依然盛行。而在北美洲加拿大的狂欢节更是盛况空前。好啦,现在吃炸糕!"

"托尼诺的胃胀,吃不下去,要吃,只能吃一点儿。"

"为什么胀?难受吗?"爸爸问。

"难受极了!他没有做完作业。"妈妈说。

"不对。"托尼诺哭丧着脸说,"我不是没有做完作业,而是压根就没有做。"

"那你现在就开始做吧!然后去玩'跳鹅'游戏[4]。"

"跳鹅游戏?你把我当成什么人了?"

"别打扰他了,让他安心做作业吧!"爸爸插话说。

托尼诺坐在桌子的尽头,脑袋支在一只手掌上,先是右手,后是左手,再换成右手,坐立不安、一言不发、愁眉苦脸。

3　古时一种手拉手的快速舞蹈。

4　一种掷骰子的跳棋游戏。

爸爸说:"你好像是那个悲苦感人的贝多芬,你到底要干吗?"

"我要完成一篇关于商贩命题的作文。"

"你去过集市吗?"

"去过。"

"好的,你把'商贩在集市'这个命题当作游戏来玩。商贩想干吗?他是卖还是买?"

"先买后卖。这样吧,内容定为做生猪的买卖。"

"他赚多少钱?"

"我怎么知道!我应该知道吗?这是他的事情,我怎么知道!快乐的星期四本应是美好的一天,可生猪的买卖把这快乐的节日给毁掉了!"

爸爸回答说:"你想过没有,要是没有猪,开心的星期四还像个节日吗?还像个'膘肥体胖'的星期四吗?所以,必须有猪以及谁做生猪的生意。我们不妨一起动动脑子,想想办法。"

于是,爸爸帮助托尼诺巧妙地构思内容。接着,托尼诺用一手好字很快写出了作文。

写好后,爸爸建议说:"你再检查一遍好吗?"

"太好啦!"托尼诺喜出望外地说,接着向端着炸糕进来的妈妈迎去。

帕利诺、科拉拉和爸爸欢天喜地得像过节一样,但最高兴的是托尼诺。

"现在你心满意足了吧?"妈妈问。

"嗯,那还用说!我已经没有任何作业了!"

"不能这样说,还会有的。你完成了今天的作业,只能说你暂时卸下了一个小小的包袱,这只不过是你尽了自己应尽的义务罢了!"

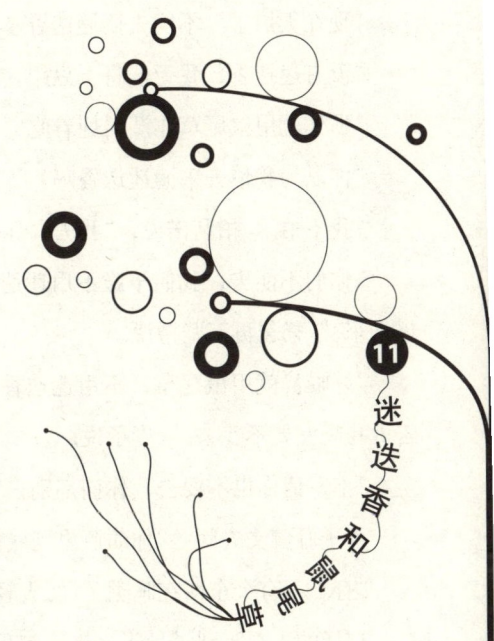

11 迷迭香和鼠尾草

这位"将军"在桌子上打开宽大的军用地图，周围站着他的参谋部成员。他命令部队先奋勇前进，再撤回一个团。他巡逻前线，追击敌人，随后又撤退，接着一举攻入并占领敌方阵地。这是托尼诺一本正经地坐在桌子旁玩的跳鹅游戏！只见他操着骰子，来回移动。这时候，妈妈从厨房喊他："托尼诺，你去菜园里摘把迷迭香回来。"

"马上就去。"托尼诺继续玩着游戏。

"姑妈，我去。"科拉拉站起来说。

托尼诺的爸爸揽住她说："别去，你不能去。"

"应该我去。"托尼诺从桌子旁站起来说。爸爸同样揽住了他。

"现在天黑了，不能去摘迷迭香了。"丈夫对妻子说。

"没有迷迭香，我无法将土豆跟猪肉一起烤着吃。"妻子说。

"那你就用鼠尾草作调料炖着吃。"

"你以为我怕去采摘迷迭香吗？"托尼诺说。

"我不怕。"帕利诺说，"我去，你要不要和我一起去？"

"你们不能去，我们干脆不用迷迭香了。如果没有鼠尾草，我可以去采。"爸爸再三坚持说。

"好啦！就用鼠尾草，不用迷迭香了。这到底是怎么回事，你能告诉我吗？要不我去。"妻子说。

"不，请你也不要去，你们都别去！"爸爸一再坚持着说。

妻子盯着丈夫问："你葫芦里到底卖的是什么药？"

"有……有个东西在睡觉。"丈夫轻声细语地说。

在场的人都听到了，于是你一句我一句地议论纷纷：

"一个东西在睡觉？"

"在迷迭香下面睡觉？"

"什么东西？是一个强盗吗？"

"爸爸，我们一起去把他赶走吧！"

"不行，别打扰它，让它安静地生活吧！它每天晚上都待在那里，不知道它从哪儿来，也许从喀尔巴阡山来，也许从波兰和俄罗斯的大草原来，也许从千岛之国芬兰来。实际上，那里有两只鸟，一只叫鹪鹩，一只叫欧鸲。鹪鹩体型很小，栖息在柴堆里，欧鸲体型较大，栖息在迷迭香上筑起的巢穴里，尖尖的小树枝筑起的鸟巢能免遭猫头鹰、猫和老鼠的侵袭。这些鸟会死守自己的隐僻之地。"

"你为什不告诉我这件事？"托尼诺问。

"我担心你们的好奇心会打乱它们的正常生活。于是，我一直保守着秘密，这是我和它们之间达成的默契！"

"上帝啊！谈到你们的小鸟，我竟忘了准备土豆了。现在我该怎么为你们准备晚饭呢？"妈妈感叹一声说。

"要不，你就烤串吧！"丈夫说。

"什么？"托尼诺问。

丈夫对妻子说："真是巧妇难为无米之炊啊！没有迷迭香，就用鼠尾草来代替。具体做法是：一片牛肉跟鼠尾草裹在一起，放进用猪皮制成的肠衣里，再用小木签儿穿起来，跟栗胸斑山鹑、丘鹬和鹬鸡放在一起，挂在铁钎支架上，便能烧烤出焦黄酥脆的美食来。不过，现在别烤肉了，在锅里炖肉吧！"科拉拉听得入了迷，时不时地呵呵一笑。

妻子回答说："你去炖肉吧！牛犊跑掉了，我逮住它后再烤肉也来得及……"

"为什么？"

"因为我没有肉。"

"那你把四季豆放在开水里焯一下，然后再放进平底锅里，浇上油,撒上胡椒粉和盐,最后加上一些鼠尾草就行了。有了鼠尾草,什么都有了。"

托尼诺嘟囔说:"鼠尾草!鼠尾草!总是鼠尾草!我们全部变成大救星了。[1]"

"好的,那你自己救自己吧!"爸爸说,"要知道,鼠尾草能包治百病,延年益寿,甚至能起死回生,被古代医学家誉为'草药之王'。古人说:'菜地里有鼠尾草,全家老人保平安!'"

事实上,当天晚上,大家吃的是鼠尾草炖土豆,鼠尾草炖四季豆。托尼诺和帕利诺吃得几乎撑破了肚皮。

想起刚才提到的两只小鸟平安无事,孩子们的心里乐滋滋的。过了一会儿,淅淅沥沥地下起了牛毛细雨,点点滴滴的雨水形成小溪,淙淙地流淌着,浇灌着人们的心田,滋润着禾苗和草木。托尼诺把脑袋埋在羽绒被子里来回晃动,抖平里面的羽毛。帕利诺在被子里蜷缩成小小的一团,小哥俩像睡鼠一样呼呼大睡。

太阳升得高高的,妈妈才向他俩大声呼叫:"懒虫,快起来吧!你们起得太晚了,爸爸早就上工去了,快打开窗户,通通风,透透气!"

托尼诺不以为然地说:"怎么?爸爸早就上工了?我觉着自己跟迷迭香睡在了一起!帕利诺在哪儿?"他左顾右盼……咦,原来帕利诺蜷缩在鸭绒被下,勉强可以听到他的呼吸声!托尼诺小声对妈妈说:"别吵醒他,让他多睡一会儿吧!我马上起床。"

"你要洗脸呀!"

"当然啦!然后喝牛奶,还要好好读一读关于鼠尾草的书!"

---

[1] 意大利语中,鼠尾草跟大救星谐音。

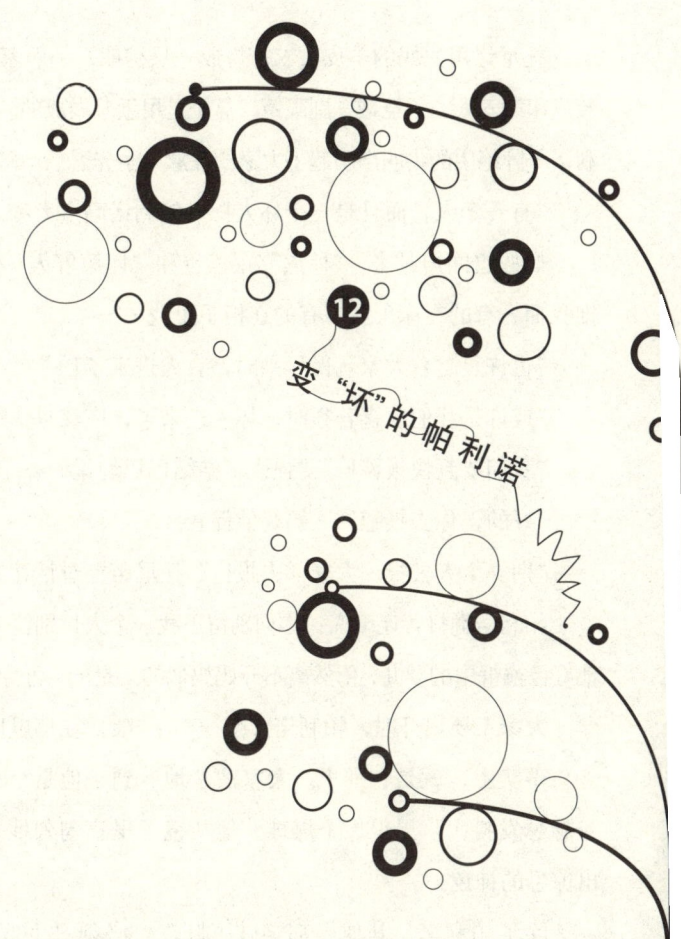

12 变"坏"的帕利诺

狂欢节的最后一天,帕利诺想戴假面具。

"你可以化装成棕熊、狼或者强盗,随你的便!"

"我要化装成强盗!"

说到做到。托尼诺给他穿上一件哥萨克式的旧外套,用一根腰带系得紧紧的,头上斜扣一顶小帽子,用蜡烛熏黑的软木塞,在他那张白里透红的小脸上,涂抹两撇翘起的黑油油的小胡子。

托尼诺用妈妈的羊皮大衣打扮成一只棕熊,邻居家的小孩内罗化装成印第安人,爸爸戴一副眼镜,鼻子是用纸浆做成的。正在这时,帕利诺一阵绝望的尖叫声引起了大家的注意,争先恐后地跑到他的卧室。

"有一个人,而且是一个坏人!"帕利诺高声大喊。

妈妈也闻声赶来。"棕熊"跟爸爸和"印第安人"惊恐万状,你推我拥。有的在床下找,有的在柜子里找……

"也许是趁着大家玩得尽兴时,有人进来了!"

"或许是我们欣喜若狂时,坏人进来了,应该是一个小偷吧!"

"我们要赶快报警!""强盗"结结巴巴地说。

"好的,你去报吧!"妈妈催促着。

"别一个人去报,大家都去报!"托尼诺接过话茬儿说。

帕利诺颤抖着连声说:"你们别留下我一个人!别留下我一个人!"他好像褓褓中的婴儿,依然离不开妈妈似的。是的,可怜的"强盗"!

大家正要离开时,帕利诺大喊一声:"喂,在那里!"

事实上,就是在那里。大家清楚地看到:他是个小不点儿,浑身瑟瑟发抖,脸黑得像个煤球。他从镜子里直勾勾地望着大家,露出惊恐的神色。

除了帕利诺,其他人都笑破了肚皮。必须马上改变他的模样,现出其原形来!于是,大家七手八脚,把他那张小小的脏脸很快洗得干干净净,顿时露出了真容!

妈妈边洗边对帕利诺说:"小笨蛋!那不是你自己吗?"

帕利诺抽泣着说:"我知道!我知道!我那个样子不仅看起来很丑,而且还像个坏小子!"

总而言之,他看到了一个另类的自己,所以他害怕得要死!

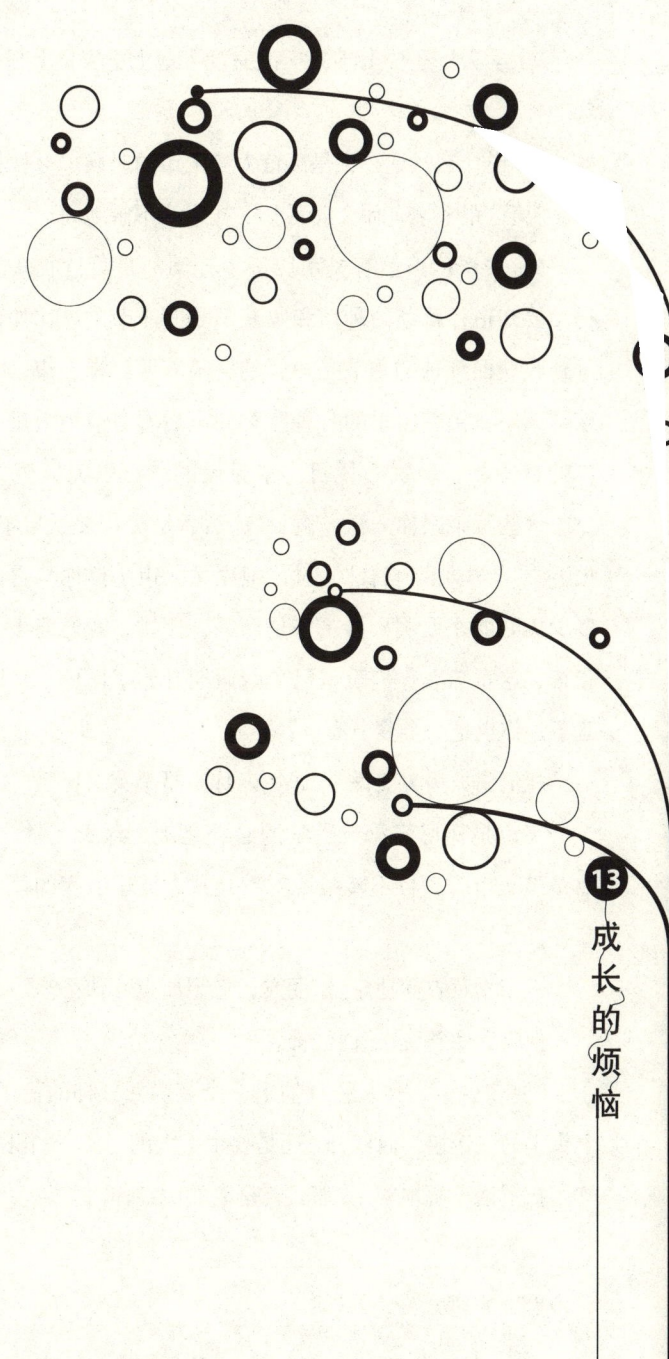

13 成长的烦恼

"上学去！还要上学去！没完没了地上学去！"托尼诺连声嘟囔着。

"你说什么？现在正是莴苣大量上市的时候。"妈妈说。

"莴苣跟上学有什么关系？"托尼诺不解地问。

"有关系！当然有关系！每年开学都是莴苣收获的季节，不是吗？要知道，蔬菜的种植和收获都是有季节的。比如说，从收获莴苣到收获西红柿的季节是短暂的，随着西红柿上市，一年的学业也该结束了。接着田里的各种蔬菜如雨后春笋般地大量上市，美味可口的什锦沙拉，赏心悦目、水灵灵的'心里美'萝卜又接踵而来……这些蔬菜跟你一样'疯长'。然后是头茬蚕豆和洋蓟，它们'自觉'！'自学'！'自长'！瞧，豌豆又上市了！你从它们那里要学到多少美好的东西啊！接下来是芦笋、樱桃，我们终于迎来了西红柿和杏，这意味着你们盼望已久的假期开始了！更不用说卷心菜和甘蓝了，你也是一个萝卜嘛！"[1]

托尼诺放声大笑说："妈妈，你真是个菜农！"

集市是托尼诺每天上学的必经之地。这天上学，跟往常一样，他路过集市时，目不转睛地望着几只大篮子装满的莙荙菜、芹菜和茴香直发呆。

一个女菜农问他："小朋友，您想要点儿什么？"

他笑着回答说："西红柿。"

"要多少？"女人俯身抽出一个装满西红柿的篮子问，"您是要个头小的'千禧'西红柿，还是要个头大的'圣·玛扎诺'西红柿？"

托尼诺不解地问："那么，是老的西红柿吗？"

---

1 这里萝卜指傻瓜。

"老的？熟透了的当季西红柿。"

"我要的是今年的西红柿[2]。我知道，你这个西红柿就是去年学校放假时上市的西红柿！"托尼诺抱怨说。

"很抱歉，我不想跟你耍嘴皮子！要知道，我们的西红柿就像你们这些正在上学的孩子，还在我的菜园里生长着呢，等你们长大成人，我再送货上门给你们！你上学去吧，今天你只能吃夹黄油的面包了，不能吃夹西红柿的面包了。看起来你是那些比晚熟的卷心菜还成熟得更晚的孩子！"

这天上午上课时，老师很奇怪，偏偏只提问托尼诺一个人。由于他注意力不集中，对于老师提的问题，他一个都没有答出来。

"我们的平均成绩已大大落后于其他班级，所以要把失去的时间夺回来。"老师毫不犹豫地说。说罢，他又给全班同学布置了整整一页的家庭作业。

"好一个笨蛋！"同学们离开教室拦住他说，"由于你挨罚，我们每个人都得陪着你做罗马历史课的作业！"

回家的路上，垂头丧气的托尼诺喃喃自语："什么样的老师呀！他从没有舒心过。对他来说，加里波第和玛志尼[3]还不够吗？还要死记硬背什么罗马人的名字，吉杰托不是罗马人吗？"

"他不是罗马人。"

"他是意大利中部的人，也就是福罗西诺内人。"[4]

快到家的时候，托尼诺碰上了菜农埃吉斯托。他听见埃吉斯托

---

2 托尼诺误认为今年刚过了季节的西红柿为去年的西红柿。

3 均为意大利民族英雄。

4 福罗西诺内：离罗马很近的一座小城镇。

跟邻居说:"我早已说过,我们这里今年缺雨少水,蔬菜上市要晚半个月。"

托尼诺晚上问爸爸:"爸爸,在不种西红柿的地方,怎么安排学校放假?"

"这个我也不清楚。"

"他们就不放假了吗?"

"也放假,比如在德国,他们在收割草料的时候才放假。为什么要问这个呢?"

"我们的老师没有高兴的时候。他要我们背诵所有死人的名字,也就是要告诉他所有古罗马人的名字。瞧,这是他要我们完成的整整一页的作业,星期一必须按时交给他。"

"你只要读两遍就行了。"

"读一遍就够了,因为我写的时候就已读了一遍!"

"为什么现在不再读一遍?我们一起读好吗?"

"我不想读,因为我必须马上去给花儿浇水。"

"好孩子!"爸爸说。

这个时候妈妈插话说:

"好孩子?你说他是好孩子?今天早晨他就一直浇那可怜的花儿,它们快淹死了!"

托尼诺回答:"你不懂!我们已耽误了半个月,必须把失去的时间再夺回来!"

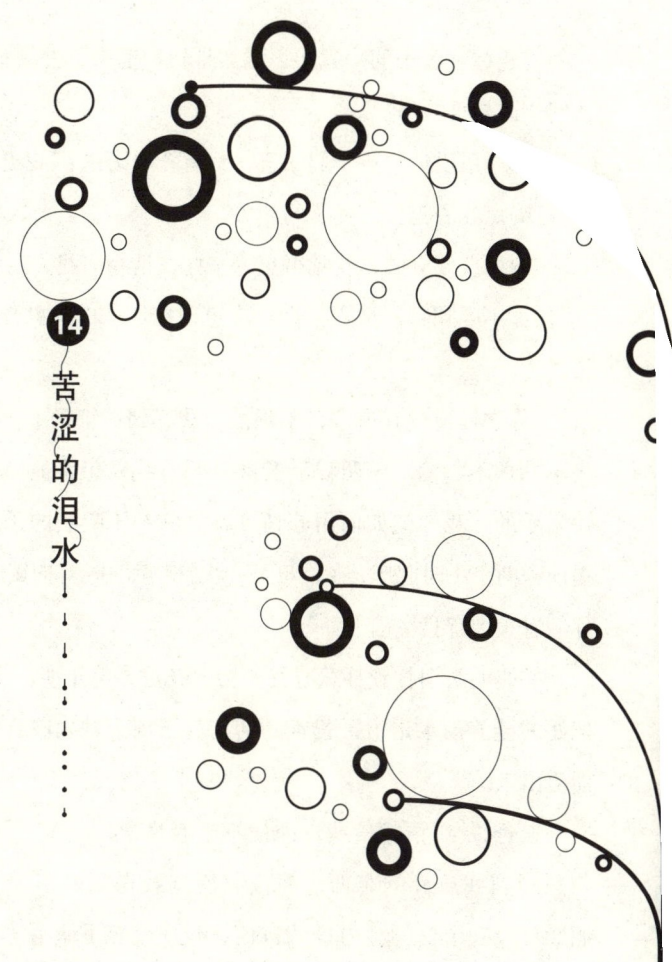

14 苦涩的泪水

今天,爸爸有点儿闷闷不乐,始终没有笑过。他让帕利诺坐在他的膝盖上,显得疲惫不堪,他问妻子:"今晚吃什么?"

"喝蛤蜊汤。"妻子回答。过了片刻工夫,妻子又问:"你不喜欢蛤蜊汤吗?你不喜欢,可孩子们喜欢,我可是为他们做的。"

爸爸握着妻子的一只手，温柔地抚摩起来，并问孩子们："小家伙们，这是真的吗？"

"那还用说！"孩子们回答，只有托尼诺说："我更喜欢吃鸡肉。"

"喝点儿酒吗？"妻子问。

"谢谢。没有酒，我觉得更好一些，请相信我。"

"你不喝咖啡，又不抽烟，难道现在连一口酒也要省去吗？"妻子说。

"你这样说没有道理，不喝酒，我感到更年轻了。托尼诺和帕利诺不抽烟不喝酒，不照样喜笑颜开吗？我真想跟他们一样，整天快快乐乐的。我知道如何用心情舒畅来弥补不喝酒的乐趣：每天早晨提前一两个小时起床，在公鸡第一次打鸣声中，奔向田野，开始劳作。你们看，谁有我幸福呢？"

妈妈的眼泪扑簌扑簌直往下掉。托尼诺终于明白了一切，原来，妈妈的涟涟泪水是由于爸爸的话勾起了前天她卖收音机的痛苦回忆而流出来的。

爸爸说："请相信我，即使不丰衣足食，一个人照样会快活的。你只想到我放弃的东西，而没有想到我得到的东西。我拒绝了烟酒，却收获了信仰、力量和自信。我在放弃了所谓的一切嗜好的同时，感到更自由了。请你别为我操心了！当心别把你的泪水流到汤里去！"

妈妈破涕为笑说："泪水加煲汤融合成一种味道。"

"是海水的味道。"托尼诺纠正说。

爸爸和妈妈无言以对，相互凝视。

丈夫向妻子打趣说："你现在多有魅力呀！"接着又低声重复说："是海水的味道！"

15 撞大运

托尼诺起床后问妈妈:

"妈妈,爸爸很穷吗?"

"穷?他富极了!你想过没有,一大笔遗产像一块馅饼会随时从天而降,落到我们的手里,这足以让所有人忌妒死!"

"从何而来？"

"天晓得！肯定不是来自拉比奥尼侯爵，不过宁少勿滥，滥印钞票有百害而无一利，你说呢？你有本事能把那些大把大把的、一文不值的钞票变成真金白银吗？有些穷人其实是富人，而有些富人其实是穷人。可以说，有些富人确实是富有的，但并不是所有的穷人都是穷困的，你说对吗？"

"我同意。"托尼诺痛快地回答，可他并不明白妈妈说话的真正意思。

妈妈继续说："另一方面，如果你爸爸不是富人的话，他怎么对别人那样慷慨大方呢？难道你没发现吗？"妈妈说着，把一个苹果和面包放到托尼诺的手上。

托尼诺说："是的，妈妈。如果爸爸是穷人，我会更高兴的。"说罢，他上学去了。

"这样，你高兴了，爸爸高兴了，全家都高兴了！祝你在学校玩得开心！"妈妈还不忘在门口祝福儿子。

托尼诺回过头来，向妈妈微微一笑。途中，托尼诺看到一个同学，于是边嚼着苹果边高兴地向他跑去。

晚上，怒容满面的爸爸收工回到了家。

爸爸今天交上了"好运"，他一再重复说，"我今天运气特好！特好！……"爸爸边说边掂量着他那把破烂不堪的雨伞。

妻子问丈夫："你淋了个落汤鸡，却说你交了好运，难道你中了大彩不成？"

"没那回事！我自己折断了那把伞，小家伙们，你们来为我高兴吧！"他说话时脸色苍白，情绪激动。

妻子直勾勾地望着丈夫，皱了皱眉头说："你的伞折断了，这有什么值得我们高兴的？"

"为什么不呢？要是你知道我的伞是谁给弄坏的……"

丈夫回头望着他的伞。

"伞毁成这个样子，不管是谁，都会把它扔掉的。"

"正是这样，不过，那要看伞被毁坏的方式，真是不幸中的万幸！"丈夫一再重复说。

"你竟然把这件事称为幸运！一把几乎崭新的伞，原本冬天还能继续用。我们哪里有钱再买新伞呢？"

丈夫喜气洋洋地望着妻子说："正是这样！缺钱也照样幸福！"

爸爸沉思良久，接着说："大概是天意吧！天意才是真正的财富！"

"天意？一把好好的伞毁成破烂儿货，你竟然说成是天意？你看到了谁是毁伞的罪魁祸首吗？"

"没有，我没有看到，也就是说，是的……"

"你怎么越说越让我糊涂呀！你总得让我们知道你为何高兴吧！"

"这样吧，我一五一十地告诉你们，当我在铁路道口栏木旁候车时，突然遭到风雨的袭击。一股狂风骤起，刮得撑起的伞猛然向前倾斜过去，在这千钧一发之际……"是的，当他刚说完"千钧一发之际……"就不再吱声了，因为他必须上前扶起将要昏厥的妻子。

"火车……"可怜的女人支支吾吾地说，同时号啕大哭起来，哗哗的泪水如同屋外的雨水直往下流淌。

丈夫抚摩着妻子说："我浇得浑身湿淋淋的，你也泪如雨下，泪水和雨水融为一体，这'雨'下得太好啦！"

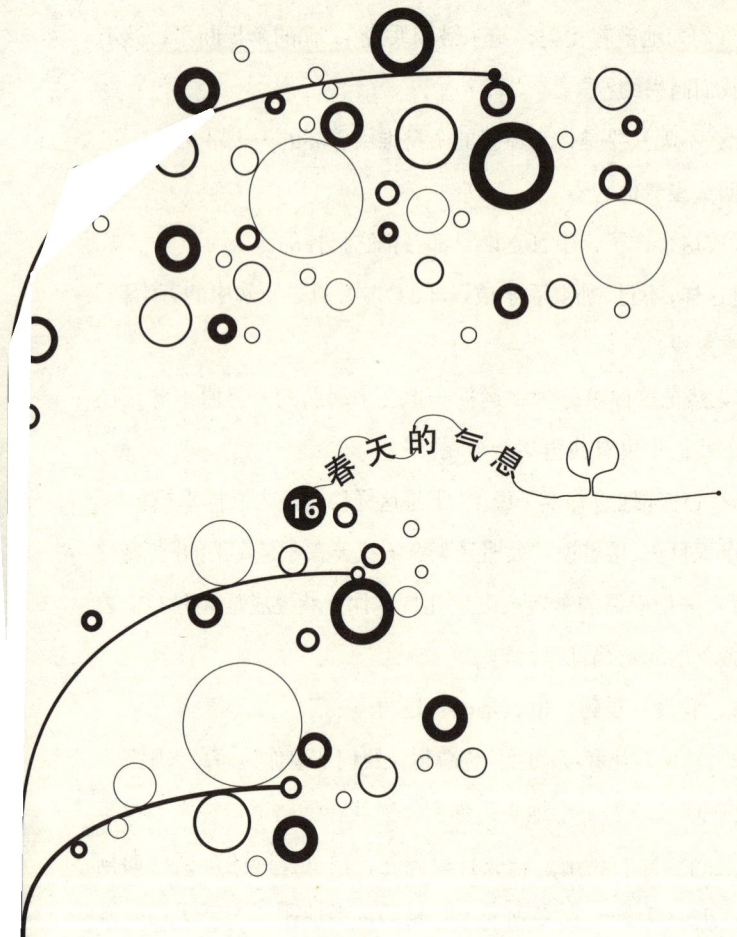

16 春天的气息

　　帕利诺拿起大衣要穿上,可不管怎么用力也穿不上,喃喃自语道:"这件衣服实在难穿!"他边嘟囔边试着穿。慌乱中,他把右臂伸向左袖口,左臂伸向右袖口。费了九牛二虎之力也没穿上。还是科拉拉帮他穿上的。

科拉拉今天早晨没有去上学,而是沿着屋后一条柳树成荫的小路,一边哼着小曲一边往前走。天空灰暗,看起来要下雨了。

"埃吉斯托,要下雨了!"科拉拉跟菜农埃吉斯托搭话。

"可能吧!小姐。"埃吉斯托停下手中的活儿,一只脚踩在铁锹上说,"天空混浊不清,真的要下雨了!"说罢,他又开始干活儿了。

埃吉斯托用铁锹猛砸坚硬的地面,左脚踩着铁锹,双手紧握锹把,深翻土地,再把土块砸碎,好让土壤通通风、透透气、见见阳光,增加肥力,防止病虫害。

埃吉斯托滔滔不绝地说:"挂历上一幅'黑胡子人'画的题记说得很清楚:雨雪冰雹是由于云块猛烈的冲击和气旋的变幻无常引起的。"

过了片刻工夫,埃吉斯托把唾液吐在手掌上,然后搓一搓双手,兴高采烈地打开了话匣子:"黑胡子人说的都是大实话。果不其然,昨天夜里,挂历就从钉子上掉下来,落到桌子底下,这就是变天的征兆!"

"是呀!我信这个。"科拉拉说。为了下雨不挨淋,她回家取伞去了。

"早上好,兔子先生!早上好,大公鸡老兄!"科拉拉向兔子和大公鸡问好。

"小姐,您想看猪崽吗?"埃吉斯托的妻子玛丽雅娜说,"我家有满满一窝猪崽,共十二头,老母猪能给这么多猪崽喂奶真是奇迹!"科拉拉跑到了猪圈,满心欢喜地说:

"多么欢乐的场面啊!猪宝宝实在太可爱了!"科拉拉跳跃着来到芳草萋萋的草地,小心翼翼地避开刚刚抽出的嫩芽。新生的花草,绿的、白的、红的,把大地点缀得五彩缤纷。泉水叮咚,溪水淙淙,小鸟穿梭往来,啁啾呢喃,好一幅春日美景!

这是个大热天，科拉拉在外面玩了很久，中午才回来。她看到埃吉斯托在给菜地施肥，走上前去问："您在干吗？"

"给莴苣准备'热炕'。"

科拉拉扑哧一笑，自言自语地说："'热炕'？"

"是的，野菜睡眠时，梦想着开花。莴苣开金黄色的花，菊苣开天蓝色的花。施肥有了'热炕'后，它们就能开出相应颜色的花朵了。"

枝条飘洒轻摇，科拉拉看到灯芯草、芦竹，然后是一丛丛、一簇簇的篱笆。仿佛有人沿着小溪款步漫游，却不见人影，好像慈爱的妈妈温柔抚摩着科拉拉的小脸。她莞尔一笑，原来她认识这个"人"："他"轻柔得像把扇子，散发出花粉的浓郁芳香，这就是温暖的春风，带着各种花草的清香，轻轻地吹拂着她的面颊。每天的同一时刻，看不见的"他"，从暗处骤然而起，让芦竹在他的"怀抱"中飘曳摇摆，然后远遁峡谷。她看到一棵紫罗兰像一个无精打采的人蔫头耷脑，心里犯着嘀咕："四月不是紫罗兰生长的季节。"

她回到了家。一只母鸡，更确切地说，是一只像这位少女一样的母鸡开始为产下第一枚蛋而咯咯地大唱凯歌。科拉拉大声吆喝："妈妈，妈妈，复活节到了！复活节到了！[1]"

"你在着急什么呀？现在还是封斋期[2]，今年的复活节来得晚，还有时间！"

科拉拉一时不知道如何回答妈妈的话，一门心思去拾鸡蛋。

她在一堆稻草中找到了鸡蛋，还有一块鹅卵石，鸡蛋白白的，热乎乎的。原来，科拉拉曾用这块卵石驱赶过母鸡。

1　按照习惯，复活节期间要制作彩蛋，作为礼物送人。

2　即复活节前的四十天。

妈妈说，她放那块卵石是为了教第一次当妈妈的母鸡在那儿下蛋。这样，母鸡的母性充分发挥，开始安静下来暖热自己下的蛋。

妈妈有六只第一次下蛋的母鸡：一只黑的，两只白的，三只红的。实际上，大多数鸡蛋都不是在刚刚下时捡起来的新鲜蛋。

妈妈有一个铺着稻草的小篮子，她像一位出色的农妇，细心观察每只母鸡的一举一动，哪些母鸡能产更多的蛋，哪些母鸡怠懒，总下很少的蛋而必须加以淘汰，成为人们的盘中餐，她都了如指掌。一点儿稻糠，几粒玉米，几片生菜叶，几片白菜帮儿，两三块散落在地上供母鸡啄来啄去的小石子……都能让每只母鸡每天产下一枚蛋。

一只自爱自重的一龄母鸡每年能产下十五至二十枚蛋，二龄母鸡能产下一百枚至一百二十枚蛋，三龄母鸡能产下一百二十枚至一百四十枚蛋，而黑母鸡会产得更多。正因为这样，托尼诺准备为黑色的老母鸡造一个更大的鸡窝。

"母鸡全都寡居吗？"科拉拉问妈妈。

"不会的。一只绰号为'奥帕拉皮里'的漂亮的大公鸡是它们的配偶。"

按照托尼诺的说法，这个"暴君"搅得四邻不安，鸡犬不宁。是它惊扰了全家人的美梦，是它第一个"起床"，第一个唤醒了近处峡谷和远处群山中所有的公鸡。它夜间"起床"一直唱到早晨，还能预报三天的天气，比如是不是晴天，是不是下雪，是不是有暴风雨，没有它做不到的事情。

"可它有一个小小的缺陷。"妈妈说。

"什么缺陷？"

"它不会下蛋！"

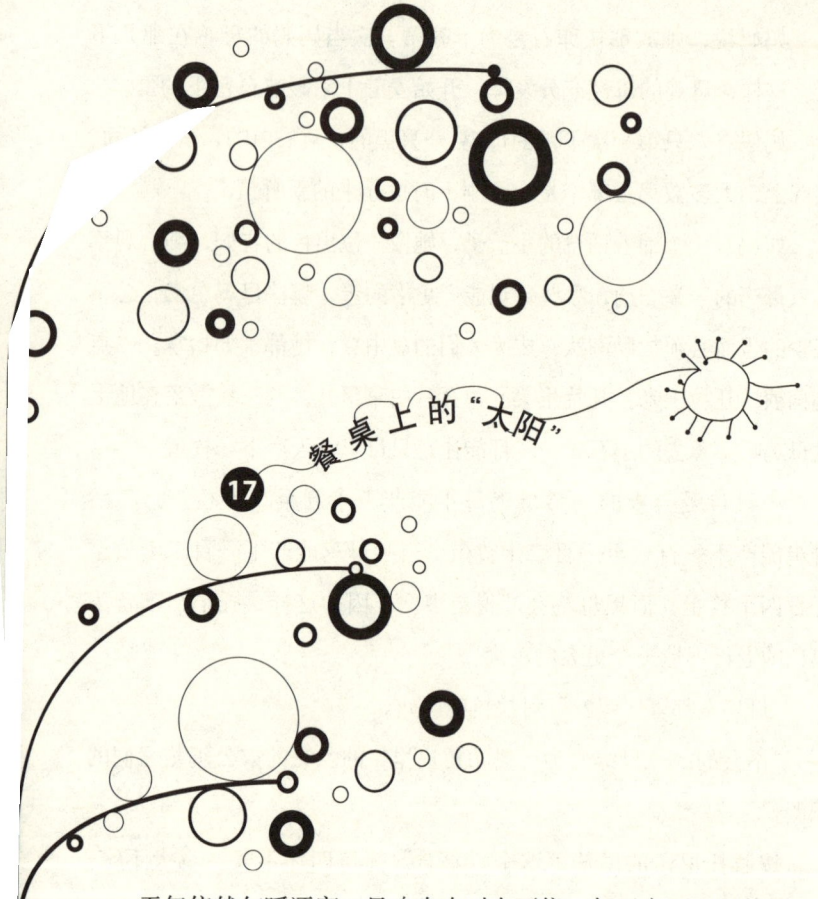

17 餐桌上的"太阳"

天气依然乍暖还寒,母鸡咯咯叫个不停,每天产下三四枚蛋。

直到有一天,母鸡就像得了病似地蜷作一团,暴躁不安,鸡冠发白而毫无血色,如同霜打了似地萎缩下垂,也许是患上了热病,发烧烧坏了身体。妈妈逮住一只个头最大的母鸡,把它放进装有鸡蛋的篮子里,好让其养成抱窝的习惯,又把那只黑母鸡多次放进冰凉的水中,消消母性的十足火气以便正常下蛋。

科拉拉像鸟儿一样欢欣跳跃,更像一朵含苞待放的花朵。温暖的春风吹来,嫩草的芳香沁人心脾,仿佛催促野菜快快抽出嫩芽。

"全都是野菜！"妈妈说，"我还给你准备了好吃的蒜苗。"

托尼诺可不喜欢吃野菜，嘟哝着说："总吃野菜！每天晚上都是野菜！我们都变成什么了？都成了山羊不成？"

妈妈接着说："难道还有什么比野菜炒鸡蛋更好吃的吗？喏，这是茴芹、琉璃苣、鹰爪豆、苦苣，那是风铃草，简直是一座大花园，如果你真的是一只小山羊或一只小鹿的话，你会迎着芬芳去寻找那些好吃的野菜呢！你不妨瞧一瞧，全是些刚刚抽出来的嫩芽，那是芝麻菜和亚香茅，甚至还有童话书里描写的'星星草'。"

"那可是又苦又涩又发臭的啊！"

"但是越嚼越香。这种草有洋葱的味道，太阳可是功不可没。因为万物的生长都从太阳那里获得光和热。"

"哎哟！真有意思！太阳凉拌生菜！太阳蜂蜜！您还没有说鸡蛋中还有太阳呢！"

"喏，你看！"妈妈打了一个鸡蛋，让大家看一看里面的蛋黄和蛋清，然后放进油锅里刺啦刺啦地煎。

"上帝啊！刺啦一声，煎飞了鸡蛋；刺啦一声，煎飞了洋葱；再刺啦一声，也煎飞了太阳！总之，刺啦一声，什么都煎飞了！"托尼诺风趣地说。

帕利诺用一个手指头戳了戳他的鸡蛋说："我的蛋是凉的，并没有太阳！"

"笨蛋！你的蛋是月亮[1]，所以是凉的，蛋黄才是太阳，所以是热的。对了，拉比奥尼[2]侯爵是谁？"

---

1 即蛋清。

2 意为脾气暴躁的人。作者运用奇幻的夸张艺术手法塑造了一个双重人格的角色。

妈妈盯了托尼诺一眼回答说:"'疯子城堡'的拉比奥尼侯爵是一个温和的人,平静得像一滴水,可发起火来却像滚烫的油,十分危险。"

"又像什么呢?"

"像硫酸!他关门时,火爆的脾气可见一斑。其他人靠近他时,他咣地一声关上了门,震得墙体晃动,字画掉落,一片狼藉!"

"你认识他吗?"

"何止认识他,我像了解你一样地了解他。他为人随和,性情恬静。他喜欢平静的生活,跟所有人和睦相处。他喃喃自语:'今天是星期日,我希望任何人都不要打扰我。'

"他兴致勃勃,豪情满怀地来到厨房。天哪,来煮杯咖啡喝!要少放咖啡多放糖!他像玛罗拉的苏苏罗尼伯爵那样,倒进咖啡壶太多的咖啡,拿开水一冲,全都溢了出来。结果吓跑了厨师和洗盘涮杯的雇工。他煎糊了油炸食品,烧焦了烤肉,炉子炸飞到天花板,用人和总管吓得魂飞魄散,从窗户逃之夭夭。他像一只丧家犬,为了平息一下自己的狂怒,他喝了一碗药汤,再加上一杯菊花茶和一袋锦葵泡菜!呸!真难喝!穿衣镜里那个向他扮鬼脸的白痴是谁呢?他二话没说,抄起玻璃杯砸向穿衣镜,却击中了吊灯。他恼羞成怒,结果扯烂了自己的衣服,衣不遮体,真是狼狈不堪!(帕利诺听得入了迷,禁不住大叫一声。)他累得半死不活,没喝一口水,没吃一口饭,身体冻得麻木僵硬。他的床铺早已被他糟蹋得七零八落,无法安身。他只好来到马厩,在一堆稻草上随即躺了下来,与马为伴。这就是他的星期天!他愿意跟所有的人和谐相处,包括牲畜和野兽!"

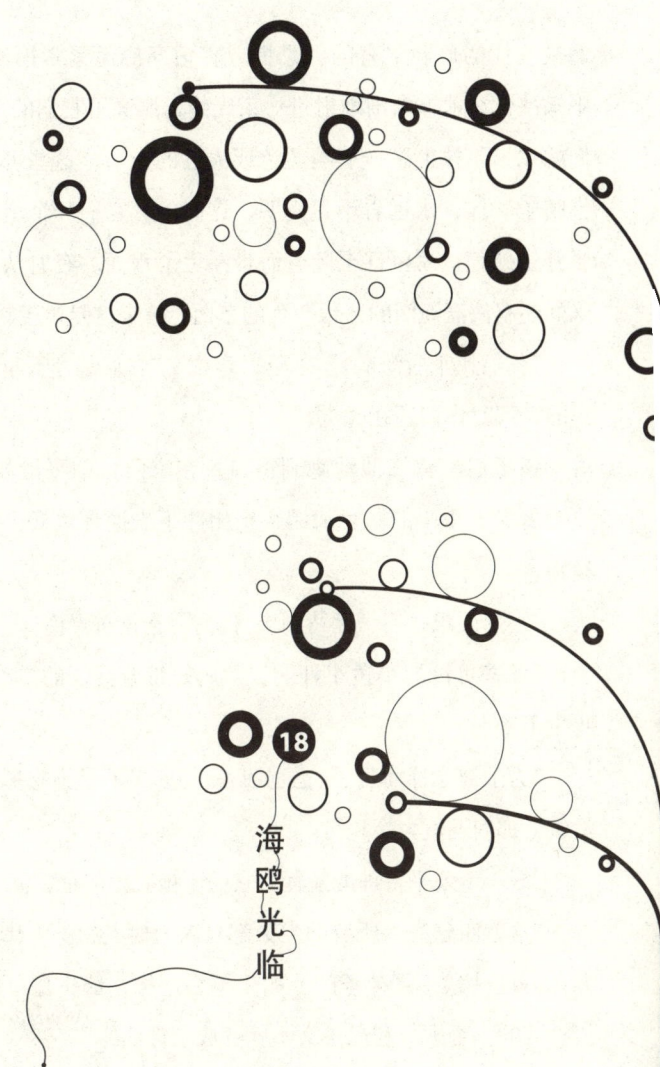

18 海鸥光临

　　这几天，人们从浅海捕捞了满是鱼子的各类鱼，是油炸和烧烤的好食材。有人甚至从深海捕到了大螃蟹和蛤蜊。

　　牡蛎和帆立贝紧闭外壳，藏在漆黑一团的海沟深处的泥土里或暗礁中。有的粘附在礁石上，免遭海浪的冲击；有的紧闭硬壳，免遭被吃掉的危险；有的因恐惧或害怕寒冷而紧紧抱成一团。然而，不知从什么地方渐渐地射进一束光线，照亮了它们的"前厅"，给它们的"家"抹上了一层蔚蓝色或火红的光彩，这些可怜的小生命仿佛瞎子一样，永远看不见光明。这时候，它们一个个像首饰盒似地张开了硬壳，螃蟹甚至随着海带浮上了水面。有时从深海里打捞上来的还有沾满渔网的、银灰色的东西，原来这是微生物下的"蛋"。

"你们快来看海鸥。"爸爸大声说："它们是今天早晨飞到我们这里的，那时你们还在睡觉。"

孩子们一窝蜂似地跑到窗口。在家门口前平滑如镜的海面上，飞翔着大大小小的白色海鸥，正俯冲下去捕食鱼虾，有的喙里叼着猎物。

"它们要跟我们一起待到十月份。"爸爸解释说。

"那些可怜的小鱼小虾啊！"妈妈带着怜悯的口吻说，"它们干吗生下来呢？"

"为了被吃掉而生。"爸爸回答，"如果不是为吃掉而生，它们全活着，那问题就大了！"

"好一个公平合理的解释！它们不被吃掉的话，海鸥吃什么？"

"这就叫献身。所有的生命都是以为他人献身为代价的，正因为如此，这种献身是神圣的。如果不是这样，那将是卑鄙的，没有任何意义的。否则，利己主义不就变成了神仙？"

"这是什么逻辑？"妻子问。

"因为这是开天辟地以来就存在的至高无上的献身精神。"

"这就是说，一切都是上帝早已安排好的……"

"这是最明智的回答。"爸爸总结说。

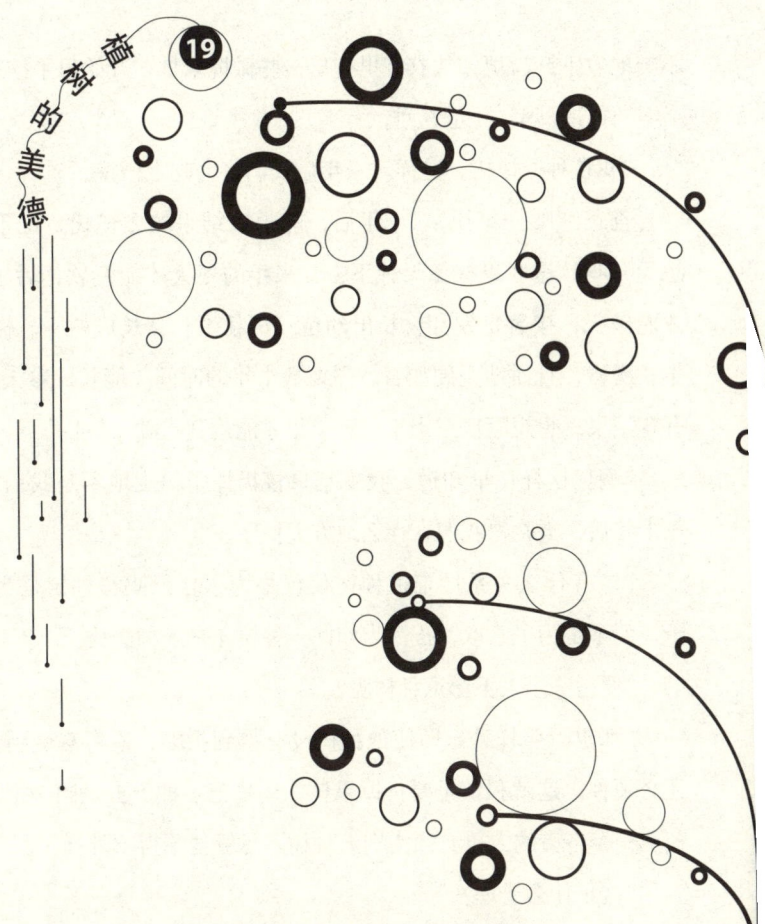

19 古老的美德

复活节快到了,托尼诺很不情愿地跟爸爸来到庭园。

爸爸问托尼诺:"你怎么啦!前几天上午你去上学时,总是对我说你想去地里干活儿,说什么你希望像农民那样,顶着烈日不怕劳苦,辛勤耕耘,过田园生活。现在你来到田地,可看起来,你想打退堂鼓了。今年的春天可能提前来到,要是春天像一个人那样疯疯癫癫,反复无常,那我们就倒霉了。如果这样,就会打乱我们的计划,你就会迷失方向。听,我听到了山雀的鸣叫。"

托尼诺拿来钉齿耙给草地松土。接着,他走上一条小路,一声不响地放下钉齿耙,从衣袋里掏出一些橄榄果核,开始用手挖地。

"你在干吗?"爸爸问。

"我在种橄榄树。这样,一年后我们将会吃上橄榄。"

爸爸嘿嘿一笑说:"一年后,能长成结果的橄榄树,这不是异想天开吗?这些果核冬天种下去,来年的冬天才能变软,后年春天才能破壳,接着是发芽、长出幼苗、茁壮生长、长成树干。橄榄树生长缓慢,且质地坚硬如石。需要数十年的时间才能长成参天大树,开花结果。想想啊!三十年!三十年才能达到'壮年'!"

"啊!这样!早知道,我就把果核扔掉了!土地不是我们家的。三十年后,天晓得我们在什么地方呢!"

"这有什么关系!难道种树仅仅是为了自己吗?种树是为了给予,而不是为了索取,正因为如此,种树才是一种美德。"

"要是一个人不愿意种树呢?"

"那也得照样种。即使他种树没有得到报酬,没有享受到快乐,还必须种。这就和你是要扔掉果核,还是把它种下去是同一个道理。甚至一个吝啬的人也必须为别人种树,尽管他不得不那样做。"

"这是什么道理?"

"贮藏自己享用不到的果实。俗话说:前人栽树,后人乘凉。难道你乘不了凉,就不栽树了吗?走吧,快下雨了。"

"这场及时雨浇灌着大地,也滋润着我种的橄榄树。但天晓得三十年后它会长成什么样呢?"

"即使无法享用你的果实,对吗?"

"这有什么关系呢?"

电闪雷鸣,接着就下起了倾盆大雨。冒着第一场春雨,托尼诺跟爸爸兴高采烈地向家跑去。

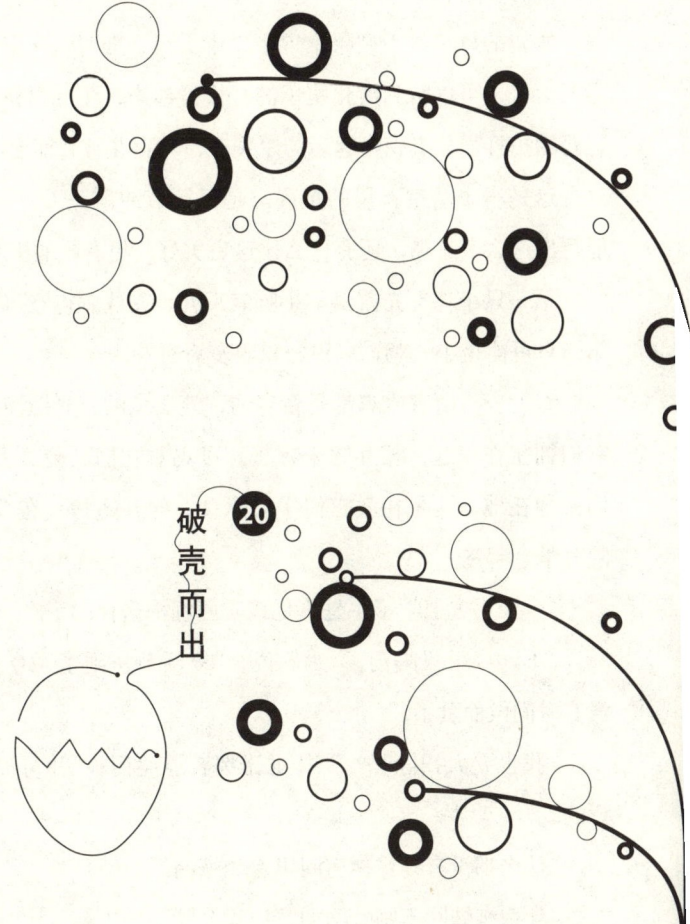

20 破壳而出

妈妈的母鸡终于硕果累累：二十天后，准时孵化出一窝鸡崽儿。当天上午，可以听到孵化室里的轻微沙沙声，蛋壳里快速的滚动声，轻轻的拍打声和蛋壳隆起后的爆裂声，鸡崽儿破壳而出。

这是一个晴空万里的早晨，是复活节的前一天。一只母鸡居然能孵出这么多雏鸡，还有什么比这更美好、更有趣的事吗？

第一只小鸡首先露出了小脑袋瓜儿，光线刺得它双眼半睁半闭。第二只可能是小公鸡，只用一只眼左看右看。

看上去，所有雏鸡都是新奇的，淡黄色的，光溜溜的，很好玩。它们拥挤在一起，相互啄来啄去。母鸡对它们又爱又恨，用喙把它们掀翻在地，这是在教它们学会啄食，伸开翅膀是在教它们遇到危险时学会起飞。

"今天不去上学了，是不是该吃西红柿酱拌面了？"托尼诺问。

"不，今天只喝汤。"妈妈说，"复活节快到了，今天要大扫除，没有时间做面食了。"

"我也要大扫除吗？"托尼诺哭丧着脸问，"我可没有什么要打扫的。"

"什么都没有吗？你房间里有蜘蛛网。"

"什么蜘蛛网不蜘蛛网的。"

"撒谎！"妈妈说，"你的弥天大谎可以织成一个足以让海豚逃跑的大网。算了，我和你爸爸来打扫，你们去画彩蛋吧。"

"噫嘻！噫嘻！"孩子们欢欣雀跃着一哄而散。

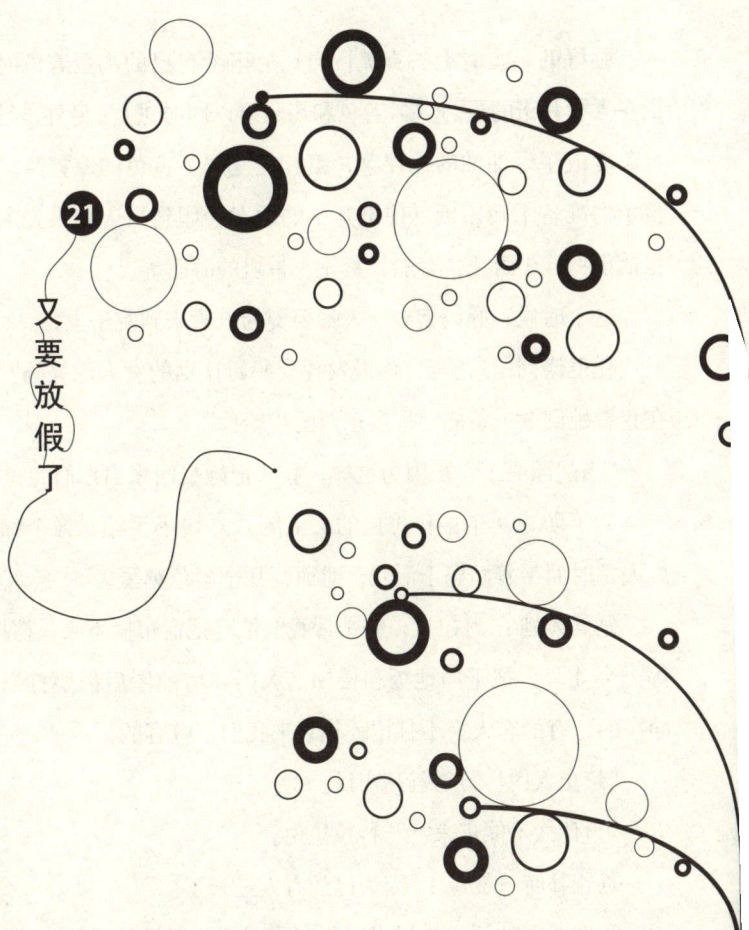

21 又要放假了

画好的彩蛋看上去真美！当托尼诺给自己的鸡蛋着色时，妈妈正在煮帕利诺的蛋。这样，着色和烤干可以同时进行。另外，经过加工，野菜变成了绿油油的凉拌菜，藏红花变成了黄色的凉拌菜。爸爸给孩子们准备了转印纸以便把其中的图案转印到贝壳和果壳上。图案包括小鸟、小野兔、客船、货轮、带帆的游艇等。

这个时候，妈妈抱着一大摞要熨的衣服来到院子里。

托尼诺问："爸爸，你没发现我妈妈比别的女人漂亮吗？虽然现在我看她倒像一条能装很多东西的货船！"

"当然漂亮了！正因为这样，我才把她娶回家当你们的妈妈的。"

为了防止灰尘，科拉拉的头上缠着一块小手帕，像个称职的小妇人，时而帮着姑妈干活儿，时而画几个彩色鸡蛋。

姑妈喊她："科拉拉，快帮帮我的忙，把窗帘摘下来，擦擦玻璃。等一会儿，再拖干净地板和楼梯。大门和房前屋后都要打扫得干干净净的，有的客人会不打招呼径直来我们家做客的。"

"禁止入内！"爸爸高声说。

"为什么不能进来？"科拉拉说。

爸爸扑哧一笑说："因为已经有人进来了！"

听到爸爸的话，托尼诺回头东张西望，但没见任何人。他心想，爸爸想说什么，就说什么，眼下还想说些什么呢？天晓得！

次日，暑假开始，托尼诺和帕利诺要到海滨去玩。

太阳刚要落山时，托尼诺仰望天空。

"你在看什么？"帕利诺也望了一眼天空。

"节日，明天的节日。"

"节日从天上来吗？"

这天晚上，天空黑沉沉一片，海浪奔腾，狂风暴雨扫荡着大地。

但若向东方极目眺望，就会发现天空明净碧蓝，海面上反射出一片火焰般的金光。

"那边是什么？是一条路吗？"

"是的，节日就沿着那条路过来的。"

帕利诺将信将疑地张望着。一只海鸥向那个方向飞去。

"它也到那里去过节日吗？"

"没错。"

但帕利诺有点儿不相信。

"为什么有节日呢？"

"有节日就放假。"

"为什么放假？"

"啊！这是美事呀！放假就不用去上学了！"

帕利诺长长地舒了一口气说："我也不去上学了。"

"怎么不去呢？你不是上幼儿园吗？幼儿园就是你的学校。"托尼诺回答说。可帕利诺还是心事重重，迷惑不解，一直仰望天空，怎么也猜不出浓雾中那闪闪发光的东西是什么。

"天上的人们都干吗？"

"吃蛋糕，喝露酒。"托尼诺回答。帕利诺还是绷着脸，噘着嘴，目不转睛地望着云海中忽隐忽现的亮光。

"天上有学校吗？"

"哎哟！既然天上一直放假，你还惦记着那里有没有学校干吗？"

这样的回答根本不会让帕利诺满意。回到家里，他问妈妈："妈妈，要是天上没有学校，放假如何安排？"

"天上怎么没学校？"妈妈惊讶地说，同时在面板上和着面肥，"天上一直有学校。天使还教你们拉金质竖琴，多好呀！"

"还教什么？"

"还教如何讲童话故事。"

事实上，一把巨大的金质竖琴时而隐没在迷蒙的雾色里，时而出现在遥远的天际，这就是最美的童话故事。

托尼诺终于明白了，于是轻声细语说："那是月亮。"

"是的，是复活节前的望月。"妈妈正确地指出，"明天将是神圣的星期四。[1]"

帕利诺好像还是一头雾水，于是托尼诺说："这个日子叫神圣的星期四，所以学校放假。"

妈妈幽默一笑说："咦！你不愧为一位伟大的神学家！"妈妈说着，还不忘用稀释的面肥揉面，并在面团上画出十字架的象征。

她接着说："神圣的星期四是耶稣基督跟他的信徒在其受难前共进晚餐并给他们洗礼的日子。"

妈妈说完，便在案板上磕破一个鸡蛋，然后打进旁边的碗里。

"那些鸡蛋是用来做什么的？"

"明天你们就知道了。"

托尼诺不解其意，喃喃自语："母鸡下蛋，女人打蛋。"

当天晚上，孩子们早早上了床，可翻来覆去怎么也睡不着，因为他们盼望着早早醒来，以解开心头的谜团。

1　也就是复活节前的星期四，是耶稣被钉死在十字架上的日子。三天后，即星期日，耶稣复活。

22

复活节的早晨

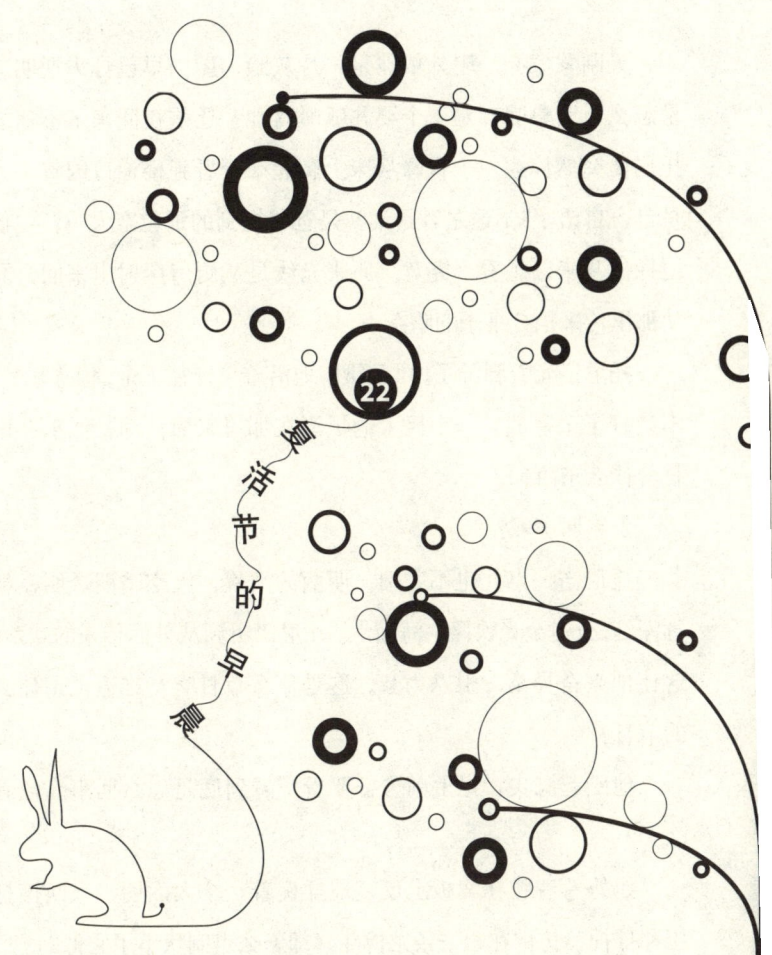

天刚蒙蒙亮,屋外依然是一片灰暗,屋内早已灯火通明。究竟是怎么一回事呢?是一个婴儿呱呱落地?还是夜间来了不速之客?托尼诺突然惊醒,一骨碌从床上爬起来,看到楼梯口闪着亮光,于是自言自语:"不速之客是谁?是爸爸提到的那位客人吗?"他悄悄地探出身来,想看个究竟。原来光线是从厨房照射出来的,同时还从那里传来拍打桌子的嘈杂声。

托尼诺光着脚丫子,蹑手蹑脚地沿着楼梯往下走,顿感寒气逼人,不禁打了个寒战。一个巨大的黑影在那里来回活动,似乎在用力摔打着什么东西。

怎么回事呢?

托尼诺一点儿也不害怕。明丽的清晨,天空晴朗透明,朝霞一片深红,万道金光映照在海面上。托尼诺听到从外面传来的欢声笑语,这让他兴奋异常,引以为豪。这是什么节日呀?难道也是什么盛大的节日?

他踮起脚尖,走上前去,要看一看到底是怎么回事。他看到什么了?

妈妈弯着腰在案板上反复地揉搓着一个大面团,来回摔打、挤压和拧捏,仿佛在跟一条龙搏斗,却怎么也制伏不了它似的。

瞧,妈妈从面团上揪下一块熟面,一个又一个地揉成小面团,轻轻地放在一块亚麻布上,最后用一块羊毛毯子盖上,等待发热发酵。

托尼诺从侧面看到了一堆被打碎的蛋壳。那圆圆的东西是什么?那发出清香的"小山丘"是什么东西?

看到妈妈的动作,托尼诺终于明白了一切,感叹一声说:"咦,你在做复活节的蛋糕!"

妈妈回答说:"你在这里干吗?这儿很冷,快回去睡觉吧!别出声,注意别吵醒帕利诺。"

回到楼上,托尼诺正要躺下睡觉时,一片冲天的火光引起了他的注意,他跑到窗台前,透过玻璃窗户,想看一看究竟发生了什么事情,莫非是一场火灾?可人们为什么不逃命呢?

瞧,埃吉斯托打开了牛栏,姑妈的那只大公鸡仿佛要被宰杀那样,声嘶力竭地叫个不停,大小船只全部返航停泊在港口。

窗户打开后,可以看到小轿车从大街小巷一窝蜂似地驶出,飞驰而过,海滨所有的公鸡都齐声打鸣。

"帕利诺,醒一醒,快起床,到外面看一看。"

惊慌失措的帕利诺从床上跳起来,一屁股坐到椅子上问:"发生了什么事?"

"那边有什么东西,你看见了吗?"

"看见了,那不是火光吗?"

"你再仔细看一看。"

小鸟刚才还叽叽喳喳地乱叫一气,现在倒不叫了,有的飞向那里,有的飞向这里。

"怎么回事?我有点儿怕!"

"别怕,有我在呐!你看,是它把所有的公鸡都叫醒了!不是很有意思吗?"

"是谁?"

"是太阳呀!只有太阳起床了,才会出现第一缕曙光,第一个起床是这个家伙由来已久的习惯。"

"是的,是太阳。"帕利诺四处张望。

太阳像一个巨大的火球,是宇宙最大的炽热气体球。

"太阳在燃烧,它那里一定很热吧?"

"才不是！燃烧意味着它那里其实很冷，就像一个人感觉很冷才需要取暖一样。"

一只猎隼飞过去，在海面上高高盘旋一会儿后，又从一个山头飞向另一个山头。

太阳姗姗地浮现出来，旋即扩大、上升，慢慢烘出一个血红的、泛着金光的、新奇的大圆球，仿佛真的从火焰中脱颖而出一般。

太阳从东方和亚洲来，越过大草原、沙漠，穿过中国西藏、阿拉伯地区和巴勒斯坦。它亲眼目睹了狮子、老虎、集市、商队、军队和印度恒河塔楼上的尸体。

托尼诺和帕利诺相互对视，扑哧一笑：

"啊嚏！"托尼诺打着喷嚏。

"啊嚏！"帕利诺也打了一个。

妈妈看到小哥俩来到厨房，又把他们哄到床上说：

"捣蛋鬼，你们要是再不回床上，就要倒霉了！"接着，妈妈关上窗户，给他们的被子上又加了一条披肩，生怕他们着凉。

托尼诺说："我们不困了，不想睡了，帕利诺，你说对吗？"

"对呀！"帕利诺回答，"我们早想起床了。"但说着说着，他们却很快进入了梦乡。

太阳升起，又一天开始了。雏菊和报春花争奇斗艳。蜜蜂花、金盏花含苞待放，喜迎朝阳。苹果树、梨树和樱桃也是如此。坚硬的黑色树干和枯萎的枝条，全抽出了嫩芽，桃树鲜花盛开，浓郁的芳香扑鼻而来。

托尼诺和帕利诺在暖和的被窝里呼呼大睡，做着享受美味午餐的美梦。

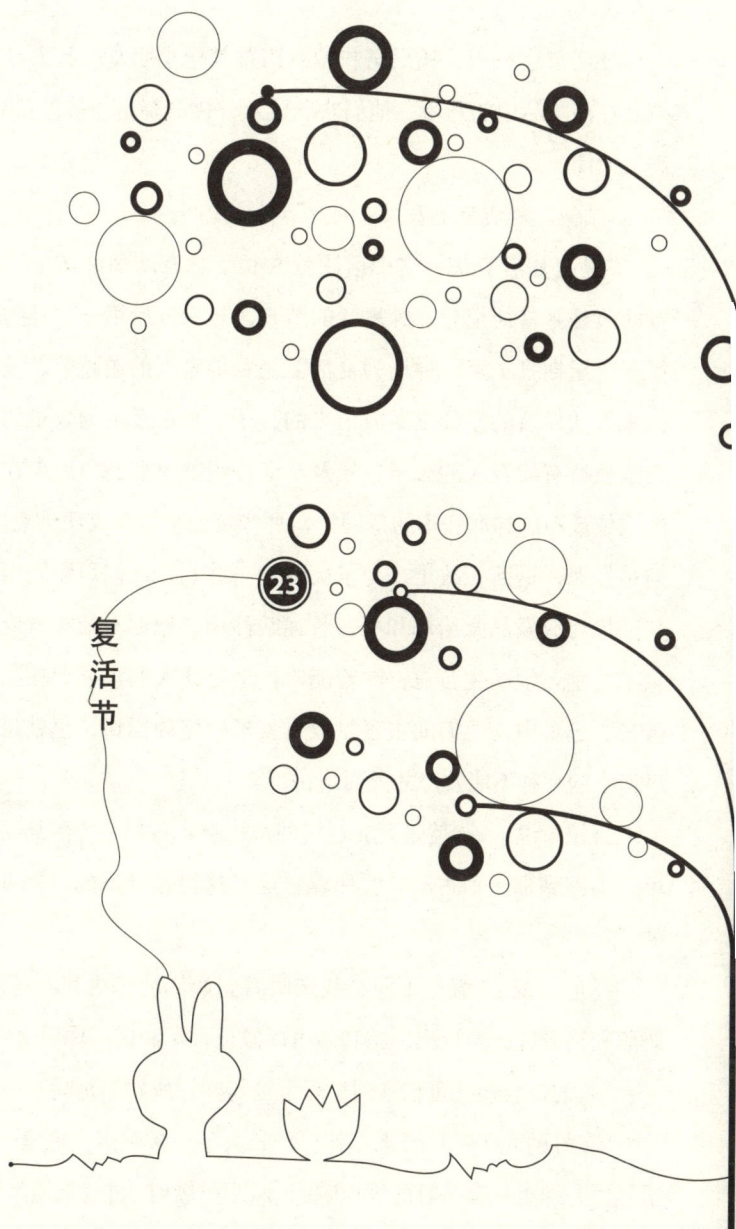

23 复活节

复活节这一天，托尼诺和帕利诺跟其他小朋友一起去寻找科拉拉藏在灌木丛中的彩蛋。他们欢欣跳跃，拼命奔跑，累得直喘粗气，满头大汗。

"姑父，复活节是怎么来的？"科拉拉问。

"说起复活节来，这个话题就太长了。有两种说法：一种认为复活节是基督徒纪念耶稣复活的节日，是春分后第一次月圆之后的第一个星期日；第二种认为复活节是希伯来人的逾越节，是纪念希伯来人从埃及的奴役下解放出来的日子。在埃及沦为奴隶的希伯来人杀死所有埃及人的长子，埃及法老拒绝赦免罪犯。后来在犹太教中地位最高的神耶和华的帮助下，那些希伯来奴隶成功逃离了埃及，逾越红海，返回了故土。为了庆贺这一胜利，他们用刚刚出生的小羊羔烧烤成祭品献给耶和华。长途跋涉中，他们只能站着吃饭，配菜是特别苦涩的生苦苣，蘸着醋吃，这是让人们牢牢记住当奴隶的苦难。逃难中，他们的主食是没有发酵的坚硬面饼，也就是专供奴隶们吃的那种不能发酵的死面烙饼。"

科拉拉说："这就是死面烙饼的来历啊。我们今天的烤饼是不是可以追溯到那个远古时代？所以，这种烤饼是神圣的，是古色古香的。"

托尼诺说："截然不同。我亲眼看到妈妈的烤饼其实是用面粉、奶酪和鸡蛋做成的蛋糕。帕利诺可以做证，帕利诺，你说是吗？"

"是的，我还把蛋糕拿到炉子上去烤呢！妈妈，是吗？"

"多好的儿子哟！看来，你已经长大了。帕利诺，抱紧呀，别把蛋糕掉在地上！等节日的钟声响起、吟唱圣歌时，再把蛋糕献给上帝，但这时的蛋糕已不是普通的烤饼，而是圣饼了！"

"我绝不会把圣餐掉到地上的。"

"你只挤压了一下,圣饼的边沿就鼓了起来。"

托尼诺说:"妈妈,你把鼓起来的那个地方切一片给我吃好吗?"

爸爸接着说:"书上讲,羊羔作为祭品,不准打碎它的骨头,就像对耶稣和其他受难者一样,也不准打碎他们的膝盖。这种做法既不是出于对他们的尊重,也不是机缘巧合,跟我们的想象大相径庭。要知道,在上天的世界里,不管过去还是未来,这些教规都是约定俗成的,众所周知的。随着时间的流逝,沉淀成了千秋万代、永世不忘的世俗之见。"

"任何人都不知道吗?"

"是的,除了乔万尼和少数的女子,其他任何人都一无所知。这样,耶稣基督把羊羔换成了自己。在复活节的前一天,也就是被钉死的那一天,耶稣从十字架上清楚地看到了自己为了赎世人之罪而成了替罪羔羊的情景。"

科拉拉吓得脸色发白,不由自主地问:"他为什么背着所有人干这种事情?"

"因为真理不是从外部,而是从内心迸发出来的,每个人都是通过苦苦寻觅才最终获得真理的。别哭了,耶稣已经复活了,他永远活在我们的心中。"

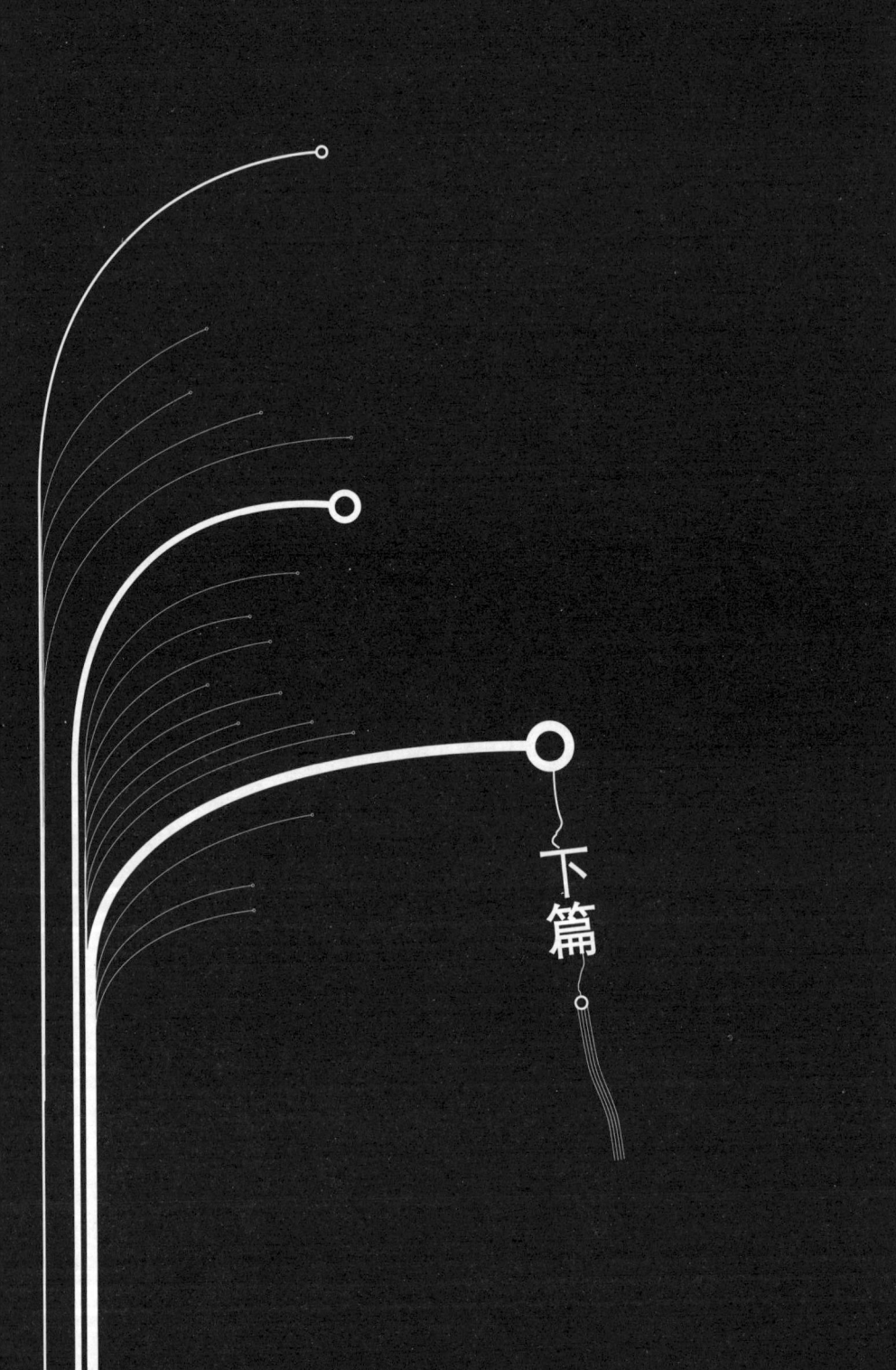

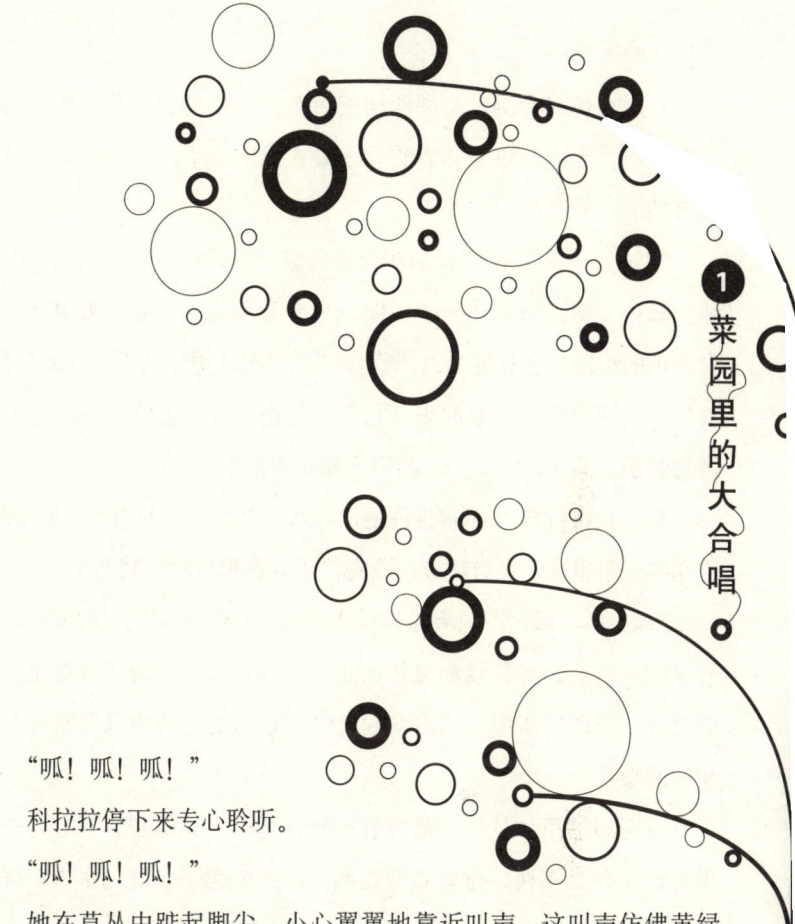

1 菜园里的大合唱

"呱！呱！呱！"

科拉拉停下来专心聆听。

"呱！呱！呱！"

她在草丛中踮起脚尖，小心翼翼地靠近叫声。这叫声仿佛黄绿色的音符，一个接一个地在空中荡漾。

"呱！呱！呱！"音符清晰，好像很远，实际上就在科拉拉的眼前飘浮。

是一只青蛙，一只沟渠中的青蛙，它正在以惊人的速度鼓起腮帮子"呱！呱！"地叫个不停。

青蛙被树叶严严实实地覆盖着，根本看不到天空，但叫声好像唤起了它那沉睡的灵魂,它边叫边入迷地倾听、欣赏自己那"呱！呱！

呱!"的声音。

它时而休息片刻,从鸣叫回归沉默。天晓得它沉默后在干吗?是喘气吗?无声并不意味着它马上要重操旧业了。它沉默一分钟犹如沉默了一千年!

"呱!呱!呱!"又开始叫起来。像一种调频,一种颤音。"呱!呱!呱!"啊,原来是一个序曲。它全身都是绿色的,眼中有一个金黄色的小环。它开足马力,调动起生存本能的所有乐器,奏起"呱!呱!"的华美乐章。看起来,它既不是用吹奏乐器来演奏,也不是用管弦乐来演奏,它每一次的声音和乐器都不尽相同。

科拉拉自言自语:"它也许是用'水'这种特殊的乐器来演奏的。它在嗓子眼里噙了一口唾液,没完没了地在那里咕噜咕噜作响。"

"呱!呱!呱!"只有这样一个音符,四周响起震天的回声,振开朦胧的清晨。音符倏地戛然而止。万籁俱寂中,仿佛青蛙也是沉静之源。空旷寂寥中,忽然响起蟋蟀和蝗虫的唧唧声以及蜜蜂和大胡蜂的嗡嗡声。

在旁边的芦竹丛中,栖息着一种候鸟——锡嘴雀。它总是在那里要锉平什么东西,仿佛要磨光刮刀,磨光锯子,磨光木锉,好雕刻出一个类似木栓的玩意儿。

锡嘴雀以它自己的方式亦步亦趋地模仿青蛙的叫声:"呱!呱!嘎伊!嘎伊!"这种叫声很像栖息在小溪里的蟾蜍发出来的。这里微风吹拂,杨柳和芦竹摇曳不定,实在是一个好去处。从春天到夏天,锡嘴雀总是锉、刮和擦自己的声音,试图练出一副悦耳动听的金嗓子来,可练来练去,事与愿违,白费工夫,依然是"呱!呱!嘎伊!嘎伊!"的破嗓子!

小溪流水淙淙,有人欢笑,有人窃窃私语,树叶窸窣作响,汇成一片热闹的喧哗声。

"叻叻！嘤嘤！"小鸟婉转啼鸣。

"吱吱！吱吱！"一只蝗虫用左翅摩擦右翅，发出响声。

"吱嗡！吱嗡！"一只大黄蜂嗡嗡直叫。

"嚯嚯！嚯嚯！"，听，这是蟋蟀的叫声。

乌鸫戛然长鸣。有的飞来飞去，有的闻花香，有的吸花蜜。科拉拉渴望变成一只蜻蜓，一只蝴蝶，一只小燕子，甚至一棵灯芯草。她自言自语："如果，我能变成它们肯定是很有意思的。小燕子从高处俯冲下来，沿着菜地，胸脯紧贴草地和杨树飞翔，然后越过山坡和豌豆地，舔舐着溪流和湿漉漉的花草。"

要是天气凉爽，池塘里就会充满无限的魅力。

听，青蛙又"呱！"地叫起来，仿佛汩汩的流水声，是单和弦的独唱……是元音和辅音的绝佳合声。有时候，音调又降了下来："嘎啦！嘎啦！"然后又慢慢上去了，好像又回归原音："呱！呱！呱！"从男中音上升到女高音的最高八度："嘎呖！嘎呖！"声音会视空气的流通情况、天气的温度湿度和天空的云量而变化。如同人的血液一会儿是凉的，一会儿又是热的那样。

"呱！呱！呱！"的叫声是万世不变的圣歌。既是永恒的，又是新奇的，因为它的叫声不是它独有的。全世界所有青蛙的叫声都毫无二致，正像所有干旱的土地渴望着甘霖那样，青蛙也是如此。

这歌声没有听众，在科拉拉看来，只有她一个人是听众。仿佛为了招揽听众，青蛙才歌唱的。

科拉拉自言自语："天晓得这是为什么呢？也许是因为青蛙们兴奋，也许是为了自我欣赏，也许是因为一个谁也不知道的高深莫测的道理。由于这样的理由,蟾蜍的歌唱像云雀一样,也是妙不可言的。"

"呱！呱！呱！"这种歌唱包括一切：月色之夜的亮光、望月时生命活力的提升、大气和水的灵魂以及小精灵的鬼把戏。

当成群结队的小鸟"扑棱"一声起飞时，新一轮大合唱又拉开了序幕。"嘎啦嘎啦嘎啦嘎啦！"……听到这持续不断的叫声，菜地里所有的青蛙都受到了惊吓而魂飞魄散，也许这是对昔日清晨的怀念，也许是预示着夏日之夜的来临，仿佛是晨星中留下的最后一抹金色的亮光而让小精灵们难舍难分，清澈的天空格外迷人。

"嘎啦！嘎啦！嘎啦！……"或许是为了宣泄闷热天气导致的压抑感。从沟渠里的所有大小蟾蜍散发出来的臭味来看，它们是注定要参加大合唱的：咕咚！咕叽！嘎啦！嘎啦！"

水珠一滴又一滴地落在脸上、手上，一百个一千个露珠落在甜菜上、蚕豆上、南瓜上、芦笋上和草莓上，大合唱戛然而止。

科拉拉走近池塘。青蛙，一只只匆忙潜入水中生怕被雨水"淋湿"。蒙蒙细雨中，蓝色的菊苣、金盏花和金黄色的毛茛也都蔫头耷脑地陷入"沉思"。漫步在菜蔬架下是多么地赏心悦目啊！科拉拉冒雨一路欢笑，一路小跑往家赶。放眼望去，大地一派生机，春意盎然，万物被雨水洗刷得玲珑剔透，鲜艳亮泽。

淋得一身湿的科拉拉回到家，搂起妈妈满心欢喜地说："我去了菜园。"

"你去菜园干吗？你找到了爱吃的青菜吗？"

要知道，在返回家的途中，科拉拉还顺路帮埃吉斯托收割洋蓟。晚饭，埃吉斯托请她吃她最爱的油烤洋葱和西芹。

"呱！呱！呱！"歌唱又开始了。不管天气的好坏，池塘里的小小歌唱家们便拉开了"呱！呱！"地练唱的序幕。当星星还没有映照在混浊的沟渠里，它们的音乐便早早地开场了。

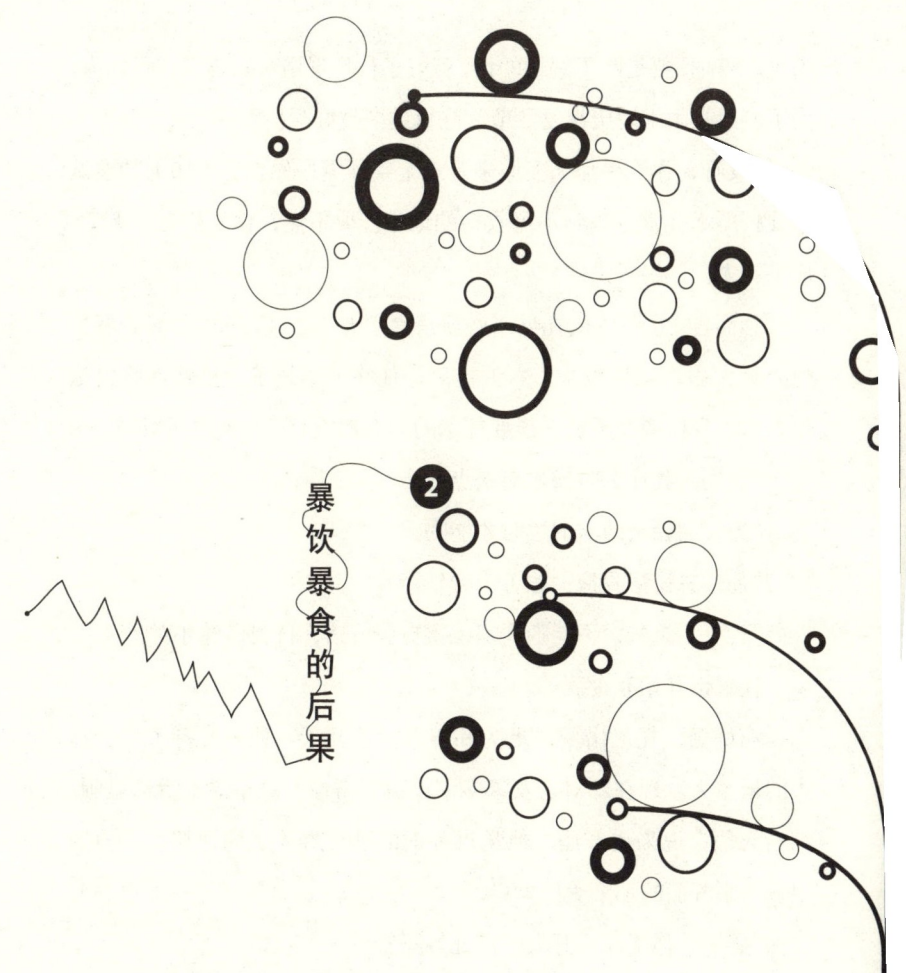

2 暴饮暴食的后果

复活节已过，托尼诺却病了。他肚子疼，焦躁不安，冷一阵热一阵，高烧不退，头疼得厉害。他吃不了蛋糕，也看不了电影。医生问诊后，要求他必须马上卧床休息，并让他服药。原来在节日期间，他抑制不住美食的诱惑，狼吞虎咽地吃点心和比萨饼，一直吃到恶心呕吐为止。哎哟，要是听了妈妈的话，就好了！托尼诺对妈妈说："我以为，为了能热热闹闹地庆祝复活节，吃得越多越好呢！"

"哎呀，你吃得那么多原来是出于崇拜啊！你真是个伟大的虔诚信徒！所幸你没有病到不可收拾的地步。要不然，你早就上了天堂，成了圣人！"妈妈说。

总而言之，可怜的托尼诺必须禁食六天，这六天的时间好长啊！他大哭大闹，总是抱怨。六天过后，他终于退烧了。虽然他脸色依然苍白，身体依然虚弱，连要杯水的力气都没有，但在日见好转。

"妈妈，我什么时候才能喝点儿汤？"

"当你的舌头清洁卫生时才能喝。"

"那你总得帮我擦一擦舌头呀！"

"舌头不是鞋，不能随便擦，得自我清洁，自我保健才对。"

托尼诺开始有食欲了。

病好后，托尼诺变得更为和善了。前几天，他还暴打了那个高大的稻草人，现在却对它友善多了。他变得像一只小绵羊听话温驯，纯洁无瑕。说来也奇怪，他觉得外面的那个春天正向他招手，他渴望看一眼外面的那个美好世界。

"妈妈，你把窗户开大一点儿好吗？"

"你想看什么东西？"

"看一眼天空和云彩就足够了，其他什么都不想看。"

"你还想吃前几天你吃的那些好吃的东西吗？"妈妈哈哈一笑说。要知道，妈妈这几天还为托尼诺担惊受怕呢。妈妈接着说，"老师安排工友来看你，向你问候呢！"

"真的吗？你给他小费了吗？要是我变富了，我会成为百万富翁的。到时候，我从小轿车里出来，会有一个工友为我打开车门的！"

晚上，爸爸还没有回到家的时候，托尼诺希望妈妈坐到他的床前。放学后，科拉拉总是坐在他的旁边，给他读童话故事。他再也没有问这些故事是不是真的。在他看来，所有的故事都是迷人的。

当科拉拉给他讲"猪国王"的故事时，他似乎闻到了肉香。

"你有什么感受吗？"

"有食欲了。"

"不，不是，是饿了。"

有时，托尼诺听到街头上孩子们喊喊喳喳的声音，便禁不住想起了同学们，自言自语："下着雨去上学多好呀！粗大的雨点滴答滴答拍打着雨伞多惬意啊！能跟所有的伙伴尽情玩游戏该多痛快哟！工友真的很善良，我长大后，真想成为像他那样的人，当老师和校长也行！当个时而来学校视察的督学就更好了。我愿意成为一个人人喜欢和受到尊重的好孩子，成为童话中的王子！"

"妈妈，我什么时候能吃上面包？"

"怎么，你想吃面包？"

"是的，妈妈，请你给我一个粗粮圆面包好不好？这种面包更有味道，也更有营养，因为它含有小麦。"

科拉拉给托尼诺讲到了阿拉丁神灯的故事。[1]魔灯使阿拉丁的每个心愿都能得到实现。妈妈大声说："托尼诺，一切都准备好了，开饭！"

妈妈颇像一个魔术师，把一碗用粗面粉煲的汤放到桌子上，味道多鲜美啊！

---

1 阿拉丁为神话《一千零一夜》中寻获神灯和魔指，并以此召唤神怪按其吩咐行事的少年。

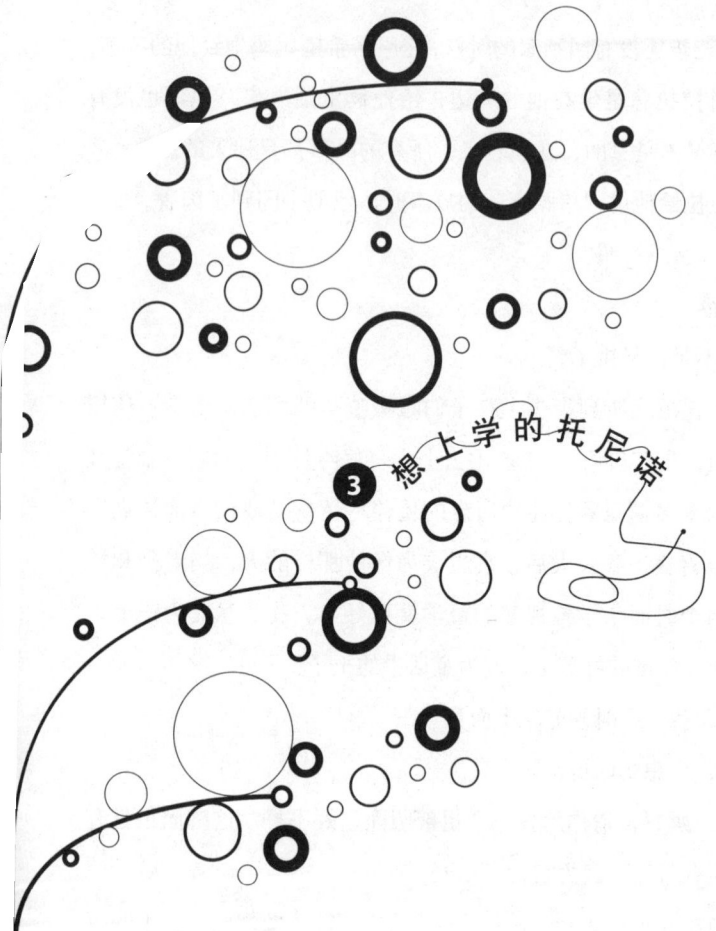

3 想上学的托尼诺

托尼诺终于可以起床了,小心翼翼地走到阳光普照的窗台前。他喜欢观察在头茬的豌豆苗上飞舞的蝴蝶、发芽的洋葱和开花的苹果树。

"我服的那种药肯定是良药,但是苦极了!那是什么东西?"

"大红萝卜。"[1]

---

[1] 俗名卞萝卜。

托尼诺喜欢的这种萝卜呈圆锥形,像小矮人似的。他说:"我希望多吃这种萝卜。"

"你倒像个怪人,吃太多是会得病的!"

托尼诺可不想成为一个怪人,他喜欢品尝好吃的东西,但要节制,做到恰到好处。

"妈妈,学校的事情怎么办?我已经落后了,怎么跟上同学们?"

"你的当务之急是康复,然后强身健体。"妈妈在厨房做着饭还不忘鼓励他一番。

"妈妈,我想读书。"

"不行,医生说你必须休息好。"

"我想朗读课文,医生禁止不了我。否则,我就向老师告医生的状。"

"现在你要绝对听医生的话,在学校你要听老师的话。"

"可是,若听医生的话,我就会变成一个笨蛋学生,就会变成一头让医生高兴,整天'咿呀咿呀'地叫个不停的驴子了吧?"

"托尼诺,冷静点儿!你要像蜗牛那样……"爸爸鼓励他说。

"凡事要慢腾腾的,对吗?"

"不是这个意思,是要有耐心!"

"那个黑色的小东西是什么玩意儿?"

"是甲虫之类的小动物,叫屎壳郎,是栖息在玫瑰花上的金龟子的近亲。当闪闪发光的碧绿色金龟子在玫瑰花的屋子里舒舒服服地睡着觉时,可怜的屎壳郎却栖息在地下,做着打扫和收集粪便的工作。"

"真是不幸!"

"不是不幸,而是万幸!它活得非常滋润。它很看重自己穿的像埋葬虫一样的服装和圆规似的大腿。"

"圆规?"

"是的，为了收集粪便，它常把粪便滚成球形，然后头朝下，用两条后腿推着球形粪便往后滚。要是它第一次没有推上坡，就得在同一个坡度上来回推滚三十次才能大功告成！"

"天啊，多么滑稽可笑呀！"

"怎么能这样说呢？逾越障碍的过程要沉着冷静，更重要的是找准定位，顽强拼搏，坚持到底，初次受到挫折后不要气馁。"

"爸爸，瞧，多漂亮的金黄色蝴蝶呀！它从哪里来？"

"它从梦幻般的世界来。它经历从幼虫到木乃伊到死亡的过程。现在由于阳光的强烈照射，它的眼睛已睁不开了，所以失去了记忆。"

当天晚上，托尼诺梦见自己变成了一只幼虫，一只去上学的绿色幼虫，可走呀走呀，始终到不了学校。他坚持不懈，勇往直前地走下去，终于走到了他的班级。他跟帕皮诺、吉杰托和手拿课本的所有同学重逢了。在讲台上，一定有一个什么东西，请你们猜猜看：一只蜗牛，一只体型很大的蜗牛，眼睛鼓得圆圆的、长长的。

"它在干吗？"托尼诺问。

老师慢悠悠地说："现在嘛，我们等着下雨。"于是蜗牛把眼睛、脑袋和脖子都缩进壳子里，开始蒙头睡大觉了。哎哟，多好的一堂课呀！

正在托尼诺做着美梦时，妈妈进了屋子，打开窗户，把他吵醒了。妈妈对他说："今天你可以上学去了。你要牢牢记住：对所有同学要热情，有礼貌，特别要感谢关心你的老师。"

"下雨了？"托尼诺问。

"没有，太阳依然灿烂、光明。"

"那样的话，老师还在睡觉。"托尼诺陷入了回忆之中。

这既是个美梦，又是一个事实，托尼诺一骨碌从床上爬下来。

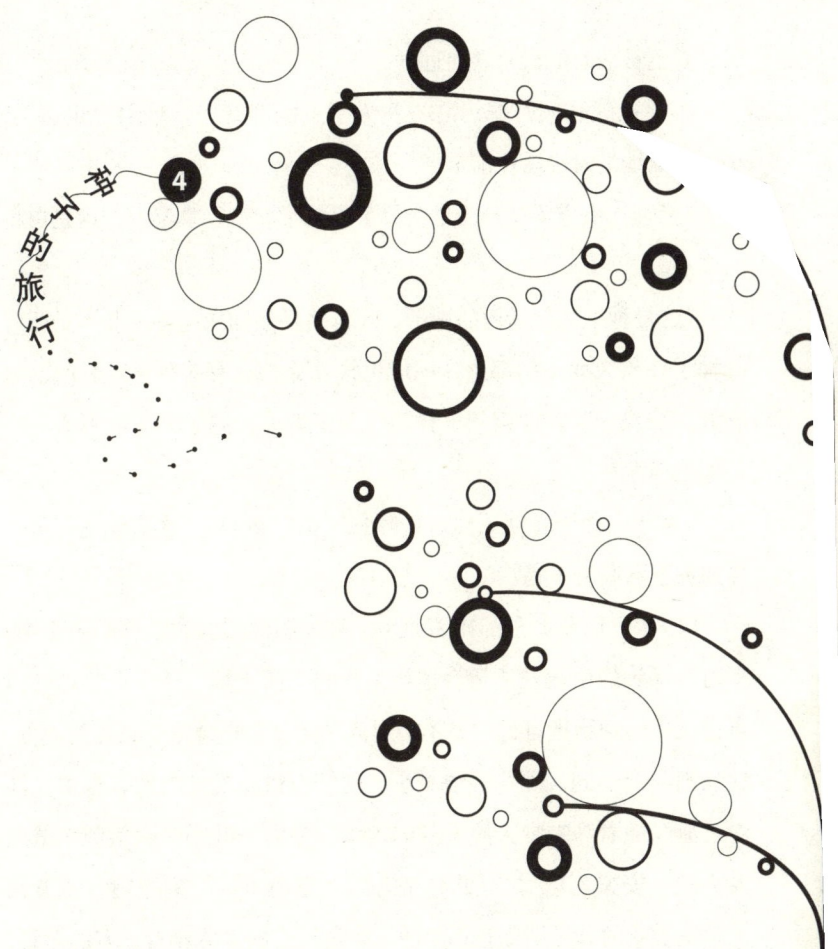

4 种子的旅行……

"呱！呱！呱！"

"怎么是同一个声音？"科拉拉不禁纳闷，"但绝对不是菜地里那只青蛙叫的！"

这一天，爸爸和三个孩子沿着小溪溯流而上。

啊！满山遍野草木葱茏，蓓蕾含苞待放，充满生机。小溪产生的旋涡漫过了水中的草丛，有时会在高大的杨树和谦逊的柳树前打转,直到被湍急的流水卷向远方。

小溪掩映在一片翠绿之中。为了不溅湿鞋子,他们边走边跳,小心翼翼地沿着小溪往前走。

"爸爸,下雪了!"托尼诺惊奇得叫了一声。事实上,这是白色的柳絮。

"这是种子,是杨树的种子。大自然是先知先觉者。并不是所有的种子在秋天或冬初都留在原地生根发芽的。有些种子轻轻的、软软的,被风一吹,像棉絮一样,飞到了远处,到了来年的春天,在异地生根发芽。"

"为什么种子必须飞到远处呢?"托尼诺问,"这些像飞行员一样的种子到底要干吗?"

"树木不像萝卜全都比邻而生。柳树和椴树的种子都必须飞翔。有时,遥远的山区缺乏适合植物生长的肥沃土壤,于是白冷杉就用自己沉重的翅膀把自己的孩子带到离'老家'稍微远一点儿的地方。地衣则与众不同。那些轻盈渺小、刚能看得见的地衣腾云驾雾,漂洋过海,随着哗啦啦大滴大滴的雨水,如同一叶小舟飘落到水草肥美之地'安家落户'。有的种子寄附在冠毛上,有的寄附在螺旋桨上,毛芯花的种子则张开小伞随风飘荡。有的匍匐爬行,有的爆裂,有的攀援在绵羊毛上'生儿育女'。牛蒡用毛刺钩起自己的'孩子',把它们甩到路过的羊群身上;有的像草莓那样,把繁衍生息的希望寄托在蜗牛身上;有的像紫罗兰那样,蚂蚁就是它们的宿主。但是,它们首先寄希望的是各种小鸟。比如说,颗粒、果核、浆果等都离不开小鸟来完成它们的传宗接代。种子越是色彩斑斓,越是通体透明,就越能吸引更多的小鸟来吃它们,并把它们撒到各地。最令人不可思议的是那些寄生子。瞧,那棵老苹果树。"

"好似一束草丛。"

"是的，是一簇灌木寄生在老苹果树上。"

"它为什么不像其他植物在土壤中生长？"

爸爸说："你们仔细观察可以发现，这种植物不具备在土壤中生存的能力。它必须依靠生活在其他树木的枝条上来吸取为它准备好的营养。"

"你们继续想想，这些寄生子如何在其他树干上撒种生育后代呢？谁带走它们呢？'"

托尼诺回答说："是小鸟，是小鸟吃掉它们的种子，然后撒播在田地里。"

"那么，宿主妈妈干什么呢？"

"它培育了自己发黏和甜酸的小果子，而果核是难以消化的。贪嘴乌鸫的到来救了它们的命。甜甜的小果子黏乎乎的，鸟啄食不下去，只能留在喙里。想想吧！乌鸫的那个样子是可笑的，它不得不在栖息的树枝上来回摩擦自己的喙，可咽不下去，结果把宿主妈妈的子孙留在丛林中。"

"真有意思！"科拉拉说，"这么说，小鸟吃的浆果要遭厄运了？"

"不会的！一般说来，它们的种子坚硬耐酸，小鸟吃下去是难以消化的。在恶劣的环境下照样存活。有些种子的外壳坚硬如铁，即使用锤子，也是敲打不开的。"

"比坚果还硬吗？"

"是的，比骨头还硬，像小石子似的，不可穿透。然而，植物的幼芽最终还是会鲜花怒放的。"

"是谁让它绽放的？"

"阳光。"

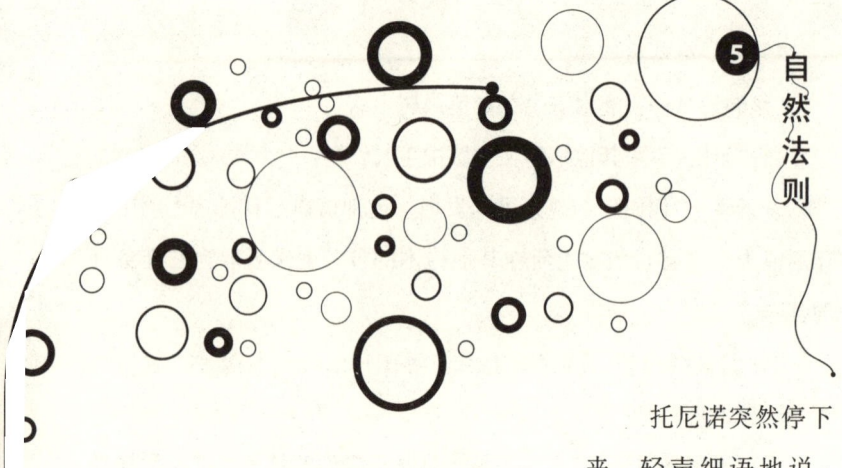

5 自然法则

托尼诺突然停下来,轻声细语地说:"瞧,在河的那边……"

大家停下脚步,惊奇地东张西望。

原来河对岸正在发生一些蹊跷的事情,可又不知道是怎么回事,仿佛一团东西交叉在一起,又像是长着两个脑袋的一条蛇在蠕动。

"咦,蛇正在吞食一只青蛙。"托尼诺咕哝着,顺手捡起一个小石块。

果然如此。可怜的青蛙已被蛇吞进去一半,脑袋还留在外面。蛇和青蛙好像缠绕一团的怪物。

托尼诺向蛇投去一个小石块,击中了蛇,于是蛇被迫吐出猎物,刺溜一下逃走了。

"你这是干什么?"爸爸问。

"还用问吗?蛇不是正在吃青蛙吗?"

科拉拉迷惑不解地问:"姑父,你不是说过,不该杀生吗?"

"我说的是对人类而言,对蛇不能这么说。蛇靠大自然的恩赐吸取营养,没有做任何坏事。"

"可青蛙成了牺牲品。"托尼诺反驳说。

托尼诺说的是大实话。被蛇吐出的青蛙流着鲜血,舒展一下身体,艰难地向前爬行,勉强到达水边,试图游走,来回翻滚几下,过了一会儿,已奄奄一息,仰面朝天,浮出水面,被流水冲走了。

"真可怜!"托尼诺叹息一声。

"它到哪儿去了?是去找它的亲生妈妈吗?"帕利诺问。

"是啊!去找它的妈妈了!"

不远处还有许多幼蛙,身体一半浮在水面,一半沉在水中,快乐地叫个不停:"呱哇!呱哇!呱哇!"蛇躲在它们下面,一口吞进去一只,消失得无影无踪。

"一会儿就死了两只幼蛙。"托尼诺快快不乐地说。

科拉拉带着哭腔说:"姑父,这太可怕了!大自然是这样的残酷无情!"

"不,孩子。你这是母爱的泪水啊!但这是超越善良与丑恶的自然法则,听起来倒是挺新鲜的,对吗?然而,青蛙也猎杀昆虫,还肆无忌惮地残杀同类,我们不能把这种自然法则归结为它们的残酷无情。"

"难道,我们就应该对此麻木不仁了?"科拉拉问。

"完全不是,否则就更糟了!正是这种恐惧让我们变得更为高尚,更有尊严了,因为只有站在超自然高度,人类才能正确审视发生的恐怖现象,也只有人类这种健全的思考,才能拯救大自然,愚蠢的怜悯只能有百害而无一利。"

托尼诺点头称是,爸爸轻柔地抚摸着他的脑袋。

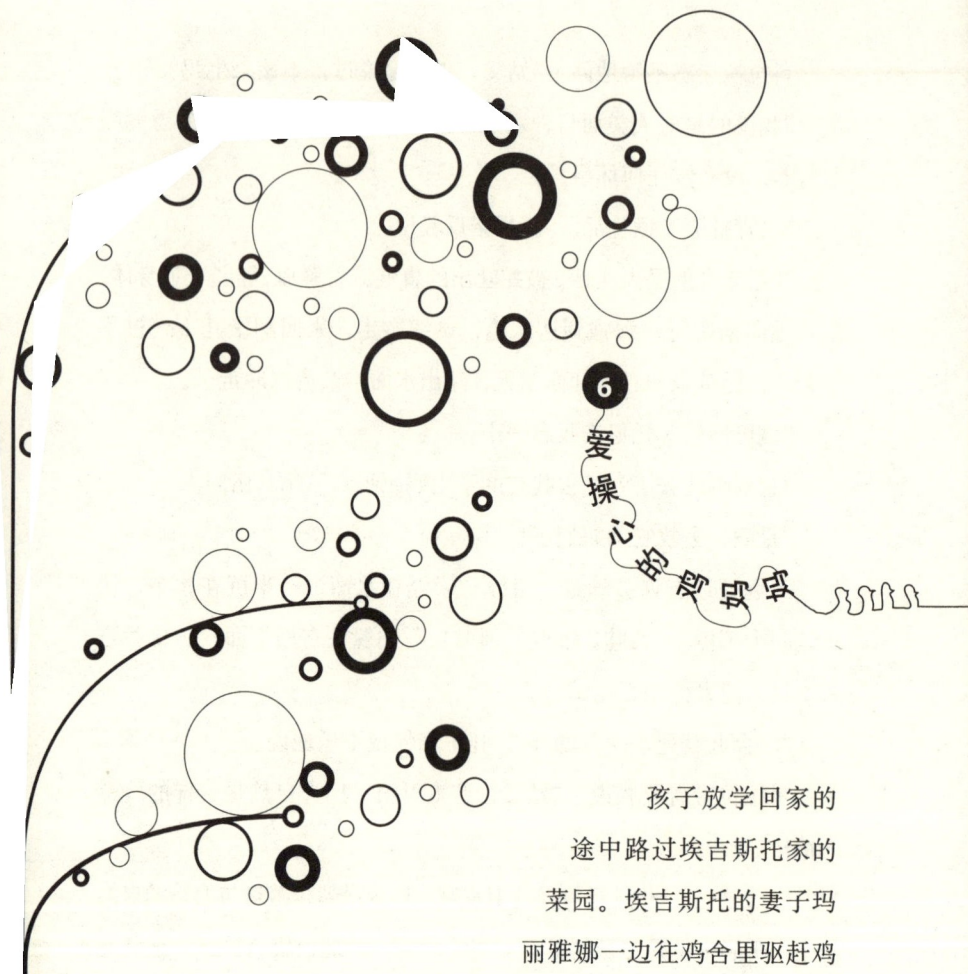

6 爱操心的鸡妈妈

孩子放学回家的途中路过埃吉斯托家的菜园。埃吉斯托的妻子玛丽雅娜一边往鸡舍里驱赶鸡"睡觉",一边大声喊道:"皮皮皮皮,皮皮皮,过来,过来,快过来!"

科拉拉问:"您是叫我们,还是叫你的鸡呢?"

玛丽雅娜回答说:"叫你们,也叫鸡!我叫你们是让你们看一看我最近引进来的新品种。"说着,她向地上撒着麦麸饲料。

说时迟,那时快,小母鸡、小公鸡、老母鸡和火鸡一窝蜂似地一路跑来。大公鸡、珍珠鸡从四面八方急忙赶来,一群鸽子闻讯飞来。

过了一会儿，一群嘎嘎直叫的鸭子和鹅也从水渠里爬上来，争先恐后地抢食吃，那个景象就如同古代帆船摇摇摆摆地驶入港口那样。

科拉拉很爱看玛丽雅娜打谷场的这种盛大"集会"，可一只遭受欺负的小母鸡让她很揪心，因为另外一些肥大的母鸡专横地不让矮小母鸡靠近盘子啄食。它遭到攻击和啄咬，只能自己设法单独进食，但这也是不容易的，因为所有的家禽都潮水般地蜂拥而来，把食物吃了个精光。一直到了晚上，矮小母鸡什么也没吃到。

"矮小母鸡到哪儿去了？"科拉拉问。

"照管雏鸡去了，这种母鸡是出色的抱窝鸡，即便是刚会打鸣的同种公鸡也知道如何照顾鸡崽儿。"

"它们不孵蛋，怎么照管雏鸡呢？"

"它只要护好雏鸡就足够了。瞧，它来了……"

"咯咯！咯咯！"从草垛后面钻出来一只矮小母鸡和六只鸡崽儿。小公鸡转眼间悄悄溜之大吉，趾高气昂的大公鸡假装捡回丢失的一粒种子远离而去。

饲料盘周围聚集了老母鸡、火鸡和鹅，霎那间，矮小母鸡冲破"封锁线"，以翅膀作盾牌，好似冰雹从天而降，狠狠啄咬对方，对方被它打得溃不成军，落荒而逃。

有一次，主宰着鸡场的矮小母鸡在饲料盘旁边叫喊它的"学生"："咯咯！咯咯！"这是矮小母鸡在教它们如何进食呢！

爸爸说："这不是它的孩子。"

玛丽雅娜两手掐着腰身说："这些'孩子'不是它生的，也不是经它抱窝而孵化出来的，是它借来抚养的。抚养中，唤起了它的母爱，结果它成了母亲，当它做了母亲后……"

"就来照料雏鸡了！"托尼诺感慨万端地说。

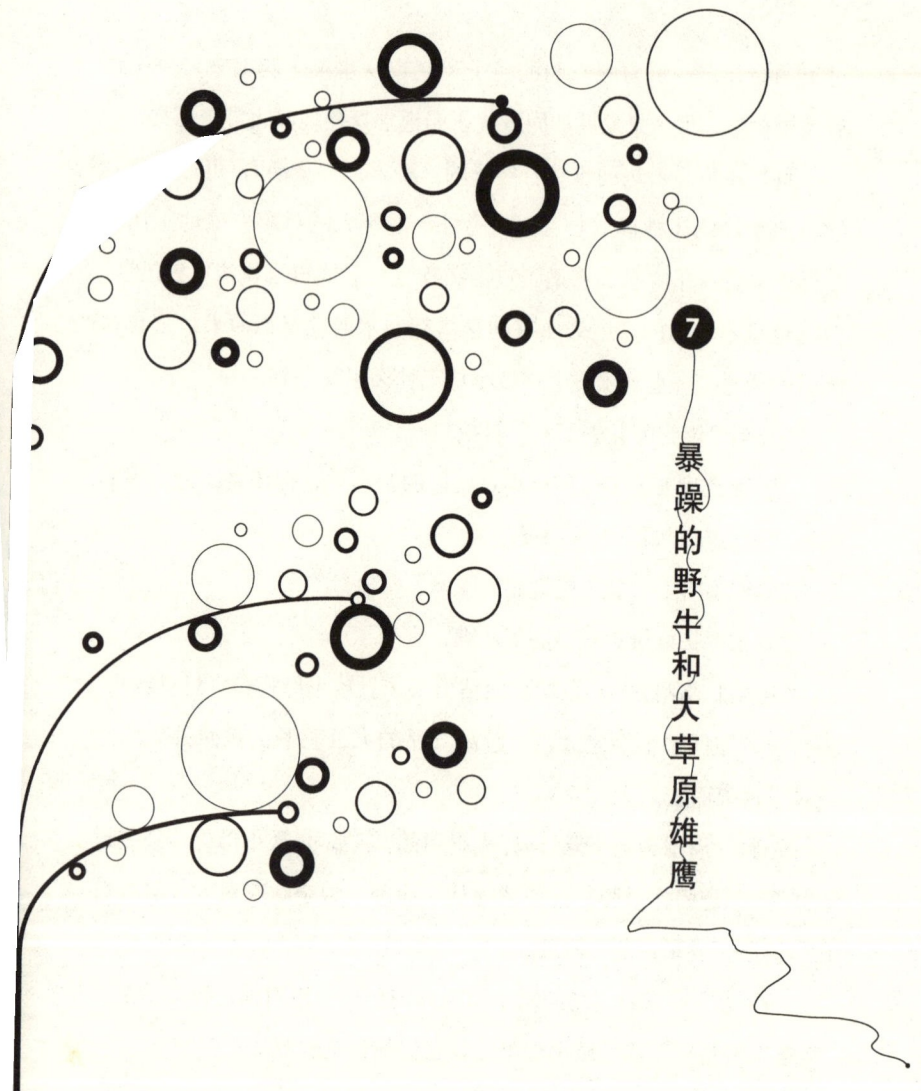

7 暴躁的野牛和大草原雄鹰

妈妈问："我煽火用的扇子到哪儿去了？我买回来后，再也找不到了。现在烧烤要用却不翼而飞了。托尼诺，帕利诺，你们快给我找回来。"

可他俩东找西找也找不到，于是来到菜园，躲到芦竹棚屋里，裹着被褥，开心地谈天说地，再也不出来了。小哥俩到底干吗呢？

妈妈决定出门看个究竟。没走几步，她听到有人喊："当心大草原雄鹰！我们已经被盯上了！"

妈妈向不远处望去，发现哥俩的脸上涂着红色，头上插着羽毛。

"哎哟！现在我才知道我的扇子到哪儿去了！是你们拔掉了扇子的羽毛，涂成红色，粘到嘴唇上了！"

"我没有拔掉扇子的羽毛，我给动物搔痒，搔掉了它的羽毛！"托尼诺说。

"咦，是吗？你这样小小年纪就发善心，为他人做好事，我真为你自豪！"

"可印第安人不是好人，是坏人呀！"

"他们的品行是坏的，可得的分数是好的，而你的品行和分数都不好。谁拔掉了那可怜的火鸡的羽毛？小偷终究要被捉住的，腐烂的鸡蛋总会自动浮出水面的[1]。那个披肩呢？托尼诺，如果不把我的披肩放回原处的话，你会吃苦头的。"

"要知道，我不叫托尼诺，而叫暴躁的美洲野牛。"

"帕利诺叫什么呢？"

"他叫大草原的雄鹰。"

"我倒想见识见识他，这是什么？"

1　寓意纸里包不住火，原形毕露。

"是打仗用的斧头。"托尼诺说着,挥动着扇子的把手,把一只烟斗儿放进嘴里。

"瞧,你的脸脏兮兮的,就好像泡在盆里的那些污浊的衣服。你还抽烟,我都为你害羞。"

"这是和解的烟斗。"托尼诺辩解说。

"什么玩意儿呀!你们拿走了打仗用的斧头,烟斗儿和我的披肩。要下雨了,快回屋子去吧。喏,说下就下,雨点落下来了!"

"雨点落到我的鼻子上了。"帕利诺说。

妈妈高兴地说:"落到你的鼻子上了?也落到我的鼻子上了。快些,把你们的嘴巴洗一洗,再拿个苹果和面包上学去吧!"

"我不能去上学。"托尼诺说。

"为什么?"

"我看不见足迹,印第安人只能沿着别人的足迹走路。"

"好啦,我给你留下足迹,快些,洗一洗你们的脸。要是你们在麦地里走来走去,是没有好果子吃的。埃吉斯托告诉我,你们上学时踩踏着他的麦苗。"

"可麦地里是捉迷藏的好地方!"

"是啊!我们的面包就是小麦面粉做的。瞧,现在真的下雨了,快回屋子里吧!"

托尼诺大声说:"不要面包,我们要吃蛋糕。今天不想去学校[2]。"

"斯托拉!"帕利诺模仿发音。

"是斯果拉,你到底会不会发音?一头小驴子!"于是帕利诺——

---

[2] 学校的意大利语正确发音为"斯果拉",托尼诺已上小学,发音正确。弟弟帕利诺还未上小学,发音不正确。下面的几句就"学校"这个词的发音,系小哥俩玩文字游戏。

我们大草原的雄鹰果真像小毛驴那样，咿呀咿呀地哭起来，最终站到了妈妈的一边。

"快，快去找你的妈妈吧！"

帕利诺没有得到托尼诺的安慰，哭得更伤心了，唏嘘不已地说："他管我叫一头小毛驴！"

妈妈对他说："在印第安人看来，小毛驴倒是一种荣誉称号，是专门用来授予他们的最高指挥官的。"妈妈说着，拿起放在门前的一撮像"络腮胡子"的东西对两个孩子解释说："瞧，这个玩意儿有两种用途，一种象征图腾。作为印第安人的标志，一种是用来擦洗地板的拖布！帕利诺，你是妈妈的好小子，是妈妈温驯的小绵羊。我要让你变成一只体面的小雄鹰。至于你，亲爱的托尼诺，你这个专拔家禽尾羽毛的扒手，爸爸回来后，看他如何跟你算账吧！混小子，雨下大了，快进屋子吧，要不我们都会感冒的。"

"可印第安人总是睡在帐篷里也从不感冒。我也要在露天睡觉，阿嚏！……"

他接连打了几个喷嚏，说明他确实感冒了。

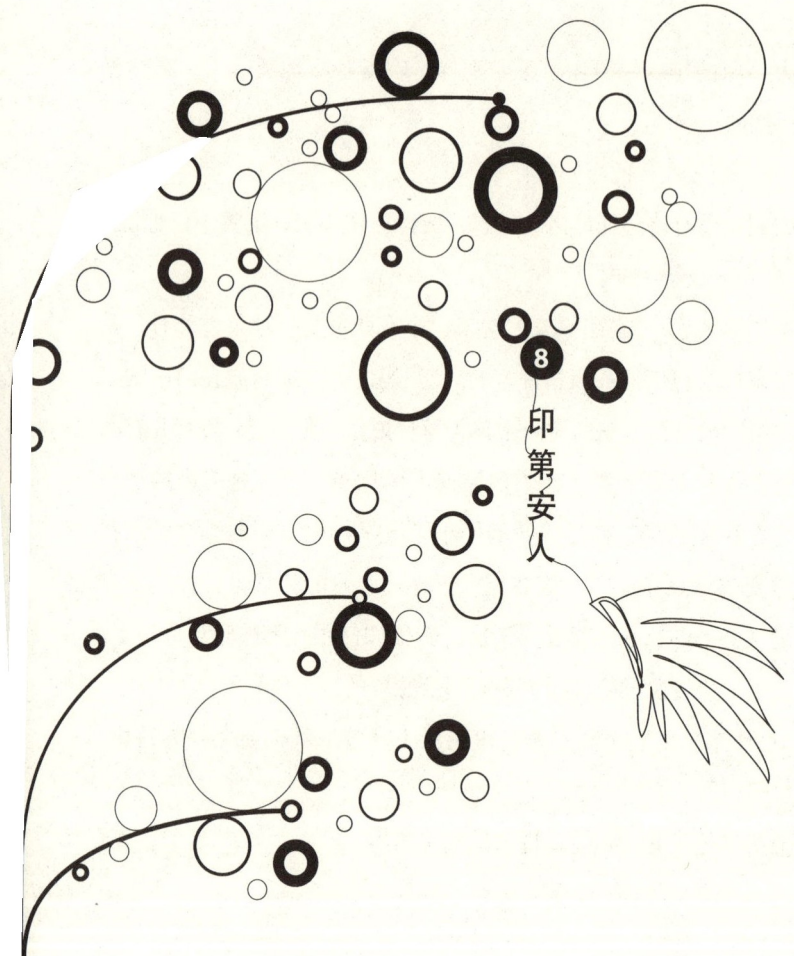

8 印第安人

"爸爸，妈妈说腐烂的鸡蛋会自动浮出水面，是真的吗？"托尼诺问。

"在一个盛满水的容器里，放上一些盐，待盐溶解后，原来新鲜的鸡蛋就会沉入水底，三四天后，臭蛋就会浮上水面，这种办法可以检验出蛋是不是新鲜的。你妈妈对我说，你们玩印第安人的游戏，而且扮演其人的形象。我要说,印第安人绝对不是坏人,也绝对不是缺少教养的民族。"

"那我……那我呢……"

"他们富有教养。当某人说话时,他们从不打断人家的讲话,从不拉无用的家常,聊无益的大天!"

"我们是在玩打仗,他们不打仗吗?"

"他们从前打仗,现在不再打仗。当他们必须执行一个重要或严肃的任务时,需要一天一夜的准备。"

正在这个时候,大草原雄鹰从外面大叫一声。

"当另一个部落的某个人必须路过他们的村子时,"爸爸解释说,"他要申请过境许可才能过境。获准后,客人会受到众星捧月般的欢迎,大家会争先恐后地送给他礼物。"

帕利诺进屋后,妈妈递给他一个苹果。

"印第安人不吃苹果,他们不懂嫁接,只吃煮熟的蚕豆、野味、鱼和玉米。"

"吃鸡吗?"妈妈问。

托尼诺以藐视的口吻说:"你是一个女人,在印第安人中,'多娜'[1]这个词是不存在的,要是有的话,他们把女子称为'斯瓜温'。"

"说得对。"爸爸确认说,"事实上,在代表大会举行期间,印第安女人的义务就是沉默,专心聆听她们必须牢记的东西(听到爸爸的话,托尼诺露出得意扬扬的神情。)然而,是女人一代又一代传承着往日岁月的悠悠万事,因为印第安男人不会书写文字。"

这时,妈妈再也抑制不住激动的心情说:"印第安男子除了身上

---

[1] 意为女人。

长满虱子,头上还有什么?"

"还插着老鹰的羽毛。他们这样做不是为了图慕虚荣,而是为了追求奢华。他们以狩猎为生,跟大自然相依为伴。从他们的名字到服饰,到粗犷的动作来看,都跟大自然息息相关,密不可分。他们与马融为一体,相依为命。他们是真正的马术师。骑马时,他们不用马鞍,不用脚蹬子。大自然强化了他们的器官,比如他们有灵敏的听力,预知天气好坏的惊人能力,而我们自己却正在退化甚至丧失这些能力。"

"我这方面的能力却在强化!"托尼诺说着,还打了一个响亮的喷嚏,"阿嚏!"

"是啊!你有这样的能力!你刚看到别人打开了伞,就知道要下雨了!"妈妈以讽刺的口吻说,"是谁拔掉了公鸡的羽毛?"

"我不知道。"

"你说你不知道,然而我认识一个绰号叫'暴躁野牛'的人,他把脑袋深埋在火鸡尾巴的位置上,走起路来好似小狗,用尾巴代替脑袋。"

帕利诺听得一头雾水,禁不住问:"那他如何走路?"

妈妈回答说:"像印第安人那样倒着走路!"

"果真如此!"爸爸证实说,"他们确实落在时代的后面,正因为如此,他们才保留了鲜明而天真的特性。他们的名字跟我们人类远古时代一样,都有着自己的外号,源于大自然,如白熊、黄金、云彩、红隼、银嗓子。'大草原雄鹰'这个外号除外,因为他们不知道'大草原'实际上指的正是俄罗斯干旱平原。更让你大失所望的是他们的皮肤并非红色,而是茶青色的、暗黄色的,红色完全是他们后来涂抹的。从年轻时候起,他们个个都是出色的猎手。到了年老的时候，他们个个变成了顾问。在代表大会期间，他们坐在第一排，受到作为老年人那样的尊重。寡妇和孤儿可以留在部落过正常的生活。他们穿着狍皮衬衫和驯鹿长袍，鞋和手套全是用优质鹿皮做成的，轻巧的鞋底微微向前翘起，为的是防止在雪地上走路时滑倒。女人编制篮子，缝补被褥，手织绣制品。"

"他们吃盐吗？"妈妈问。

"怎么不吃盐！他们不辞劳苦地长途跋涉到大盐湖去取盐[2]。所有的人都离不开盐，没有盐，就无法生存。"

"这可是你说的，没有盐就没法活下去。那么，托尼诺你快买盐去，我要大颗盐粒，那是最纯正的盐。"

"我马上就去！但爸爸，你得先告诉我，印第安人是如何生活的？"

"他们住在用少量竿子支起的皮制帐篷里。他们逐水而居，直到北极，跟爱斯基摩人为邻，那里仅靠微弱的北极光照亮漫漫长夜。他们对神明顶礼膜拜，爱哼小曲儿，爱听惊险的故事。他们梦想着无边无际的狩猎草原。"

当天晚上，托尼诺买盐去了，仰躺在马车上，看到若隐若现的一束光线。

"难道是北极光？"托尼诺心里琢磨着。

马车夫来个急转弯说："你干吗？不舒服吗？"

"不是，我想听一听远处的火车声。"

"啊，十足的大傻瓜！为了听火车的声音，你想卷入车轮下吗？"

不久，他们开始返回。

2　大盐湖：美国著名盐湖，位于犹他州。

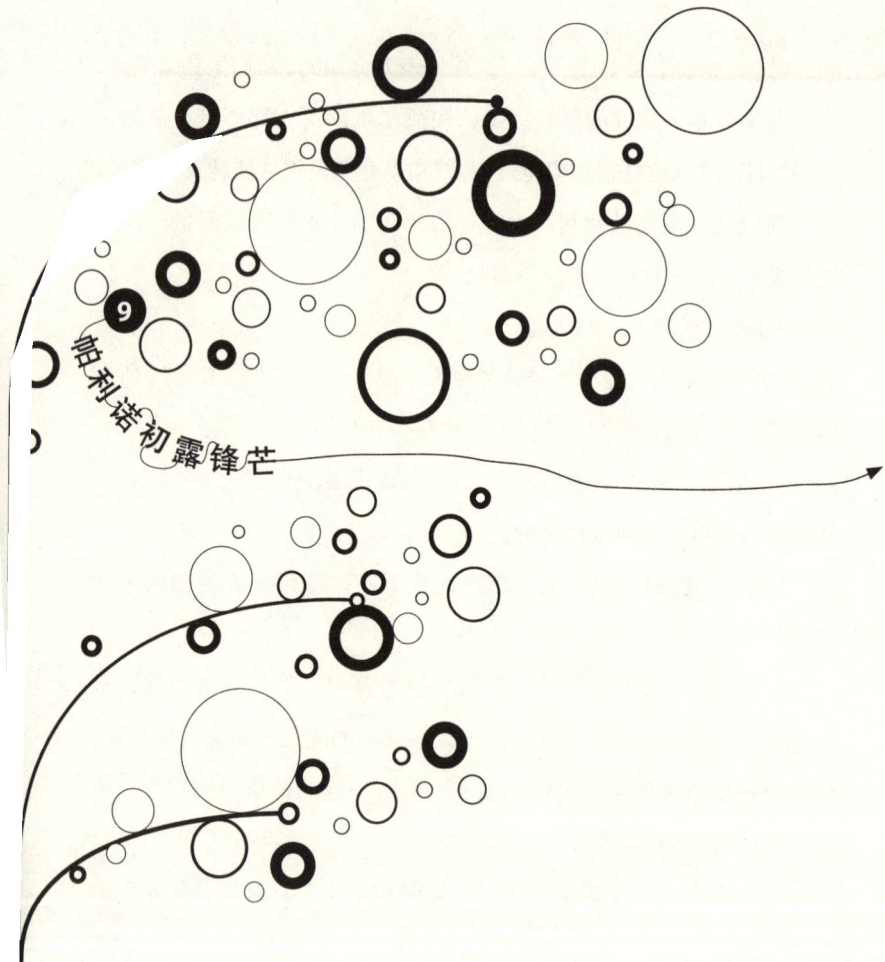

9 帕利诺初露锋芒

爸爸说:"欧洲人毁了土著人的一生。欧洲人用酒廉价收购了他们的河狸皮和水獭皮,于是他们整天喝得醉醺醺的。在英国和法国人为争夺加拿大而进行的战争中[1],土著人内部互相残杀,到了几乎灭

---

1 后来,法国人战败。加拿大纳入英国的版图。

绝的地步。"

"爸爸,他们为什么不造反?"托尼诺问爸爸。

"他们太落后了。跟动物一样,他们赖以生存的自然环境日益恶化,人口锐减,在加拿大只剩下十来万人,分成几个部落,如山岳部落、爱吃驯鹿部落、黄色刀锋部落、犬联盟部落、奴隶部落、兔皮部落、斜眼人部落,等等,无奇不有。人们把他们称为'德内',意思是'人',杰出的人。他们生活在广阔的马更些河流域[2]和从驯鹿湖到大奴隶湖、大熊湖[3]以及北极的冻土地带。他们最喜爱的猎物是生活在高山密林中的驼鹿,这是一种角质厚重的大型鹿类。你们可能还不知道,印第安人居无定所,他们的人生之旅是在不断地徒步迁徙中度过的:读书、认字、上学的时间少之又少。"

"斯果拉!"帕利诺大声朗读。

这是帕利诺有生以来首次读对了"学校"这个单词。

"到斯果拉去!"他轻声细语地重复说,好像自己发音自己听,连他自己都觉得不可思议。

现在他学会了开音和闭音,说话非常流利,仿佛经历了蓓蕾从含苞待放到鲜花怒放的过程。

"到斯果拉去!"他翕动着嘴唇,再一次自言自语。学会了正确的发音,他的音色甜美,声音珠圆玉润,抑扬顿挫。

---

2 加拿大的一条河。

3 加拿大的三大湖泊。

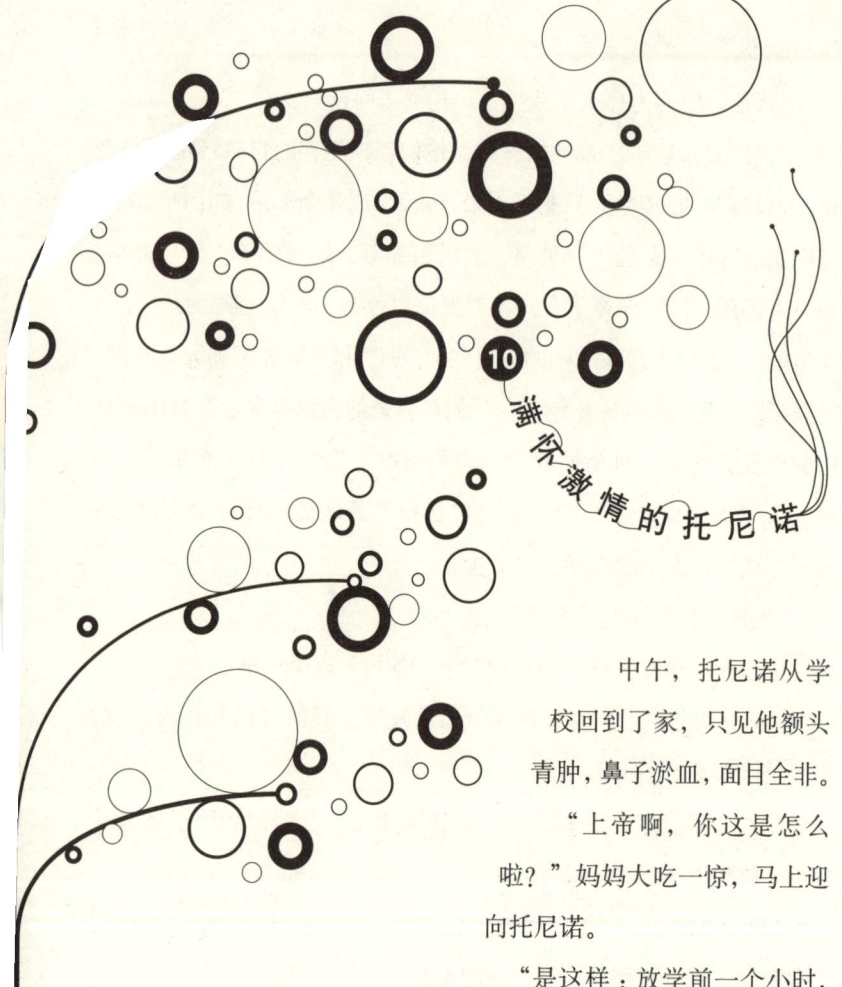

10 满怀激情的托尼诺

中午,托尼诺从学校回到了家,只见他额头青肿,鼻子淤血,面目全非。

"上帝啊,你这是怎么啦?"妈妈大吃一惊,马上迎向托尼诺。

"是这样:放学前一个小时,校长对我们说,明天不上课了。我下楼梯时,因为跑得速度太快,在楼梯口转弯时撞到了墙上,受了伤。"

"可怜的托尼诺!"爸爸同情地说,"上楼梯时,你是那样的沉着冷静,而下楼梯时,你却晕头转向了!"

"爸爸,上楼梯和下楼梯截然不同,下楼梯总是要快一些的!"托尼诺咕哝着说。

"是啊!这个我知道。错就错在校长不该突然对你们说明天不上学了,错就错在校长和墙壁从来没有各就各位过,对吗?"

"爸爸,你老是开玩笑。可你不知道,当一个人总是一动不动地坐在课桌前听那些老掉牙的事情时,会是多么地疲劳不堪哟!难道他不需要走动一下吗?"

"当然喽!正因为这样,今天我本想带你去看一场电影。可一想到你要在那里一动不动地待上两个多小时,我就又打退堂鼓了。"

"哦,不,爸爸!我们照样要去。热情并没有错,你也说过,一切成绩都是靠满腔热忱来取得的。哎哟,我烫着了!"这一下,吓得妈妈赶忙给他上药。

"好孩子,你烫伤了,就必须及时地去消毒。对了,明天为什么要放假,是什么节日吗?"

"不知道,我确实不清楚到底是什么节日才放假的,这跟我有什么关系?"

"听校长说明天要放假了,你精神亢奋,所以下楼梯跑得太快,撞到了墙上,顺着梯子滚了下来,结果受了伤。你是多么的激情满怀啊!好啦,好啦,这些就不多说了。现在看一看日历吧,4月25日[1],既是四部《福音书》的作者之一圣·马可的纪念日,还是古列尔莫·马科内的生日[2]。"

"这位捣鼓电线的马科内是谁呢?"

"他不仅是位裁缝,更重要的是个发明家,无线电及其系列产品的问世,他都功不可没。"

---

[1] 是意大利的解放日。

[2] 马科内(1874—1937):意大利物理学家。实用天线电报系统的发明人。首先在大西洋两岸实现远距离无线电信号的传送,1909年获诺贝尔物理学奖。

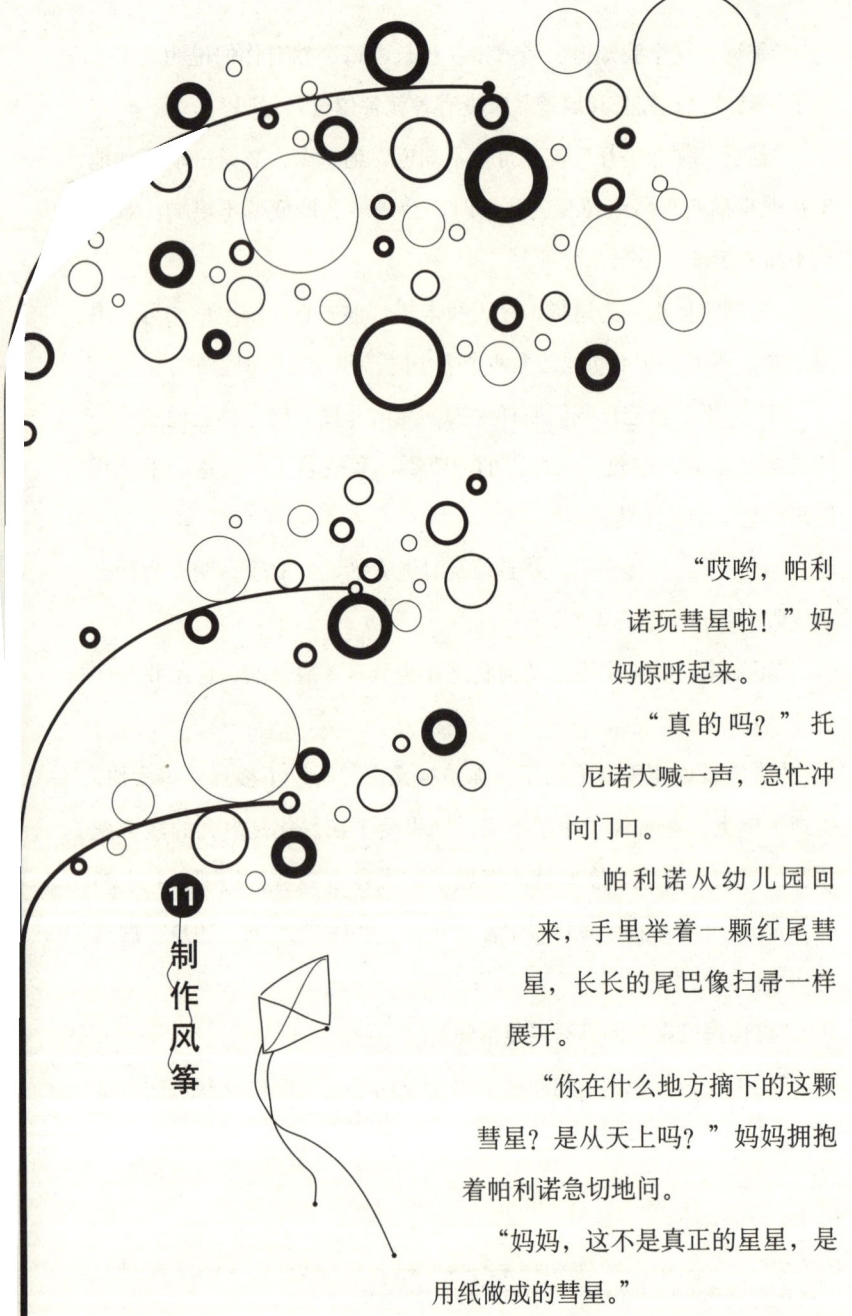

11 制作风筝

"哎哟,帕利诺玩彗星啦!"妈妈惊呼起来。

"真的吗?"托尼诺大喊一声,急忙冲向门口。

帕利诺从幼儿园回来,手里举着一颗红尾彗星,长长的尾巴像扫帚一样展开。

"你在什么地方摘下的这颗彗星?是从天上吗?"妈妈拥抱着帕利诺急切地问。

"妈妈,这不是真正的星星,是用纸做成的彗星。"

事情是这样的：那天上午，幼儿园的每个孩子都分到了一个漂亮的小气球。帕利诺的气球是青蓝色的，在阳光下光彩熠熠。大家争先恐后，兴高采烈地奔向庭园，放出各自的小气球，然后像小天使那样仰望天空。玩得正开心时，帕利诺的小气球线突然断了，气球飞走了。

霎那间，帕利诺惊得说不出话来，在大家的一片惋惜声中，他直勾勾地望着变得越来越小的气球，显得闷闷不乐，一副无可奈何的样子。

老师和其他孩子如实告诉他说，他的气球早已升入天空，不可能回来了。他也亲眼目睹了气球融入蔚蓝色的天空，于是他内心深处只能接受这残酷的现实，听天由命了。可有些孩子却开始嘲笑他，这一点他实在受不了，终于忍无可忍，"哇"的一声，失声痛哭起来。

这时候，老师拿来一根芦竹，跟帕利诺一起跪在地上，摊开一大张深蓝色的纸。她首先用小刀切断芦竹，并把其中一段弯曲过来，用一根小提琴弦线把那芦竹和那张纸缠结在一起，然后用糨糊和剪刀鼓捣出彗星的扫帚状尾巴来。

托尼诺有点儿讽刺挖苦地说："这是什么彗星，什么彗星啊！明明是风筝嘛！"

爸爸回答说："是彗星！在伦巴第大区和马尔凯大区也叫彗星，而在法国叫'飞鹿'。"

"风筝是一个小伙子发明的吗？"

爸爸说："是的，是一个风华正茂的小伙子制作的。他生于公元前的塔兰多[1]，名字叫阿吉达。在远东地区，往往要举行盛大的风筝赛

1　意大利地名。

会,喜迎八方来客,是人人喜欢的一种娱乐活动。"

"参加者引以为荣吧?"

"当然啦!一年里总有几天,中国人以制作风筝为乐趣。他们的风筝五彩缤纷,形式多种多样:龙形的、蛙形的、罂粟花形的、鸭子形的。人们在新月初现的时候把风筝放飞天空,为的是越过星海到达希望的宝座。"

"他们为什么要举办风筝赛会?"

"他们要向苍天讲述中国人的喜悦与苦难,希望与诉求。踊跃参加这项活动的不仅有孩子,还有大人,甚至还有尚武的勇士,社会名流,诗人,穿着长袍、坐着轿子的达官贵人。"

"哦,真是太美啦!那么,他们有什么诉求?"

"穷人的诉求是相同的。所有的人,包括富人和权贵都需要消弭自己的不幸与苦难。要是一个孩子的小小红色'金鱼'风筝或者一个基督教徒的'白色天使风筝'胆敢比上升到'风之门'的'绿色巨龙'风筝飞得更高更远,这些风筝的拥有者——权贵们就变得傲慢无理和怒不可遏。"

"这些权贵者这么愚蠢!我也想制作出超过他们的风筝。"托尼诺边说边坐到餐桌前。

"还等什么呢?"妈妈问,接着把西红柿酱拌面和金枪鱼放到餐桌上。

"我在等假期呢!"

"明天不是放假吗?"

"当然啦,这还用说。"托尼诺说完,又自言自语,"明天见!"

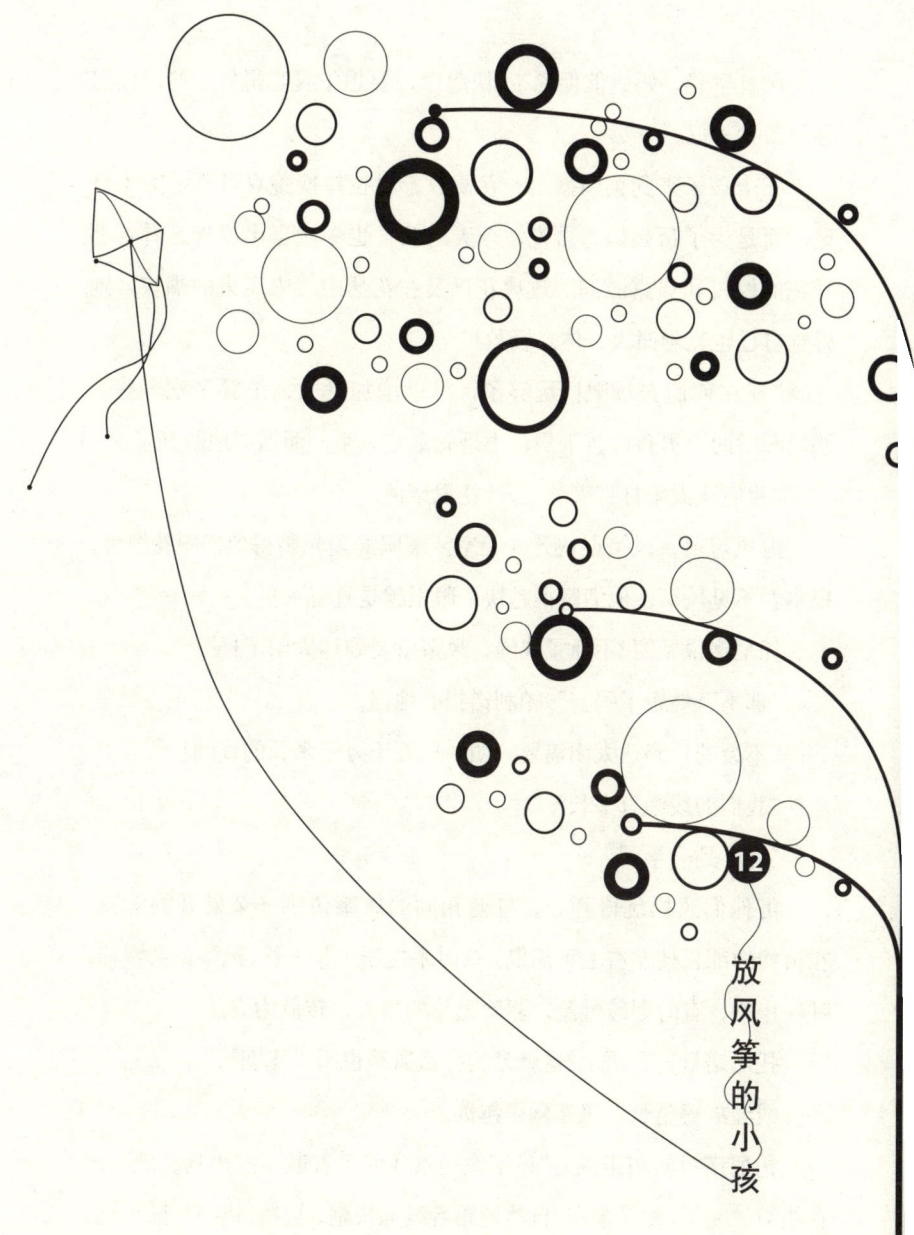

12 放风筝的小孩

次日早晨，妈妈催促说："快起床，要想午餐吃得好一些，你们必须帮我一把。"

三个孩子来到菜园摘第一茬豌豆。科拉拉摘豌豆可不是为了自己，而是为了帮姑妈。再说，今天的假日也令她喜出望外。看到那开花的樱桃和晨露滋润的玫瑰花以及在花丛中飞来飞去的蝴蝶，她感觉自己也光彩照人，体态轻盈！

"现在你们去玩吧！玩够了，可以增加食欲，午餐多吃一些。"妈妈嘱咐两个男孩说。于是，小哥俩拿着风筝一溜烟似地跑开了。

"我们让太阳打打喷嚏吧。"托尼诺说。

海风习习，风筝很快升入天空。耀眼的阳光刺得他们眼花缭乱，根本看不见风筝。他们跑得越快，眼里越是直冒火星。

托尼诺说："我不抓紧线绳，风筝就要到达太阳了！"

"那不就烧毁了吗？"帕利诺担心地问。

"不会的！到达太阳需要一团一亿五千万千米长的线绳！"

"我们的线绳有多长？"

"还不到一半。"

可他们照样玩得开心。红蓝相间的风筝仿佛一朵盛开的鲜花，在植物的细长梗左右上下摇曳。有时手拉线一紧一松，风筝就会飘移，呼啦作响，有时划破气流，驱除无形的敌人，转危为安。

托尼诺自言自语："这就是为什么风筝也叫'飞鹿'。"

线绳放得越长，风筝飘得越远。

托尼诺对帕利诺说："风筝像一条我们牵着散步的小狗。瞧，现在线绳放完了，你抓牢它，自然地跟着线绳快跑。快些,快些！随风跑，随风跑！千万别生拉硬拽的，向风筝迎面跑，让它自由飞翔。"

帕利诺满心欢喜地说："我们不妨割断线绳把风筝放走好啦！"

托尼诺解释说:"我们把麻线绳固定到地上,让风筝永远飘在天空,你看如何?不能把它放得太低了,你看风筝角都给折了。我来吧,我们快跑起来,否则,风筝就要掉下来了!"事实上,跑得越快,麻线就拉得越紧,风筝就升得越高。

他们跑得满头大汗,中午又饿又渴地回到了家。爸爸在菜园移栽完芹菜也回来了。

"你们快洗手去,马上就要开饭了。"妈妈对他们说,同时开始煲豌豆汤。

"是吃米饭和豌豆吗?"托尼诺问。

"不是,是家常肉拌面和用猪油、洋葱及豌豆做的煲汤。"

香味扑鼻而来,馋得大家要流口水了。孩子们眼巴巴地望着锅里翻滚的美食直发呆。可是太烫了,还不能下口!要知道,饭菜里还搅进了阳光的味道啊!

"爸爸,太阳是一个火盆吗?"

"当然。"爸爸回答。

"地球是绕太阳转吗?"

"是的,它自转一周是一个昼夜,绕太阳公转一周是一年。"

托尼诺接着说:"这说,我有所发现了!那么,所有的行星和月亮统称什么?"

"行星系。"爸爸回答。

"你们知道行星系是什么意思吗?"

"……"没人回答。

托尼诺猛拍一下脑门说:"我发现行星系就是放在烤肉铁架上的转动器,也是游乐场里月亮公园的旋转木马!"

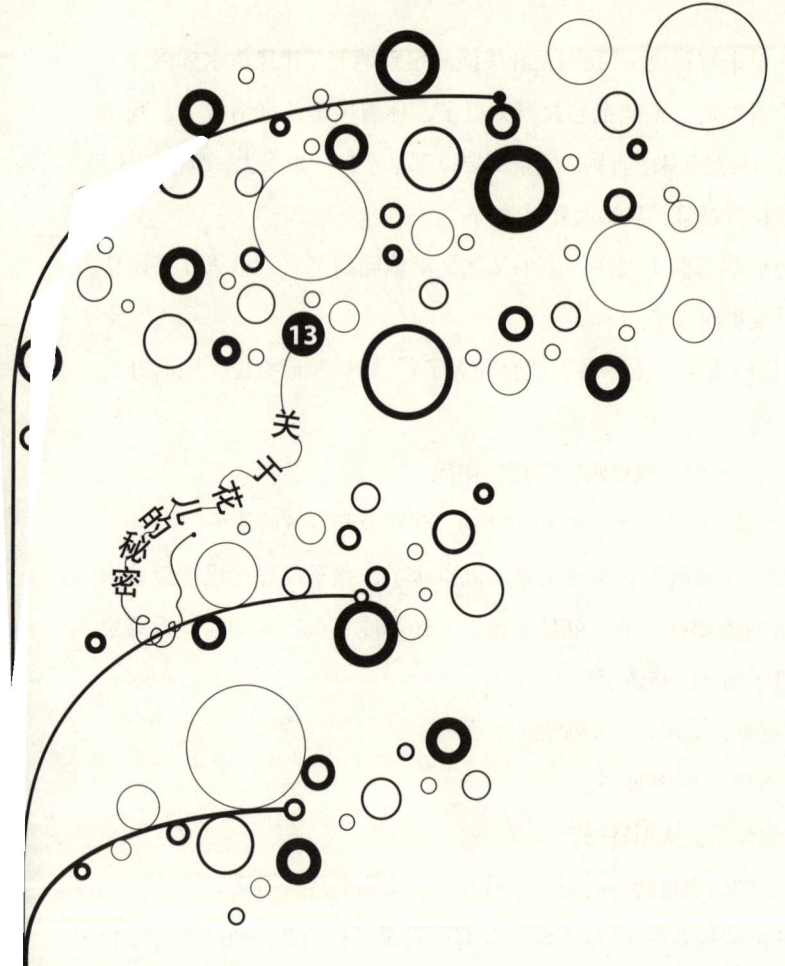

13 关于花儿的秘密

次日清晨,托尼诺对爸爸说:"爸爸,我还有另一个重大发现!栅栏门里面的天蓝色的花儿早晨开,现在又合上了,它是自开自合吗?"

"对呀!小家伙,你真聪明。这是苦苣开的花。苦苣黎明开花,上午十点左右就合起来了。金盏花是早上七点后开花,下午三点又合起来。罂粟花五点开,晚上七点合。天竺葵是夜间开花的植物,康乃馨从晚上开花,一直开整整一夜。"

"好似商店?"

"是啊!像商店和酒吧,根据顾客的需求开门或关门。"

"真不错!谁是顾客呢?"

"客人可多啦!有蜜蜂、苍蝇、黄蜂、熊蜂、蝴蝶,夜间有寄生虫和天蛾。它们根据交通的畅通或拥堵来决定自己是采花蜜还是采花粉,是吮吸糖浆还是补充水分,是汲取甜汁还是采芳香油。它们全都是海吃海喝的,没有专门的屋子供它们吃饭和睡觉。每种花儿的存活都跟各自的习性息息相关。有的也有自己的舒适'卧室',以度过漫漫长夜。"

"那么,是谁发现每种花都是按时开放和闭合的?"

"是一位叫利纳奥的瑞典自然科学家发现的。如果有机会,你可以观察到另外一些现象,如同螺旋似的花朵那样,行星同样在盘旋式转动。"

"哦,爸爸,这又是谁发现的?"

"列奥纳多·达·芬奇。"[1]

"他是全才!毕达哥拉斯[2]和伽利略[3]都是跟达·芬奇一样享誉世界的名人。"

---

1 列奥纳多·达·芬奇(1452—1519):意大利文艺复兴时期的画家、雕刻家、建筑师和工程师。

2 毕达哥拉斯(公元前580—前500):古希腊哲学家和政治家。

3 伽利略(1564—1642):意大利数学家、天文学家和物理学家,现代力学的创始人,证明地球围绕太阳转。

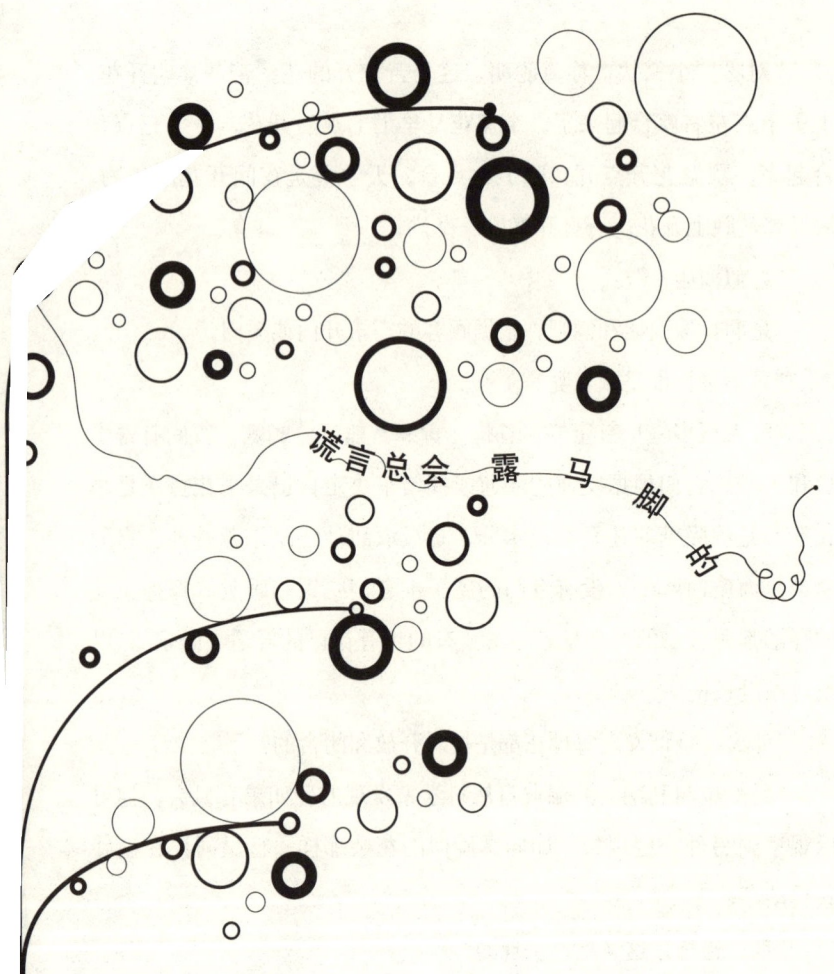

托尼诺太爱探险天空了，回来时被浇了个落汤鸡。

"怎么搞的？"爸爸问，"半个小时没下雨了，你怎么全身都湿透了？"

"洗脸池坏了，为了关紧水龙头，我被溅得湿漉漉的。"

"你的帽子也是湿淋淋的，怎么回事？"

"从帽架上掉了下来。"

"哎哟，从没听说过衣帽架是挂在洗脸池上面的！要给工友说一下呀！"

"是啊！已经跟他说了，可他恨不得把我们生吞活剥了！"

"为什么？他很坏吗？"

"他气得就要发疯了！昨天他威胁说要把我们的一个同学强行带到校长那儿去受罚。"

"他为什么要这样呀？！"

"他就是这样的人，原因是他不想见我们'大草原'一伙的人！"

"'大草原'是一个什么样的组织？"

"不是个组织，是个秘密社团。"托尼诺带着严肃认真又威严的口吻证实道。

"这个我心知肚明。可这个社团有什么样的纲领？只是放牧吗？谁是主席？"

"没有主席，只有一个头头，我不能说谁是头头，因为我们发过誓不准说出去。"

"桑德罗和帕斯瓜里诺也不知道吗？要是不放牧，你们在大草原干吗？你们到底想干吗？多么好的一个秘密社团呀！"

"你是怎么知道的？"

"一些秘密之所以称为秘密仅仅是因为有人相信它。还是老一套的逻辑：你变成了比你更淘气的一个人的奴隶，以便让你为他的错误行为负责。"

"我不是任何人的奴隶！"

"那你是头头吗？"

"是的，可我们从不做坏事。我们只是为了玩，难道不准玩吗？"托尼诺抽泣着说，"工友为什么对我们暴跳如雷，要把我们带到校长那里去呢？实际上，他是不想让我们把玩具枪带到班级里来。"

"你们的玩具枪就是竹筒吹箭吧？这是一种用废料制成的玩具，用于在户外'打靶'，是一种不会伤害任何人的有益游戏。"

"那工友为什么对我们大发其火？"

"完全是因为'大草原'的缘故。他不要你们在大草原玩这种游戏。"爸爸说，"请你告诉我，你的书包为什么也淋湿了？"

"你别着急，我还没把话说完呢！……老师让我们提前离开了教室。在回家途中，就下起了雨。据说，老师的一位家人不幸去世，于是他火急火燎地离开了学校。"

"啊！可怜的人哟！我恰巧碰上了你的老师。可他是那样的喜形于色，想一想，没有丝毫的悲伤！"

"是的，是一位居住在遥远美洲的亲戚。"

"是北美洲还是南美洲？"爸爸问。

"是北美洲的阿根廷吧！"

"天晓得，估计是个大富翁吧？"

"富可敌国，大概有数百亿的遗产。正因为这样，才喜不自禁呢！"

"这么说，他不再当老师了？"

"但愿如此！"托尼诺说。他装着微笑的样子，可心里老是忐忑不安。

"我可以走了吗?"

"别走,再等一会儿。"爸爸以命令的口吻边说边凝视着他,"老师跟我谈话的情况我还没对你说呢!他对我说,他今天在学校没见到你。"

"我在桌子下面!"

"你在桌子下面干吗?"

"捡掉在桌子下面的铅笔。"

"那老师点名时,你为什么不回答?"

"我回答了,可他没听见!"

"要是果真是这样,你可以走啦!"爸爸说。

爸爸又向托尼诺大喊一声说:"站住,别走,你先跟我说清楚,你的鞋为什么溅上了那么多泥浆?"

"因为……老师走后,我去看了一位患病的朋友……他得了猩红热……"

"他肚子疼得很厉害吗?"

"肚子一点儿也不疼,但这是一种可怕的病!估计今年他再也不会上学了。"

"是啊!你是不是也不想上学了?"

"我?我愿意上学。"

"那你为什么今天不到学校去?"

从说话的样子看,估计托尼诺今天再也编不出什么谎言了。于是他低下脑袋吞吞吐吐地说:

"因为……因为我没学历史课,担心考不好……所以……"

"你就是以没学过历史课为理由,而混过一堂课的,这就意味着你失去上另外一堂历史课的机会。于是你到哪里,就把你的拥护者带到哪里。一个人当了小头头，你就不可能再脱身了，你必须做那些伙伴们要你做的一切事情。两个落后班的学生桑德罗和帕斯瓜里诺不去上学，可他们对班集体还是忠诚老实的。所有这一切都是我从你老师那里听来的。你星期一到学校后，要马上以我的名义向老师赔礼道歉，并求得他对你的原谅。"

托尼诺哭哭啼啼地说："难道我不应该告诉他我没学历史课吗？"

"不仅历史课你没学好，地理课你也没学好，你刚才说过阿根廷属于北美洲就是一个例子。好啦，不管什么原因，你要把这两门功课学好，直到真的学会了。今天晚上，你把学到的东西向我重述一遍。现在，你去换衣服吧。但首先要把你的玩具枪交给我。要记住：三个星期不准你去看电影。"

妈妈说："谎言总会露马脚的。"

托尼诺自言自语："是呀！要当心撒谎！撒一次谎，二十个谎言便会接踵而来。"想到这里，他怏怏不乐地走开了。

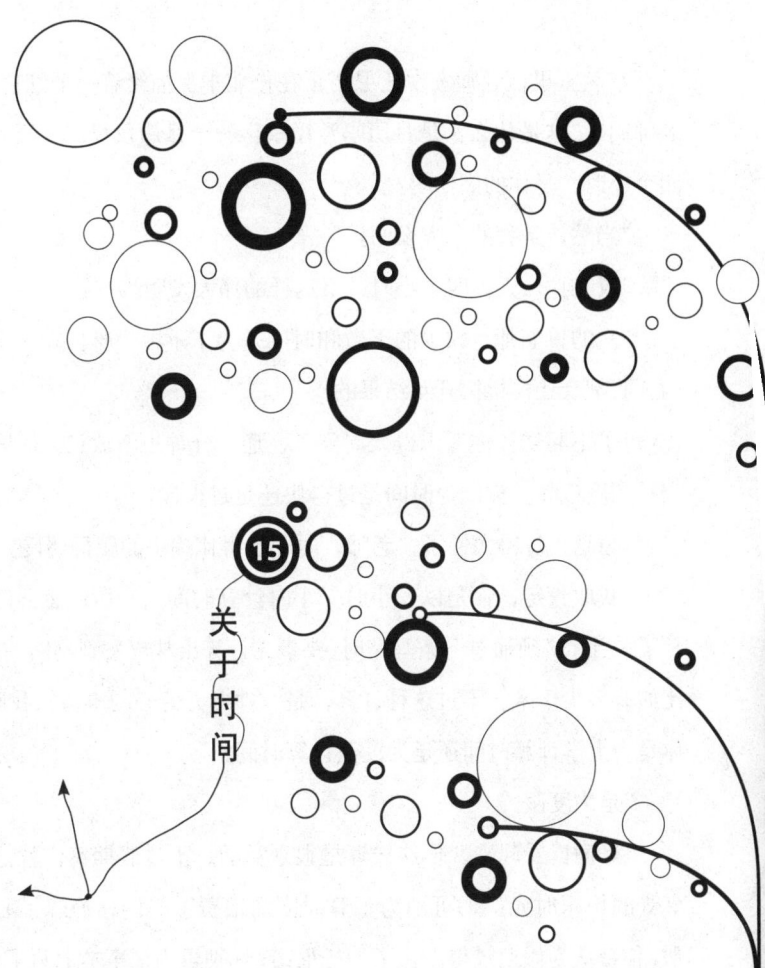

15 关于时间

在教室里，老师发现托尼诺正在作业本上描绘着一个红色图案。老师问："这是什么？是月历吗？怪事！一个月历仅仅二十天，每天四个小时，是你的杰作吗？"

"当然，是我的一大发明！"

"哎哟！一天仅四个小时，有这样的伟大发明吗？"

"是的，老师，缺少的天数和时间是为了不上学呀！在每个小时内，我都会让樱桃树开花结果的！"

"了不起哟！你考虑得太周到了，连一分钟也不放过。时间怎么安排和度过呢？你以为时间是过得快还是过得慢？"

"嘻嘻！过得太慢了，老师，时间过得比蜗牛的爬行还慢！"

"我敢肯定，你是以一小时一小时计算时间的，所以感到时间太长了。当你必须通过一条马路时，要事先计算出从出发到马路的距离，比如有多少千米。不过这种计算，是一件费力劳心的事情。我问你：你是为上学计算时间还是为度假计算时间？"

"是为度假。"

"好啊！看起来，你这样算是很划算的。不过假期嘛，就是应该享受的快乐时光。你可别为了算时间而浪费了时间，操碎了心！否则，你会认为假期过得太快了。托尼诺，你别再为记事本上写了什么、画了什么而牵肠挂肚了，将来会有人帮你保存好记事本的。"

回家后，托尼诺想起来老师的话，显出愧疚的样子，正要撕掉笔记本和画在上面的小樱桃时，爸爸说："现在别撕呀！你要跟那些樱桃一起好好地保存笔记本，当你长大后再撕也来得及。那时候，你将体会到在学校的时间是非常短暂的，而这个本子则记录了这段美好时光。"

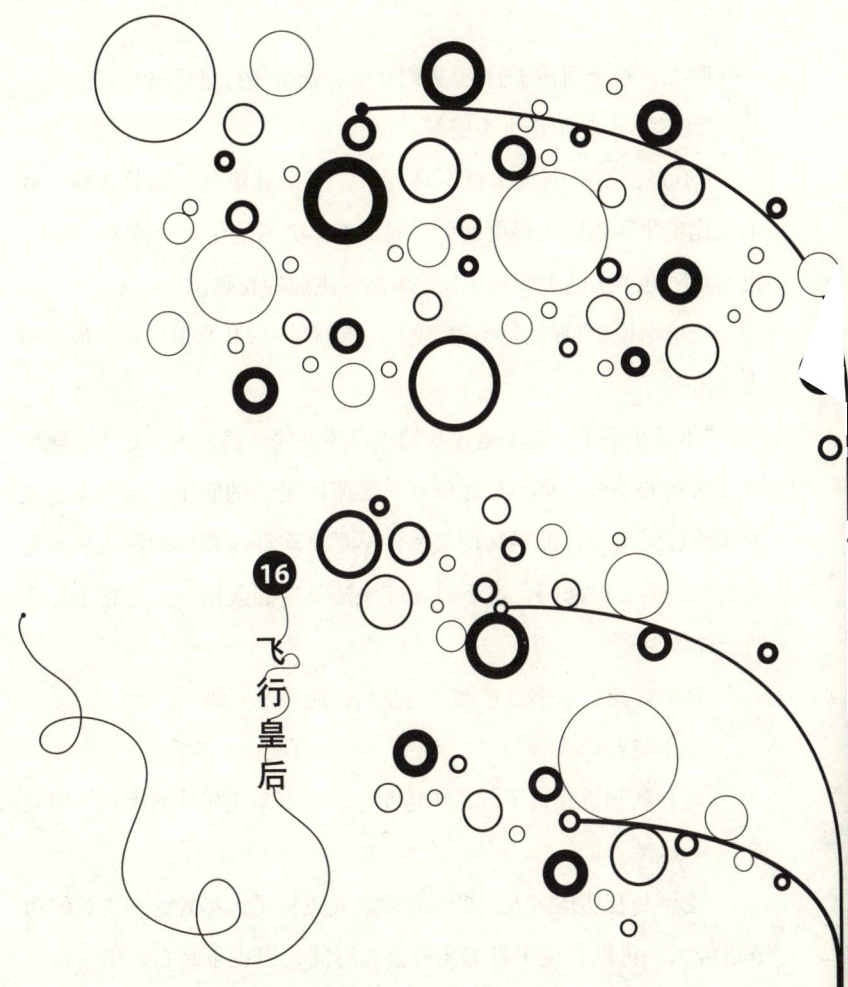

16 飞行皇后

晚上，爸爸问孩子们："你们知道，谁是飞行皇后吗？"

"老鹰！"托尼诺大声回答。

"不是，不是老鹰，也不是大隼，不是红隼鸟，不是雀鹰，也不是比猎隼和雀鹰飞得更远更高的鸢鸟，更不是任何一种凶猛的鸟，也不是叼起羊羔的秃鹫和在九千米高空飞翔的秃鹰。"

托尼诺说："那就是小燕子啦！它像箭一样从窝里'嗖'地一声飞了出来。"

"不是小燕子，也不是比灰鹤飞得还高的乌鸦，也不是飞行速度超过乌鸦的苍鹭，更不是比所有鸟类俯冲更快的鸽子，也不是从北半球迁徙到南半球的候鸟信天翁，不是喜欢狂风暴雨的海燕，不是来自北极的红嘴海鸥，也不是划破大陆天空的天鹅，总之它不是任何一种鸟类。"

"那么，这位永不止息地飞行皇后，应该是蜜蜂了？"

"也不是蜜蜂。"

"现在我知道是谁了，孔切达女士。她是乘飞机从澳大利亚回来的。"

"也不是孔切达夫人，更不是喷气式飞机了。尽管这种飞机的功率很强大，可以在空中自主飞行很长时间，但也不是它。更不是一个高空气球和一艘'齐柏林'飞艇。"[1]

正在凝神聆听的帕利诺突然说："是伯法妮娅！"[2]

"不是！举世无双的飞行皇后是蝴蝶！它谦卑、脆弱，在花园里从一朵花悄无声息地飞到另一朵花儿上。它薄如蝉翼，稍有不慎其

---

1 齐柏林（1838—1917）：德国军官，曾设计和制造了以他名字命名的飞艇。

2 传说中的主显节夜晚给孩子们送礼物的老妇。

翅膀触到花粉上就不得不坠落下来。这个时候,一股微风便可把它吹走。有时它振翅飞行两个月也无法得到片刻的安宁;有时被大大小小的风劫持,悬挂在海洋上而不得片刻的憩息。蝴蝶的种类很多,不仅有大型的赤道艳丽蝴蝶,还有我们常见的,更为谦卑的大白菜粉蝶、刺菜蓟小蝴蝶、芜菁小蝴蝶和白色大蝴蝶,等等。蜂鸟是世界上已知最小的鸟类,仅重两克,差不多是一只苍蝇的重量。它的全身发光,是已知的极少可以向后飞的鸟,习惯绕着花儿飞来飞去,可以飞越众多群岛。从佛罗里达州飞到洪都拉斯仅用一天的时间。蝴蝶和蜂鸟都以花蜜为食。"

"花蜜是什么东西?"妈妈问。

"是救死扶伤的甜汁,是上帝的饮料。"

"是谁制造这种汁液?"

"是花儿,每种花都有自己的蜜腺,利用太阳这个发热体来制造花蜜。这种甜汁由蜜蜂来采集和吸食,酿成蜂蜜,是阳光辐射和强大生命力的精华。"

"那么,我吃一百千克蜂蜜就成世界冠军啦!"托尼诺感叹道。

"我也要当世界冠军!"帕利诺大声说。

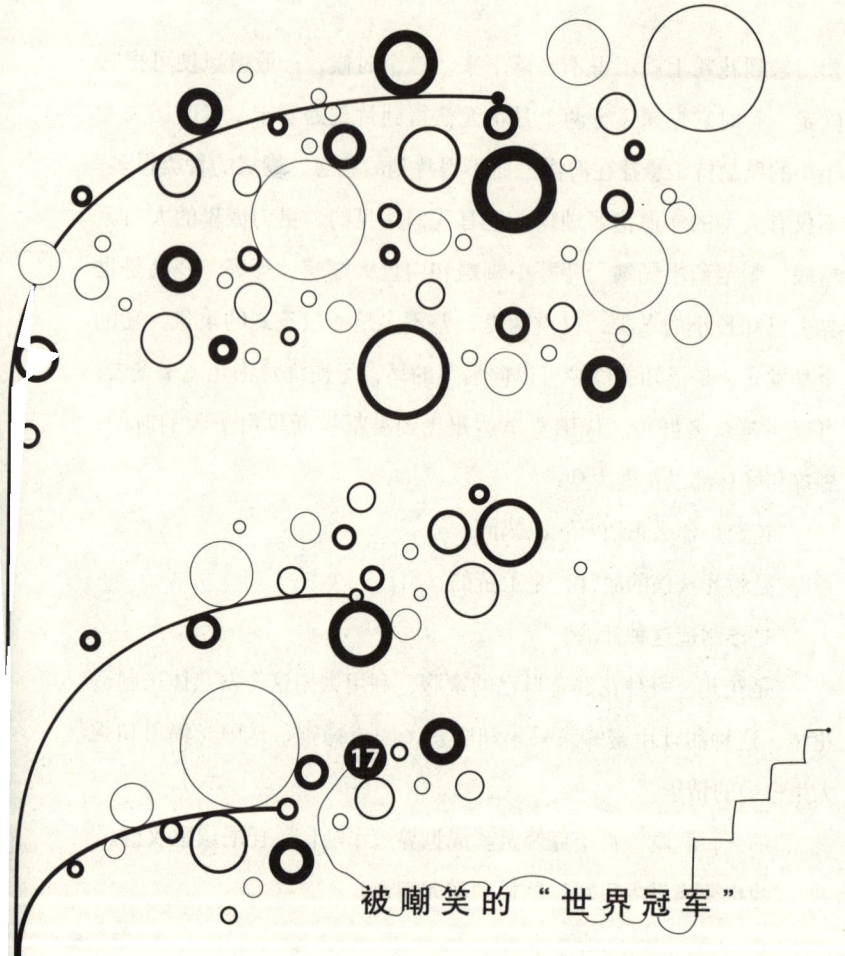

17 被嘲笑的"世界冠军"

说到做到。托尼诺偷偷摸摸地吃了六七勺蜂蜜,然后悄悄地到科拉拉那里去,求她用一个皮带把自己的手腕缠绕起来。

"为什么?你不舒服吗?"科拉拉问。

"不,为了增加力气。"托尼诺回答说,同时想起在博览会上见到的拳击手。

"可你脸色发白!"[1]

"你别缠得太紧了!"

正在这时,妈妈跟帕利诺从集市上回来了。

"天那!你的脸色怎么这样苍白!你的胳膊断了?"

"没有断,我有一个铁拳头,足以打死人!"托尼诺吹嘘说,可他的身上直冒冷汗。

托尼诺还想说什么,妈妈手里拿着一瓶醋跑过来给他擦鼻子和摁太阳穴,接着催促他上床睡觉。

第二天早晨,托尼诺早早起了床,什么也不想吃,准备空着肚子上学去。

"你带着铁拳头上学吗?"

"我这是为了练出大力士那样的力气呀!这一点你应该知道。右胳膊再也无法摆动了,打架时只好用左胳膊招架了!"

"好样儿的!你要注意别伤着别人了。你觉得你有多大的力气?"

"天晓得!有一次,我在乡下的姑父家放羊。山羊猛力向前跑,我使劲儿拉着羊绳。越拉绳子,羊越拼命挣脱,在这种情况下,我只好松开了绳子,否则,绳子就挣断了,帕利诺,你说对吗?"

"是啊!过了一会儿,羊在那吃盐。"

---

1 因为吃了太多的蜂蜜而头昏脑涨,直恶心,想呕吐。

"这只羊让我怒不可遏。要是有一副铁拳,是可以置它于死地的!"

"仅仅是羊吗?"

"不但是羊,还有普通的牛和种公牛。"

"种公牛?"妈妈大吃一惊。

"为什么不呢?显而易见,种公牛不是最漂亮的牛种吗?"帕利诺嘿嘿地冷笑一声。

"你傻笑什么呀!"妈妈说,"要知道,要是牛的腿被他打断了,我们非得被它撞飞不可。"

帕利诺也希望妈妈给他包扎手腕。

"可谁也没让你包扎呀!"

这样,帕利诺的手腕只好用纱布包扎起来。

"唉哟,好疼呀!"

大家还安慰他一番,可谁也没有对用皮带裹起手腕的托尼诺说一句宽心的话。他不顾血管肿胀有多么难受,迫不及待地跑到学校,好让同学们羡慕他。

结果却恰恰相反,他从没有受过这样的窝囊气呀!同学们有的嘲笑他,有的拍打他的后脑勺,讽刺挖苦说:"你原来有一个铁拳头呀!"

总之,托尼诺眼泪汪汪地回到了家。科拉拉为了安慰他,给他准备了一根细竹管和一杯用来吹泡泡的肥皂水。这样,托尼诺玩着肥皂泡儿,看到了窗外的一片霞光。

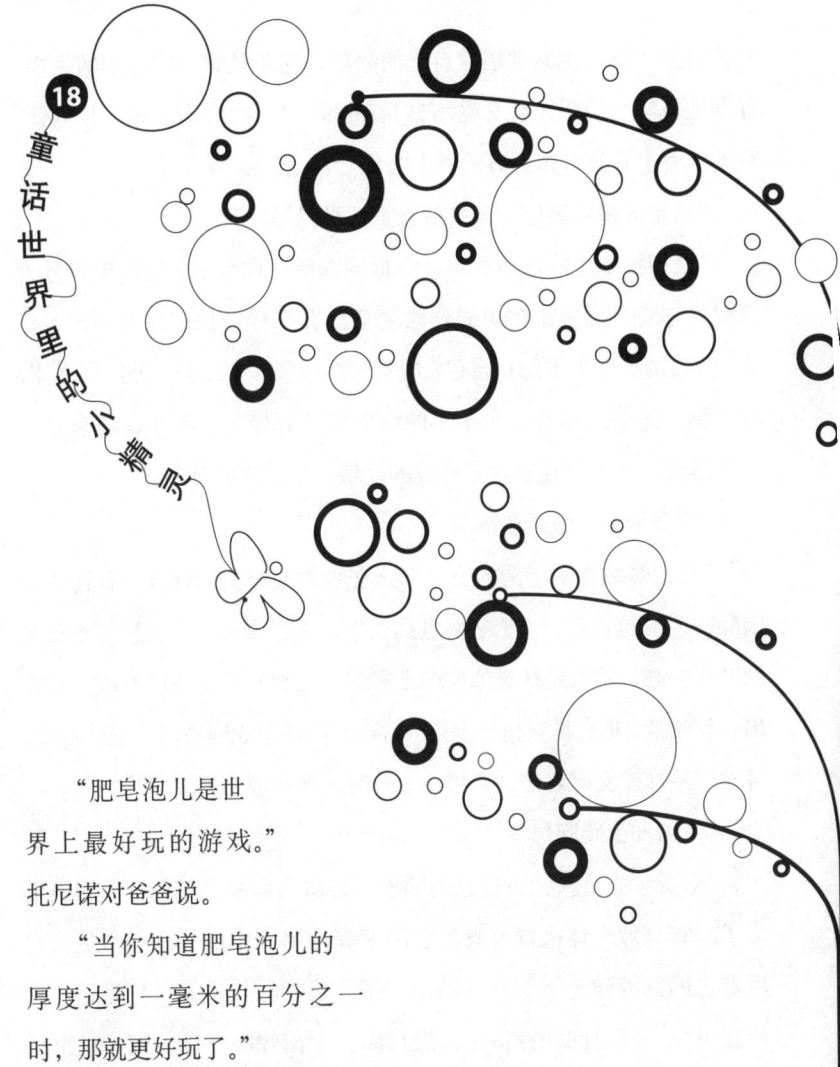

18 童话世界里的小淘气

"肥皂泡儿是世界上最好玩的游戏。"托尼诺对爸爸说。

"当你知道肥皂泡儿的厚度达到一毫米的百分之一时,那就更好玩了。"

"咦,这是怎么计算出来的?"

"是通过光的折射来计算其厚度的。你对这个世界一知半解,所以在你看来,并非一切都是美好的。如果你怀着喜悦的心情看世界,作为一个孩子,当你玩肥皂泡儿时,就能学到很多知识。当然,学习的对象不仅仅是肥皂泡儿了。你不仅要从书本上学,还要直接从大自然中学。你必须培养自己的兴趣,愿意认识一些小小的生物,仔细地观察它们。你会发现,它们有的像一片树叶,有的像一枚刺针,有的长着上百只眼睛,有的看上去像个鼻子。"

"真是滑稽可笑!好像生活在童话世界里!"

"是栩栩如生的童话故事。一根魔棒能让你玩耍的庭院变得魅力四射。你看,那些小精灵跟你吹肥皂泡儿那样,也在吹着泡沫。你看,旁边的一个为了隐藏自己,居然分泌唾液,变成了一个巨型泡沫,然后钻了进去。你看这个小小的绿色家伙好像一粒芥子,简直是一个小懒汉,它正在观察含苞待放的玫瑰,千万别打扰它。"

"它像地衣,而且在移动。"

"它们是数也数不清的蚜虫,正在吸食玫瑰花的汁液,长得膘肥肉胖,蚂蚁逮着它们,把它们赶到牧场,然后喝它们的奶!那不是蜘蛛网吗?瞧,看看蜘蛛是如何向上爬的,它也玩吹泡沫的游戏。它吐出一丝唾液,把它挂在树枝上,然后再继续往下织唾液网。蜘蛛很重,可丝网照样能支撑着它。它想往上爬时,你知道它怎么办吗?"

"全力向上爬呗!"

"对呀!它重新吞下自己的唾液,转眼之间就钻进树枝上的安乐窝了。它真像个体操健将呀!它的家族的另一个成员是潜水员,它用自己的黏液建造类似空气的小屋子,然后潜伏进去。狩猎时,它待在下面一段时间守株待兔,然后回到上面呼吸空气。有些昆虫是滑冰健将。它吹起气泡,可以在水面上自由滑行,这是我们用肉眼能够看得见的昆虫表演。如果我们有机会观察生活在一滴水中的小精灵们,会拍案叫绝,感到难以置信,体会到最大的乐趣。昆虫越小,越令人吃惊,它用三千个划桨在一滴水中航行,像绕着地球似地划来划去!"

"怎么总是在泡沫里？"

"当然啦！撇开泡沫不谈，让我们探讨一下更深层次的问题，你拿起那只蜗牛壳儿看看。"

"是空壳儿。"

"绝对不是，这是蜗牛的安乐窝。看起来很轻，是空的，其实蜗牛住在里面，萤火虫以捕获蜗牛为生。夏天的晚上，它们爱喝'肉汤'。"

"肉汤是如何煲的？"

"不用煲。萤火虫爬到蜗牛身上佯装是降下的雨水拍打蜗牛。想想啊！它居然装成雨水！蜗牛从壳里伸出脑袋，萤火虫刺了它几下，就把它溶解成了肉汤。空空的蜗牛壳还有别的用途呢！外壳跟金属元素锇一样坚硬的大黄蜂翩然而至，它要干吗？它要在里面建造许多纸质地板的小屋子，是中国式的小屋子，一间小屋子，一块地板。"

"地板是纸的？"

"对呀，是纸的。大黄蜂以勤劳著称于世。有的黄蜂把白垩土捣鼓成蜜罐，有的锯木，有的筑墙，有的是'造纸'的行家能手，也就是用类似纸浆的东西建成自己的卧室，除了第一个卧室外，在其他卧室产下一枚卵。"

"咦，真棒，为什么？"

"因为某些双翅目昆虫是黄蜂的死敌，专吃其幼虫，这些昆虫可以穿透所有的硬壳，包括坚硬的锇。它们看到第一间卧室是空当当的，谁也没有在里面睡觉，就不高兴地飞走了，总而言之，这是一个巫师、仙女和地精的童话世界。"

"我想生活在这个世界中。"

"那你就拿起望远镜和一顶草帽，把镜头对准任何一个地方，你将会惊喜连连！"

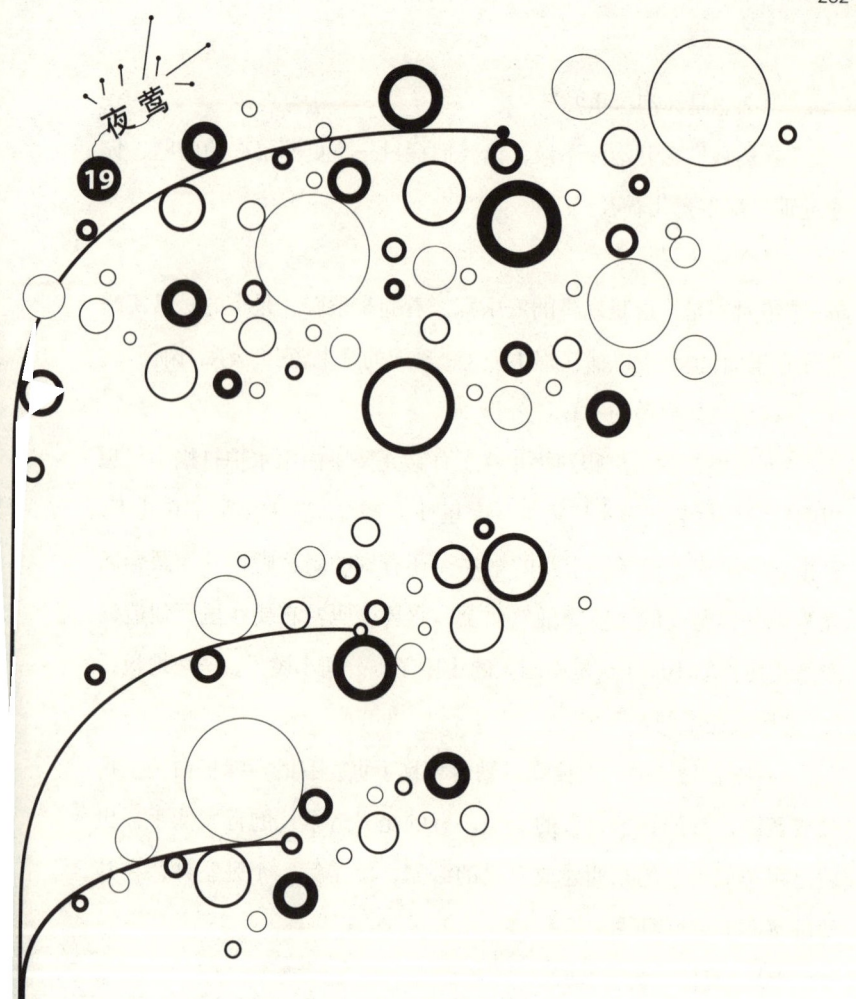

今天是圣灵降临节，也叫玫瑰复活节，这是复活节五十天后的又一重大节日。

"爸爸，为什么又叫玫瑰复活节呢？"节日早晨，托尼诺问。

"为了跟真正的复活节或者说彩蛋复活节区分开来，此节日还叫露水复活节或骑士复活节，因为这一天骑士需要全副武装起来。据说，圣灵跟其信徒在复活节后五十天降临人间。圣灵以火舌作为标志，授予人们各种职权，然后再封官封地。"

"圣灵降临节期间，夜莺鸣叫。它的啁啾声，它的歌喉压过周围的所有喊喊喳喳声。它羽毛微红，野性十足，喜欢单独在夜间高空飞翔，喙尖尖的，爱干净，经常沐浴，出身高贵，是森林的鸟中之王。它来自遥远的玫瑰城市大马士革的阿兰布拉国家自然保护区，栖息在红醋栗树和山楂树混合树林中，巢穴朝向东方，是大自然中最高水平的歌唱家，声音跟蛙声十分相似。其他鸟儿鸣叫时，它却沉默不语，它对茂密的丛林、风景如画的河岸和水草肥美之地情有独钟，随时窥视着周围的动静。

"花香四溢的五月之夜，百鸟啼啭，可夜莺却按兵不动。它白天练习，晚上才开启犹豫不决、畏首畏尾的序曲。在优柔寡断的期盼中，它迎来了玫瑰花盛开的春天。有时为了清清歌喉，它汲取几滴露水。在惊惶不安中，它异常兴奋，孜孜以求，但是它逐渐变得身强力壮，朝气蓬勃，尖叫不休。它的声音鸣啭多变而悦耳，音调清亮，欢快动听。从起先的长吁短叹到喋喋不休，目空一切，变得狂躁不安，歇斯底里大发作，用尾巴频频拍打着生命的节奏，仿佛有时在笑，有时在哭，有时叽叽喳喳，有时大声嘶叫，有时铿锵有力。它的昂奋激励来源于它那小小的歌喉。它是那样的娇小玲珑，体重仅仅为半盎司，却能够在夜深人静时独占歌坛鳌头，惊艳世人。它拥有二十四个音节,一个音节跟另一个音节大相径庭。每个音节果断、清晰,间隔又错落有致,几乎每个音节都会辐射到天穹,回荡往复。清彻的夜空,宽大的夜幕,甚至皎洁的月光,好像都为它的一展歌喉而摇旗呐喊,弹冠相庆。可它有一个秘密。"

"什么秘密?"

"悄无声息。谁也不知道夜莺会如此沉默寡言,销声匿迹。它唱到夏至,也就是太阳升到最高处时,便在密林深处隐藏起来,一直等到另一个新的复活节的到来,才出头露面。其他鸟儿继续叽叽喳喳。立下汗马功劳的它,这个时候却躲在一旁,过着谦卑孤独的生活。令人惊讶的是它唱歌的时间太短,可唱起来却是玩命的,更令人叫绝的是它沉默的时间太长,可却是心甘情愿的!"

"鸟儿为什么唱歌?"埃内斯托问。

"这是一门高深的学问,不是三言两语能说得清楚的,等你们长大了,自然就会明白的。"

"为什么?"托尼诺问。

"因为问得越高深,获得的解答就越深刻。一切都取决于你是否真的想探索其奥妙,这就是生活的秘密。"

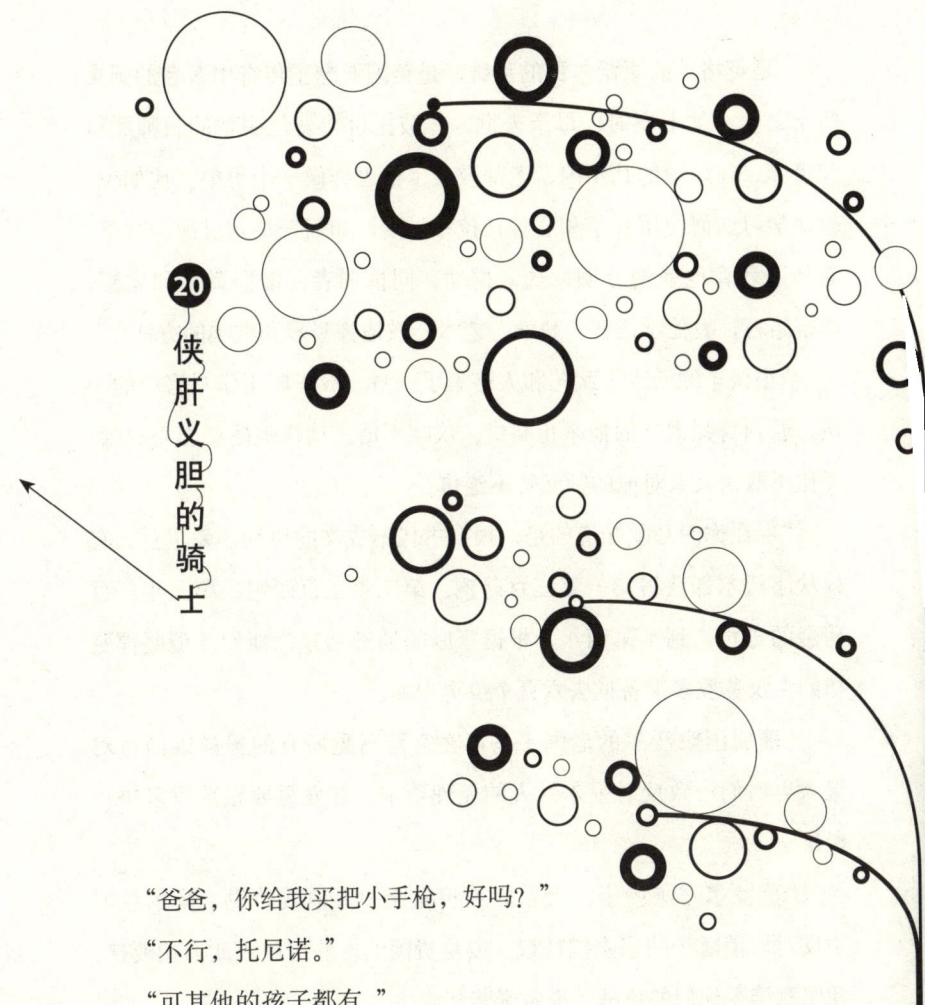

20 侠肝义胆的骑士

"爸爸,你给我买把小手枪,好吗?"

"不行,托尼诺。"

"可其他的孩子都有。"

"你不能有,你要比其他孩子表现得更好,而不是更坏。"爸爸说,"如果你愿意,我可以给你买把木剑。今天,剑不再用来杀人,但你可以装成一个骑士或十字军战士的样子,拥有一把木剑。历史上,一个叫特里斯特拉姆的真正骑士是从来不伤人的。今天的骑士更不该伤人。"

"特里斯特拉姆是什么人?"托尼诺问。

"是英格兰的康沃尔郡的英雄,是英国亚瑟王传奇中著名的圆桌骑士之一。他七岁时,母亲去世,并被托付给一位明智的教师照料和培养。在短短的几年内,老师教会了他怎样做一个男爵。比如说,教他学习如何使用长矛和盾牌,拉弓射箭,如何一举越过深沟宽壑。老师还教育他爱憎分明,扶老携幼,同情弱者,憎恨谎言和卑鄙,履行诺言,教他学语言、科学、艺术,教他弹竖琴和歌唱的方法。

"小伙子的骑术、武艺和人格集于一身,成了国王掌马官中的一员。看到身强力壮的他举止高贵、谈吐不俗、动作敏捷、忠心耿耿、无比勇敢,大家对他的师父赞不绝口。

"现在你们必须知道的是,根据古代不成文的协约,爱尔兰人有权从康沃尔郡获得第一年三百磅铜、第二年三百磅银、第三年三百磅金的进贡。到了第四年,根据家庭的抽签结果,他们派遣彪悍骁勇的大汉莫罗多准备掳去六百个少男少女。

"藩属国康沃尔的老国王马可在宫廷召见所有的男爵以商讨对策。男爵们一致反对爱尔兰人的无理要求,并发誓要跟莫罗多决一雌雄。

"莫罗多一进屋子,大家立刻鸦雀无声。他威胁说:爱尔兰国王反对取消赋予的宗主国特权。要是贵国的一些男爵以武力相要挟,我愿意接受你们的挑战,准备奉陪到底。

"听了莫罗多的一席威胁的话,男爵们偷偷地相互凝视,并俯首称臣,那样子就像关着小鸟的笼子,突然飞进去一只大隼,小鸟们的叽叽喳喳声戛然而止了。

"于是莫罗多说了最后几句话:'好的,远见卓识的先生们,诸位的包容忍让说明你们不愧为高尚的皇亲贵胄。请你们抽签儿来决定自己子女的命运。中了签儿的,我将把他们带走。我冒昧地说,贵国是适合奴隶居住的国家。'这个时候特利斯特拉姆扑腾一声下跪在马可国王脚前说:国王陛下,请授予我一项使命,跟对方一决胜负。

"国王好言相劝,可无济于事。他是一个血气方刚的年轻骑士,他那大无畏的精神不正是派上了用场吗?

"于是,特利斯特拉姆掷给莫罗多一只手套,后者马上接了过去。

"决斗日子已定。为了一项崇高的事业,特利斯特拉姆身着一袭朱红色的丝绸衣服,全副武装,威风凛凛地出发了。钟声敲响,男女老幼护送特利斯特拉姆来到海滨。

"特利斯特拉姆独自一人上了船,莫罗多在甲板上升起了紫红色的船帆,第一个来到海岛,接着在岸边抛了锚,停泊在那里。特利斯特拉姆下船来到地面,用脚把自己的船踢下了大海。

"'仆人,你干吗?'莫罗多不解地问,'你为什么不留下自己的船?'

"'仆人,'特利斯特拉姆回答说,'为什么?我们两个人中只有一个人会活下去,一只船不就足够了吗?'

"两个人进入海岛。

"谁也没有亲眼见到两个人激烈决斗的场面,但随着习习海风,不断传来声斯力竭的叫喊声。傍晚,终于看到远处紫红色的帆船。'莫罗多!莫罗多!'绝望的喧闹声此起彼伏。

"船开始由小变大,由远及近驶来,大家看到一个骑士站在船头,一只手挥舞着剑,他正是特利斯特拉姆。二十只小船像箭一般嗖嗖地向他驶去,年轻人纷纷跳到海里向他游去。

"年轻骑士跑向海滩,母亲们双膝下跪,亲吻他的铁丝袜子。特利斯特拉姆对宗主国的臣民说:'先生们,你们的莫罗多箭无虚发。瞧,我的剑被他击得伤痕累累,你们把它带走吧。啊,先生们,这把剑就是我的祖国对你们的贡品!'"

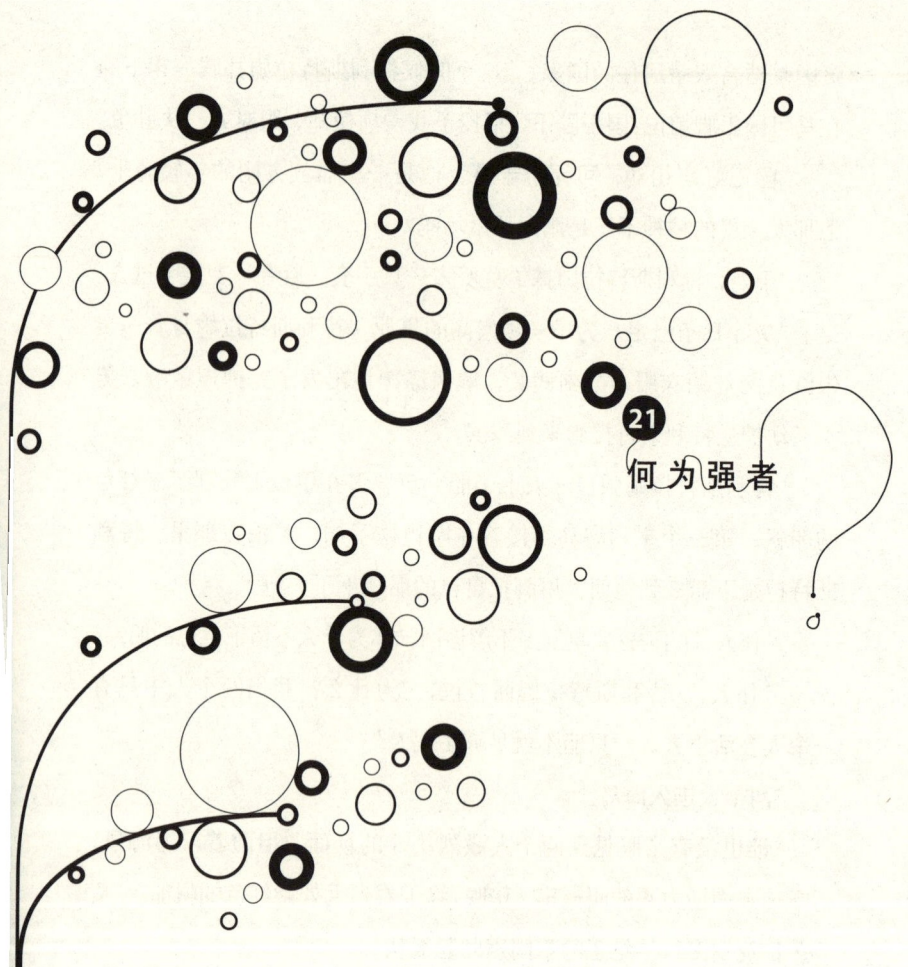

21 何为强者

有一天,被抓破了脸的托尼诺闷闷不乐地回到了家。

"你让猫给抓伤了?"爸爸问。

"不是,爸爸,是被吉杰托抓破的,要是我再碰见他,我非打断他的脊梁骨不可。"

"可怜的托尼诺。"妈妈说,"最好以后别再见他了,还好他不知道你有一副铁拳头。"

"他知道,他知道!"爸爸连声说,"正因为这样,他恰到好处地利用了这个优势。"

"他为什么以这种方式来抓破你的皮肤?"妈妈问。

"他是一个卑鄙小人,总是以大欺小。"托尼诺抽泣着说,"他要揍小不点儿里诺,我为了保护里诺,制止住了他的野蛮行为,他对我恼羞成怒,才向我扑来。我不该这样做吗?我不该站在弱者一边吗?"

"你也是一个弱者啊!"妈妈说。

"嘀,话不能这样说。"爸爸说,"托尼诺是强者。他崇尚力量和勇敢。他保护弱者,反对强者,做了一件大好事。托尼诺,你看,保护他人的方式多种多样,最好的办法是和解,因为要熄灭一次战火必须燃起另一次战火……"

"可吉杰托这家伙不让我说话!"

"这是因为他的肌肉是强壮的,灵魂却并不强大,而灵魂是举足轻重的。吉杰托是一个缺乏教养的孩子,像所有爱打爱闹的人一样,他没有任何勇气,只要看一看他的所作所为便一目了然:他欺负像里诺这样的弱者,又像猫那样用利爪抓破你这样的孩子。强者则是温和者,他只要一个眼神、一个举止,便能制服其他人而受到尊重。很多情况是麻雀进入苍鹰的巢穴或笼子,苍鹰并不碰它,而猫头鹰则会袭击它。苍鹰靠狩猎生存而不是靠掠夺生存。当它不狩猎而饥饿时,跟狮子和其他高贵的动物一样,依然保持沉着冷静和节制的状态。你要真的是一位强者,只要说一句善良、自信和果断的话,就会压下他那嚣张的气焰,所以你要从这次失败中学会沉着冷静,要更加自信和成熟。"

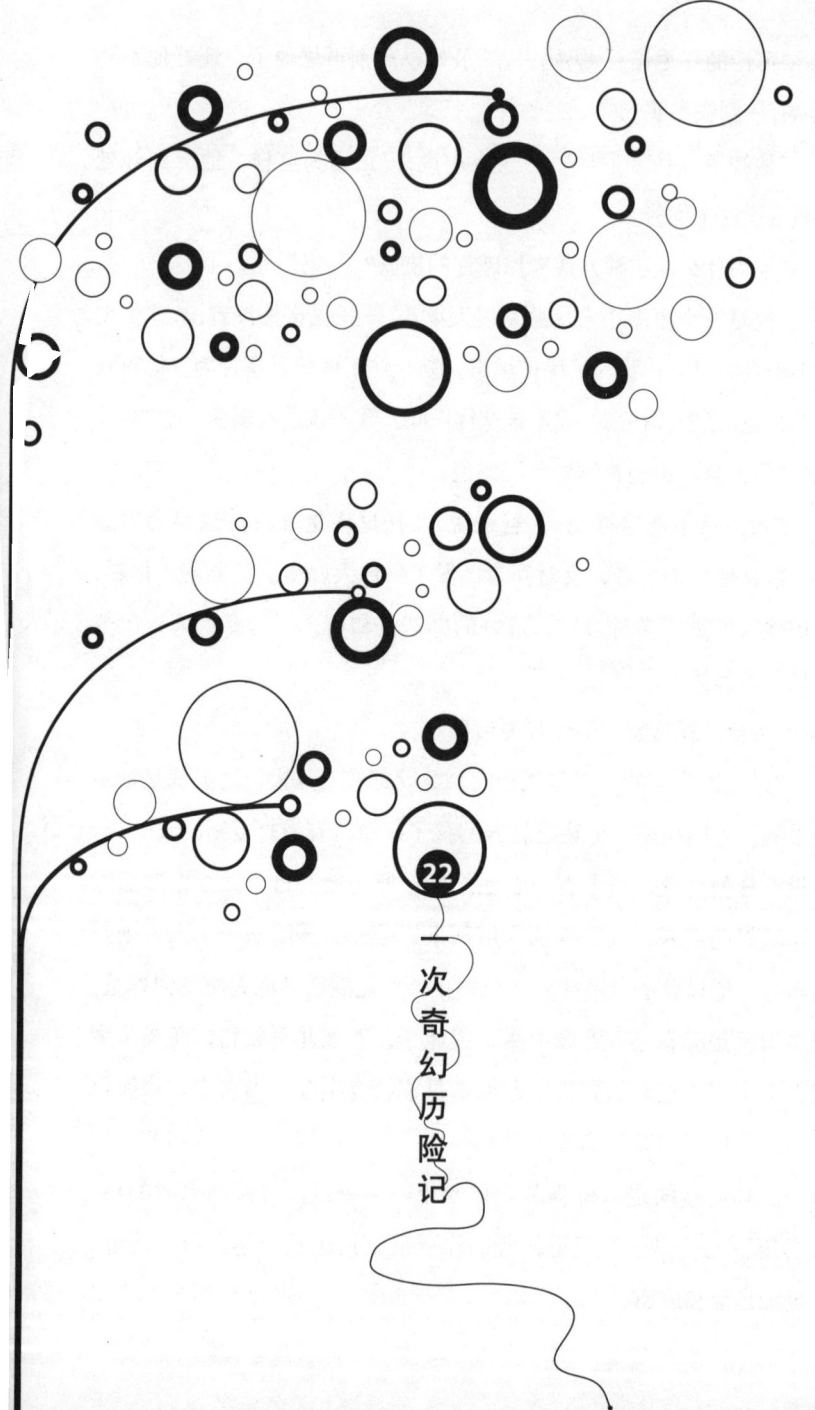

22 一次奇幻历险记

里诺是托尼诺年纪最小的同学。星期天,他邀请托尼诺到乡下游玩。

"我们可以一直走到阿齐拉的小溪的源头去。"托尼诺建议。

"走到那里干吗?"

"找到它,地图上没有标出阿齐拉小溪,我们可以把它标出来,在那里插上一面小旗。爸爸,阿齐拉小溪的源头从没被发现过,是真的吗?"

爸爸笑了。

"地图上从来没有标出过!"托尼诺说。

喝着咖啡的爸爸回答说:"小溪呀,急流呀……从来都不会标出来的。在地图上不会标出,可在地形图上会标出的。"

爸爸解释说:"地形图是那种能详细地标出地面上小之又小的名称的地图册。"

"好的,那我们来画个地形图,我在上面能标出一个港口吗?"

"不仅港口,还能标出我们的家、跟大道连接起来的小路、游泳池、糕点铺和木桥,你们可以随心所欲地干想干的事情。拿起一张纸、一支铅笔,在纸上画出那条你们将要寻觅的小溪。"

"我们画到什么地方为止呢?我们总不能画到北极或南极吧!"

"不画到冰激凌店就行了。"

"我们沿着急流溯流而上,直到把纸画完为止吗?"

"对呀!好样儿的!你们要一往无前地走下去,直到纸画完为止。"

"要是中途遇到一些危险的事情,怎么办呢?"托尼诺问。

"像阿尔图国王那样回来吃下午茶点!"

"这个阿尔图国王是谁?"

"是古代康沃尔的国王。在他的城堡里,有一种风俗,如果国王的骑士哪天没有经历一些危险的故事,他就不跟他们一起共享美餐。"

"整天吃饭吗?"托尼诺不解地问。

"是整天。那个时候,蛇呀、龙呀、巫师呀、巨人呀,像今天的车祸一样层出不穷,各种历险记、奇遇记更是屡见不鲜。等你们回来后,就向我讲述你们的历险记,现在可以出发了。"爸爸说着,并一个个地拥抱孩子们。

"要是没有遇见曲折惊险的故事呢?"里诺问。

"那就继续走下去,直到遇到一只公鸡为止。你们就把看见一只公鸡当作一次难忘的奇遇记吧!"

"这也叫惊险故事?"托尼诺迷惑不解地问。

"是啊!太令人惊奇了!你们说说看,还有比看见一只戴着红似火焰的'头盔',举止耀武扬威,作为报时钟的好斗公鸡更令人称奇的吗?魅力四射的伟大国王所罗门说过,没有比看到一只公鸡更令人愉快的了!"

帕利诺和托尼诺刚刚离开小溪,便在沙滩上看到一只昂首挺胸、鸡冠红艳艳的公鸡。你看它蔚蓝色的尾巴呈弓形状,流苏形的羽毛金光闪闪,它堪称太阳的使者:报时钟。他俩正想要看个究竟时,却被犹如闪电的光芒刺得睁不开眼,吓得惊慌失措。

23 和陨石相遇

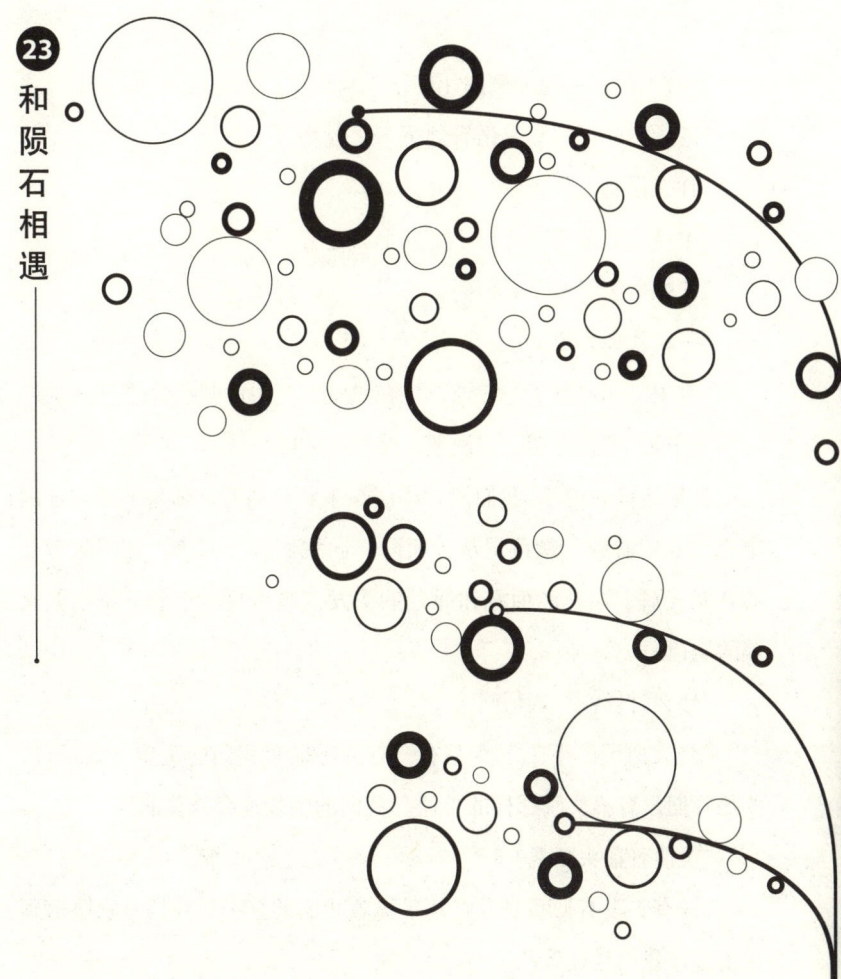

次日上午，神魂颠倒的托尼诺来到班里。

"老师，昨天我和里诺看到了一个怪物。"

"什么怪物？"

"雨后我们沿着阿齐拉小溪向上游走去。"

"找蜗牛去了？"老师问。

"不，找大公鸡去了。"

"难道是找鸡窝了？"吉杰托在哄堂大笑中讽刺挖苦他们。

老师说："托尼诺，快说吧，我们听着呢！"

托尼诺接着说："我们离开小溪，来到公路旁，随着一束闪烁的电光，我们看到一颗巨星从天而降，向我们直飞而来。它闪耀着蔚蓝色的光辉，白色的面孔和绿色的头发清晰可见，拖着一条红似火焰的尾巴……"

"什么时候？"老师问。

"是大白天的下午三点左右，它几乎擦着我们的头皮一闪而过，要是我们没有猫头鹰那样的神速，我们的脑袋准会开花的！"

"没撞着猫头鹰吧？！"

"没有！没有！我是说它几乎撞着我们的脑袋！我们看它坠落到正前方，我们越过篱笆……"

"没有落到篱笆那儿？"

"没有，它越过田野，落到更远的地方。我们飞跑到另一段篱笆旁，那里有一个小女孩正在放羊。她惊得目瞪口呆，对我们说，她看到那怪物坠在一户人家的猪圈后面了，可能吗？"

所有的同学都开怀大笑起来，并异口同声地说："牛皮大王！撒谎者！自吹自擂的人！"

老师说："他没有撒谎！绝对没有！让他把话说完，托尼诺，快说呀！……"

"我们越过灌木丛，遇到收割草料的农民，他们也说亲眼看到了，还说它落到小河那边了。我想跑去看个水落石出，可里诺这小子是个懒虫，说什么也不想去。他说，它掉到大海里了，去也没有用！"

"我已累得跑不动了！"里诺借口说。

托尼诺开导说："累有什么关系？再坚持一下，我们就可以带着星星回家了！"

老师纠正说："是带着陨石回家，你们看见的是一颗陨星，而不是真正意义上的星星，它是从哪个方向坠落下来的？"

"是从那个方向……"

"你指的是从西北飞向东南。陨星是一个经过地球大气层的白炽流星体。它穿过地球时，后面留下一段发光的尾迹。它的体积有大有小，成分是自然形成的金属，包括纯铁质的和纯金的元素。它们像流星雨似的成百上千地落在地面上。陨星一般坐落在猎户星座，具体地说，就是在火星和木星这两个行星轨道上的圆圈内运行。陨星，也叫巨星，有的像巨石，有的像一座山脉，有的像一座岛屿。当它们穿过大气层时，所幸有的燃烧，有的爆炸而变成雨石或灰尘。因为地球表面的大部分覆盖着大海和荒漠，不会对人类造成危害。"

"要是我们不低头哈腰呢？"托尼诺不解地问。

"陨星就被撞裂了！"吉杰托说，"因为你的脑袋是最硬的！"

托尼诺微笑着反驳说："是你的脑袋最硬。要是它弄乱了我的头发，何尝不是一件好事，因为这样一来，它撞击的只是我的头发！"

三天后老师拿着一张报纸走进教室。他让大家静下来，打开报纸念："从阿切特利天台，我们收到和发表……"

"伽利略天文台！"西尔瓦诺说。

"是的，正是这座天文台。十七日星期天，十四点三十五分左右，格林尼治时间（也就是我们的时间）十五点三十五分，一块特大明亮的天外巨石……"

"是我的！"托尼诺激动得几乎叫出声来。

"也是我的！"小不点儿里诺咕哝着说，"你老是说是自己的！"

"你们俩以后再平均分配。"老师说着又念下去，"出现在阿奎拉的地区，然后从西北向东南方向飞越天空。"

"正是我们两个的！"托尼诺说，里诺嘿嘿一笑。

"……坠入地面……"

"……我对你说过，没有坠入大海！"

"陨石的碎块有的落在地面，有的落在赤道，有的落在乌干达，有的落在尼罗河的源头。"托尼诺在欢声笑语中频频点头，得意扬扬。

"他希望我越过所有的障碍物！"里诺低声说。

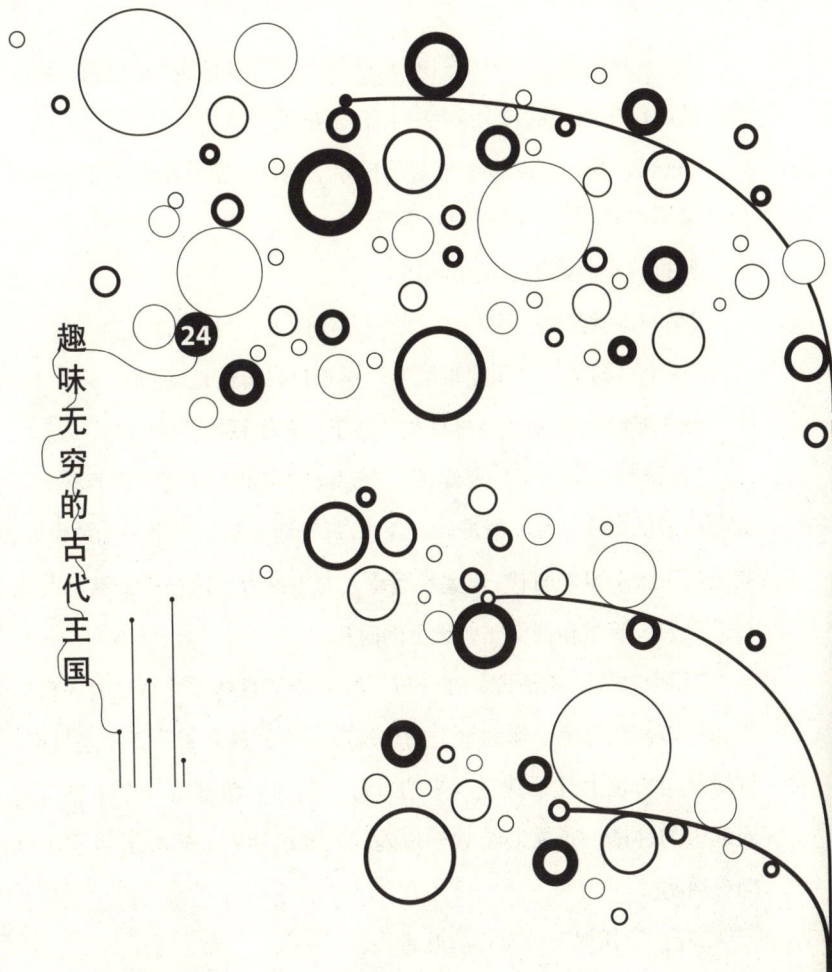

24 趣味无穷的古代王国

托尼诺特别爱听那些谦谦君子的古代国王故事。比如说,这些国王如何为自己的马匹准备草料。那些僧侣坐着去向不明的船,到处漂泊的故事,也是他感兴趣的。他经常缠着爸爸问这些故事是否真的存在。

"……是的，"爸爸回答说，"这些令人神往的人物总是存在的。这些故事衍生出来的传奇又编织出许多虚无缥缈的梦幻。"

"爸爸，我们离吃饭还早着呢！你就趁这个空儿给我们讲一讲那位总是不按时吃饭的国王的故事吧！"

科拉拉和妈妈听了笑个不停。

"是的，就是那个大名鼎鼎的阿尔图国王。"托尼诺说。

"这个'厨师'之王是谁呢？"爸爸自言自语地问。

爸爸哈哈大笑后，寻思良久，终于打开了话匣子：

"话说起来可长了！要知道，在荒诞的中世纪初期，世界还处在需要探索的时代。大地都覆盖着森林，每个地方都是一个未知的世界，是充满奇人奇事的时代，需要唤起诗人的想象力。这是一个默林[1]、女神、巨人、蛟龙和仙女一统天下的时代。

"那个时代的童话说，在一望无际的茂密森林里，栖息着大量狮子和怪兽，在海滨悬崖峭壁上的玫瑰花丛中，矗立着一个小型城堡。城堡是用白色大理石建造起来的，每一层的屋角都有一个用钻石镶嵌起来的钟楼，顶端装饰着一块闪闪发光的宝石，宛如五百支吊灯彻夜通明。"

"哇！"托尼诺惊奇得直吐舌头。

"实际上，那是由五百支蜡烛组装起来的灯。那个时候人们还不习惯用小油灯，对于我们现代人来说这是习以为常的事情，但在那个时代就是了不起的事情。"

"窗户和阳台镶着精美的珊瑚，大门镶着碧玉，城堡内部的陈设富丽堂皇，可从外面看，一点儿也看不出豪华的气派。城堡有五百个房间，

---

[1] 中世纪传说中的魔术师和预言家，亚瑟王的助手。

大厅最奢华的部分是在城堡的中央,那里陈设着一张巨大的圆桌。

"这里坐着阿尔图国王和他的十二个骑士,好像十二座星座绕着太阳转,这些骑士知识渊博,心地善良,勇敢坚强,彬彬有礼。

"国王宝座周围有三排座位:第一排是专供见习修士坐的;第二排是专供心甘情愿接受考验的人坐;最后一排是'缺胳膊少腿'的太师椅,也是最危险的座位,在那里就坐的个个品德高尚,身强力壮,他们的心理和身体始终保持着平衡,没有一个人倒下去,更没有一个摔断肋骨的。"

"爸爸,我们的楼上还有一把损坏的太师椅,不妨把它搬下来,让所有来的人坐一坐呀!这样,我们就会看到谁是英雄好汉啦!"托尼诺插了一嘴说道。

爸爸没有理他,继续讲下去,"于是,公元366年的一天,也就是圣灵降临节来临的日子。宫廷里人山人海,热闹非凡,参加者有刚从神庙归来的国王、伯爵、公爵。任何人都不敢坐在损坏的太师椅上冒险吃饭,然而,所有的饭菜烹调得过了头,米饭变成了糨糊,烤肉变成了黑乎乎的东西,干瘪得味同嚼蜡,厨师绝望的样子可想而知。

"骑士们呢?我不想讲述他们是如何怒火中烧的。要知道,他们总跟国王形影不离,骑马穿越广袤的荒漠和密林,早已疲于奔命,饥饿难耐了。这个时候,他们之中有的人不耐烦地咬着嘴唇,有的啃皮带,有的吮吸宝剑上镶嵌的金银圆头。大力士兰斯洛特一路小跑而来,到达时饿得晕倒在地。"

这时妈妈说:"我们终于可以吃饭了!"

托尼诺连珠炮似地问:"然后呢?然后呢?"

"我马上给你们讲,祝你们食欲大增!"爸爸说。

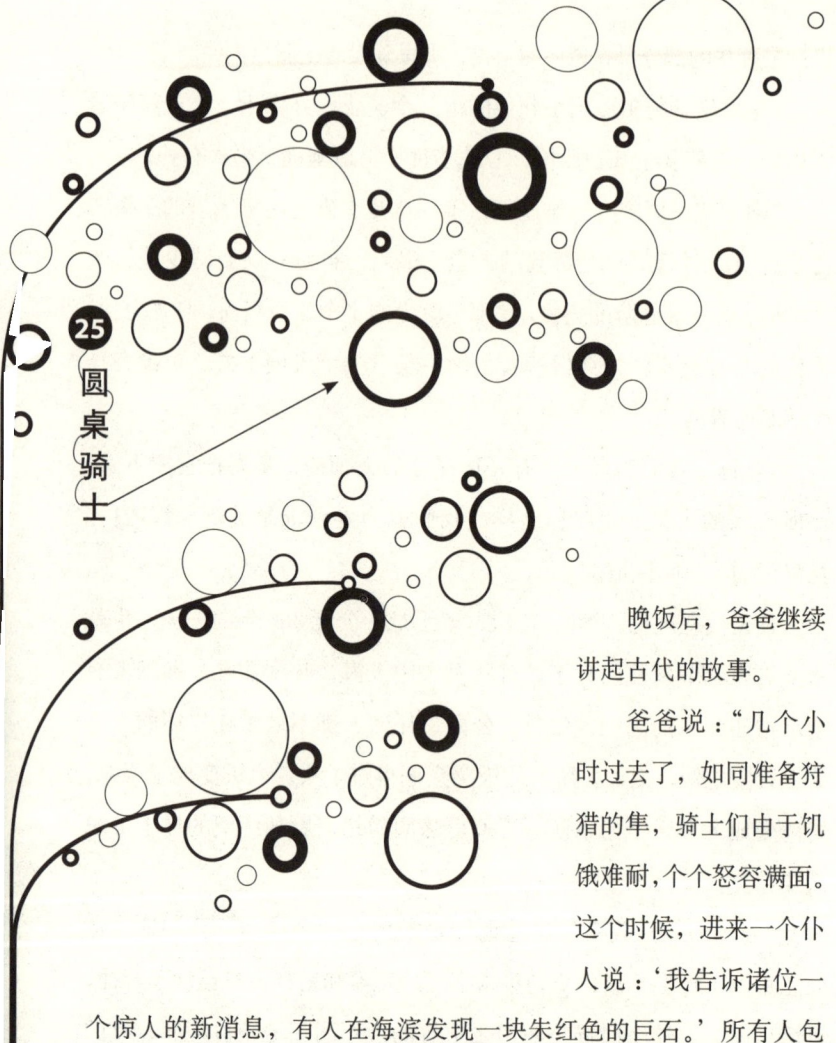

25 圆桌骑士

晚饭后,爸爸继续讲起古代的故事。

爸爸说:"几个小时过去了,如同准备狩猎的隼,骑士们由于饥饿难耐,个个怒容满面。这个时候,进来一个仆人说:'我告诉诸位一个惊人的新消息,有人在海滨发现一块朱红色的巨石。'所有人包括国王和达官贵人都疯狂地向海滨跑去,要看一看究竟是怎么回事,原来巨石里插着一把没带鞘的剑和一个长矛。

"'先生们,'国王说,'谁取出这些东西,它们就归谁。'可兰斯洛特和特里斯特拉姆都回答说他们不该得到这些东西。高头大马、身强力壮的卡尔瓦诺老爷凑上前去,要把宝剑抽出来,可没有成功。

号称'海中之王'的那个人和迪那纳达诺老爷去抽也都没有成功。

"大家回到王宫共进晚餐。门窗被'砰'地一声关上了。桌厅里一片昏暗。这个时候,一位身着白衣的隐士手拉一个佩着剑鞘的小伙子走了进来,说:'这小伙子也是一位了不起的骑士,我把他介绍给诸位,他会把事情说清楚的,这样你们就会握手言欢,重归于好了。'

"他陪小伙子来到危险的座位。他坐到上面,椅子屹立不动。阿尔图国王和其他骑士看到别人不敢坐而小伙子敢坐的危险座位时,都深信眼前的小伙子是剑的真正主人,是他用剑进行了惊险曲折的活动。接着隐士把小伙子领到海滨,让他看一看那块巨石。

"'是我历经艰辛,完成了探险活动。'小伙子骑士说,'我坚信能找到这把剑,正如你们看到的,我没有佩带其他的剑。'他说着,从巨石里抽出了剑和长矛,把剑插进鞘子里,而鞘正是那把剑的。"

故事到这里暂告一段落,孩子们被故事里的人物深深打动了。

啪嚓一声,尘埃落定。在菜园的爸爸和在厨房洗盘子的妈妈同时听到了沉重的落地声。他俩惊慌跑过去,看到帕利诺在大喊大叫,托尼诺在桌子底下抽抽嗒嗒地哭起来。

原来托尼诺拿来损坏的太师椅,他先让帕利诺试坐一下,帕利诺摇摇晃晃地坐不稳,然后他也试坐了一下,却摔倒在桌子底下。

"我想坐下试一试!本以为它至少有三条腿吧,可实际它只有一条腿!"托尼诺抽泣着说,还唏嘘不已。

"你的腿没有摔坏吧?"爸爸问。

"没有。"托尼诺边哭边摸一摸腿。

"好的,我们到外面看一看。"

妈妈收拾起散了架的椅子后说:"这次,你真的冒了一次险,所幸上帝没把你变成了椅子,你应该感谢上帝!"

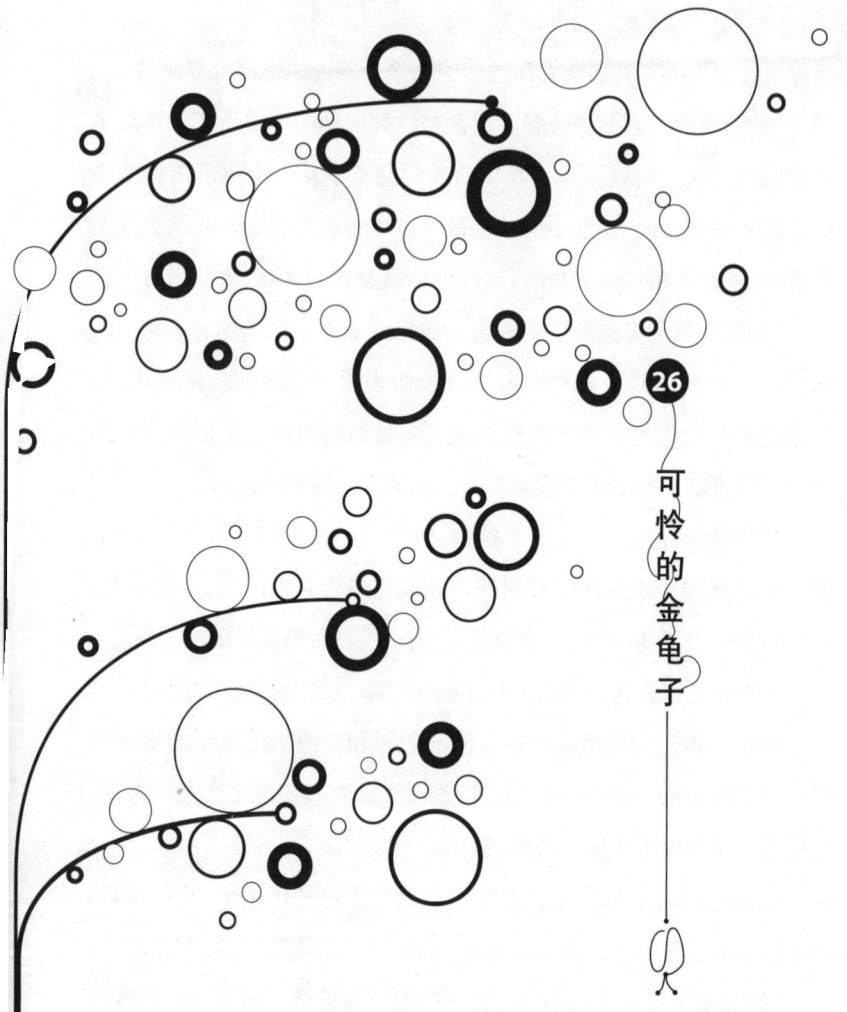

26 可怜的金龟子

孩子们跑向防波堤，去看狂风暴雨中船只是如何返航的。黑压压的一群金龟子从他们的头顶嗡嗡飞过去。成百上千的金龟子被陆地的风卷入外海，看起来它们将要全部葬身大海了。

帕利诺问："它们到哪儿去了？找它们的妈妈吗？"

"不是，大风把它刮到什么地方，它们就到什么地方。现在大风把它们刮到了深海里。"

托尼诺和科拉拉知道金龟子对农作物有害，可看到它们被大风吹得翅膀大开，必死无疑时，一股怜惜之情涌上心头，可怜的金龟子！

他们回家途中，还一直惦记着被海浪打得晕头转向的金龟子。过了一会儿，他们准备吃饭时，听到了房门发出哐啷哐啷的声音。

"这是狂风在怒吼！"爸爸说。

托尼诺嚯地跳起，叫上科拉拉，一起奔向海滩。这时，阵阵劲风，呼啸着从深海而来。

"喏，回来了！回来了！"托尼诺呼叫一声。

"事实上，先是一批，后是另外一批，数十只或成百上千的金龟子又被海风吹了回来。"

"它们得救了！它们得救了！"科拉拉欢呼着。

当天晚上，科拉拉来到庭院。没有一丝风，一只金黄色的萤火虫一动不动地趴在篱笆上。科拉拉正看得入迷时，它倏地飞走了。这是她看到的第一只萤火虫。它发光时好像是活的，当亮光熄灭了，它就像是个瞎子，仿佛是死去的。看起来它没有目的地，命里注定游离不定，到处流浪，天晓得萤火虫是不是看见了科拉拉！也许是吧！它向她迎了上去，在她头顶上飞来飞去。

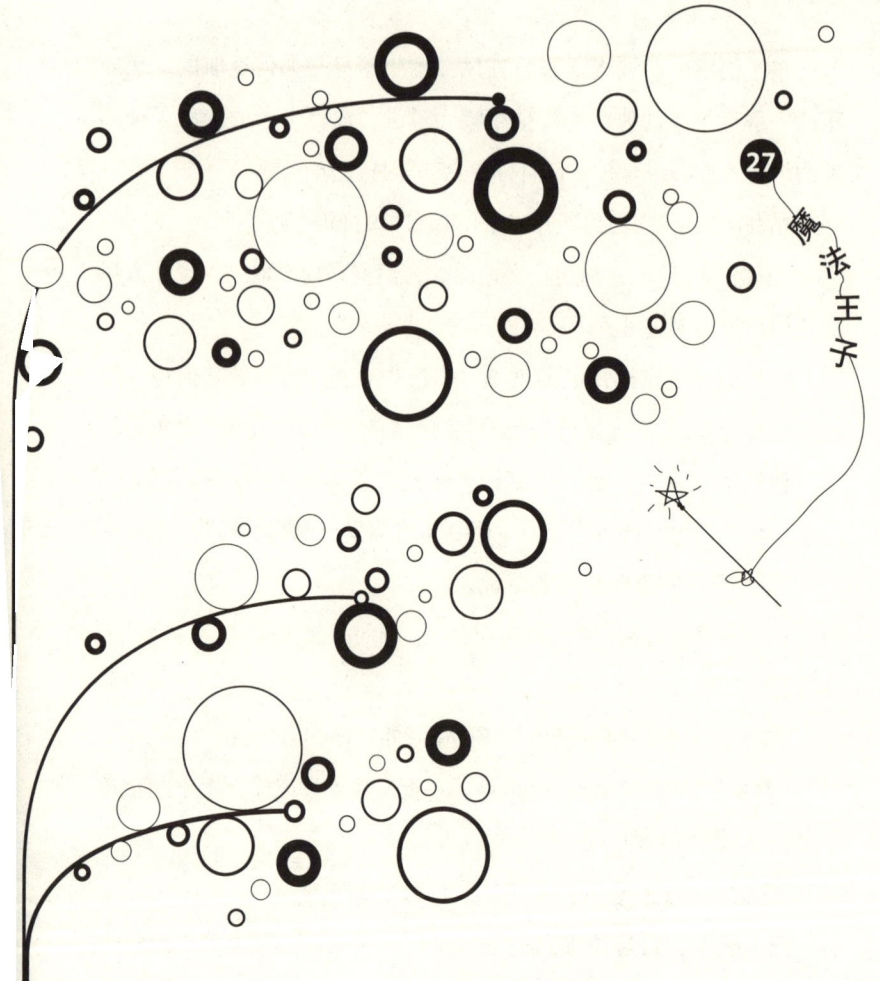

科拉拉有一个知心朋友,托尼诺早已发现了这个秘密。他多次发现科拉拉独自一个人在院子里,好像跟空气说话似的。但是从某天早晨起,他再也不相信这个了。

那天，整整下了一夜大雨，早晨雨停后，太阳出来了。托尼诺看到科拉拉从屋后的一小块菜地来到她自己的小小花园，弯起腰身。她冒着患上感冒的危险，踮起脚尖，在湿淋淋的草地上东瞧西看，托尼诺跟在她的后面看她的一举一动。

不是！绝对不是！她不是跟空气说话，她……她是跟……说话……要是说出来，会感到厌恶的。科拉拉是在跟一个小小的怪物窃窃私语，这个怪物在她的脚底下死死盯着她……于是，托尼诺悄无声息地往回走，一口气跑到了家。

"爸爸，科拉拉疯了……"

"疯了？"爸爸一头雾水。

"对呀！我亲眼看到她对它行屈膝礼呐！您猜猜看，她向谁行屈膝礼？是向一只癞蛤蟆，并且她还叫它'我的王子'呢！"

"你说了些什么？"爸爸问。

"我？我什么也没说。拔腿就跑回来了！"

"你做得对，否则，你可能让一次愉快的约会化为泡影。"爸爸说完，托尼诺不由自主地捧腹大笑起来。

"早晨清朗，金光闪闪。"爸爸说，"雨夜之后，那个怪物栖息在庭院里。能够遇到这样一位乔装打扮的'王子'，对于像科拉拉这样的女孩而言，是件美好的事情。"

"什么王子不王子的！要知道，它是一只癞蛤蟆！"

"嗯！不过这是一位隐姓埋名的'王子'，你看它穿着铁锈色的绿衣服，通体是个圆圆的大脑袋，红色的小眼睛仰视着脊背，宽大的嘴一直到肩部，四肢弯曲，黑色的趾蹼裸露，正是它，不用说，童话中的王子！

"动物王国是一个充满情趣的王国，在这个国度里，每种动物都自由自在，享受着高尚生活的乐趣。科拉拉跟一只蟾蜍对话，你不应该感到惊讶。科拉拉是一个富有灵性的小姑娘，她能看到小事中的大乐趣，而由于我们的过错，常常会忽略万事万物中的妙趣。"

"我们的过错？我有什么过错？我只不过到菜园里去看一看我的小船是不是还漏水罢了！"

爸爸哈哈一笑说："这么说，你没有任何过错，对不对？"

"什么样的过错？"托尼诺问。

"当你把蟾蜍当一个王子看待时，你不觉得这个世界光辉灿烂，阳光明媚吗？"

"你怎么知道的？"

"从它的惊奇歌声中知道的，或许是它那圆鼓鼓的眼睛和凸显的大脑袋异常醒目，或许因为雨过天晴彩虹高挂天空时，它才现出原形，因而具有传奇色彩。它的独特歌声有别于青蛙，它单一的音调令夜景更加迷人、令人向往。它是可怜的歌唱家，由于潜伏在泥水里，它发出咕噜咕噜的声响。它其貌不扬，却颇有自知之明，所以昼伏夜出。由于衣着昏暗不清，它也很难被人发现。但是它的歌声背叛了它，只能冒着被猎杀的危险，小心翼翼出没，这一切是多么意味深长啊！"

"不管怎么说，它是很丑陋的！"

"可它的功德是无量的，它尽管看上去很丑，可心里却很美。这就是说，它是好样儿的。事实上，它很善良。它的出现有利于各种蔬菜——豆类、莴苣和瓜果的生长。想想啊！它从冰冻的泥浆中，从厚厚的冰层中重新出现，本身就是奇迹！冰雪融化了，田野解冻了，春暖花开了，它也复活了，可以跟小草争芳斗艳了！就像科拉拉说的：'它能跟所有的生物和睦相处，它是无辜的，更是谦卑的！'"

菜园里种着草莓、红醋栗、鹅莓。菜园后面有一条小溪流入大海，香忍冬攀援着的篱笆旁边有一块绿油油的草坪，这里生活着个头很大的蜗牛，冬天它们在苔藓和树叶下蛰伏冬眠，等到春天才爬出来啃食嫩草，在雨中散步。它们过着悄无声息的孤独生活，既不知道自己是从哪儿来的，也不知道该到哪儿去。它们从不怀疑自己的移动，它们爬来爬去，隐藏着无数的童话故事。

早晨托尼诺沿着小溪找矿石，衣袋里早已装满了卵石。科拉拉跟他打招呼说："你看！……"

一只全身天蓝色羽毛，短尾长喙，从没见过的小鸟贴着水面飞行。

"是一只翠鸟，童话故事中一种美丽的小鸟。"

"我为什么从没见过这种水鸟呢？"

"物以稀为贵嘛！它过着隐居的生活，所以很少见。"

他俩兴高采烈地往家跑，为了跑得更快，托尼诺干脆扔掉了捡到的卵石。

科拉拉进门问："姑父，仙女和守护神真的存在吗？"

姑父哈哈一笑，反问道："为什么不存在呢？"

"是不是仅存在于人们的想象中？"

"也可以这么说。但是，想象跟做梦一样，也有其现实性。想象宛如一种细针密缕的布匹，是我们生活的必需品。想象是活灵活现的情节，而不是高深莫测、晦涩难懂的学问。由于想象，我们的生活才会变成童话故事。宇宙比我们看到和能够想象到的更为丰富多彩。渴望把我们与那个纯真和创造性的世界连接起来，我们的幻想是一种对现实的反映。"

科拉拉默默地不吱一声。她的眼睛好像映照出了天地万物的奇闻趣事。

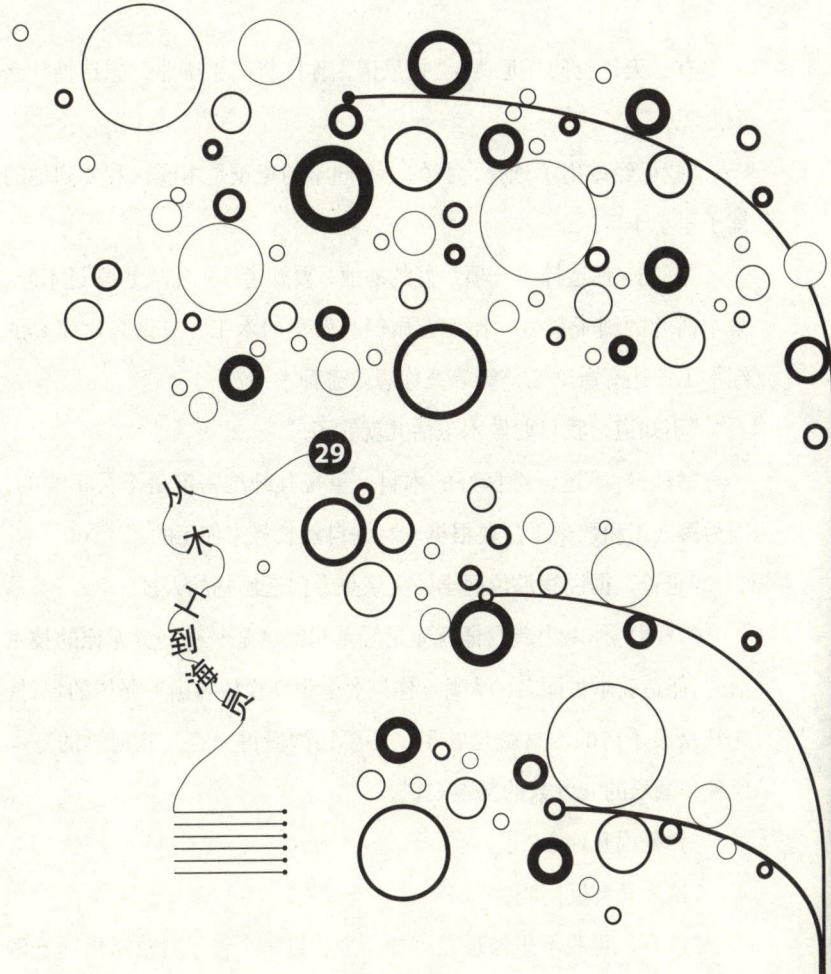

有一天爸爸问托尼诺："托尼诺，你即将高小毕业，想选择什么职业呢？"

"我已经做出了选择，我的一个同学的爸爸是木匠，我要到他的铺子里学木工。"

"好的，你选择了一项最好的职业，要知道耶稣本人也学过木匠。学木活儿的铺子很多，比如有做船、做车的木工，有做乌木家具的细木工，还有雕刻工，等等。你想做哪种木工？"

"不知道，我只要做木工活儿就够了。"

"好哇！不过，选择好的木料，重视其纤维密度是至关重要的，因为镶嵌工和雕刻工是要根据木材的自然长势来加工的。"

"爸爸，据说我那位同学的父亲是专门造酒桶的人。"

"好啊！你以为造酒桶就无足轻重吗？这是一种高贵无比的技术活儿，能造就举世闻名的大师。你只要会识别橡树和山毛榉树的木材，尤其是栗子树的木材就足够了，还要稍微懂得一点儿几何学的基本原理和酒坛的立方数的基本知识。"

"你是说几何学？"

"这个还有疑问吗？"

"没有，可我不想像现在这样，当我钉一个钉子时常常用锤子砸着手指头，总是哎哟哎哟的直叫唤，每用锤子砸一次就哎哟一声！"

"按你的说法，为了保险起见，一个出色的造酒桶的人不该使用钉子！"

"我想选择另一种职业。"

"什么职业？"爸爸问。

"磨坊工或裁缝。"

"也不错！这两种职业不太相似，但是你要知道，实际上是更具有童话色彩的职业，磨坊工和裁缝在童话世界里是不可缺少的题材。为了打造磨坊工的工作空间，需要有水、沟渠、石磨和让磨坊工全身变白的面粉；而裁缝则需要一个安心的工作环境，比如有他经常自由出入的房子，有众多的客户，总之，在童话世界里生活的人应该是美满幸福的。"

"说了这么多职业，可没有提到大海，你知道，我喜欢大海。"托尼诺说。

"好啊！你可以当海员，如渔夫、航海家和从事海运业的人员……都是很好的选择。你可以露天仰卧呼吸最清新的空气，旅途中你可以看到新的国家、新的种族，乘风破浪，水天一色，永无止境……"

"好，我想选择做海员，可我还无法做出最后的决定，因为我怕你不同意。"

"我一点儿也不担心，我很想跟你像跟尤利西斯[1]那样，在烟波浩渺的大海上自由自在地搏浪击水，让大海把我们锤炼得身强力壮！"

---

[1] 古希腊史诗《奥德赛》中的英雄人物。

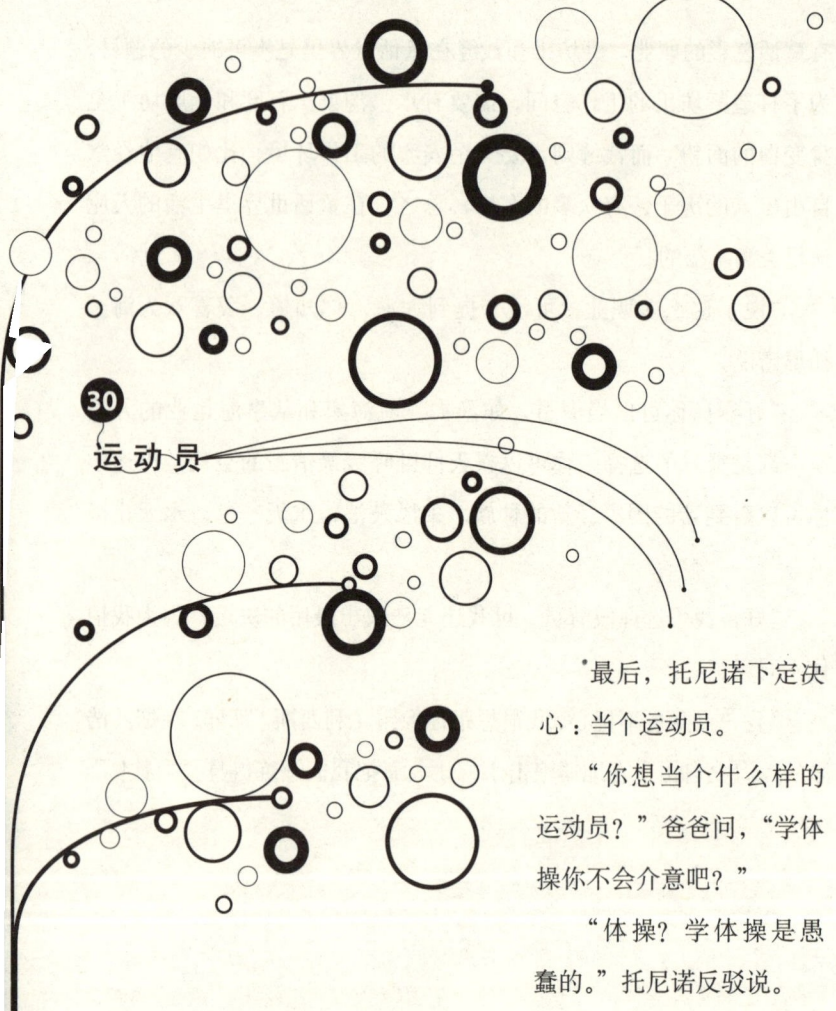

30 运动员

"最后,托尼诺下定决心:当个运动员。

"你想当个什么样的运动员?"爸爸问,"学体操你不会介意吧?"

"体操?学体操是愚蠢的。"托尼诺反驳说。

这一天,老师正好要求他作为一名士兵,操练如何排练列队,如何齐步前进,掌握解散等操练口令。

"都是自己练习吗?"妈妈问。

托尼诺瞪妈妈一眼,低声说:"你什么都不懂!"

爸爸假装读报纸的样子,什么也没说,只是微微一笑。

妈妈问:"难道我的话说得不合适吗?这种事情我是不懂,我只知道孩子们玩儿后，必须学会修补自己的袜子。"

爸爸接着说："好啦，好啦，别说了。要知道，挪威国王在年轻时曾获得过羽毛球冠军，在漫长的冬季，他还亲手纺毛线织毛衣呢！"

托尼诺对体育的兴趣全部放在足球上。

"我该怎么做呢？"

"重要的是练习，不仅足球要练，什么项目都要练，从室内体操开始练吧，一直练到能猎取老虎为止！"

"天哪！太可怕了！我的托尼诺，别听他的话，你为何要充这样的英雄好汉呢？"妈妈说。

"为了强身健体，更重要的是为了培养自己坚强的性格。"

托尼诺不解地望着爸爸问："性格？你不是说为了强身健体吗？"

"不，是为了锻炼自己的性格。"爸爸一再强调说，"体育锻炼必然铸造你坚强的性格，而不是成为如同骡子一样固执己见的人。毕达哥拉斯就是这样做的，你为什么扮鬼脸？"

"因为他是个十足的大傻瓜……他让我得了四分[1]。"

"是体操吗？"

"不是体操，是算术。"

"你说得有一定的道理。在科罗托内[2]学校的体操课上毕达哥拉斯教学生努力拼搏去夺取胜利，然后把胜利归还给最弱者。"

"多了不起呀！多善良呀！"妈妈感叹说。

"就凭这一点，你就认为他是个十足的大傻瓜，对吗？"

"他为什么这样做呢？"

"因为强者必须学会戒骄戒躁！"

---

[1] 十分为满分，四分为不及格。

[2] 意大利一座古城，毕达哥拉斯曾在该城的一所学校任职。

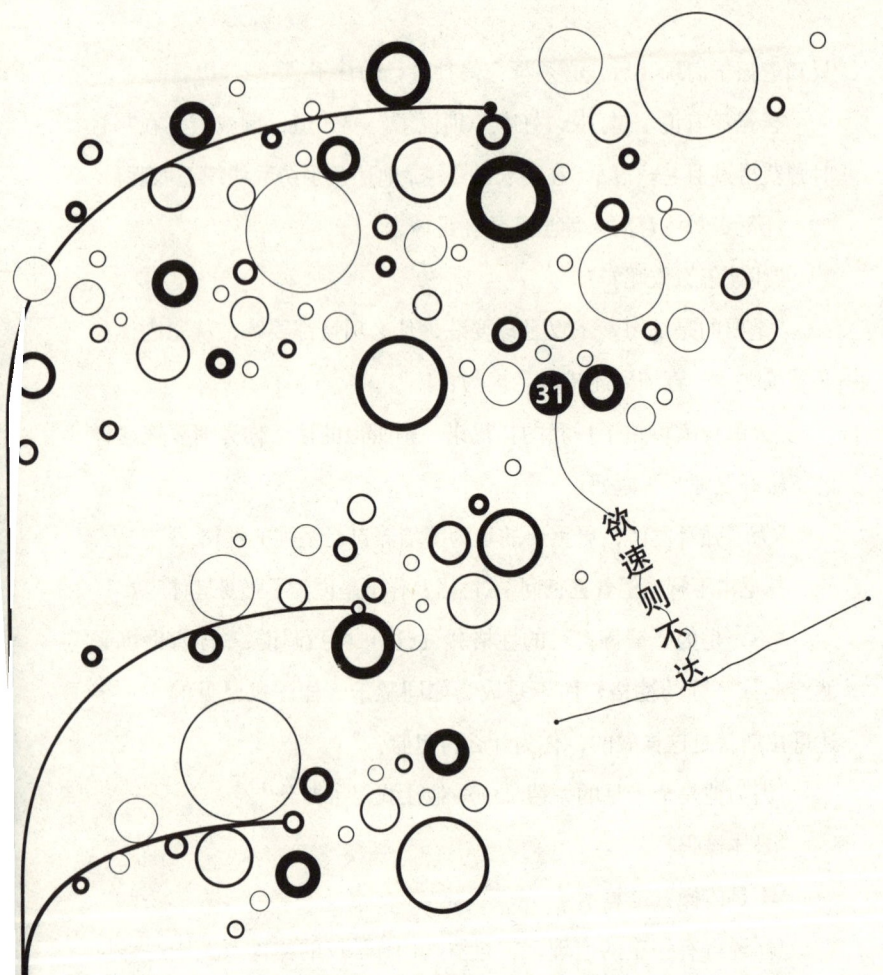

谁也说服不了托尼诺，他坚持要当个运动员。同样他所说的自己得了冠军的事也无法让任何人口服心服。

"运动本身不是一种职业。"科拉拉说。

"运动不是职业，可对我来说是。我总做跑步运动。"托尼诺当天晚上说。

"那你拿什么养活自己？"

"靠吃烤饼，这可是节食的最好固体食品。"

"你靠什么挣钱买饼？"

"靠获得冠军的所有奖金，海吃海喝，身强力壮，定能夺冠。夺冠越多，吃得越好越多，身体就越棒。果仁饼、香料、蜜糖、面包、果脯、杏仁巧克力等都是强身健体的美味佳肴。"

"你真是个了不起的利己主义者！你把好吃的一扫而光，难道就不给别人留下一点儿什么吗？"

"不留！他们不懂得运动。不懂运动的人是很糟糕的人。"

于是，在托尼诺的想象里，他成了一个职业运动员。一个短跑运动员，一个绝对的冠军，各种奖章、奖杯和奖品的获得者，在各类竞技场的跑道上，在越野赛中，都留下了他的身影，博得了粉丝的欢呼和喝彩，以惊人的速度和冲刺囊括了锦标赛的全部冠军……

"停一停！停一停！"科拉拉设法让他平静下来说，"我相信你，可你必须告诉我，你总是获胜的诀窍是什么？"

"我的这个秘密还不便披露！"

"不能告诉我吗？你完全可以信赖我们女人嘛！"

"真的吗？那我可以向你们披露实情……"

"还说什么呢？"妈妈感叹道，"你打破了那么多纪录，难道还不知足吗？"

"你懂什么呀！这是一种策略。"托尼诺解释说，"起跑后我就超过了他们。马上就要到达终点时，他们由于疲劳不堪，最后成了我的手下败将。起初，我就赢得了时间，谁能赶上我呢？即使一时赶上了我，我也有绝对的优势，始终胜他们一筹。他们为了追上我，跑得越来越快，这样呼吸越来越急促，上气不接下气，越焦急不安，后果越适得其反，跑得反而越慢了，而我利用这个大好时机，加快了速度，反而离终点越来越近了。即使他们比我身强力壮，跑得速度比我快上一倍，也始终无法追上我。开始他们跑一百千米，我只能跑五十千米，他们跑八十千米，我只能跑四十千米，可我总是跑在他们前面。秘诀何在呢？他们为了追上我，过早地耗尽了精力。还有六十千米时，他们已经气喘吁吁，再也跑不动了，而我只要再跑三十千米，便可以到达终点了。最后的二十五千米，他们终于累倒了，我一口气跑了三十千米，越过了终点五千米。粉丝们把我抬起来抛向了天空，庆贺我一举夺冠，这说明一时的笑并不代表最后的笑，更不代表笑得最好。"

"太不可思议了！"科拉拉惊奇得大叫一声，"我问你，你比他们提前多长时间到达终点的？"

"半个小时吧！"

妈妈大笑着摇头，说："这么少？你第一个到达终点起码应该提前半天的时间！好啦！好啦！别说这些了！你赶快洗手吃饭吧！"

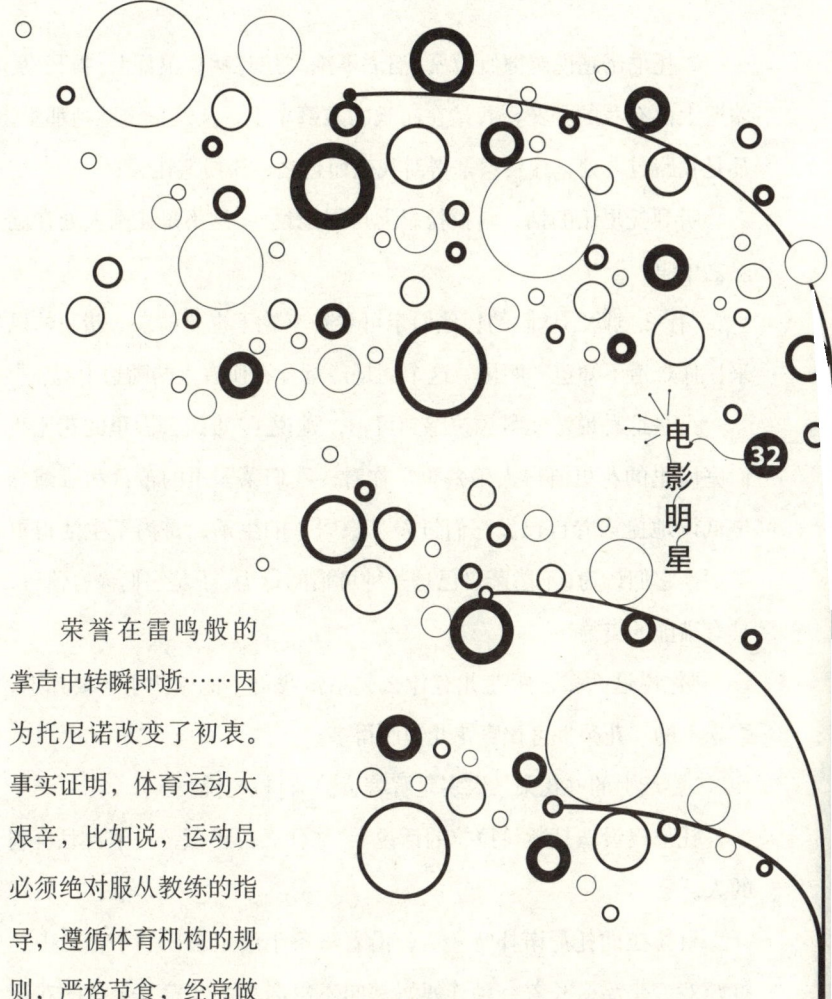

32 电影明星

荣誉在雷鸣般的掌声中转瞬即逝……因为托尼诺改变了初衷。事实证明,体育运动太艰辛,比如说,运动员必须绝对服从教练的指导,遵循体育机构的规则,严格节食,经常做强身健体的练习,于是托尼诺心里犯着嘀咕:"这不是自找苦吃吗?"

"你说得完全有理。"科拉拉附和着说,"比如体育项目中还频繁地搞自行车比赛,现在是汽车化的时代,只要一个按钮便可以在片刻到达目的地。"

托尼诺说:"可电影演员就不同了,完全是另外一回事。演员的一颦一笑都会引起成千上万的人向他蜂拥而来,向他欢呼、喝彩……"托尼诺越说越慷慨激昂,滔滔不绝,"想想啊!银幕上、报刊上、墙壁上都有我的画像,我站在超长的敞篷车上,从这里飞驰到那里,凡是我路过之处,连警察都得对我敬而远之,纷纷避让。"

听到托尼诺的话,科拉拉忍无可忍地说:"这不是让别人处在危险之中吗?"

"什么危险不危险的!他们宁可卷在车轮下也要前来一睹我的风采!你难道不知道'明星'这个词是经常挂在所有人的嘴边上吗?"

正是这种说法让科拉拉感到可怕,她说:"难道公园里的花比我们庭园里的花更值得人羡慕吗?你看,我们菜园里的苦苣和雏菊总是低调地掩饰着自己。它们过着'隐居'的生活,是为了生活得更幸福。它们认为,不隐蔽自己是一种可怕的行为,于是它们谨言慎行,具有谦虚的美德!"

"你说这么多,跟花儿有什么关系?我可不愿做园丁。要知道,影坛上的'花朵'可比真花儿饱满得多。"

"影坛上的'花朵'大多是冒牌货。"科拉拉说。

托尼诺设法打断科拉拉的话说:"你什么都不懂,是个自私自利的人。"

科拉拉向托尼诺扑哧一笑,沿着一条小溪走去,鸽子在水中扑打嬉戏。小溪旁长着一种连妈妈都叫不出名字的花草:金色的花冠像毛茛,浓雾缭绕时,它的叶片会合起来。它到底叫什么呢?也许是那种只有它妈妈和上帝知道的名字,也许围绕着它飞来飞去的蝴蝶和蜜蜂知道它叫什么。它跟大地和天空融为一体,无忧无虑地美化着自己。科拉拉心想:"美化着自己的玫瑰花也给花园增添光彩!"

次日,托尼诺又自作主张,而且是坚定不移地决心要当个飞行员。

最早他想当药剂师或马戏团的小丑,现在又想当飞行员,不过,他的主意是随时可以改变的。

爸爸笑着说:"看来你的脑子里现在乱得像一锅粥,为什么先前你没说过要当飞行员呢?"

"也许鞋匠是令人开心的职业。"

"鞋匠?"

"对呀,你说你认识的鞋匠不都是像燕雀那样从早唱到晚吗?"

"真的,你总是有理!"

"啊,爸爸,你老是嘲笑我。邮差也是一个蛮不错的伟大职业。这种职业像逃学一样,背着皮质挎包,没有任何私心杂念,越过田野,走街串巷,从这家走到那家。我乐意把喜讯带给千家万户,听到坏消息我会秘而不宣,守口如瓶。阴雨连绵的天气,邮差穿起舒服的雨衣,任何人也不会催他赶路快走,可以悠然自得地走东串西。作为邮差,大家都认识他,向他热情问候,不想当邮差才怪呢!"

"你不想当医生和工程师吗?"

"啊,爸爸,为什么不呢?要学的东西很多,但学习毕竟是一件天大的美事。"

"当然啦!学校就要放假了,你也要小学毕业了。"

"我可以当画家、雕刻家和音乐家吗?"

"不可以。选择任何一种职业,你起码要有一定的天赋,并对它有所爱好。如果你不是一个平庸之辈,艺术会选择你,而不是你选择艺术。"

"嗬,真是美事一桩,要是我不愿意呢?"

"那你就是一个艺术天才,一个造物主。作为一个天才,由于内心的冲动,你不得不犯无数次的错误,忍受饥饿,甚至付出生命的代价。"

"所以,天才是上帝赋予你的重任。"妈妈插话说。

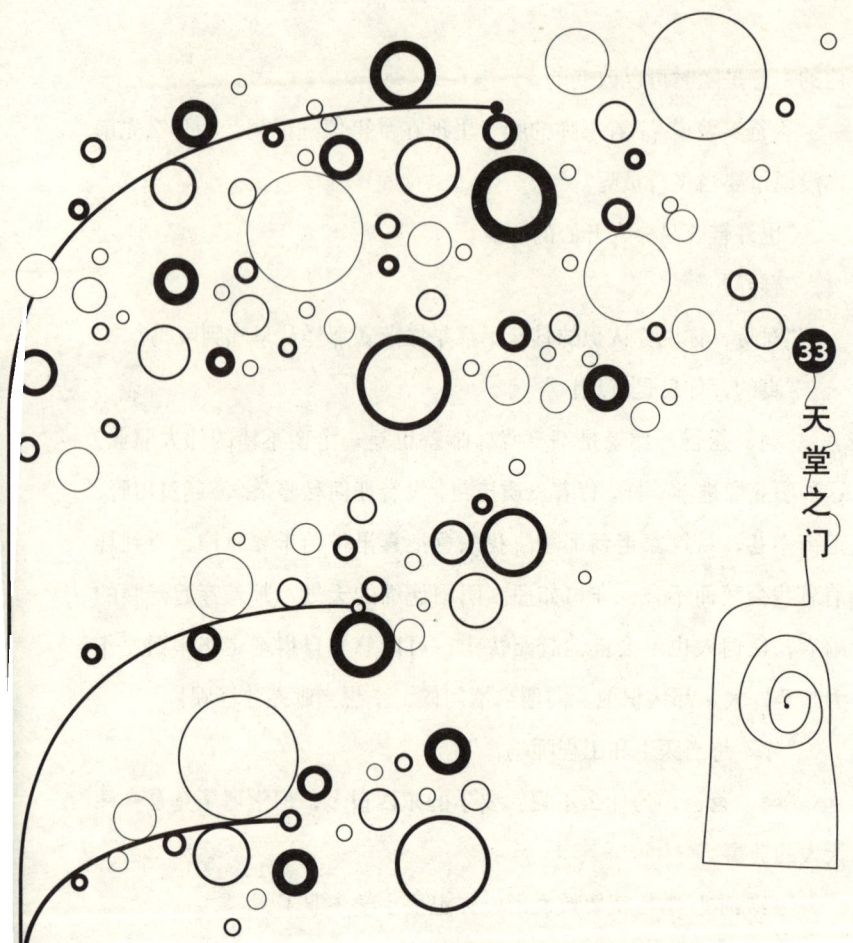

33 天堂之门

本学年已接近尾声,这就好比一条长长的隧道,还有最后几米就要到达终点了,黎明的曙光近在眼前。可以说,最后这几天的形势仍然严峻。

一边用好的书法列出环意大利自行车赛的冠军名单,一边还要完成课堂作业;一边观看即将结束的全国足球联赛,一边还得复习历史课,还要做好参加帆船比赛的准备工作……更糟糕的是还要复习全年的功课,还得摘下树上仅存的几粒还未被麻雀吃光的樱桃。总之,我们是以殉道者的身份出现的,只有神仙才能忍受这种苦刑。

至今,托尼诺能否升级只有和蔼可亲的班主任知道。现在托尼诺必须闭上一只眼睛,然后再用两手捂住耳朵,他再不想听那些说他如何如何蠢的话。听来听去,可以归结为一句;他是头"与人为善的蠢驴"。校长先生竟然也相信了这一点。

校长说:"真是难以置信,你说了那么多蠢话,可我从未从别人嘴里听说过。我问你,你叫什么名字?"

"人家都叫我托尼诺,可实际上我叫安东尼奥。[1]

"是帕多瓦的那个叫安东尼奥的保护神,还是那个叫安东尼奥的神父?"[2]

"我是傻瓜们的保护神!"

"我正想说呢!……"

像托尼诺这样一个老干蠢事和胡言乱语的孩子,校长和班主任居然还把他送上了人间天堂——升级!

"咦,我升级了!我升级了!"托尼诺乐得像鸟儿一样欢欣跳跃。

---

[1] 托尼诺是昵称。

[2] 帕多瓦是意大利的一座历史名城,该城的保护神叫安东尼奥。

"这简直是个奇迹!"

妈妈一把抱住托尼诺,百思不得其解地问:"谁是那个保护神?"

"我们班主任。"

"我也升级了!我也升级了!"帕利诺同样大喊大叫,我的女教师对我说,"明年我又长一岁!"

帕利诺拿起一本书,坐到桌子前,开始做分音节练习。

"拉妈、拉满、拉慢慢……"[3]

"别乱分一气呀!加油!"托尼诺埋怨说。

"拉妈……妈……"帕利诺总算分对了,高兴得喜出望外。

"妈妈,你在他的书本上!"托尼诺大声说。

"真的吗?"妈妈激动得难以形容。

"对呀,书里说到了你。"帕利诺说。

"他胡说八道!"托尼诺蛮不高兴地说。

"怎么不可能呢?"妈妈反驳说,"书中不仅有妈妈,还有爸爸、表妹……"

"书里什么都有吗?"帕利诺不解地问。

"当然喽!拼音课本是所有语法课的第一部书。"

"真是了不起呀!"托尼诺低声说。

妈妈说:"要知道,拼音课本包括字母表中的全部字母。用这些字母可以写出任何想写的东西,即使大名鼎鼎的人物如尼布甲尼撒二世[4]和亚比该[5]的名字也都是用一个一个字母拼出来的。帕利诺,你

---

3 做妈妈一词分音节练习时,总是分错。

4 古巴比伦国王,侵占叙利亚和巴勒斯坦,攻占并焚毁耶路撒冷。在位时他兴建了巴比伦塔和空中花园。

5 《圣经》故事人物,拿八之妻,拿八死后为大卫妻。

将来要学一年的拼音课。再一个学年,你将是一名小学生,按照顺序,是一年级、二年级、三年级、四年级、五年级……像登阶梯一样一直往上走,永无止境,你可以到达摘星星看月亮的地方!"

"咦,还可以到地窖里去!"托尼诺嘲笑说。

"对呀!一定的。我有一支铅笔,就可以完成一年级的功课!我还有彩笔呢!"帕利诺说。

"用你的彩笔去做惊天动地的大事吧!比如写出像《神曲》那样的大作来!"托尼诺再次讽刺挖苦。

"为什么不可能呢?"妈妈说,"你告诉帕利诺,他只要学好字母表,就能写出更好的《神曲》来!"

"嘘!靠他那张小脸吗?"托尼诺低声说。

妈妈说:"哎哟,托尼诺,话不能这么说。人不可貌相,海水不可斗量嘛!你看帕力诺那优雅的小嘴和漂亮的小鼻子说不定将来大有作为呢!但丁不也长着醒目的鹰钩鼻子吗?"听到妈妈这样说,帕利诺仰望但丁的画像。

妈妈拿起彩笔坐下说:"喂,你们听着,我教你们如何用彩笔绘出最美的东西来。写肮脏的地狱篇,就要用龙血树脂、灰色和棕褐色的彩笔,再加上黑点就行了;写炼狱篇要用翠绿色、银灰色的彩笔,再加点儿玫瑰色和浅紫色的几个小体字题词就更完美了;天堂篇全用白色作底线,再配上点点滴滴的赭石色、玫瑰色、金黄色和天蓝色就足够了。如此这般,《神曲》不就大功告成了吗,对不对?"

"噢,好极了!"帕利诺附和说。

"照我的办法做,你的但丁梦想便可成真!"妈妈说着,托尼诺则气呼呼地扬长而去。

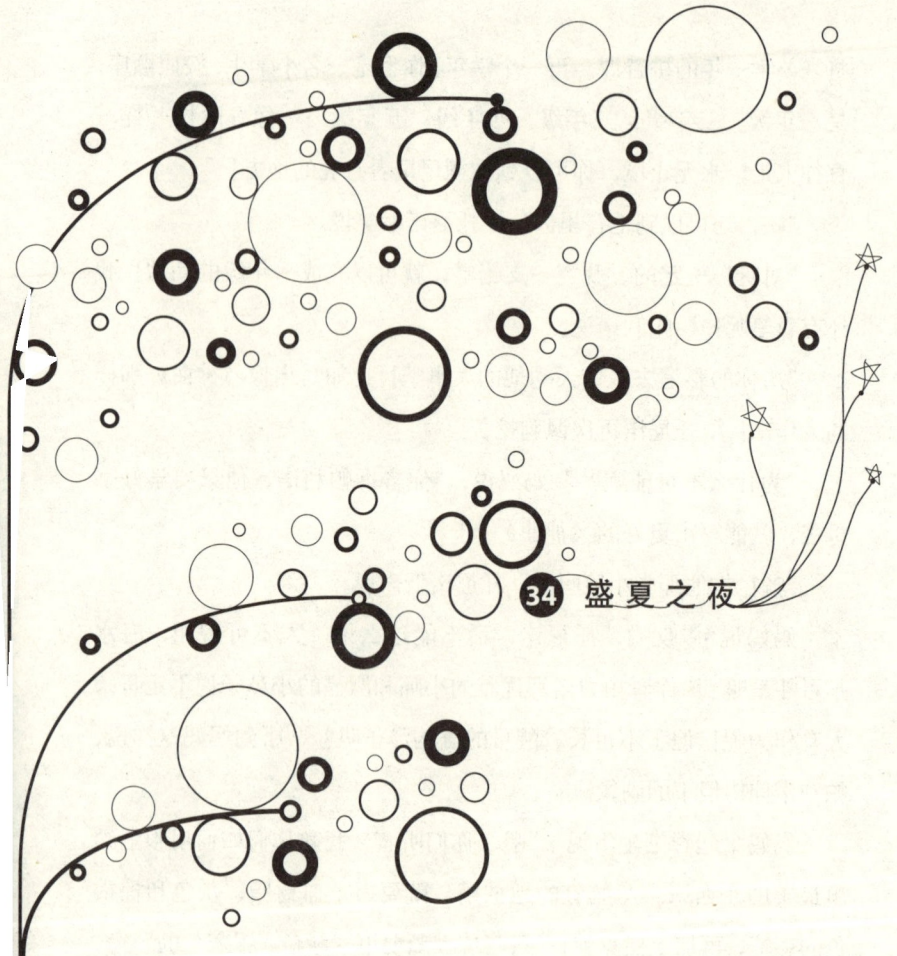

34 盛夏之夜

孩子们全都升级了,爸爸决定晚上为此好好庆贺一番。

托尼诺说:"学校是个美好的词儿,因为只有学校才有人人向往的假期。"

现在正值仲夏,太阳升得最高,北半球白天最长,夜间最短。

"这几天,在挪威的最北部,只有午夜才见不到太阳。"爸爸说。

"这多好呀!"托尼诺说,"太阳不睡觉,大家都睡不成觉。当我们睡觉时,印度人却都起床了;当我们起床时,中国人却上床睡觉;

当我们上床睡觉时,美国人却起床了。"

妈妈打断他的话说:"够了,亲爱的!你都把我弄糊涂了!"

傍晚的阳光依然眩目刺眼,花儿打蔫了,蝴蝶和小鸟儿焦躁不安,难以安眠。小燕子在巢中啁啾呢喃。楼燕像在白天那样翻飞。由于散步、吃冰激凌和燃放烟花爆竹,他们很晚才回到家。

噼里啪啦的爆竹声震耳欲聋。

"烟花爆竹!"帕利诺说着,捂起自己的耳朵,闭起了眼睛。甚至大海也做好了迎客的准备。无数昆虫拥向蔚蓝色的海滨,去欣赏汹涌澎湃、粼光闪闪的海涛。每个巨浪都翻腾起泡沫,把深海的宝藏冲到海滩,看上去宛如晶莹闪亮的首饰盒。

"我们在人间天堂。"托尼诺自言自语。他是那样地犯困,却还是傻乎乎地仰望天空,好像看到一个崭新的人。

实际上,他没有看见这样一个人。他只是感触到有这样一个人。他刚刚感触到就惊呆了。这是一个小男孩,是一个不谙世故的孩子。他聚精会神地眺望天空,俯视大地,开始理解自己,这是一个表里如一、纯洁无瑕和无所畏惧的小男孩吗?

他是一个上天的孩子,一个星星的孩子。

市府办公楼的报时铜钟开始噹噹敲起来:一下……两下……三下……四下……十下、十一下、十二下。

"已经半夜了。"爸爸说,"新的一天开始了,再有几个小时天就大亮了。"

盛夏之夜,凉爽宜人,蓝天星闪,海面涟漪微漾,清风徐来,索索作响。

爸爸说:"这是东方之风,是上帝赐给我们的无价之宝。"

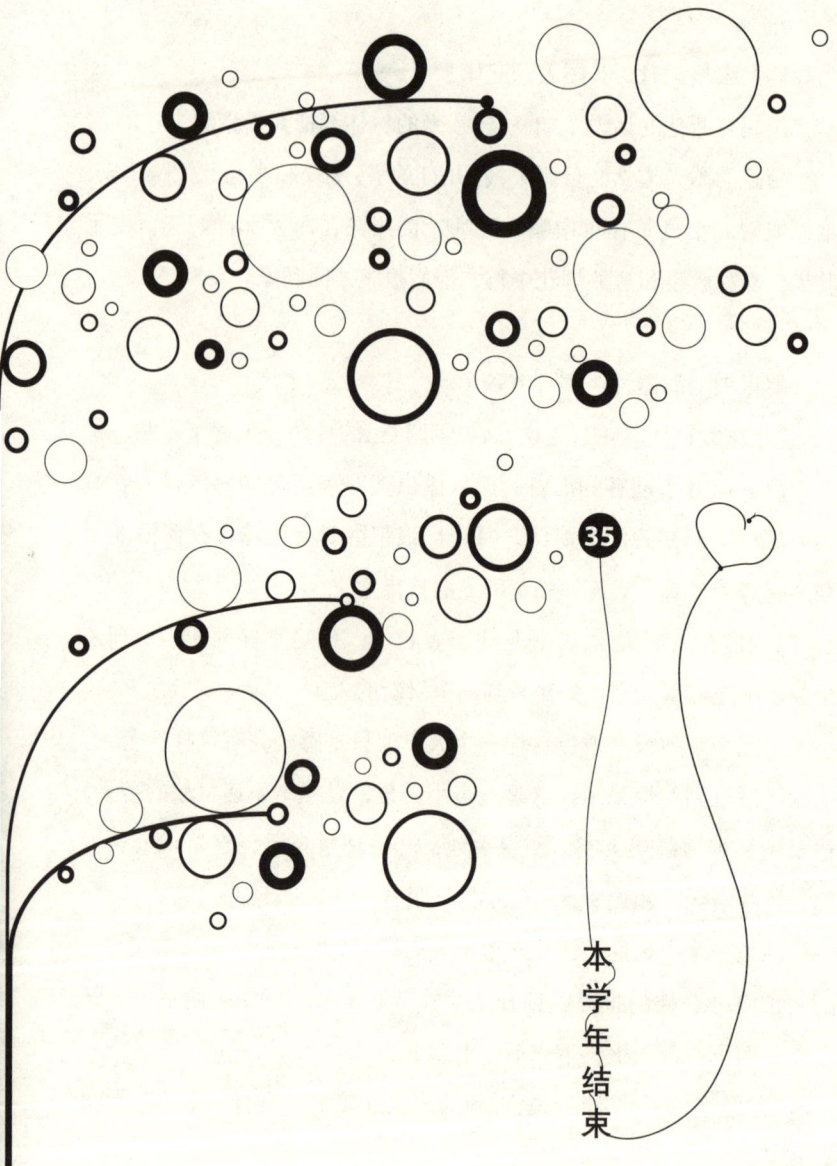

早晨托尼诺刚刚睡醒就大声叫:"妈妈,我现在什么事都没有了,今天我想帮埃吉斯托家从货车上卸西红柿,然后去学校领取成绩册。"

成绩册上写着:"托尼诺已完成了小学的学业。"

"这是什么意思?"他故意问一个同学。

"这就是说你已经学完了五年的功课。"

"难道我不知道吗?嗬,太棒了!"

教室里只有三个补考生和正在桌子上找弹球的托尼诺。

托尼诺把找到的弹球重新放在桌上后说,"让坐在这个位子的校友玩弹球吧!"

与此同时,老师走过来跟大家打招呼,并对三个补考生说:"你们只要反复练习,就会有长进。"

工友开了学校大门,悄声对他们说:"要是不用功,再聪明的脑子也会生锈的。"工友说完,眼睛直勾勾地盯着吉杰托——这个超级雕刻家,从去年起,老是在课桌上刻自己的名字。

老师接着说:"再见了!"又转向托尼诺说,"好吧,我们告别了!"

托尼诺向老师点头,低声重复说:"我们告别了!"

"你还有什么遗憾呢?"

托尼诺微微一笑,向教室瞥了最后一眼。

老师说:"即使不上学了,你也要走好自己的路呀!"

托尼诺和其他同学不知说什么好,只是互道问候。

年纪更小的孩子向老师大喊大叫:"祝老师暑假愉快!安度盛夏!老师,再见,再见!"

校门口,工友停止了捋胡子,擤了擤那好似喇叭的鼻子说:"每当这个时刻,我的心老是平静不下来,情不自禁地流下眼泪。"

"那需要吃多少洋葱啊!"女工友说。

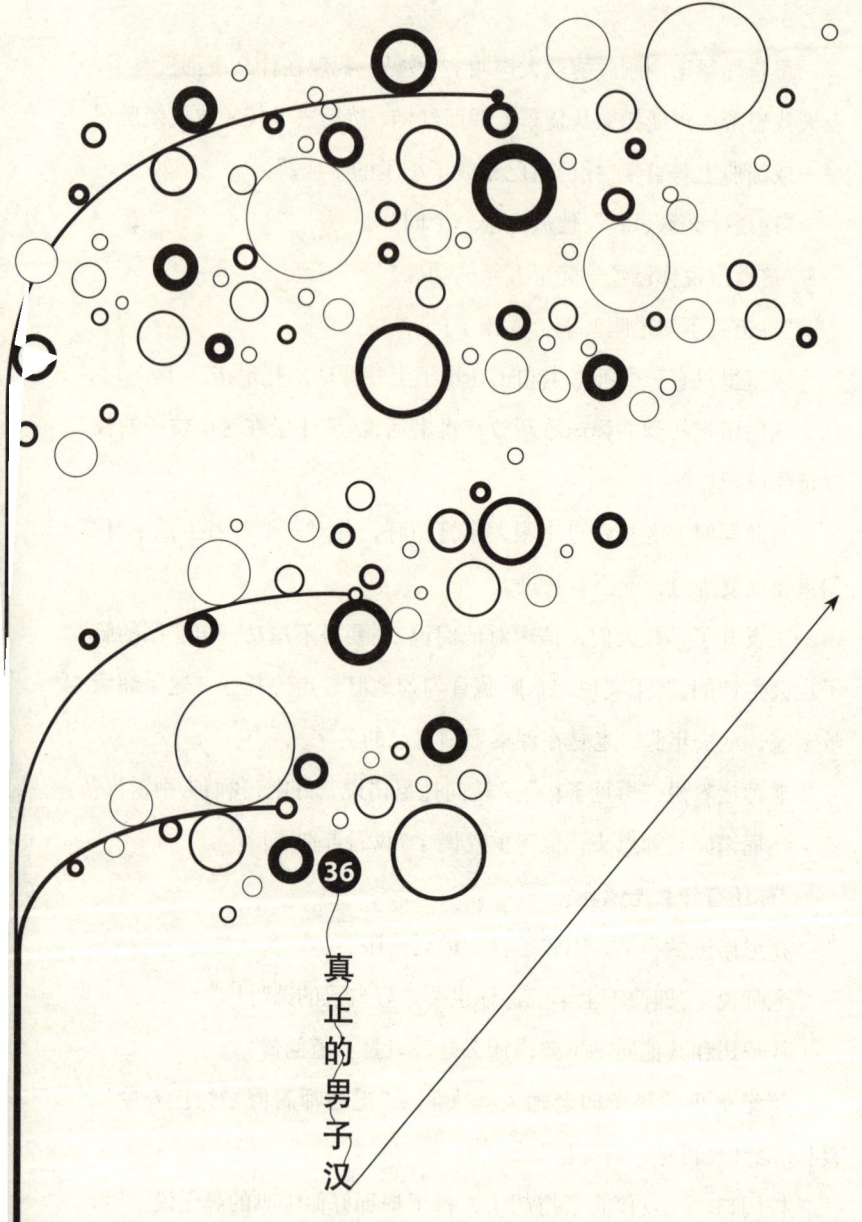

36 真正的男子汉

中午快到了，托尼诺自言自语："我想到海边，在那里洗个海水澡。现在我才知道成绩册是什么了，所有的功课都已做完，再没什么可以学的了。"

他来到海滨大道，正要扑向大海时，发现地上有件什么东西，像一本合起来的小书，并且鼓得圆圆的。他东张西望一番，发现没有任何人，就把那东西捡起来。过了一会儿，他看到科拉拉从学校回来了，于是匆忙地整理了一下自己的衣服。

"哎哟，瞧，一顶帽子，这不是菜农埃吉斯托的吗？"科拉拉看到帽子，大吃一惊地说。

在不远处的沟渠里，他们找到了痛苦呻吟着的埃吉斯托。他的半个身子都陷在沟渠的泥浆里，说着奇怪的话，语无伦次，前言不搭后语，好像来自另外一个世界的人，甚至声音都变了腔调。

两个孩子没有吓得脸色惨白，也没有慌手慌脚。托尼诺想赶快跑去求助，科拉拉阻止说："别去，什么都别说。"接着她双膝下跪，扶起埃吉斯托的脑袋，呜咽着说："我从没见他这样狼狈过。"

托尼诺明白了科拉拉的用意，但忍不住笑了起来。

科拉拉对托尼诺说："别笑呀！帮我把他扶起来，从泥坑中拽出来，必须救起这个男人。喏，这样做：你用胳膊支起他的脖子，我们一起用力把他扶起来，让他站稳就行了。"听了科拉拉的话，托尼诺把成绩册放在了衬衣下面。

埃吉斯托其实并不很重，他那本来瘦骨嶙峋的身体，经过这么一折腾，看起来更加消瘦更加疲劳了。不过，托尼诺比科拉拉年纪小，他感到像背上了沉重的包袱，要费很大的力气，忍受身体的痛苦，跟科拉拉一起，才能把埃吉斯托送到家里。他俩像架着一个半死不活的人，每一步都要保持平衡。炎热的天气，加上刚才跑得太快，他俩早已汗流浃背了，挽在埃吉斯托脖子上的胳膊仿佛成了沉重的枷锁。

让托尼诺不堪重负，给他带来麻烦的不是放在胸前衬衣下的成绩册，而是只有他心里明白的那个压在他身上的沉重包袱。中午骄阳似火，他的精力已消耗殆尽，只是勉强支撑着。

他们终于把埃吉斯托护送到了家。托尼诺的心头怦怦地跳个不停，血液直往太阳穴上涌。

看到丈夫被两个孩子架着走路，埃吉斯托的妻子玛丽雅娜先是一愣，接着迎上前去气呼呼地把丈夫痛骂一顿。

科拉拉好言相劝说："您别这样，他是个真正的男子汉，是一个心地善良的人。今天是他的生日，他不知道如何把握自己，所以要原谅他。"接着，大家小心翼翼地把他放到树荫下的一堆干草上，托尼诺和科拉拉如释重负，舒了长长的一口气。

埃吉斯托的妻子说："他把握不住自己！他把握不住的事情实在太多了！这个老东西，他忘了自己的年纪！我们卖完了所有的西红柿，天晓得他喝了多少呢？"

疲劳不堪的托尼诺被污泥浊水溅得脏乎乎的，还不忘用手捋一捋自己汗淋淋的头发。

"请您到屋子里去洗一洗吧！"玛丽雅娜催促说。

"谢谢！不用了。我总是这个样子！"托尼诺说着用手指头当梳子不断地整理头发，准备要走了。

他突然停了下来，匆忙掏出一个钱包说："这个是我捡到的，应该是埃吉斯托的。"

玛丽雅娜惊喜地说："哎哟！是的，真是万幸，天哪！天哪！我们太可怜了！谢天谢地！谢谢托尼诺！我将报答你！多么幸运呀！"

笑吟吟的科拉拉明白了一切。她笑得那样灿烂，如同一道曙光，照出了托尼诺的美丽心灵。

托尼诺欢蹦乱跳，向家里飞奔，让大家看成绩册：

"喏，妈妈，你快看……"

"你洗澡了吗？"

"洗了，仅仅出了一身汗！"他真想讲一讲关于埃吉斯托的事情，可他什么也没说。

"我是一个男子汉……"托尼诺低声说。

"什么？什么？你说什么？"

"什么也没说，我说这些话是开玩笑的。"

他说的是真心话。他感到自己是一个小伙子了，而且是让老师改变了对他的印象的小伙子，这一点，他是幸福的。

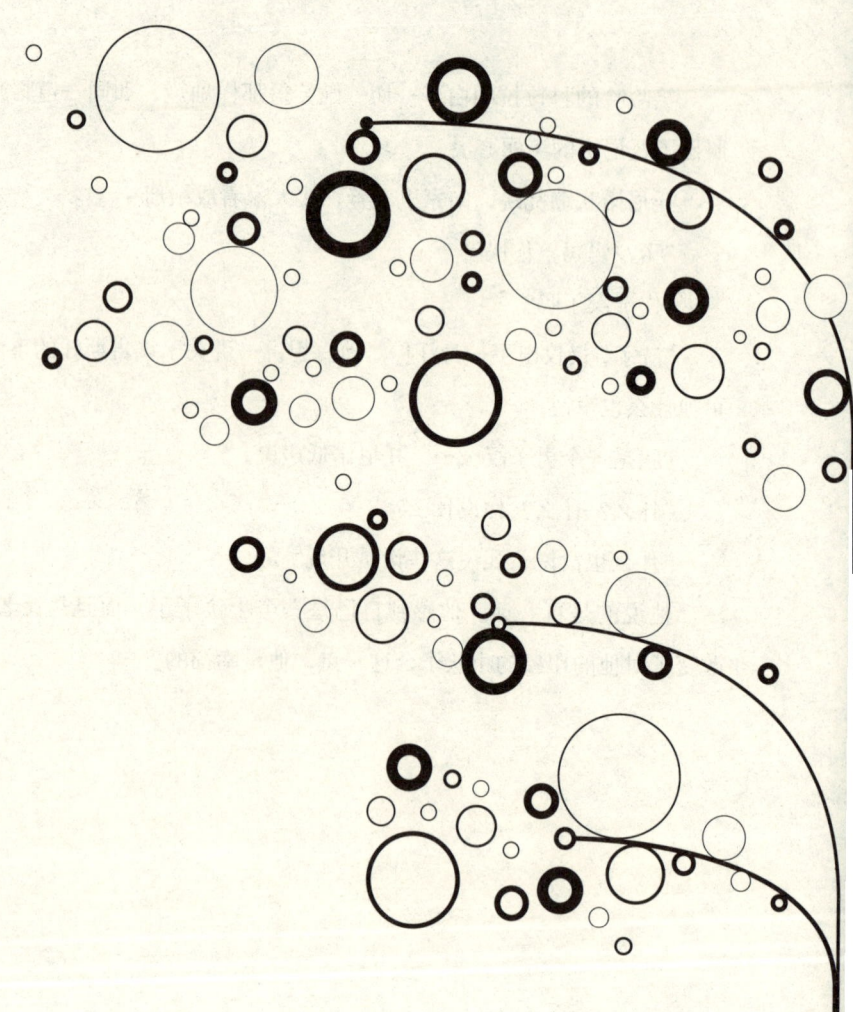

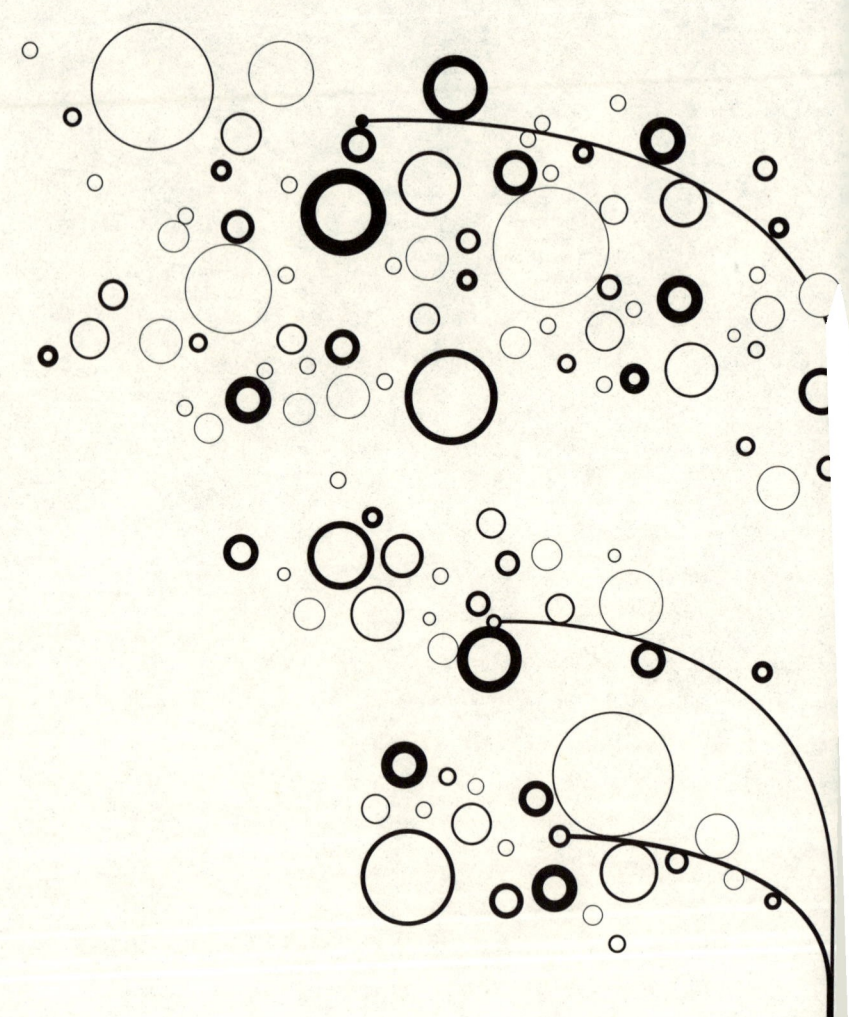

图书在版编目(CIP)数据

托尼诺成长记 /（意）通巴利著；王干卿译. —— 北京：中国画报出版社，2016.3
 ISBN 978-7-5146-1281-3
 I.①托… II.①通… ②王… III.①儿童文学－长篇小说－意大利－现代 IV.①I546.84

中国版本图书馆CIP数据核字(2016)第045945号

托尼诺成长记

[意]法比奥·通巴利 著　王干卿 译

出　版　人：于九涛
责任编辑：齐丽华　赵清清
装帧设计：视觉共振设计工作室
封面绘画：潘若霓
责任印制：焦洋
出版发行：中国画报出版社
　　　　　（中国北京市海淀区车公庄西路33号　邮编：100048）
开　　　本：32开（148mm×210mm）
印　　　张：11.5
字　　　数：230千字
版　　　次：2016年6月第1版　2016年6月第1次印刷
印　　　刷：北京通州皇家印刷厂
定　　　价：35.00元

总编室兼传真：010-88417359　　版权部：010-88417359
发行部：010-68469781　　010-68414683（传真）

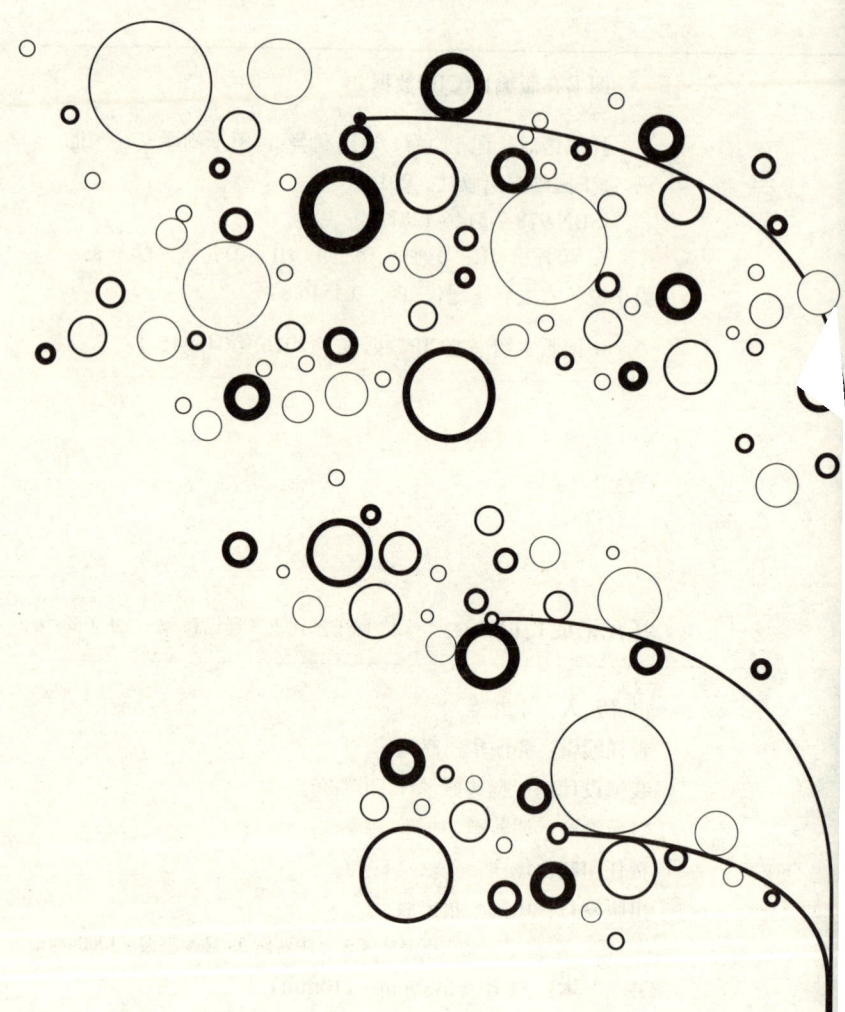